KYRA GROH

Pinguine lieben nur einmal

Buch

»Warum sind Menschen nicht einfach ein bisschen mehr so wie Pinguine? Warum hat es die Evolution überhaupt so eingerichtet, dass wir unsere Partner wechseln möchten? Man mag zunächst denken, dass das toll ist, Ausdruck unseres freien Willens und so weiter, aber das denkt man doch nur, weil man es sich nicht anders vorstellen kann. Ich meine es ernst: Warum sind wir nicht einfach so programmiert, dass wir irgendwann kurz nach der Geschlechtsreife einen Partner finden, den wir dann nie mehr verlassen? Das macht alles nur kompliziert. Warum ist dieses Verlassen überhaupt in unseren Köpfen drin? Die Pinguine haben das irgendwie besser verstanden. Sie streiten sich nicht, sie sind zufrieden miteinander, sie kommen gar nicht erst auf die Idee, sich wegen Zigaretten oder Nemo oder Exfreundinnen zu zoffen. Allein weil sie gar keine Exfreundinnen haben.

Wenn Janosch und ich Pinguine wären, dann hätte es nie eine Karo gegeben, mit der er besseren Sex hätte haben können als mit mir. Wir hätten uns nie gestritten, irgendwann hätte ich ausschließlich zu Fortpflanzungszwecken ein Ei gelegt, und Janosch hätte es ausgebrütet, und all das hätte ich nie auch nur eine Sekunde in Frage gestellt.

Ich wünsche mir vom Christkind, ein Pinguin zu sein.«

Autorin

Kyra Groh, geboren 1990, lebt in Seligenstadt und hat in Gießen Geschichte und Fachjournalistik studiert. Zurzeit arbeitet sie als Werbetexterin.

Weitere Romane der Autorin sind bei Blanvalet in Vorbereitung.

KYRA GROH

Pinguine lieben nur einmal

Roman

blanvalet

Für alle, denen ein Vielleicht nicht genügt

MIX
Papier aus verantwortungsvollen Quellen
FSC® C014496

Verlagsgruppe Random House FSC® N001967
Das FSC®-zertifizierte Papier *Holmen Book Cream*
für dieses Buch liefert Holmen Paper, Hallstavik, Schweden.

1. Auflage
Deutsche Originalausgabe Oktober 2013
bei Blanvalet, einem Unternehmen der Verlagsgruppe
Random House GmbH, München.

Dieses Werk wurde vermittelt durch
die Michael Meller Literary Agency GmbH, München.
Umschlagillustration: © Illustration Johannes Wiebel |
punchdesign, unter Verwendung von Motiven
von Shutterstock.com und von Getty Images
Redaktion: Angela Troni
ED Herstellung: sam
Satz: Buch-Werkstatt GmbH, Bad Aibling
Druck und Einband: GGP Media GmbH, Pößneck
Printed in Germany
ISBN: 978-3-442-38044-2

www.blanvalet.de

PROLOG

Natürlich weiß ich, dass Beziehungen nie so sind wie im Fernsehen. Das nur mal vorweg.

Ich muss gestehen, dass ich sehr gerne fernsehe. Und ich schaue viel zu oft ziemlich großen Mist. Eines habe ich dabei aber gelernt: Produzenten und Drehbuchautoren jubeln uns immer wieder solche Beziehungen unter, von denen wir hoffen, dass wir sie eines Tages erleben werden.

Besonders der Anfang dieser Beziehungen läuft in romantischen Komödien stets nach Schema F ab. Die Erforschung besagten Schemas beschäftigt mich mehr oder weniger bewusst seit etlichen Jahren. Na ja. So etlich, wie Jahre eben sein können, wenn man zwanzig ist.

Besonders gerne gucke ich Sendungen und Filme, die ich mit grausamem Humor *Bildungsfernsehen* zu nennen pflege und die dem menschlichen Hirn alles zufügen, nur keine Bildung. Die Privatsender zeigen sie am liebsten zur Prime Time, damit möglichst viele kitschverwöhnte Frauenherzen zusehen, mit den falschen Idealen gefüttert werden und sich Hoffnungen darauf machen, dass auch ihnen eines Tages eine formvollendete Liebesgeschichte widerfährt. Sat.1 ist ein wahrer Spezialist in Sachen Kitschfrauenverwöhnung. Jeden Dienstag läuft ein sogenannter *Family Movie,* der an Klischees und Schnulz und – ja, ich gebe es zu – an neidischen Seufzern meinerseits kaum zu überbieten ist.

Darin halsüberkopfen sich Zimmermädchen und Millionäre, oder alleinerziehende Mütter von Samenbankzwillingen vergucken sich mit einer zeitlichen Verspätung von sechzehn Jahren in die Erzeuger ihrer Kinder. Die Filme haben dann poetische Namen wie *Noch ein Wort und ich heirate dich!* und jagen mir grausige und wohlige Schauer zugleich über den Rücken.

So gerne ich diese Formate auch schaue, sie regen mich dermaßen auf, dass ich regelmäßig vor dem Fernseher sitze und Selbstgespräche führe. Aber Unterhaltungen mit mir selbst sind oft unausweichlich, weil mein Mitteilungsbedürfnis nun mal sehr groß und nicht immer ein Gesprächspartner in Reichweite ist.

Natürlich sorgen die Filme dafür, dass meine Anforderungen an Männer, Beziehungen und romantische Taten ins Unermessliche wachsen. Allein deshalb sollte ich sie lieber nicht gucken. Aber ich mag sie. Sie sind so schön … berechenbar. Trivial und berechenbar – aber mir gefällt es nun mal, wenn alles so läuft, wie ich es haben will.

Schon um 20.13 Uhr weiß ich, wie mein Dienstagabendfilm verlaufen und ausgehen wird. Das erspart mir böse Überraschungen. Mal ehrlich: Würde das blöde Kindermädchen den seitengescheitelten Millionär *nicht* bekommen, dann würde ich es in Betracht ziehen, den Sat.1-Pro7-Konzern wegen seelischer Grausamkeit zu verklagen oder den Programmdirektor mit einer Axt zu bedrohen.

Ich brauche die Gewissheit, dass trotz vorhersehbarer Schwierigkeiten, unlogischer Handlungsstränge und trivialer Streitigkeiten am Ende alles gut wird.

Ich weiß, wie diese Filme funktionieren, das lässt in mir eine innere Ruhe entstehen, die verhindert, dass ich beim Fernsehgucken in Tränen ausbreche. Denn das passiert mir oft. Ich muss weinen, wenn ein deutscher Gewichtheber seiner verstorbenen Frau eine olympische Goldmedaille widmet, wenn Kai Pflaume indische Mütter und amerikanische Väter aus der Versenkung holt oder wenn Thomas J. in *My girl – Meine erste Liebe* stirbt, obwohl er doch Artist werden wollte.

Alles nur, weil ich nicht schon vorher wusste, wie es endet. Ich konnte ja nicht ahnen, dass dieser Sportler Gold holt. Ich konnte nicht sicher wissen, dass das verschollene Familienmitglied vom *Nur-die-Liebe-zählt*-Karavan gefunden wird, und ich verlange von einem Jugendfilm, dass alles mit einer großen Party und Kerzen und Torten und Einhörnern endet – und nicht mit einem toten Macaulay Culkin.

Beim Sat.1-Family-Movie bin ich vor solchen televisionären Überraschungen sicher.

Der Grund ist folgender: Alle Filme laufen nach demselben Schema ab. Dabei sind die Macher nicht wirklich innovativ, denn das Sat.1-Prinzip hat sich ein alter Grieche namens Aristoteles ausgedacht, und seit jeher sind Dramatiker von der Wirkung dieses Prinzips überzeugt.

Der Aufbau des klassischen Dramas lässt sich fast ohne Umschweife auf Liebesschnulzen übertragen.

Es fängt an mit dem ersten Akt. Der EXPOSITION. Meister Aristoteles, Schiller und Konsorten wollen, dass darin alle Figuren, Konflikte und Beziehungsstrukturen vorgestellt werden. Fein. Wird auch beim Fernsehfilm so gemacht. Von Viertel nach acht bis circa zwanzig vor neun werden wir in die Handlung eingeführt, lernen die Hauptpersonen kennen und erfahren, wie sie zueinander stehen. Wir lernen den Protagonisten kennen, von dem wir wissen, dass er am Ende des Films mit der zweiten Hauptperson zusammen sein wird, und wir werden seinem oder ihrem Widersacher vorgestellt, von dem wir zwischenzeitlich denken werden, dass er eventuell doch das Rennen um das Herz des Protagonisten machen wird.

Im zweiten Akt, der circa bis halb zehn geht, steigt die HANDLUNG. Wir erfahren, wie die Personen so miteinander umgehen, wir bekommen mal lustige, mal dramatische Konfrontationen zwischen den baldigen Lebensgefährten mit, wir amüsieren uns zwischenzeitig, können aber auch erahnen, was früher oder später zu Streit führen wird: Wir sehen dabei zu, wie der Millionär dem Zimmermädchen seinen Reichtum verschweigt, oder bemerken, dass der Zwillingserzeuger krumme Dinger am Laufen hat.

Im unausweichlichen dritten Akt kommt nach dem klassischen Ideal der HÖHEPUNKT. Im Film ist das jetzt ganz körperlich zu nehmen. Gegen halb zehn kommt es nämlich zu ersten körperlichen Annäherungen, und je nach Wagemut des Regisseurs erwartet uns eine mehr oder weniger große Portion Sex.

Akt vier beginnt zwischen zwanzig und zehn vor zehn. Alle Seifenblasen zerplatzen, Ungesagtes fliegt auf, sämtliche Karten kommen auf den Tisch. Aus gegebenem Anlass wird gestritten. Ein bisschen Eifersucht, ein bisschen Fremdgehen – die Palette an Gestaltungsmöglichkeiten für den vierten Akt, für die PERIPETIE inklusive RETARDIERENDEM MOMENT (der Verzögerung der Handlung), ist unendlich groß.

Zu Beginn des fünften Aktes macht es dann kräftig Knallbumm. Die Liebenden wollen sich nie wiedersehen und leiden darunter, denn eigentlich wollen sie es doch.

Die klassische KATASTROPHE sieht normalerweise den absoluten Showdown vor, das Grande Finale, den Tod einer Hauptperson, aber zugleich die seelische und moralische Überlegenheit des Protagonisten. Beim Family Movie gestaltet sich die KATASTROPHE ein wenig optimistischer, es gibt ein bisschen mehr Kuchen, dazu lustige Hüte, rosa Blümchen und vielleicht sogar Ponys. Die Verliebten vertragen sich am Ende nämlich immer, verzichten für den Partner auf geile Jobs, große Geldsummen oder etwas ähnlich Lukratives.

Am Ende, um Viertel nach zehn, haben sich dann alle lieb. Als Zuschauer redet man sich ein, dass sie augenblicklich, noch während man selbst die paar Minuten bis zur ersten Werbepause der anschließenden Sendung *Akte* guckt, Kinder machen, Golden Retriever züchten, Ferienhäuser kaufen, Bäume pflanzen und sich ewig lieben werden.

Ich mag meine Sat.1-Idylle, weil ich immer vorhersagen kann, was geschehen wird. Denn leider kommt es nicht oft vor, dass die Dinge so passieren, wie ich das gerne hätte. Ich mag diese Harmonie, ich mag Märchenwelten.

Eigentlich dachte ich, dieser Startschuss in ein Und-wenn-sie-nicht-gestorben-sind-dann-leben-sie-noch-heute-Leben, in eine Prinzessinnen-und-Prinz-auf-weißem-Ross-Beziehung existiere nur im Fernsehen.

Bevor ich Janosch kennengelernt habe, war ich vollkommen zufrieden damit, einmal die Woche zwei Stunden lang die Zeit vor dem Zubettgehen mit ein wenig stumpfsinniger Zauberstaubidylle zu überbrücken. Denn ich wusste, dass die schönen, nicht unbedingt bildenden Hundertzwanzigminüter in meiner Flimmerkiste eingesperrt sind und auch drinbleiben. Ich wusste, dass Beziehungsanfänge nicht in diesen fünfaktigen aristotelischen Rahmen zu pressen sind. Ich wünschte es mir, wie jede Zuschauerin, aber ich glaubte nicht wirklich daran.

Doch dann stolperte ich in Janoschs Leben – und zwar buchstäblich, ich bin nämlich furchtbar trottelig – und stellte fest, dass auch das echte Leben aristotelisch sein kann. Mit der Ausnahme, dass sich das echte Leben nicht in einen Rahmen pressen lässt.

1. Akt:

Exposition

Wer auftritt … *in order of appearance,* damit keiner traurig ist.

Ich erdreiste mich jedoch, mich selbst zuerst zu nennen.

FELICITAS GRÜN	Das bin ich. Eine zwanghafte Chaotin.
CEM DEMIREL	Mein Mitbewohner. Ein hungriger Saftdieb.
SOPHIE	Meine beste Freundin. Eine alleswissende Schuhfetischistin.
SIMON	Simon eben. Ein Zahnpastamodel mit Helfersyndrom.
JANOSCH WINTER	Mehr als bloß ein Gegenüber. Ein genervter Nasenbrecher.
MAMA	Ähm … ja. Man glaubt es kaum: meine Mutter.
KIRSTEN	Meine andere beste Freundin. Eine Stimme der Vernunft, aber nicht immer.
STEFFI	Die von nebenan. Eine paarungswillige Gastgeberin.

AUSSERDEM:
HMB – ein verkleidetes Skelett; ein italienischer Eisverkäufer mit akzentfreiem Deutsch; Zylindermännchen und Wahrheitsmännchen; Mirko – der neue Mitbewohner; ein kahlgeschorener Gangsterrapper; mein Papa, mein Bruder und meine Oma.

SPECIAL GUESTS:
Rufus Beck – das beste Schlafmittel der Welt; Harry Potter, Ron Weasley, Neville Longbottom und Mad-Eye Moody, außerdem eine Spinne; Brad Pitt und die eine oder andere Angelina; Charles Darwin; Tine Wittler; Ray Charles; Janis Joplin; Deichkind – und sie machen gewaltig Remmidemmi; Hape Kerkeling; Benjamin Lebert mit Tom Schilling und Robert Stadlober im Schlepptau; der Tigerenten-Janosch; Arnold Schwarzenegger; sublustige Menschen; Winnie Puh; Katja Epstein, Freddie Prinze Junior; Daredevil.

CEM FINDET RAMADAN DOOF

»Ich hasse dich«, lässt mich Cem zum wiederholten Male wissen.

»Ich weiß«, sage ich ihm. Ich habe es im vergangenen Jahr ertragen, dass mich Cem eine Mondsichel lang gehasst hat, also werde ich es auch dieses Jahr verkraften.

»Ich meine, ernsthaft, Feli, ich hasse dich. Heute besonders doll!«

»Ja, ich weiß. Ich komm damit klar.« Auch gestern hat er mich besonders doll gehasst. Ich beiße herzhaft in meinen Chickenburger.

»Ist es schon dunkel?«

»Cem, es ist erst sechs.«

»Um sechs ist es dunkel.«

»Ja, im November vielleicht, aber nicht Ende August.«

»Ich sterbe.«

»Du bist theatralisch.«

»Nein, wirklich. Ich. Sterbe.«

Cem stirbt seit letzter Woche jeden Tag. Oft auch mehrfach täglich. Und wenn er nicht gerade stirbt, dann schaut er auf die Uhr oder aus dem Fenster. Cems Definition von Dunkelheit hat sich seitdem drastisch verändert.

»Ich finde, es ist ziemlich dunkel.« Er zieht die Küchenvorhänge ganz auf, um den zartblauen Himmel zu kontrollieren. »Wirklich. Ziemlich dunkel. Es ist echt erst sechs? Du musst dich irren.«

Ich schüttele den Kopf und wickele den halb aufgegessenen Burger wieder in das Papier. »Ich lass dir das übrig, okay?«, frage ich ihn.

Er kniet vor mir nieder, küsst meine Hände und preist: »Oh, oh Feli, ich liebe dich.«

Auch das weiß ich. Cem hat es sehr gerne, wenn ich ihm etwas zu essen übrig lasse, weil das nicht oft vorkommt. Ich esse nämlich gerne (auch gerne mal zu viel) und fürchte deswegen immer, man könnte mir etwas wegfuttern.

Ich steige über Cem hinweg, der auf dem Boden kauernd die eingepackte Kalorienbombe fixiert und auf die Dämmerung wartet, und durchforste den Kühlschrank. Irgendwie habe ich ein gespaltenes Verhältnis zu Kühlschränken. Ich mag sie, weil sie meine Leidenschaft fürs Essen unterstützen, gleichzeitig hasse ich sie aus ebendiesem Grund. Außerdem hasse ich, dass man darin nie etwas findet, das zu einem gewissen Zeitpunkt eine gewisse Lust befriedigt. Noch mehr hasse ich sie, wenn sie leer sind.

»Haaalloo«, rufe ich in den Kühlschrank und erwarte ein Echo. »Das kann doch nicht wahr sein. Wo ist denn mein Saft?« Ich krieche fast in den Kühlschrank. Hinter mir höre ich Cem »Ich war's nicht« murmeln.

Wütend drehe ich mich zu ihm um und explodiere. »Du hast meinen Saft getrunken! Dabei weißt du genau, dass ich das nicht ausstehen kann. Das bringt alles durcheinander. Ich kaufe immer so viel Saft, dass es für eine Woche reicht. Jetzt geht das Konzept nicht auf. Was soll ich denn jetzt machen? Soll ich etwa schon am Donnerstag einkaufen gehen?«

Cem sieht mich schuldbewusst an und grummelt: »Ich hab mir extra heute den Wecker auf fünf gestellt, weißt du, und dann hatte ich solche Lust auf deinen Saft. Ich kauf dir neuen, ehrlich.«

»Nein«, bocke ich und lasse mich mit einer doofen Flasche Wasser auf meinen Stuhl plumpsen.

Cem betrachtet abwechselnd den Burger und die Farbe des Himmels.

»Iss ihn halt, verdammt noch mal!«

»Nein.«

»Warum nicht?«

Ich werde mit dem Weil-Ramadan-ist-Blick beäugelt, den ich dieser Tage sehr häufig auf mir spüre.

Zu Beginn wollte ich Cem unterstützen und habe ihm versprochen, mit ihm zusammen zu ramadanen. Aber es war einfach zu schwierig für mich, da ich sehr gerne Nahrung zu mir nehme, *ohne* mir den Wecker stellen zu müssen, und weil ich tagtäglich den kompletten Sündenkalender abklappere: Ich lüge, ich fluche, ich trinke viel Koffein und hin und wieder Alkohol.

Kurzum: Ich habe keine fünf Stunden durchgehalten. An meinem ersten Ramadan-Tag war ich mittags um zwei so unausstehlich, dass mich Cem zum Essen eingeladen hat. Das heißt, *ich* habe gegessen und getrunken, als gäbe es kein Morgen. Er hat mir dabei zugesehen und sich fremdgeschämt.

»Okay, Cem, warum machst du überhaupt beim Ramadan mit? Kann doch eh kein kontrollieren. Du gehst ja nicht mal in die Moschee, warum quälst du dich dann so?«

»Es ist eine religiöse Pflicht für alle Muslime. Und ich bin Moslem, Feli.«

»Na und? Ich bin katholisch und mache auch keinen Katholikenquatsch mit.«

»Du feierst doch Ostern, oder?«

»JA«, sage ich mit Nachdruck, »Ostern ist auch total super.«

»Ist aber eine christliche Tradition, und du machst sie mit, obwohl du das letzte Mal in der Kirche warst, als du behauptet hast, dass du dich traust, einen Becher voll Weihwasser zu stehlen.«

»Das hab ich auch gemacht!«, betone ich meinen Heldenmut. Allerdings hat mich eine sehr gläubig aussehende Omi kritisch dabei beobachtet, weshalb ich mich damit gerechtfertigt habe, dass ich gerne einen kleinen Vorrat daheim habe. Schließlich wisse man nie, wann man mal eine Nottaufe durchführen müsse. »Außerdem ist das was ganz anderes. An Ostern gibt es hasenweise Schokolade.« Ein triftiger Grund, dieses Fest gebührend zu feiern!

Cem verzieht die südländerbraune Stirn. »Ja, weil ihr Christen eure Feste immer sehr frei interpretiert.«

»Dann interpretiere deinen Ramadan auch frei und iss den Burger. Ist doch sowieso egal. Allah hat dich längst auf dem Kieker.«

»Allah? Mich auf dem Kieker? Warum?«

»Ich weiß auch nicht so recht, aber ich glaube, mit Sex vor der Ehe hat der Gute es eher nicht, oder?«

»Das gilt nur für Frauen.«

Ich hebe die Augenbrauen und spare mir einen Kommentar zum Thema Emanzipation.

»Aber Homosexualität ist voll sein Ding, oder wie?«

»Ich … äh … nein. Sei still. Meine Sexualität und meine Religion sind zwei verschiedene Dinge. Ich ziehe den Ramadan durch, ob dir das passt oder nicht.«

»Es passt mir super. Nur wage es, dich noch ein Mal

an meinem Saft zu vergreifen. Dann gnade dir Gott. Ich meine Allah.«

Ich lasse ihn mit dem verführerisch duftenden Chickenburger in der Küche alleine und gehe in mein Zimmer. »Ich finde es ja auch doof«, höre ich Cem noch sagen, ehe ich die Tür hinter mir zuziehe.

ICH BIN KOMPLIZIERT

Das bin ich wirklich.

Ich bin bestimmt der einzige Mensch, bei dem zwanghaftes Verhalten mit einem unglaublichen Hang zum Chaos kollidiert.

Es ist ein kleines Waterloo, wenn Cem meinen Saft leertrinkt, bevor ich neuen besorgen kann, weil es meine Routine unterbricht. Ich bin ein Gewohnheitstier, deshalb gehe ich jeden Samstag in den Supermarkt und kaufe immer nur den Saft, von dem ich weiß, dass er mir schmeckt. Ich möchte kein Geld für ein anderes Produkt ausgeben, bei dem die Gefahr besteht, dass es meinem Geschmack nur halb oder gar überhaupt nicht entspricht.

Nicht, dass ich Finanzpläne oder so hätte, nein. Ich plane nicht mit meinem Geld. Am Ende meines BAföGs ist meistens noch erschreckend viel Monat übrig, und das beunruhigt mich dann doch hin und wieder.

Anfang Juli – es war schrecklich – war plötzlich überhaupt kein Geld mehr da. Mein Konto war bis auf dreizehn Euro und vierundzwanzig Cent leergefegt. Ich habe mich nicht getraut, meine Eltern anzupumpen, weil das zu einer Grundsatzdiskussion geführt hätte, der ich nur ein Ende hätte setzen können, wenn ich mir mein Versagen eingestanden hätte. Der Grund für die Ebbe war, dass ich vergessen hatte, beim BAföG-Amt eine Verlängerung zu beantragen. Dessen war ich mir allerdings gar nicht bewusst, also rief ich dort an und regte mich auf. Am Apparat hatte ich den unsympathischsten Menschen dieses Sonnensystems. Der hielt es in keiner Weise für nötig, mich freundlich über mein Säumnis aufzuklären, sondern hackte so lange auf mir herum, bis ich in Tränen ausbrach. Mein Heulanfall brachte ihn derart aus dem Konzept, dass er ganz vergaß, unfreundlich zu sein, und mich prompt zu einem persönlichen Gespräch einlud, bei dem er den Verlängerungsantrag mit mir gemeinsam auszufüllen versprach.

Ich bin extrem unordentlich. Nicht auf die Art unordentlich wie andere Mädchen, die behaupten, es zu sein, sondern wirklich *extrem.* Ich bin einfach ziemlich faul und bequem, was Sauberkeit betrifft. Ich räume bloß auf, wenn hoher Besuch kommt.

Ich habe sehr viele Bücher, aber nur sehr wenige stehen in Regalen. Sie türmen sich, nach persönlicher Präferenz und Themen sortiert, in meinem ganzen Zimmer, die vielen Favoriten schlafen mit in meinem Bett, um bei Gelegenheit aufgeschlagen und angelesen zu werden.

Außerdem sammele ich CDs und DVDs. Im Gegensatz zu den Büchern sind die Hüllen der Film- und Musiksammlung fein säuberlich nebeneinander in Schuhkartons alphabetisch sortiert. Nichts hasse ich mehr, als wenn das System durcheinander oder gar eine CD in die falsche Hülle gerät. Das ist ein guter Grund für mich, einen Wutanfall zu bekommen, in dem ich Mütter und Ideologien beleidige.

Außerdem schreibe ich oft und viel. Tagebuch und andere Textchen – alles, was mir so einfällt, möchte ich immer und überall aufschreiben, was dazu führt, dass mein Zimmer mit Post-its beklebt und mit Papierfetzen gepflastert ist. Ich räume diese Wörtersammlungen nicht gerne weg, weil ich Angst habe, sie dann nicht wiederzufinden.

Ordnung macht mir Angst. Meine gut sortierte Bücher- und CD-Sammlung ist dabei die regelbestätigende Ausnahme. Deren Ordnung ist ungemein wichtig für meine Lebensqualität!

Wenn ich etwas mag, will ich davon so viel haben, dass es mir fast zum Hals raushängt.

Seien es Kissen oder Pflanzen oder Bilderrahmen. Ich kaufe, kaufe, kaufe, und wenn etwas kaputtgeht, dann kaufe ich neu, ohne mir darüber Gedanken zu machen. Ich neige dazu, meine Wohnaccessoireskaufsucht und meine Pflanzenmordlust wegzuignorieren.

Ich habe keinen Freund. Nicht mehr. Ich wurde schon zweimal verlassen, aber verlassen habe ich bisher nie. Mein erster Freund wartete bei der Trennung mit dem schlagkräftigen Argument auf, dass ich ihm zu kompliziert sei. Auch dem zweiten wurde ich nach drei Jahren zu anstrengend. Um sich von mir zu erholen, flüchtete er nach dem Abitur nach Kanada, um Französisch zu lernen und Holz zu hacken.

Letztlich brauche ich einen Partner, der die Kompromissbereitschaft besitzt, meine Kompromissunfähigkeit kompromisslos zu akzeptieren, und mir alles durchgehen lässt. Ich weiß, dass das egoistisch ist und natürlich nicht geht. Deshalb bin ich ja auch mein eigenes Ganzes und nicht Teil eines Doppels.

Dass Cem es mit mir aushält, ist bestimmt sein beeindruckendster Charakterzug.

Cem habe ich kennengelernt, als ich letztes Jahr kurz nach der Einschreibung zu meinem ersten Semester ein WG-Zimmer besichtigte. Damals sah ich mir ein Zehn-Quadratmeter-Pupsi-Zimmer an, war frisch getrennt von meinem flüchtigen Kanada-Exfreund, und Cem war einer der drei weiteren Interessenten. Die Anbieter nahmen uns in eine Art Kreuzverhör, das Cem und mir das Genick brach. Seitdem hegen wir Verschwörungstheorien, warum wir für die rein männliche Sportstudenten-WG nicht gut genug waren.

Meine Theorie: Ich bin nicht schön genug.

Cems Theorie: Er ist ein schwuler Türke.

Cem meckerte vor der Haustür fürchterlich über Rassismus und sexuelle Diskriminierung, ich stimmte ein und schimpfte wie der sprichwörtliche Rohrspatz. So fanden wir uns und kurz darauf eine Zweizimmerwohnung in einem von Studenten bevölkerten Mehrparteienhaus, in dem sich alle sehr lieb haben.

Mein Mitbewohner ist dreiundzwanzig und studiert Medizin, was ich abgefahren finde. Mediziner sind tolle Menschen, die machen alles heil. Noch macht Cem nicht so viel heil, weil er erst ins fünfte Semester kommt. Er möchte sich auf Gynäkologie spezialisieren. Ja. Ich habe das anfangs auch für einen dummen Mediziner-Insider gehalten, aber es ist ihm todernst. Man verzeiht es ihm, weil er es ja nicht tut, um ein bisschen zu gucken und zu grabschen, sondern weil er (Zitat) Leben nicht nur *retten,* sondern auch *schenken* möchte. Das finde ich wunderbar und wunderschön, und es macht ihn noch liebenswerter.

Cem Demirel ist ein sehr gutaussehender schwuler Türke. Mein Typ ist er nicht, ich stehe nicht so auf Südländer, doch er könnte locker der männliche Hauptdarsteller in einer Verwechslungskomödie sein, in der sich eine süße Modedesignstudentin in ihn verliebt, um dann rauszufinden, dass er sie nicht will, weil sie eine Frau ist. Er ist ungefähr so groß wie ich, also knapp einen Meter siebzig, mit einer schlanken Normalo-Figur und einem an Spießigkeit grenzenden schicken Klamotten- und Frisurenstil (einer Mischung aus korrekter Seitenscheitel-Gel-Frisur und gezügeltem Durcheinander). Seine Lippen sind voll, die Augen von einem leckeren Schokobraun, Wimpern und Augenbrauen dicht und die Gesichtskonturen zart, wie bei einem Sechzehnjährigen. Deshalb sieht es auch komisch aus, wenn er sich mal nicht rasiert. Die Bartstoppeln wollen so gar nicht dazu passen.

Ich für meinen Teil studiere Anglistik und, – nur um eventuelle Fragen vorwegzunehmen – was ich damit machen will, weiß ich noch nicht.

Im Übrigen heiße ich Felicitas Grün, aber nur meine Mutter nennt mich Felicitas. Mein Vater nennt mich Fee, und meine Freunde nennen mich Feli. Ich selbst nenne mich auch Feli, weil ich zumindest die meiste Zeit ein Freund von mir bin.

Jetzt muss ich mich allerdings um Cem kümmern, weil er nach eigener Aussage im Augenblick lautstark an Ramadan stirbt.

Ich höre, wie es an der Tür klingelt. Meine Freundin Sophie ist da.

Sie besucht mich und Cem sehr oft, und ich bin mir sicher, dass Cem verliebt in sie wäre, wenn er Brüste aus mehr als nur anatomischen Gründen interessant finden würde. Besonders seit er an Ramadan leidet, hat er ein Faible für Sophie, weil sie in den Semesterferien beim Cateringservice ihrer Eltern arbeitet und sehr oft nach Anbruch der Dunkelheit leckere Sachen vorbeibringt.

Sie balanciert eine weiße Pappschachtel in die Küche und präsentiert gefüllte Leckerchen und eingelegte Schmeckerchen.

»Oh! OH! Essen. Es ist dunkel, oder, Feli? Ist es dunkel?«

»Stockdunkel«, versichere ich ihm und sehe, dass es sowieso schon zu spät ist. Das Burgerpapier lugt schon aus dem überfüllten Papierkorb heraus.

Sophie deckt den Tisch für uns, zaubert von irgendwo eine Flasche Wein herbei, entkorkt sie und schenkt mir und sich ein. Cem trinkt keinen Wein, denn er will seinen Magen nicht mit so etwas Unsinnigem wie Flüssigkeit füllen. Außerdem sei ja Ramadan, betont er. Als wüsste ich das nicht so langsam.

»Oh, ist das gut«, stöhnt Cem und schiebt sich etwas gefülltes Pilzähnliches zwischen die Zähne.

Sophie ist aus vielen Gründen eine meiner besten Freundinnen. Ein wichtiger Grund ist, dass ich ihre bin. Weil wir uns voll und ganz akzeptieren, wie wir sind, und noch nie versucht haben, uns zu ändern. Sie ist ziemlich klug. Zwischen den Leckereien erzählt sie zum Beispiel eine halbe Stunde von Charles Darwin und von irgendwelchen Finken, die nach ihm benannt sind. Wenn ich mir so etwas merken müsste, würde mein Kopf platzen. Außerdem ist sie sehr lustig und in der Lage, ihre Intelligenz und ihren Humor zu kombinieren. Sie kann aber nicht nur intellektuelle Witze reißen, sie hat auch einen ausgezeichneten Sinn für Fäkalhumor, und das schätze ich sehr.

Unsere Freundschaft zeigt sich in kleinen, unbedeutenden Situationen. Wir können uns zum Beispiel sagen, dass wir mal ein Deo benutzen sollten, oder ohne nachzufragen vom Teller der anderen naschen, wenn wir essen sind. Wir können miteinander viele Flaschen Sekt trinken, um dann aus dem Sexnähkästchen zu plaudern, wir können uns ins Gesicht sagen, dass wir heute schlecht angezogen sind, genauso wie wir uns Komplimente machen können.

Sophie ist einundzwanzig und studiert Lehramt. Sie weiß, dass ich deswegen von ihr denke, sie hätte sie nicht mehr alle, weil ich die Vorstellung, mein ganzes Berufsleben mit verpickelten Bushido-Fans zu verbringen, furchtbar frustrierend finde. Wenn ich Lehrerin wäre, wäre es eine beiderseitige Zumutung.

»Ich hab gesehen, ihr bekommt neue Nachbarn«, bemerkt sie, während sie über den Rand ihres Weinglases reibt und dadurch einen Ton erzeugt.

»Tatsächlich?«, fragt Cem. »Welche Wohnung ist denn frei?«

»Die im Erdgeschoss, direkt neben der Eingangstür links.«

»Warum weißt du das?«, frage ich und scheitere bei dem Versuch, ihren Weinglastrick nachzumachen.

»Ein Kerl trägt Kisten in die Wohnung. Es sah aus wie ein Einzug.«

»Ein Kerl? Also ein *Mann*?«, will Cem wissen.

Sophie nickt. »Mitte zwanzig. Blond. Ganz schnuckelig.«

Cem wirkt interessiert.

»He, es ist Ramadan. Kein Geschlechtsverkehr.«

»Woher weißt du das alles?«, fragt er mich zischend mit verengten Augen.

»Hat mir Tante Google erzählt. Wenn ich drauf achten soll, dass du keine Regeln brichst, muss ich die Regeln *kennen*. Kein Essen und Trinken bei Tageslicht, kein Fluchen, kein Sex.« Ja, ich habe mich informiert, schließlich wollte ich das Ganze zusammen mit ihm durchziehen. Fünf Stunden lang.

»Ich halte morgen mal die Augen offen. Neue Nachbarn müssen wir willkommen heißen«, verkündet er.

Fein.

Cem plant bereits, die neuen Nachbarn mit Brot und Salz in die Hausgemeinschaft aufzunehmen.

HOLTERDIPOLTER

Während der Semesterferien ist mir ein bisschen langweilig. Aber mir ist nicht so langweilig, dass ich mir einen Job suchen würde. Ich habe noch genügend Beschäftigungsmöglichkeiten. Lesen zum Beispiel. Ich versuche mich immer damit rauszureden, dass Lesen zu meinem Studium dazugehört, aber eigentlich dient es doch eher meiner persönlichen Unterhaltung.

Cem hingegen ist ein großes Stück eifriger als ich. Er lernt den ganzen Tag. Es lenkt ihn davon ab, hungrig und durstig zu sein. Beispielsweise lernt er zum wiederholten Mal die Namen sämtlicher Knochen und unterhält sich mit dem lebensgroßen Skelett, das mangels Platz in seinem Zimmer die Küche bewohnt. Anfangs wollte ich mich mit dem Ding nicht anfreunden, weil es mich bei jedem Griff in den Kühlschrank daran erinnerte, dass irgendwo Menschen hungern und ich nicht. Zugleich bin ich aber auch neidisch auf das Skelett, weil es aus gegebenem Anlass sehr schlank ist.

Cem hat es dann verkleidet und ihm einen Namen gegeben, damit ich es als drittes WG-Mitglied akzeptieren kann. Seitdem heißt es Horst-Muhammed Beckham. Horst, weil das sehr deutsch klingt, Muhammed, weil das sehr türkisch klingt, und Beckham, weil es dünn wie Spielergattin Victoria ist. Es trägt eine blinkende Weihnachtsmannmütze, eine Blumenkette und eine herzförmige Sonnenbrille, die wir mit Tesa festkleben mussten, weil Horst-Muhammed Beckham weder Nase noch Ohren hat. Außerdem ist eine Lichterkette um ihn herum drapiert, weshalb er gleichzeitig als indirekte Beleuchtung fungiert. Die RTL-Einrichtungsspezialistin Tine Wittler wäre sicher stolz auf unsere innenarchitektonische Kreativität.

Cem hat Horst-Muhammed Beckham oder kurz HMB (sprich: Äitsch-Äm-Bi – das Aufsagen des kompletten Namens hat sich nach kurzer Zeit als zu zeitaufwendig erwiesen) in die Küchenmitte verfrachtet, wo er an ihm herumdoktert und klug klingende lateinische Wortbrocken murmelt.

Es ist Samstag, also Einkaufstag.

Ich unterbreche Cem beim Klugklingen und bestehe auf unsere allwöchentliche Aldi-Lidl-Edeka-Tour. In genau dieser Reihenfolge und nicht anders. Wir können nicht alles in einem Supermarkt besorgen, weil das nicht geht. Aldi ist am günstigsten, also wird bei Aldi der Großteil des Einkaufs erledigt. Meinen Saft gibt es aber bei Lidl, also muss ich zu Lidl. Tütensuppen von Maggi gibt es bei Edeka, also muss ich zu Edeka. Für Tütensuppen von Maggi würde ich zwar nicht alles, aber auf jeden Fall sehr viel geben.

Unsere Einkaufstouren nehmen manchmal mehrere Stunden in Anspruch, weil wir oft darüber streiten, was wir brauchen und was nicht. Wenn es Schnäppchen gibt (dickminige Buntstifte, Dampfgarer oder gar Donutmaschinen – wie super ist das denn, eine Donutmaschine!!!), möchte ich die nämlich gerne alle haben. Obwohl ich weiß, dass es weitaus vernünftiger wäre, darauf zu verzichten, bedarf es Woche um Woche des diplomatischen Geschicks meines Sparfuchsmitbewohners, um mich davon abzuhalten.

Nach anstrengenden zwei Stunden Shoppingkampf kommen wir gegen drei Uhr nachmittags zurück nach Hause, und ich bin immer noch etwas miesepetrig, weil mir Cem verboten hat, uns *von meinem Geld* eine automatische Zitrusfruchtpresse zu kaufen. Er dagegen quengelt, weil ich ihn davon abgehalten habe, mitten im Aldi eine Fressorgie mit noch unbezahlten Schokokeksen zu starten. Wir fauchen uns an, bis wir die Eingangstür passieren.

Dann wird Cem plötzlich aufgeregt. »Duhuuu«, sagt er langgezogen, »ist jetzt schon ein paar Tage her, dass

Sophie von dem Einzug hier gesprochen hat.« Er deutet auf die Wohnung links neben der Haustür.

Ich nicke. Cem war sehr enttäuscht, dass bisher niemand bei uns geklingelt hat, um sich persönlich vorzustellen.

Er lässt die properen Einkaufstüten mit einer Vielzahl verschiedener Supermarktlogos auf den Boden plumpsen, rollt die Pulloverärmel bis zu den Ellenbogen hoch und drückt ein Ohr gegen die geschlossene Wohnungstür.

»CEM«, ermahne ich ihn, »das ist ja wohl total unhöflich, komm weg da!« Ich zerre an seinem Pulli, aber er rührt sich nicht vom Fleck.

Wie ein kleines Kind lauscht er an der Wohnungstür und fängt an zu kichern. Mist. Ich linse das Treppenhaus hoch und luge in alle Winkel. Keiner da. Alles völlig ausgestorben.

»Was hörst du?«, flüstere ich.

Dieses Haus ist nämlich furchtbar hellhörig und hat sich deshalb schon mehrfach als studentenuntauglich erwiesen. Steffi zum Beispiel, die neben uns wohnt, hat ein reges Sexualleben, und Kai, der über uns wohnt, ist leidenschaftlicher Rammstein-Fan. Viel Gestöhne und viel Musik sind äußerst störend und frustrierend, wenn es weder das eigene Stöhnen noch die eigene Musik ist.

»Sei nicht so albern!«

»Pssst, das ist total spannend.«

»Was hörst du denn, verdammt?«, zische ich und verfehle den geplanten Flüstertonfall um mehrere Dezibel. »Das ist nicht fair!«

Ich ziehe weiter an Cems Pullover und erkämpfe schließlich einen Platz für mein Ohr an der Tür. Was wir hier machen, ist absolut nicht in Ordnung, dessen bin ich mir bewusst, aber Neugierde und moralische Korrektheit haben wirklich nur eine kleine Schnittmenge.

»Ich hör gar nix«, beschwere ich mich. Da ist nichts. Hinter dieser Tür findet kein Leben statt. Zumindest nicht so eines, wie Cem und ich oder Steffi oder Kai es führen. Kein lateinisches Gemurmel, kein Kulikratzen, keine Lust, keine Musik, nicht mal Stimmen.

Cem fängt doll an zu lachen. Er hat mich reingelegt, der gemeine Saftdieb! Trotzdem drücke ich noch mal das Ohr an die Tür, presse es fest dagegen. Vielleicht ist ja doch Leben in der Bude? Die schweren Einkaufstaschen schneiden mir in die Handfläche, als ich mich nach vorne lehne, um ja kein Geräusch zu verpassen.

»Komm weiter, Feli, ich hab dich bloß verarscht. Da tut sich kein Mucks.«

»Doch, warte!« Wir sind unkollegial und lauschen an fremden Türen. Wir sind böse!

Ich höre *Füße.* »Da ist doch jemand!« Ich kralle mich an den Einkäufen fest.

Erst ein Ruck, dann ein Knarren, ein entsetzlicher Schlag und eine schmerzhafte Bruchlandung mit dem Gesicht vorweg. Überall umherkullernde Äpfel, Nudelverpackungen und auch ein paar kaputte Eier.

Ich rappele mich auf die Knie auf, rücke meine Brille gerade und mache mich daran, ohgottohmeingottmurmelnd und tutmirleidsosehrleidentschuldigend meine Tüten wieder zu bepacken. Ich zaubere sogar Tempos aus der Tasche und wische über die Eiermatschepatsche, was natürlich rein gar nichts bringt. Ich möchte nicht aufschauen, weil ich dann den Mieter dieser Wohnung ansehen muss, der vor mir steht und mich bestimmt nicht nur für sehr unfreundlich und unverschämt, sondern auch noch für den verdammten Obertrottel hält.

Fettnapf, ich komme! Ja, Fett*napf*. Die Verniedlichungsform ist an dieser Stelle nämlich so was von unangebracht! An mir gibt es im Allgemeinen wenig zu verniedlichen. Aber dieses Verhalten … ich möchte sterben. Von mir aus auch grausam. Hauptsache, mir bleibt die Peinlichkeit erspart, das Gesicht, das zu diesen Adidas-Schuhen gehört, ansehen zu müssen.

»Feli«, zischt Cem plötzlich mit ernster Stimme, »jetzt steh schon auf!«

Mühsam rappele ich mich hoch und gucke beschämt an mir herunter. Ich habe in einem explodierten Joghurtbecher gekniet. Oh mein Gott. Eier, Joghurt und etwas Undefinierbares geben sich auf dem Parkettboden ein matschiges Stelldichein.

»Das tut mir sooo leid! Wirklich!« Nie im Leben war mir etwas so peinlich. Endlich traue ich mich, mein Gegenüber anzusehen. Er starrt ungläubig vor sich hin und sieht ziemlich gut dabei aus. Der große, dunkelhaarige Besitzer der Adidas-Schuhe sieht blöderweise alles in allem ziemlich gut aus. Ist schon klar, dass man sich immer nur vor den hübschen Männern blamiert.

»Ich weiß auch nicht, wie das passieren konnte. Wir haben hier geredet, und ich hab mich gegen die Tür gelehnt und da …«, blablabla, lüglüglüg. »Ich helfe dir natürlich, alles sauber zu machen.«

»Danke. Ist nicht nötig.«

Die Stimme irritiert mich. Ein Bariton. Sehr weich. Und sehr genervt. Fast aggressiv.

»Doch, doch. Ich kann ja sehen, was ich angerichtet habe.«

»Ich weiß. Nur weil ich es *nicht* sehe, heißt das nicht, dass ich es nicht alleine sauber machen kann.«

Die Tür knallt vor meiner Nase zu.

Ich gucke Cem an. Cem guckt zurück.

»Oh nein«, sage ich flüsternd.

»Oh doch«, murmelt Cem, legt mir einen Arm um die Schultern und geht mit mir die Treppe hoch.

MIR IST WENIG PEINLICH

Das ist einfach so. Manchmal glaube ich, mein Organismus funktioniert nach folgender Grundeinstellung: warum wertvolle Lebensenergie mit dem Ausschütten von Peinlichkeitsenzymen verschwenden? Mein Stoffwechsel bevorzugt es sowieso, Energie einzulagern, statt sie in etwas Nützliches umzusetzen.

Es wäre viel zu mühselig, sämtliche peinlichen Dinge aufzuzählen, die mir im Laufe meines Lebens so passiert sind. Ich kann recht gut über mich selbst lachen, deshalb habe ich all diese Aktionen auch ganz gut überstanden, ohne mir so etwas wie Schamgefühl oder eine niedrige Peinlichkeitsschwelle anzueignen. Ich habe kein Problem damit, verlottert, ungeschminkt und ungeduscht Brötchen holen zu gehen, und ich erzähle auch immer, ohne rot anzulaufen, dass ich keine einzige Folge der Zeichentricksendung *Avatar – Herr der Elemente* verpasst habe.

Wahrscheinlich hat mich diese Nachlässigkeit in Sachen Beschämtfühlen zu einem fahrlässig tollpatschigen Menschen gemacht.

Ich sitze am Küchentisch und schäme mich so sehr, dass ich heulen muss. Zunächst war ich schockiert über mein Benehmen, dann stinksauer auf mich, und jetzt bin ich einfach nur traurig, dass ich so blöd bin.

Cem krault mir den Kopf. Das ist zwar schön, macht die Sache aber im Moment nur unwesentlich besser.

»Das konntest du nun wirklich nicht wissen. Ich hab's zuerst auch nicht bemerkt.«

»Aber ich … ich hab das gar nicht so gem-m-m-meint, als ich ge-ge-gesagt hab, dass ich *sehen kann*, was ich a-a-a-angerichtet habe«, schniefe ich und fühle mich noch sehr viel schlechter.

»Ich weiß, Feli«, versucht Cem mich zu beruhigen, aber leider gibt es momentan keine einzige Möglichkeit, mich zu beruhigen. Ich bin schrecklich böse auf mich selbst.

Es ist nicht in allererster Linie Peinlichkeit, sondern wirkliche Scham. Ich schäme mich, so taktlos zu sein. Warum habe ich den starren Blick nicht sofort richtig interpretiert? Ich war voll und ganz damit beschäftigt, mein attraktives Gegenüber anzustarren, weshalb ich gar nicht gemerkt habe, dass er mich wohl niemals ansehen würde.

Ich weiß nicht recht, wie ich mir einen Blinden vorgestellt habe. Wenn ich ehrlich bin, habe ich noch nie einen blinden Menschen getroffen und habe das Stereotyp Ray Charles vor Augen. Außerdem einen weißen Gehstock, obwohl ich bezweifle, dass Gehstock das korrekte Wort dafür ist, und einen Blindenhund.

Ich habe immer nur an die Accessoires eines Blinden gedacht. Niemals daran, wie ein Blinder an sich ist, wie er sich kleidet, wie er lebt.

Meine Gedanken würden wahrscheinlich jeden blinden Menschen dazu bringen, mich abstoßend zu finden: Wie kann ein Blinder alleine wohnen? Wie kann ein Blinder ohne Hilfe putzen? Was geht einem Blinden durch den Kopf, wenn er einen anderen Menschen zum ersten Mal trifft?

Ich habe gar keinen Kontakt zu Menschen mit Behinderung, und wie die meisten Menschen habe ich keine Ahnung, wie ich mit etwas, das ich nicht kenne, umgehen soll.

Ich weiß, dass ich mich entschuldigen muss – aber wie? Ich habe große Angst, etwas falsch zu machen. Was soll ich denn sagen? Dass ich mich schäme, weil ich wie eine neugierige Rotzgöre an seiner Tür gelauscht und dann auch noch eine riesige Sauerei in seiner Wohnung angerichtet habe? Dass ich das nicht so gemeint habe, wie er es verstanden hat? Dass es nicht meine Absicht war, ihn zu verärgern? Dass ich wirklich nicht bemerkt habe, dass er blind ist?

Dann kommt mir ein saublöder Gedanke: Ich könnte ja einfach klingeln und so tun, als wäre ich gar nicht die, die in seine Wohnung gefallen ist und eine Riesensauerei veranstaltet hat.

Ich rufe Sophie an, aber die weiß zunächst auch keinen Rat.

»Du musst auf jeden Fall Entschuldigung sagen.«

»Ich weiß«, sage ich kleinlaut.

»Nimm Cem einfach mit. Der ist immerhin nicht ganz unschuldig.«

»Ja. Gute Idee.«

»Macht das doch mit Brot und Salz, das finde ich süß. Hast du noch das Maisbrotrezept, das ich dir mal gegeben habe? Back ihm das Brot selbst, dann freut er sich bestimmt.«

»Na, ich weiß ja nicht.« Im Gegensatz zu Sophie bin ich kein Backspezialist. Außerdem hab ich keine Ahnung, wo das Rezept abgeblieben ist. Irgendwo in irgendeinem meiner Notizbücher.

»Es war eine total bedrückende Situation«, gestehe ich dann, was mir seither auf der Seele liegt.

»Feli, du bist in seine Wohnung gepoltert und hast Rührei hinterlassen. Natürlich war das keine besonders glückliche Situation.«

»Ich meine, *er* hat irgendwie bedrückt ausgesehen.«

»Vielleicht bildest du dir das ein, weil du ein schlechtes Gewissen hast.«

Diese Aussage befriedigt mich nicht.

»Bring das erst mal ins Reine. Ich kenn dich. Wenn du die Sache nicht klärst, geht sie dir wochenlang nicht aus dem Kopf.«

Natürlich hat Sophie damit recht. Ihr fällt es deutlich leichter als mir, Pannensituationen objektiv zu betrachten. Ich versinke häufig in einem Berg an Selbstvorwürfen, was dazu führt, dass ich nicht mehr nach links und rechts blicken kann, geschweige denn einen Ausweg aus dieser Situation erkenne.

ENTSCHULDIGUNG SAGEN

Ich traue mich nicht. Ich mache gleich unter mich. Das doofe Brotrezept habe ich zwar gefunden, aber ich hätte dafür Maismehl kaufen gehen müssen, und heute ist

Montag. An Montagen gehe ich nun mal nicht einkaufen. Also habe ich einen Kuchen gebacken, der leider nicht verhindern kann, dass ich mich lächerlich und überfordert fühle, als ich gemeinsam mit Cem vor der verschlossenen Wohnungstür im Erdgeschoss stehe. Cem wollte eigentlich, dass wir erst später vorbeischauen, weil es rein theoretisch sein könnte, dass wir spontan zum Mitessen reingebeten würden. Diese Einladung könnte er natürlich nur nach Einbruch der Dunkelheit annehmen.

Ich dagegen glaube, dass wir ganz bestimmt nicht spontan auf ein Stückchen einladen werden, deshalb ist es auch nicht nötig, den Schokokuchen zu einer ramadanfreundlichen Uhrzeit vorbeizubringen.

Cem ist also mies gelaunt, als wir mit meinem gutduftenden Backwerk vor der unteren Wohnung stehen.

Ich habe Cem mit Gesten geboten, absolut still zu sein, weil ich verhindern will, dass der Bewohner sich wie am Samstag von uns belästigt fühlt und die Tür öffnet, obwohl ich noch nicht dazu bereit bin. Einen Moment fürchte ich sogar, er könnte meinen nervösen, schnellen Atem hören.

Entschuldigung zu sagen ist etwas, das mir schon immer extrem schwergefallen ist. Aber noch nienienie war es so schlimm, denn noch nie war die Ausgangssituation so unglücklich.

Als ich allen Ernstes darüber nachdenke, heimlich in unsere WG zurückzuschleichen und den Kuchen bei Mondschein mit Cem alleine zu verdrücken, kommt jemand zur Haustür herein und macht diese Option zunichte. Gut für meine Figur, schlecht für meine nervöse Blase.

»Hallo«, grüßt der Neuankömmling, zückt einen Schlüssel und steckt ihn in die Tür, vor der wir seit drei

Minuten darauf warten, dass ich den Mut aufbringe, die Klingel zu drücken.

»Hallo«, erwidern Cem und ich mechanisch.

»Kann ich euch helfen?«

Ja, wir müssen sehr hilfsbedürftig aussehen, wie wir hier schweigend mit einem Schokokuchen vor einer verschlossenen Wohnung stehen.

»Wir haben gesehen, dass hier neue Nachbarn eingezogen sind«, kokettiert Cem. Wenn er jetzt zu flirten beginnt, gehe ich an die Decke! »Da dachten wir, wir heißen sie willkommen!«

Wir? Mir kam es so vor, als hätte *ich* heute eine Stunde lang Kuchen gebacken und mit Schokolade bepinselt.

»Wahnsinn«, findet der Fremde. Sein Grinsen ist sehr zahnweiß und jungenhaft. »Simon. Hi!«

Morgens Aronal, abends Elmex.

»Cem«, sagt Cem.

»Feli«, sagt Feli, also ich.

»Find ich echt cool, dass sich hier mal jemand von den Nachbarn blicken lässt.«

»Ja, gehört doch dazu, oder?«, schmachtet Cem.

Stirb, Cem, stirb!

»Wohnt ihr hier zu zweit?«, traue ich mich zu fragen.

»Nein«, zahncremt Simon, »ich bin nur zu Besuch. Ich bin … ein guter Freund.«

Ich nicke. Sein Zögern nach »ich bin« entgeht mir nicht.

Simon dreht den Schlüssel im Schloss herum und stößt die Tür auf.

»Hey, Mann, Besuch für dich«, ruft er mit einer merkwürdigen Selbstverständlichkeit durch die Wohnung.

»Besuch?«, antwortet eine sanfte Baritonstimme, die ich bereits kenne.

Als sich Schritte nähern, gucke ich an Simon vorbei in die Wohnung. Sie ist sehr leer. Fast steril. Anders als bei uns gibt es hier keinen Flur, der in Küche, Bad und zwei Zimmer mündet, sondern man befindet sich gleich in einer großen Wohnküche. Darin gibt es eine kleine Küchenzeile, auf der alles an seinem rechtmäßigen Platz zu stehen scheint, eine fluffig aussehende weiße Couch, einen Fernseher, einen CD-Spieler und einen Tisch mit zwei Stühlen. Mehr nicht. Keine Farbe, keine Deko, kein Schnickschnack. Keine verkleideten Skelette. Keine indirekte Tine-Wittler-Beleuchtung. Aber auch kein bisschen Unordnung.

Dann sind die Schritte angekommen, und das Herz rutscht mir vor Scham in meine Socken.

»Ähm, hallo«, mäuschenpiepse ich. Es ist an der Zeit, mich zu erkennen zu geben. »Wir haben uns am Samstag schon mal ge … getroffen.« Oh Gott, fast hätte ich *gesehen* gesagt. »Ich bin … also, ich bin in deine Wohnung gefallen.« Ich gebe ein hohles Hühnerkichern von mir und hoffe auf eine Reaktion.

Es kommt aber keine Reaktion. Die Augen starren über mich hinweg auf einen Punkt an der Wand, den sie nicht erkennen können, das Gesicht bleibt ausdruckslos. Schon am Samstag, als ich zu seinen Füßen in den Überresten meines Einkaufes lag, war mir aufgefallen, dass er ganz gut aussieht. Jetzt, da er direkt vor mir steht, ist seine Attraktivität nicht mehr von der Hand zu weisen. Groß, muskulös, braune Haare. Männlich, schießt es mir durch den Kopf. Er sieht männlich aus!

Es ist Simon, der eine Reaktion zeigt. »Ach, herrje!«, sagt er sehr treffend mit strahlendem, offenem Gesichtsausdruck.

Ich beginne Simon zu mögen.

»Ach, herrje!«, wiederholt er noch mal. »Janosch hat mir schon davon erzählt. Das ist eine echt lustige Story.«

Cem, der Schleimer, stimmt in Simons Kichern ein.

»Ich wollte nur kurz sagen …« Ja, was eigentlich? Dass ich ein gigantischer Volltrottel bin? »… dass, ähm, mir das alles ziemlich peinlich ist und leidtut. Deshalb wollte ich den Kuchen hier vorbeibringen, als quasi, ähm, Entschädigung. Ich weiß nicht, ob er schmeckt, also, ja, ähm, esst ihn oder auch nicht. Und wir, wir gehen dann mal wieder hoch, nicht wahr, Cem? Wir wohnen nämlich oben in der Vier.«

Ich neige dazu, wirren Unfug zu stammeln, wenn ich nervös bin. Dass in diesem Fall ein attraktiver Mann der Auslöser ist, macht die Sache nur noch schlimmer. Eigentlich würde ich jetzt lieber geistreich und witzig rüberkommen. Stattdessen manifestiere ich den ersten Eindruck von mir als fahrigem Tollpatsch.

Schnellen Schrittes gehe ich zu der Küchenzeile, stelle den Kuchenteller darauf ab und husche mit gesenktem Kopf zurück zur Tür.

»'tschuldigung noch mal, wir wollten nicht stören. Tut mir leid. Wirklich. Ist mir echt unangenehm.« Ich habe es ziemlich eilig, zurück in meine Wohnung zu kommen, weil ich dieses Nichtssagen und das Nichtreagieren nicht ertrage.

Cem, der wohl immer noch darauf wartet, zum Kaffeekränzchen eingeladen zu werden, macht keinerlei Anstalten, mich zu begleiten, also nehme ich ihn bei der Hand und ziehe ihn hinter mir her.

»Das mit dem Kuchen ist eine Wahnsinnssache, wollt ihr nicht ein Stück mitessen?«, fragt Simon und sieht mich mit funkelnden Augen an.

Cem wirft mir einen sehnsüchtigen, flehenden Blick zu, aber ich schmettere das Angebot mit einem unanfechtbaren Argument nieder. »Nein, danke, geht nicht. Es ist Ramadan.«

MAMA

Nach dem Anruf meiner Mama kann man für gewöhnlich die Uhr stellen. Zweimal die Woche. Dienstags und freitags, immer gegen vier.

Meine Eltern leben getrennt, seit ich dreizehn bin. Und das ist okay so. Ich war nie der Meinung, die beiden nach ihrer Trennung wieder zwangsvereinen zu müssen, was mich wohl zu einer Rarität macht. Mir sind getrennte Eltern tausendmal lieber als streitende, weil ich ein Freund von Harmonie bin.

Wahrscheinlich bin ich meiner Mutter ähnlicher, als ich gerne zugebe. Oft werfe ich ihr vor, kompliziert, streitsüchtig und nervtötend zu sein, außerdem dass sie zu oft an mir rummeckert und zu viel schwatzt.

Meine Mutter ist eine von der junggebliebenen Sorte. Das heißt jetzt nicht, dass sie eine Frau ist, die von sich selbst behauptet, junggeblieben zu sein. Denn solche sind meistens Überbleibsel der Achtundsechziger, tragen Walla-Walla-Kleider und konsumieren von Zeit zu Zeit gerne Janis Joplin und/oder Marihuana.

Meine Mutter ist es einfach. Junggeblieben. Sie gibt viel Geld für Kleidung, Schuhe und Abendgestaltung aus, sie hat gerne Dates. In diesem Punkt unterscheiden wir uns wahrscheinlich maßgeblich.

»Felicitas«, flötet sie in den Hörer.

»Mama«, flöte ich zurück.

»Erzähl mir von deinem Wochenende«, fordert sie. »Cem hat sich das doch ausgedacht, oder?«

Oh, stimmt. Mama und Cem sind Busenfreundinnen. Er besteht geradezu darauf dranzugehen, wenn meine Mutter anruft, damit er vor mir ein bisschen mit ihr tratschen kann. Cem ist für meine Mutter der schwule beste Freund, den sie nie hatte. Und sie ist für ihn die verständnisvolle Erzähl-mir-aus-deinem-Leben-Mutter, die er nie hatte.

Manchmal lästern sie sogar über mich. Soeben hat Cem sie also über meine Panne mit dem neuen Hausbewohner aufgeklärt.

»Felicitas, bist du denn wahnsinnig geworden? An fremden Türen lauschen!«

Der feine Cemiblödi hat ihr also nicht erzählt, wessen Glanzidee das war. Als ich die Sachlage klarstellen will, unterbricht sie mich jedoch: »Man kann nicht immer alles auf die anderen schieben.«

Jaja. Schon immer so gewesen. Ich habe nie recht, alle anderen dafür aber aus Prinzip. Ich denke, das ist eine weitverbreitete Eltern-Kind-Problematik.

»Du warst noch nie besonders geschickt.« Auch das hat sie mir schon diverse Male erzählt. »Wenigstens hast du dich entschuldigt. Dass dieser Junge keine Manieren hat, ist nicht deine Schuld. Cem hat recht, er hätte euch auf ein Stück Kuchen einladen sollen.«

»Hat Cem dir nicht erzählt, dass er gerade Fastenzeit hat?«

»Ah! Apropos. Fastenzeit würde dir auch mal ganz gut stehen. Wolltest du ihn nicht dabei unterstützen?«

Als ich noch zu Hause gewohnt habe, sagte sie immer Sachen wie »Wolltest du nicht was zu trinken holen?« oder »Könntest du mal den Staubsauger mitbringen?«. Sie vergaß dabei immer, dass mir die Modalverben wollen und können die Entscheidung offen ließen, mit ja oder nein zu antworten. Aber wehe, ich habe nein gesagt. Mama benutzt das Verb wollen als Synonym für »ich befehle dir«.

Als ich mich widerwillig mit »Ja, vielleicht« der Frage entwinde, widmet sie sich anderem Tratsch. Ich schalte auf Durchzug und kommentiere nur hier und da mit »Mhm« oder »Mhm, richtig« oder »Mhm, stimmt schon« oder »Mhm, ja«.

ENTSCHULDIGUNG SAGEN, KLAPPE DIE ZWEITE

Dass ich seinen Namen nicht weiß, macht das Grübeln über meinen neuen Nachbarn nicht besser. Ich versuche jedoch, ihn unter keinen Umständen mit irgendeiner Substantivierung des Wortes blind zu betiteln, weil ich das abwertend finde und nicht will, dass mich jemand als behindertenhassende oder diskriminierende Person beschimpft. Weil ich das nun mal nicht bin. Nichts davon und auch sonst nichts Faschistisches. Also bitte. Mein Mitbewohner ist ein schwuler Türke, der Frauenarzt werden will! Das zeugt doch von einer sehr liberalen Lebenseinstellung, oder?

Am Samstag komme ich mit Sophie und unserer gemeinsamen Freundin Kirsten von meinem Wocheneinkauf zurück. Die beiden haben mich begleitet, weil wir heute Abend zusammen kochen wollen. Ich habe ihnen soeben eine Geschichte aus meiner Schulvergangenheit erzählt und versucht in Worte zu fassen, wie sie mit meinen jüngsten Erfahrungen mit unserem neuen Nachbarn verzahnt ist.

»Es ist schon ein bisschen klischeemäßig, dass er dich angemeckert hat, weil du das Wort sehen verwendet hast, oder?«, fragt Kirsten und nimmt mir die Tragetasche ab, während ich in meiner Handtasche nach dem Hausschlüssel krame. Kirsten ist ein ziemlich intelligenter Mensch, sie kombiniert gut und stellt an den richtigen Stellen die richtigen Fragen. »Er muss doch wissen, dass er damit den Menschen in seiner Umgebung Unbehagen bereitet!«

»Ja, vielleicht. Aber … es ist doch auch irgendwie scheiße.«

»Schon, trotzdem muss er das nicht an dir auslassen«, wirft Sophie ein.

»Die Menschen sind nun mal empfindlich. Entweder weil man sie mit Samthandschuhen anfasst oder weil man sie eben normal behandelt. Manche meinen auch, es mache sie zu einer erhabeneren Person, wenn sie jedem schlechte Absichten unterstellen.« Ich finde eine beruhigende Wahrheit in Kirstens Worten. Das ist eine ihrer Gaben. Egal wie scheiße man sich fühlt – ein Gespräch mit ihr, und sie schafft es, die Sachlage aus einer ganz anderen, klareren und positiveren Perspektive zu beleuchten.

»Warum grübelst du eigentlich immer noch darüber?«, fragt Sophie berechtigterweise.

Ich entziehe mich einer Antwort, indem ich den mittlerweile gefundenen Schlüssel ins Schloss stecke, aufschließe und die Tür mit dem Hintern aufdrücke.

»Grüß dich, Feli«, höre ich hinter mir eine bekannte Stimme.

Simon hält mir die Tür auf und winkt uns ins Haus.

»Ähm, hallo.« Seine Freundlichkeit erschlägt mich fast ein bisschen. Wie schafft er es nur immer, so ungezwungen rüberzukommen?

Er trägt ein T-Shirt, verwaschene Jeans und eine Jacke über dem Arm, er sieht sportlich und gut aus. Wirklich ein bisschen wie ein Werbemodel für Zahncreme oder andere Pflegeprodukte. Simon ist groß, schlank, dunkelblond und hat einen von diesen Beatles-nur-cooler-Haarschnitten, die bei Frauen meist Fantasien von Händehineinkrallen auslösen. Auch bei mir, das möchte ich nicht bestreiten. Kurz: Simon ist einer von diesen smarten Typen, die alle Mädchen gerne heiraten möchten, die von mir aber rein gar nichts wollen.

Vielleicht sollte ich weniger Gedanken an unsere Haar-Hände-Kompatibilität verschwenden und besser versuchen, mit seiner Hilfe mehr über den noch Namenlosen herauszufinden. Aber ich traue mich nicht.

»Hallo, Simon«, sage ich noch mal, damit er merkt, dass ich mich noch an ihn erinnere. »Ähm, das hier ist Sophie, und das ist Kirsten.«

»Oh, ihr habt wohl eine Shoppingtour gemacht?«

Wir nicken. Wir wechseln einen Blick.

Huihui, süßer Typ, sagen Sophies Augen. *Ehrlich? Ist mir gar nicht aufgefallen,* lügt mein Blick. *Regt euch ab,* weist uns Kirsten zurecht.

»Das steht heute bei mir auch noch an.« Er klopft sich über die Jeanstaschen. »Vergesst ihr auch so oft eure Schlüssel?« Er lacht.

»Ähm.« Ich sage oft Ähm. Es ist ein tolles Wort, ein

Ausdruck universeller Ahnungslosigkeit und Wortungewandtheit. Besser als Ähm ist nur Häh. Während ich mich noch frage, warum Simon einen Schlüssel zu einer Wohnung besitzt, in der er gar nicht lebt, schlage ich vor: »Warum klingelst du nicht einfach?« Ja, das ist doch wirklich mal ein Geistesblitz.

Aronal-Lächeln, dann: »Ja, daran habe ich auch schon gedacht. Aber es ist niemand da.«

»Wirklich nicht? Warum?«, platzt es aus mir heraus, was mir einen Wimpernschlag später auch schon peinlich ist.

Simon lächelt weiter (und er lächelt und er lächelt und wenn er nicht gestorben ist …) und antwortet dann, als gäbe es an meinem Ausbruch nichts zu beschämen: »Ja, Janosch ist im Sport. Schwimmen.«

Janosch.

Sport.

Schwimmen.

Mit dieser Menge an Informationen bin ich überfordert. Dabei waren es nur sechs Wörter. Mein Gehirn hat allerdings derzeit Semesterferien. Die letzte Hausarbeit habe ich vor einer Woche beendet, daher ist es auf Energiesparmodus eingestellt.

»Echt?«, ist meine nächste echt saublöde Frage.

»Natürlich«, ist Simons natürliche Antwort.

Ich setze ein Lachen auf und versuche mich dabei an der Unbefangenheit, die Simon stets ausstrahlt. Es gelingt mir nicht. Bei mir wirkt es in etwa so, als habe mir gerade eine Taube auf den Kopf gemacht und ich würde versuchen, der Situation etwas Humoristisches abzugewinnen.

Da nimmt Sophie die Situation in die Hand, und dafür liebe ich sie. »Das ist ja interessant. Macht er das auf Leistungssportebene?«

Auf Leistungssportebene? Auf diese Frage wäre ich in tausend Jahren nicht gekommen. Aber ich habe ja auch keine Ahnung, was Darwin-Finken sind.

»Oh, also, er ist richtig gut, soweit ich weiß. Ich bin ja nicht dabei. Janosch ist da … speziell.«

Wieder entgeht mir sein Zögern nicht. Daher frage ich nach: »Wie meinst du das?«

Ich kann Simon ansehen, dass er mir nicht zu viele Informationen geben will, während er antwortet. »Er braucht viel Zeit für sich. Er will niemanden dabeihaben. Nur seine Schwester.«

»Verstehe«, behaupte ich, obwohl ich rein gar nichts verstehe.

Simon findet schließlich seinen Schlüssel in einer Innentasche der Jacke und steckt ihn ins Schloss. »Ah, ja, warte einen Augenblick.« Er geht kurz in die Wohnung und kommt dann mit einem roten Teller heraus, den ich als meinen eigenen erkenne. »Das war ein super Kuchen. Wirklich. Total lecker. Wie gekauft.« Lachenlachenlachen. »Tut mir übrigens leid, wie das alles gelaufen ist.«

»Dir tut das leid? Du hast doch damit am allerwenigsten zu tun. Das ist komplett auf meinem Mist gewachsen. Ich bin ein totaler Tollpatsch, weißt du, und dann hab ich mich auch noch ein bisschen doof ausgedrückt gegenüber … Janosch.« Janosch. *Janosch.*

»Mach dir keine Gedanken. Er meint es anders, als er es sagt.«

Komisch. Er benutzt nicht die Floskel: Er meint es nicht, wie er es sagt.

Ich mache mir *natürlich* Gedanken. Von mir zu verlangen, mir keine Gedanken zu machen, ist ein Ding der Unmöglichkeit. Man könnte genauso von mir wollen, dass ich spontan einen Marathon in weniger als zwei Stunden laufe. Das geht einfach nicht.

»Okay.« Okay. Was für ein toller Standpunkt. Okay ist fast schon Ähm, und Ähm ist fast schon Häh.

Ich gehe langsam die Treppe hoch.

»Einen schönen Tag euch dreien.« Simons Freundlichkeit trifft mich geballt im Genick. »Der Kuchen war wirklich toll.«

Oben in unserer Wohnung erwischen wir Cem dabei, wie er sich um fünf Uhr nachmittags (für meteorologisch Unwissende: Zu dieser Zeit ist es hell) das letzte Stück Aufbackpizza in den Mund stopft (für unaufmerksame Leser: Cem ist Moslem und macht Ramadan).

Nachdem Sophie und Kirsten nach unserem gemeinsamen Essen gegangen sind, liege ich auf meinem Bett und starre an die Decke.

Es nervt mich, dass mich unbedeutende Dinge nicht loslassen. Meine Gedanken sind Klettverschlüsse, die ständig an Sachen heften bleiben, an die sie sich gar nicht erst heften sollten. Heute haben sie sich an den Informationen festgeklettet, die Simon mir geliefert hat.

Janosch.

Janosch. Schon der Name macht mich ganz konfus. Der einzige Mensch, der neben dem Tigerenten-Janosch noch Janosch heißt, entspringt Benjamin Leberts Roman *Crazy* und ist in meiner Vorstellung Tom Schilling. Weil der ihn in der Verfilmung gespielt hat. Als ich den Film zum ersten Mal gesehen habe, war ich ungefähr zwölf, saß mit meiner Mama vor dem Fernseher und habe mich furchtbar geschämt, als Janosch Benjamin (das ist im Film Robert Stadlober) beim Onanieren erwischt und ihn passenderweise »Na, schon mal gefickt?« fragt. Wenn man den Film nicht gerade zwölfjährig mit seiner Mutter guckt, ist er übrigens sehr gut.

Fakt ist: In meiner Welt heißen wirklich existierende Menschen nicht Janosch.

Janosch, der gerne schwimmt.

Ich wusste nicht, dass das geht, und schäme mich wieder dafür, dass ich es mir nicht vorstellen kann. Dabei ist Schwimmen wirklich kein Sport, für den man ein gutes Augenlicht braucht. Ich bin ohne Brille fast blind (diese Redewendung sollte ich mir abgewöhnen) und trage sie beim Schwimmen trotzdem nie. Das hat unter anderem den Vorteil, dass ich die Menschen, von denen ich glaube, dass sie mich im Schwimmbad gehässig anglotzen, nicht sehen muss. Wegen dieser Menschen gehe ich nicht mehr oft schwimmen. Cem hat mal zu mir gesagt, man bilde sich eh nur ein, im Schwimmbad angestarrt zu werden. Doch selbst wenn sie gar nicht starren, alleine dass ich *glaube,* sie würden es alle tun, lässt mich Komplexe oder auch Depressionen oder auch beides kriegen.

Janosch, der gerne etwas alleine unternimmt.

Was ist Simon? Eine Art Pfleger, der hin und wieder vorbeikommt, um nach dem Rechten zu sehen? Ist es blöd, einen Pfleger zu haben, oder eine Erleichterung? Mir täte es gelegentlich ganz gut, wenn es in meinem Leben einen dauergrinsenden Simon gäbe, der einen Zweitschlüssel zu meiner Wohnung hat, ausgeliehene Kuchenteller zurückbringt und ein bisschen mein Leben sortiert.

Warum mache ich mir überhaupt so viele Gedanken um einen Menschen, den ich erst einmal (zweimal, wenn man unsere erste Zusammenkunft hinzurechnet) getroffen habe?

Bestimmt ist die Ruhe hier für das Wirrwarr verantwortlich.

Ich stehe vom Bett auf und suche mir eine CD aus. Ein bisschen Musik bringt mich bestimmt weg von dem Chaos, das momentan meinen Kopf bevölkert.

Der erste Titel läuft noch keine Minute, als Cem meine Zimmertür aufreißt und gegen die laute Musik anbrüllt: »Hast du die Klingel nicht gehört? Es ist Besuch für dich hier.«

Ich schalte den Ton ab und frage: »Aber nicht meine Mutter, oder?« Bittenichtbittenichtbittenicht.

In dem Jahr, in dem ich nun hier wohne, hat sie mich zweimal unangekündigt besucht, und diese beiden Nachmittage haben unser Verhältnis schwer belastet. Sie versteht nämlich nicht, wie ich in so einer Unordnung leben kann, und ich verstehe nicht, warum ihr das nicht scheißegal ist.

Heute sieht mein Zimmer aber um einiges furchtbarer aus als bei diesen beiden Spontanbesuchen. Wenn sie jetzt vor der Tür steht, dann werde ich enterbt.

»Nein. Komm einfach.« Cem sieht mich an, als wäre mein Gesicht ein nackter Männerpo.

Hab ich was gewonnen? Steht ein Verehrer vor der Tür oder zumindest ein Blumenbote, der mir von selbigem einen üppigen Strauß rot-, rosa- und lilafarbener Gerbera schenkt? Gibt es überhaupt lilafarbene Gerbera? Oder schlimmer: Gibt es auf diesem Planeten jemanden, der sie mir schenken würde?

Ich folge ihm und stolpere mit unübertrefflicher Eleganz, weil ich mich mit dem Fuß in einem Pullover verheddere, der auf dem Boden liegt. Cem fängt mich auf, ehe ich schmerzhaft auf dem Parkett landen kann.

»Wie hast du es überhaupt geschafft, zwanzig Jahre alt zu werden?«

»Schutzengel«, vermute ich.

»Na, der hat aber einen Fulltime-Job. Hoffentlich bezahlst du ihn gut.« Cem biegt in die Küche ab, bereit, HMB gründlich mit Fachvokabular zu beschimpfen. Er schließt die Tür hinter sich.

Mein Blick fällt auf die Eingangstür und erstarrt mit mir im Duett.

Janosch.

»Tag«, sage ich dann. Tag? Erstens ist es schon halb acht, und zweitens sagen das nur alte Menschen und / oder Pulunderträger, die an überregionalen Schachwettkämpfen teilnehmen und in der Schule immer gehänselt wurden.

»Wohl eher Abend«, korrigiert mich Janosch.

»Ja, stimmt. Abend.« Hohles Kichern meinerseits. Ich muss mich ständig ermahnen, bloß nichts Falsches zu sagen. Schließlich will ich nicht, dass er mich für politisch inkorrekt oder so einen Blödsinn hält.

»Ich wollte mich für den Kuchen bedanken. Das war nett. Irgendwie.«

Ja, *irgendwie* war das schon nett. Trotzdem war es *irgendwie* nicht nett, dass ich (Achtung, urkomischer Wortwitz) mit der Tür ins Haus gefallen bin.

»Gerne«, ist meine Antwort. Gerne?! Noch so ein Alte-Menschen-Wort.

»Ja, also, dann stelle ich mich jetzt auch mal vor. Janosch. Janosch Winter.« Er streckt die Hand aus.

Ich muss einen Schritt auf ihn zutreten, ehe ich sie ergreifen kann, weil unsere Arme sonst zu kurz wären. Es fühlt sich komisch an, dass mir jemand die Hand schüttelt, der mich dabei um gute fünfzehn Zentimeter überragt, aber den Kopf nicht zu mir senkt.

Dann, als könnte er meine Gedanken lesen, neigt er den Kopf und sieht mich an. Zumindest fühlt es sich so an.

»Feli.«

»Ja, das weiß ich. Mein Gedächtnis ist gezwungenermaßen ganz gut.«

Stille. Peinlichkeit.

Jetzt bloß nichts Falsches sagen, schießt es mir erneut durch den Kopf. Aber die Auswahl dessen, was richtig wäre, ist offenbar klein.

»Tut mir leid«, sage ich dann, »also nicht das mit deinem Gedächtnis, das finde ich natürlich super. Ich kann mir auch gut Sachen merken, aber wahrscheinlich nicht so gut wie du, ja, ähm … Ich meinte die Sache am Samstag. Das war ziemlich doof.«

»Ja, das war es.«

Na, vielen Dank. Offenbar hat er die Regeln dieses Spiels nicht verstanden. Wenn ich sage, dass das ziemlich doof war, erwarte ich gefälligst von meinem Gesprächspartner, dass er abwinkend *Quaaaatsch, du, kein Ding!* sagt.

»Aber da kann man wohl nichts machen. Ich wollte auch bloß sagen, dass ich unhöflich war, als du den Kuchen vorbeigebracht hast.«

Mir fällt auf, dass er sich nicht entschuldigt hat. Er hat lediglich angemerkt, dass er unhöflich war, und damit hat er vollkommen recht.

»Ähm. Schon. Okay.« Da ist es wieder, das Ähm. Und das Okay ist auch dabei. Die beiden sind nämlich blöderweise Kumpels und treten bevorzugt in der Gruppe auf.

»Gut. Tschüss.« Er presst ein Lächeln heraus und geht dann mit einer Handfläche an der Wand die Treppe hinunter.

Ich verstehe ihn nicht.

Ich hasse das.

MEIN GEHIRN NERVT

So ist es doch. Es lässt mich nicht in Ruhe. Es hält einfach nicht die Klappe! Sicherlich hat es zu viel Freizeit. Daran muss es liegen. Das ist der Grund, warum ich mich nicht mal auf die Sat.1-Zauberstaub-Idylle konzentrieren kann. Heute ist Dienstag, und Cem und ich gucken einen Film, für dessen vorhersehbaren Kitsch ich mich heute nicht begeistern kann.

»Ich wette, am Ende bekommt sie den italienischen Eisverkäufer.«

»Mhm.« Das ist Sat.1, natürlich bekommt sie den Eisverkäufer. Niemand würde gegen Cem wetten.

»Obwohl … warum kann der eigentlich akzentfrei Deutsch? Der ist doch Italiener?«

»Ist doch egal.«

»Das ist nicht egal. Das ist unlogisch.«

»Natürlich ist das unlogisch. Aber es ist *schön*. Natürlich kriegt sie den italienischen Eisverkäufer, und der muss akzentfrei Deutsch können, weil du als Zuschauer kein Italienisch kannst.«

Cem sieht mich irritiert an und sagt dann grandioserweise: *»Mi chiamo Cem. Come stai?«*

Ich lache, ziehe mir die Wolldecke über die Schultern

und lasse das Fernsehbild wieder vor meinen Augen verschwimmen. »Glaubst du, Janosch guckt auch Fernsehen?« Ich versuche, beiläufig zu klingen.

»Hä?« Cem versteht nicht.

Ich verziehe das Gesicht und deute dann nach unten, als könnte ich genau in die Wohnung ein Stockwerk tiefer zeigen.

»Ach so«, versteht Cem dann doch, »na ja. Er *hört* wohl eher Fernsehen.«

Oh. Daran habe ich gar nicht gedacht! Um Missverständnissen vorzubeugen, sollte ich in Zukunft wohl besser darauf achten, was ich sage. Gerade weil Missverständnisse zwischen Janosch und mir an der Tagesordnung zu sein scheinen.

»Warum sagst du das so abfällig?«, frage ich Cem empörter, als ich in Wahrheit bin.

Aber er fühlt sich nicht im Geringsten schuldig.

»*Abfällig?* Ich rede ganz normal. Janosch ist blind, aber nicht aus Zucker. Ich bin Mediziner, Feli, ich sehe Blindheit nicht als Krankheit.«

Er ist Mediziner, der feine Cem. Ja! *Seit vier Semestern!*

»Tust du nicht?«

»Nein. Soweit ich weiß, wollen Menschen mit einer solchen Behinderung auch keine Sonderbehandlung. Im Gegenteil. Also muss ich auch nicht anders reden als sonst.«

»So hab ich das noch nie gesehen.« Schon wieder so eine Redewendung. Das Wort sehen scheint in jeder zweiten Redensart oder Floskel vorzukommen. Eigentlich hat Cem recht: Man kann schlecht seinen ganzen Wortschatz umkrempeln. Der Gedanke, über jeden Satz nachzudenken, bevor er meinen Lippen entwischt, ist total absurd. Das würde ich nie hinbekommen.

Und überhaupt: Wenn es stimmt, dass behinderte Menschen ganz normal behandelt werden wollen, dann sollte ich nicht auf meine Worte achten müssen!

»Na ja, die Sache ist nur, dass ich bisher erst fünf Worte mit Janosch gesprochen habe, und trotzdem habe ich es immer geschafft, etwas zu sagen, wodurch er sich angegriffen gefühlt hat. Er war dann fast beleidigt. Er ist komisch.«

»Vielleicht hat er irgendeinen Komplex oder so. Von mir wird er jedenfalls keine Sonderbehandlung bekommen, zumindest nicht wegen der Behinderung.« Er sagt das schmunzelnd: *zumindest nicht wegen der Behinderung!*

»Weswegen dann?«

Cem schweigt und bringt damit das rote Lämpchen am oberen Ende meines Neugierometers zum Blinken.

»Weswegen?«

Der akzentfreie italienische Eisverkäufer küsst die ebenfalls akzentfreie Deutsche. Nicht, dass ich es nicht schon vorher gewusst hätte. Sie bereiten sich auf die obligatorische gemeinsame Nacht vor dem großen Streit vor.

Cem räuspert sich, spielt mit seinen Fingern und verdreht abschweifend die Augen. »Er sieht ziemlich gut aus.«

»CEM!«

Es ist also nicht nur mir aufgefallen, rede ich mir zu. Das ist gut. Nicht nur ich mache mir allem Anschein nach Gedanken über das Aussehen eines Menschen, der selbst gar nicht weiß, wie er aussieht.

Er setzt einen Sorry-aber-ist-doch-so-Gesichtsausdruck auf und widmet sich dann wieder dem multilingualen Eisverkäufer.

Schlafen, Feli. Schlafen, nicht grübeln.

Ich grübele.

Ich kann nicht schlafen.

Scheiße. Oha. Fluchen ist gut. Fluchen hilft.

Es ist so: Ich wirke auf Jungs – oder nennen wir sie mal Männer, meine Güte, ich bin zwanzig Jahre alt – nun mal nicht so wie ein Stück Schokotorte auf mich. Ich ziehe sie nicht an. Nicht, dass mich ein Stück Schokotorte sexuell anziehen würde, aber die Wechselwirkungen zwischen mir und Schoki sind sexueller Begierde nicht ganz unähnlich.

Männer finden mich lustig, und das gefällt mir. Ich halte Humor für eine unglaublich wichtige Charaktereigenschaft. Ich möchte aber nicht, dass mich *tolle* Männer lustig finden – zumindest nicht ausschließlich. Schön wäre es, wenn mein vorhandener Humor mit einem – leider nicht vorhandenen – umwerfenden Äußeren verschmelzen würde.

Ich bin nicht gerade schlank. Und meine Knie und Füße sind zugegebenermaßen verdammt hässlich. Ich habe schon wirklich oft versucht, meine Figur zu ändern, aber ich habe das mit dem inneren Schweinehund irgendwie noch nicht richtig verstanden.

Im Grunde ist es Männern total egal, ob du dick oder dünn bist, ob du Plattfüße oder Fettpolsterknie hast, solange du ihnen nur als ganz normales menschliches Wesen erscheinst, das rein zufällig über einen weiblichen Chromosomensatz verfügt. Erst ab dem Moment, in dem sie merken, dass von deiner Seite aus mehr als Kumpelgefühle bestehen, ändert sich das alles schlagartig! Sobald sie das mitbekommen, suchen sie das Weite. Sie vergessen, dass sie deinen Humor stets geschätzt haben, ebenso wie die gemeinsamen Stunden, in denen sie dir euphorisch im Lachanfall das Schultergelenk zertrümmert und nach dem Bier ungeniert gerülpst haben. Das waren jene Zeiten, in denen sie noch nicht wussten, dass auch du einen Sexualtrieb besitzt.

Ich hatte nie ein Problem damit, gute Freundschaften zu Männern aufzubauen. Allerdings endeten diese Freundschaften meist in einem schrecklichen Gefühlschaos, weil ich mich früher oder später in die Typen verliebt habe und fortan nicht mehr dieselbe war. Meinen Humor setzte ich daraufhin spartanischer ein, an Saufgelagen nahm ich nur noch als stiller Beisitzer teil, und wenn mir jemand auf die Schulter klopfte oder in meinem Beisein rülpste, nahm ich das zum Anlass, mich zu beschweren und darauf hinzuweisen, dass ich ein Mädchen bin.

Ich habe einen Freund, den ich noch aus der Schule kenne. Jojo hat mich genau so lange als seine beste Freundin bezeichnet, bis ich anfing, ihm des Nachts SMS zu schreiben, die nicht einfach nur hohl und lächerlich waren, sondern ihn auch zu tiefgründigen Gesprächen aufforderten. Ich erzählte ihm von meinen Träumen, berichtete ihm, wann ich aus welchem Grund auch immer an ihn denken musste, und beging auch sonst jeden Fehler, den man nur machen kann. Plötzlich sah er mich in einem anderen Licht, beäugte kritisch mein Verhalten, meine Kleidung, mein Aussehen.

In der elften Klasse sagte er schließlich zu mir, dass er nur so mein Kumpel sein wolle und ich ihm lieber gewesen sei, als ich das auch sein wollte. Also fügte ich mich und begab mich wieder auf die Rülpsebene mit Jojo. Damit bin ich auch irgendwie besser gefahren.

Diesmal ist alles anders. Da kommt ein Mann daher, der mein Aussehen gar nicht kennt und mich einfach blöd findet, ohne meinen Charakter zu erforschen. Jemand, der sich nicht die geringste Mühe gibt, sich ein Bild von mir zu machen. Der nicht mal diese dämliche Rülpsebene aufbauen will. Daran bin ich nicht gewöhnt, denn meistens finden mich andere Menschen sympathisch und sind bereit, sich wenigstens auf eine sporadische Bekanntschaft mit mir einzulassen.

Ich könnte es darauf schieben, dass Janosch gut aussieht und deswegen vielleicht oberflächlich und hochnäsig ist, aber da ich nicht weiß, ob er sich seiner Attraktivität bewusst ist, ist das nicht die einzige Lücke in dieser Theorie.

Ich beschließe, dass Janosch ein Idiot ist.

Im nächsten Moment revidiere ich diese These und beschließe, dass Janosch bloß einen schlechten Tag hatte. Oder auch eine schlechte Woche. So ein Umzug schlaucht schließlich. Er befindet sich in einer vollkommen neuen Umgebung und muss sich erst daran gewöhnen, das wird für ihn nicht so einfach sein.

Damit bin ich zufrieden. Ich werde also weiterhin nett zu ihm sein, brav *Hallo* und *Tschüss* sagen, vielleicht können wir ja doch noch irgendwann ein Weinchen oder Kaffeechen zusammen trinken, so wie ich es mit den anderen Hausbewohnern von Zeit zu Zeit tue.

Das muss möglich sein. Ich will gemocht werden, verdammt!

Zwei Stunden später liege ich immer noch wach und zerbreche mir den Kopf.

Nicht einschlafen zu können macht mich wahnsinnig. Dagegen gibt es nur ein Mittel.

Ich knipse das Licht an und fische aus einem der Bücherstapel mein Einschlafmittel: ein Hörbuch. Nicht irgendein Hörbuch. Es hilft nicht jedes, es hilft nur *Harry Potter.*

Wenn Rufus Becks Stimme weich durch meine Gehörgänge säuselt und ich ganze Passagen in Gedanken auswendig mitsprechen kann, kommt der Schlaf von selbst. Zwischen meinem zehnten und meinem dreizehnten Lebensjahr konnte ich ohne diesen Mann überhaupt nicht einschlafen.

Ich bin ein ziemlicher *Harry-Potter*-Freak. Aber das macht nichts, denn ich stehe dazu.

Wenn ich die Wahl zwischen tausend Euro und einem Treffen mit Joanne K. Rowling hätte, müsste ich keine Sekunde überlegen, um mich für das Treffen zu entscheiden. Was ich sie dann fragen würde, weiß ich allerdings nicht. Nee, das ist gelogen. Natürlich weiß ich das.

Ich stelle die Stereoanlage extrem laut. Herr Beck brüllt mir *Harry Potter und der Feuerkelch* in die Ohren. Mein Gehirn schaltet auf Standby und lässt mich endlich in Frieden.

DU MACHST EINE PARTY, WIE NETT VON DIR

Es ist Anfang Oktober, und ich habe die vorlesungsfreie Zeit allmählich satt.

Ich habe wirklich unterschätzt, wie langweilig es sein kann, nichts zu tun. Die Langeweile ist aber gar nicht das Schlimmste, sondern das schlechte Gewissen, das mich jeden Morgen packt, wenn ich mal wieder länger als bis neun geschlafen habe.

Täglich nehme ich mir vor, etwas Aktivität zu zeigen und irgendetwas zu unternehmen. Aber jeden Abend liege ich im Bett und hasse mich ein bisschen dafür, dass ich diesen Vorsatz wieder nicht erfüllt habe. Zu meinen Lieblingsvorsätzen gehören Zimmeraufräumen, ein Regal kaufen, um endlich Herr über das Bücherchaos zu werden, und Sportmachen.

Das mit dem Aufräumen scheitert daran, dass ich in Wahrheit gar nicht dahinterstehe. In mir drin wohnt ein Männchen, das mit geschwellter Brust und übergroßem Zylinder auf dem Kopf tönt, so gehe es nicht weiter, ich müsse aufräumen und mich meinem Alter entsprechend verhalten, blabla. Neben diesem Männchen steht ein weiteres, etwas kleineres, das auf den Namen Wahrheit hört und leise piepst, dass ich eigentlich nur zu faul bin. Dass ich es nicht mal gebacken kriege, ein dämliches Billy-Regal zu kaufen, geht mit dieser Problematik einher. Das Zylindermännchen labert großspurig, dass Feli kein Auto habe und nur deshalb kein Regal kaufen gehe. Auch hierauf hat das Wahrheitsmännchen eine unschlagbare Erwiderung auf Lager: Cem hat einen süßen Lupo, den er Feli jederzeit leiht. Aber in den Lupo passt kein Regal. Doch, weiß Mr. Wahrheit, das ist nämlich platzsparend verpackt. Daraufhin geraten Wahrheits- und Zylindermännchen in einen gepfefferten Streit. So geht das jeden Tag.

Sportmachen ist leider unmöglich. Das kann ich einfach nicht. Welchen Sport auch? Der einzige, den man ohne Mitgliedschaft im Fitnessstudio und ohne viel Ahnung ausführen kann, ist Joggen, und dafür bin ich nicht geschaffen. Ich *kann* es schlicht und ergreifend nicht. Manche Menschen können nicht mit den Ohren wackeln, andere können die Zunge nicht rollen, wieder andere haben Legasthenie. Ich kann nicht joggen. Nach wenigen Metern krieche ich auf dem Bauchnabel über den Waldboden und bete die Natur an, mich umzubringen. Sport ist nichts für mich. Er frustriert. Er ist anstrengend. Er hasst mich!

Nach einem allsamstäglichen Shoppingexkurs treffen Cem und ich im Erdgeschoss auf Steffi von nebenan. Sie erzählt, dass sie einen neuen Mitbewohner habe. Cem und ich wechseln einen Blick, und ich vermute, wir befürchten beide, dass wir ab sofort gar keinen Abend mehr erleben werden, an dem uns Steffi *nicht* in den Schlaf stöhnt.

»Ich verteile die hier an alle Mieter im Haus. Mein neuer Mitbewohner muss gefeiert werden«, zirpt Steffi, und ich kann ihre sexuelle Aura förmlich pulsieren sehen. Sie ist wirklich nett und alles, aber ich behaupte gerne lästernd hinter ihrem Rücken, dass sie für jeden Mann gut sichtbar *Begatte mich* auf der Stirn stehen hat.

Sie drückt Cem einen Bogen kreischrosa Papier in die Hand. Ich luge ihm über die Schulter und lese die wenigen Buchstaben, die darauf gedruckt sind:

STEFFI feiert MIRKOS EINZUG
HEUTE ab 21.00 h in der 5

Bitte Getränke mitbringen

Poetisch klingt anders, aber eine Party ist nett. Ich bin nur irgendwie nicht in Partylaune.

»Super, wir kommen«, verkündet Cem, ohne mich zu fragen, mit vor Enthusiasmus leuchtenden Augen.

Durch die Eingangstür kommt plötzlich ein Duo herein, das mich wieder ganz durcheinanderbringt: Simon und Janosch. Janosch und Simon. Zum ersten Mal sehe ich sie gemeinsam.

Ich habe keinen der beiden in letzter Zeit getroffen und merke sofort, dass ich heute Nacht wieder nur mit Rufus' Hilfe einschlafen werde. Aber wahrscheinlich ist heute Nacht sowieso nicht an Schlaf zu denken, weil Steffi eine Wohnung weiter lautstark die Party des Millenniums schmeißt.

Janosch hat eine schwarze Ray-Ban-Sonnenbrille auf der Nase. Das finde ich jetzt ein bisschen stereotyp.

»Hallo, schön, euch mal wieder zu treffen«, grüßt Simon mit der für ihn typischen Extraportion Charme und guter Laune.

»Hallo«, murmele ich kleinlaut und ertappe mich dabei, wie ich mir wünsche, Janosch würde meine Stimme nicht erkennen. *Harry Potter und der Feuerkelch* von Joanne K. Rowling, gelesen von Rufus Beck, versuche ich mir ins Gedächtnis zu rufen, damit ich nicht wieder über diesen Mist nachdenke. Meine Stimme nicht erkennen? Warum wünsche ich mir so etwas?

Wo war ich beim letzten Mal stehen geblieben? Ach ja, beim Kapitel *Die unverzeihlichen Flüche.* Was passiert da noch mal? Ich kann mich nicht erinnern. Alles weg. Weggepustet, leergefegt.

Steffi lächelt die Jungs an, nicht so, als würde sie gerade angestrengt Zeilen aus einem Fantasy-Roman rezitieren, sondern so, als würde sie die Schrift auf ihrer Stirn in Neonfarben aufleuchten lassen. Blinkblink. *Begatte mich. Schnell. Hier und jetzt.* Blinkblink.

Sie weiß, dass bei Cem mit diesem Blick nicht viel zu

holen ist, im Gegensatz zu den meisten anderen männlichen Wesen. Ob sie Simon oder Janosch anflirtet, weiß ich nicht genau. Ich denke, sie signalisiert beiden Bereitschaft.

»Seid ihr die neuen Mieter?«, will sie wissen. Blinkblink.

»Oh, nein, ich nicht«, antwortet Simon.

Ich stelle genügsam fest, dass er ihren Geschlechtsverkehrblick nicht erwidert. Er sieht sie genauso an wie sonst mich.

»*Ich* wohne hier.« Janoschs Stimme ist ernst, genervt, als würde man ihm diese Frage zum abertausendsten Mal stellen.

»Oh. Okay«, sein Tonfall ernüchtert Steffi. »Ja, also, ich geb heute 'ne Party.« Sie hält beiden je ein Papier hin. Simon ergreift sie alle beide, bevor die Situation unangenehm werden kann. »Du kannst gerne mitkommen. Auch wenn du nicht hier wohnst.«

Simon bedankt sich lächelnd.

»Und du sowieso, als neuer Nachbar.« Steffi versucht noch mal, Janosch durch die rabenschwarzen Brillengläser hindurch anzubaggern. »Hey, ist es echt so sonnig draußen?«, fragt sie dann, indem sie auf die Sonnenbrille deutet, und ich spüre sofort Fremdscham in mir aufsteigen.

Ich schäme mich regelmäßig fremd. Es ist leichter, sich um anderer Leute Missetaten Gedanken zu machen als um meine eigenen.

Janosch schiebt die Brille in seine Haare (Gott, ist das sexy!) und wendet uns sein Gesicht zu. Ein erdrückendes Gefühl erfüllt mich. Es ist, als würde er sich Steffi gegenüber outen.

Steffi kneift die Augen zusammen und beugt sich vor,

als wolle sie Janosch genauer betrachten. Sie sieht aus, als teste sie, ob sein Blick ihrem folgt, ob seine Augen wirklich ins Leere starren. Fehlt nur, dass sie mit den Händen vor seinem Gesicht herumwedelt. Zum Glück tut sie es nicht. Allein dass sie sich vorbeugt und ihn kritisch beäugt, ist sehr unfreundlich. So taktlos war nicht einmal ich.

Und dann tut sie es! Es ist kein Wedeln, sondern nur ein kurzes Schnippen, als wollte sie ihm Wasser ins Gesicht spritzen. Sie tut es tatsächlich. So ein Trampeltier!

Ich halte die Luft an. Ich möchte bitte ganz schnell weg von hier, bevor mich die in mir kochende Fremdscham innerlich verbrüht! Am liebsten würde ich die Treppe hochstürmen und Steffi im Vorbeigehen ordentlich eins überziehen, um sie für ihre Tölpelhaftigkeit zu bestrafen.

Simon ignoriert die Situation galant, indem er auf seine Finger guckt. Cem räuspert sich. Ich schäme mich noch immer. Steffi kratzt sich blöd an der Schläfe.

Janosch verzieht das Gesicht, schnauft dann höhnisch, dreht sich um und holt den Wohnungsschlüssel aus der Hosentasche. Mit dem Zeigefinger ertastet er den passenden Schlüssel und das Schlüsselloch, schließt auf und verschwindet in der Wohnung.

Simon erhält seine Freundlichkeit aufrecht, lächelt uns der Reihe nach nett an, endet bei Steffi und sagt: »Danke für die Einladung. Vielleicht schauen wir mal vorbei. Ich komme, wenn ich Zeit habe.«

»Ist er wirklich …«, beginnt Steffi.

Ich unterbreche sie schnell mit dem Erstbesten, was mir einfällt: »Sag mal, Cem, haben wir eigentlich Klopapier gekauft?«

WAS? Klopapier? Manchmal bringe ich mich selbst zum Heulen.

Cem sieht mich irritiert an, macht ein Bist-du-bekloppt-über-so-was-redet-man-nicht-Gesicht und antwortet zischend: »Wir haben noch welches.«

»Super«, entgegne ich kleinlaut und will mich schnell in unsere vier Wände verziehen, um *Harry Potter* zu hören. Hören ist der passivste unserer Sinne, das heißt, Hören ist kein bisschen anstrengend und beschäftigt meinen Kopf nicht ausreichend. Am besten ich lese mir *Harry Potter* selbst vor, imitiere wie Rufus Beck die Stimmen und mache vielleicht sogar noch szenische Darstellungen dazu. Das klingt doch sehr aktiv.

Simon fängt meinen Blick auf. Er weiß meinen Versuch, die Situation zu retten, zu schätzen. Glaube ich zumindest.

»Nun ja, ich hab eine Party vorzubereiten.« Mit diesen Worten entschwindet Steffi in ihre Wohnung.

Hau bloß ab, kann ich mir nicht verkneifen zu denken.

Cem folgt ihr die Treppe rauf, und ich marschiere brav hinterher.

»Gehst du heute Abend auf die Party eurer … netten Nachbarin?«

Dieses Mal finde ich Simons Zögern eher witzig, also drehe ich mich noch einmal zu ihm um und antworte wahrheitsgemäß: »Ich weiß noch nicht.«

»Vielleicht sehen wir uns ja. Wir könnten ein bisschen quatschen.«

Ist das eine Verabredung? Oder schlimmer: Ist es das, was eine Frauenzeitschrift als *Date* bezeichnen würde?

Ein bisschen quatschen. Mit Simon. Das klingt gut.

»Ich … ähm«, oha, mein Intellekt hat sein Tageshoch, »warum nicht?«

»Dann bis dann.« Simon schenkt mir ein letztes Lächeln.

Ich renne schnell die Treppe hoch und falle, dem Herrgott sei Dank, dabei nicht hin.

ICH KANN WIRKLICH NICHT FLIRTEN

»Uuuuuund?«, gurrt Cem, »du und Simon, was?«

Cem kommt mir gefährlich nahe. Er krabbelt auf mein Bett und streckt seine Nase an mein Gesicht.

»Bitte was?« Ich weiche zurück und quetsche mich in die Ecke. »Was redest du da?«

»Ich hab doch Augen im Kopf! Du wirst total nervös, wenn er in der Nähe ist, und redest nur noch Schwachsinn! Apropos: Was sollte die Nummer mit dem Klopapier? Das war so was von daneben!«

»Lass mich in Ruhe. Ich kenn den doch gar nicht.«

»Aber … er ist sühüüüüüß.«

»Dann nimm du ihn.«

Damit erkläre ich das Gespräch für beendet. Ich kenne Simon überhaupt nicht. Ich gehe heute Abend auf diese Party und *quatsche* ein bisschen mit ihm. Quatschen ist gut. Ich muss ja nicht flirten. Das kann ich nämlich nicht. Allein das Wort flirten ist schon grausig. Es geht mit Worten wie Date einher. Seine Benutzung ist maximal bis zur Altersgrenze von fünfzehn gerade noch akzeptabel.

Ich kann echt gut Rülpsebenen aufbauen und dummes hohles Zeug reden, aber Flirten ist nicht meins. Die meisten meiner Versuche scheitern und tragen keine Früchte. Und das obwohl diese Früchte echt gut schmecken.

Trotzdem mache ich mich schick. Schick machen ist zwar bei mir anders definiert als bei einem Mädchen wie Steffi, aber ähnlich wie bei Mädchen wie Steffi führt es auch bei mir dazu, dass ich mich besser, schöner und begehrenswerter fühle, wenn ich vor einer Party ein bisschen Zeit in mein Äußeres investiert habe.

Ich dusche, shampooniere und creme mich ein, besprühe mich mit Parfüm, stehe dann eingebademantelt vor dem Kleiderschrank und bete um modische Erleuchtung.

Eine Party. Also etwas, worin ich auffalle. Etwas Auffallendes besitze ich nicht, denn ich tauche am liebsten unter. Ich möchte nicht, dass jemand mich ansieht und sich fragt: Was zum Henker ist denn mit der passiert?

Etwas, worin ich mich sexy fühle. Mhm, ehrlich gesagt fühle ich mich eigentlich nie sexy. Nicht mal in Reizwäsche. Nicht, dass ich vorhabe, in Reizwäsche auf die Party zu gehen. Nicht, dass ich Reizwäsche überhaupt besitze!

Zum Ende der Operation Kleiderschrank bin ich zufrieden und unzufrieden zugleich. Der Jeans-Top-Sweatjacke-Mix ist nicht wirklich innovativ, auf keinen Fall auffallend und ungefähr so sexy wie ein Spiegelei. Auf jeden Fall wird mich niemand stirnrunzelnd fragen, was denn mit mir passiert sei. Ich bin ich und bleibe immer ich.

Hallo, mein Name ist Felicitas Grün, ich bin langweilig und kompliziert. Kurzum: Ich bin eine extrem spaßige Partybegleitung.

WIR TANZEN AUF DEN TISCHEN, DIE STIMMUNG IST BESCHISSEN

Ich weiß, warum ich nicht gerne auf Partys gehe. Die hier bestätigt das mal wieder.

Echt klasse, so 'ne Party, auf der soeben zum gefühlt hundertsten Mal *Remmidemmi* von Deichkind läuft.

Ich hab mich *extra* unauffällig angezogen – und wofür? Dieser tolle Simon ist gar nicht hier, die Wohnung platzt aus allen Nähten, weil nicht nur die Hausbewohner da sind, sondern – so scheint es jedenfalls – alle Menschen, die Steffi in ihrem ganzen Leben jemals getroffen hat. Ich bin eben in der Küche einem Mann über den Weg gelaufen, von dem ich schwören könnte, dass er eine Dozentenstelle an unserer Uni hat.

Die Musik ist viel zu laut, und alle Anwesenden brüllen dazu mit.

Cem hat sich in ein schniekes Hemd gezwängt und erforscht darin die Party. Er bewegt sich rhythmisch vorwärts und redet alle zehn Zentimeter mit einem Menschen, den er bereits kennt/noch nicht kennt, aber gerne kennenlernen möchte.

Wäre Sophie jetzt hier, könnten wir zusammen eine Überdosis Sekt trinken und über Steffi herziehen, die sich nicht zwischen ihrem neuen Mitbewohner Mirko und einem kahlgeschorenen Gangsterrapper entscheiden kann. Ich beobachte das explosive Flirt-Bermudadreieck mit wissenschaftlichem Interesse, während ich in einer Ecke auf dem Boden sitze und mich an meinem Sekt festhalte, den ich stilecht aus einem Plastikbecher schlürfe. Cem könnte sich wirklich mal meiner annehmen. Aber nein. Stattdessen denkt er nur an sich und hat Spaß.

Warum hat dieser Simon – ich möchte mir angewöhnen, ihn *dieser Simon* zu nennen, weil das klingt, als wär mir sein Nichterscheinen total schnuppe – denn gesagt, dass er sich mit mir treffen möchte? Das klang doch total nach Verabredung, oder habe ich da mal wieder was missverstanden? Ich dachte schon einmal, ein Junge wollte eine Vieraugenverabredung mit mir, dabei hatte er mich nur zu seinem Geburtstag eingeladen. Es war todpeinlich. Ein Moment, in dem ich mich geschämt habe wie noch nie. Ich hatte nicht mal ein Geschenk dabei, und an meinem Körper hingen Fetzen des Versuchs, sexy wirken zu wollen. Aber so was härtet bekanntlich ab. Die richtig großen Fettnäpfe des Lebens machen einen stark. Wenn dem wirklich so wäre, könnte ich Arnold Schwarzenegger locker im Armdrücken schlagen und anschließend weitere drei Fortsetzungen von *Terminator* drehen.

In einem Film mit der ehemaligen Highschool-Romanzen-Allzweckwaffe Freddie Prinze Junior würde ich jetzt – vorausgesetzt ich wäre die entleinhässliche Hauptdarstellerin – zur exzessiven Alkoholikerin mutieren und die Flasche Tequila da vorne in einem Zug abpumpen. Aber mir ist nicht nach trinken. Die Gefahr ist zu groß, dass ich dann Spaß entwickle, und ich möchte gerade lieber depressiv sein. Die Wahrheit ist, dass ich Tequila ersatzlos aus meinem Leben gestrichen habe, seit ich ihn einmal ziemlich unfeierlich erbrochen habe.

Cem findet irgendwann doch Interesse an mir, schaut vorbei und donnert mir mit alkoholgeschwängertem Atem ein »YIPPIEHYIPPIEHYEAHKRAWALLUNDREMMIDEMMI« ins Gesicht (Cem kann übrigens nicht singen, egal wie es um seinen Blutspiegel bestellt ist, er ist furchtbar unmusikalisch).

»Wo ist er?«, brüllt er.

Kann nicht mal einer die Knallbumm-Musik leiser stellen! Das ist Ruhestörung! Hallo? Hört mich denn keiner? Nö. Natürlich hört mich keiner, die Musik ist schließlich viel zu laut.

»Wer?«, frage ich scheinheilig.

»Na, Simon!«

»Ach so, *dieser Simon.* Der hat es sich wohl anders überlegt.«

»Och, Schatz.« Cem hält es für nötig, mir über die Wange zu streicheln.

Ich winke ab. »Bin müde. Ich geh pennen«, erzähl ich ihm. Oh ja, schlafen, herrlich! WIE SOLL ICH DENN BITTE PENNEN? *Krawallundremmidemmiyippieyippieyeahyip pieyeah*… und alles brüllt: »Auf dem Foto in der Küche sieht sie aus wie KATJA EPSTEIN!«

Ich rappele mich auf und flüchte vor Deichkind.

Dann erkenne ich: Womöglich war Simons ungezwungene Aussage, man sehe sich vielleicht bei Steffi, nicht unbedingt ein Versprechen. Dennoch fühle ich mich, als hätte er mich hängen lassen.

Ich drücke ein paar Partywütige, sage mehrfach »Wir sehen uns« oder »Schönen Abend noch« und lasse mir spontan einfallen: »Ja – nee, quatsch, super Abend, bin voll traurig, dass ich schon gehen muss, aber ich muss morgen früh raus. Wieso? Ähm, weil mein Bruder Geburtstag hat, deshalb.«

Das ist zwar gelogen, aber wenn es wahr wäre, wäre es höhere Gewalt, deswegen verzeiht mir jeder, dass ich nach zweieinhalb Stunden Qual das Fest verlasse.

Schön abschminken (ich Depp war geschminkt), schön die unbequeme Unterwäsche ausziehen (ich hatte zwar unbequeme Unterwäsche an, den Verstand jedoch aus), schön abduschen, um die feinen Düfte abzuwaschen (ich benutze feine Düfte, aber leider nicht meine Erfahrung, dass das mit mir und der Zwischenmenschlichkeit auf Partys eh nichts wird), dann lege ich mich ins Bett (dazu fällt mir keine dumme Bemerkung ein).

Der Beat wummert neben mir wie bescheuert. Ich glaube, das Partyepizentrum befindet sich direkt neben meinem Kopf.

Ich werde nie im Leben einschlafen können.

In meiner Verzweiflung versuche ich mich mit Fernsehen abzulenken, aber es läuft nichts. Eine höhere Macht muss sämtlichen TV-Sendern weisgemacht haben, dass sie an Samstagen geschlossen Comedy-Müll zeigen müssen. Sublustige Menschen in rosa Nickianzügen oder dämlichen T-Shirts, auf die Sprüche aus dem eigenen Repertoire aufgedruckt sind, torkeln in meiner Flimmerkiste umher und wollen, dass ich über sie lache. Gibt nix zu lachen. Fernseher wieder aus.

Ich bin mal wieder an dem Punkt angelangt, an dem nur noch Harry und Rufus meinen Schlaf heraufbeschwören können.

Also starte ich das Hörbuch, kann aber durch das Wummern des Basses, der so laut ist, dass er in meiner Magengegend vibriert, kein einziges Wort verstehen. Ich drücke so lange auf dem Volumen-Plus-Zeichen herum, bis mir der Daumen wehtut, und kann endlich mit viel gutem Willen und jahrelanger Übung Herrn Becks

Stimme erkennen, wie sie schaurig Mad-Eye Moody spricht.

Ich bin unzufrieden. Der tosende Mob da drüben hat super viel Spaß. Immerhin war ich auf Spaß eingestellt. Also wirklich mal: Ich hatte Unterwäsche an, die beim Sitzen mit meinem Hintern Sachen angestellt hat, von denen echt keiner lesen will! Warum konnte ich mich nicht einfach integrieren?

Auf einmal bin ich sauer, weil die Party einfach so ohne mich weitergeht und nicht wenigstens irgendjemand so traurig über meine Abwesenheit ist, dass er rüberkommt, um nach mir zu sehen. Ich gebe es zu: Als ich mich verabschiedete, habe ich gehofft, man würde mich bitten zu bleiben.

Ich wandere in der Wohnung umher, um mich abzulenken. Mit jedem Schritt, den ich mich von meinem Zimmer entferne, wird Rufus leiser.

In der Küche lege ich ein Kaffeepad in die Maschine, weil mein Körper mir signalisiert, dass eine Tasse Kaffee nun ganz nett wäre. Erst nachdem ich den Knopf für eine große Tasse gedrückt habe, fällt mir der Denkfehler auf, der diesem Instinkt zugrunde liegt. Also lasse ich die volle Tasse in der tropfenden Maschine stehen und gehe haareraufend zurück in mein Zimmer. Dort ziehe ich mir einen Pulli über und akzeptiere die Tatsache, dass ich so schnell nicht einschlafen werde. Ich klaue eine Ladung Batterien aus Cems Supertaschenlampe und bestücke meinen CD-Spieler damit. Ja, ich besitze noch einen CD-Spieler, Baujahr 1998, der mit Batterien läuft. Meine große CD-Sammlung hat es mir bisher erschwert, vollständig auf MP3 umzustellen. So ist es mir nun möglich, mit einem altmodischen Ghettoblaster, der über Lautsprecher

Harry Potter abspielt, durch die Wohnung zu tigern, um nach einer besseren Akustik zu suchen.

Der neue Dauerbrenner auf Steffis Party ist jetzt *Drei Tage wach.* Ja. Nomen est omen. Wenn die weiter so ballern, werde ich drei Tage lang wach sein und schließlich an Erschöpfung sterben.

Bei meiner Suche nach einem geeigneten Platz zum Alleinsein, mich Ärgern und *Harry Potter* Hören, gehe ich nun strategisch vor: Steffis Wohnung zeigt zur Hausfront. Das heißt, der Lärm flutet über die Straße. Ergo: Um möglichst wenig davon mitzubekommen, werde ich mich in den Hinterhof verziehen. Dabei ist Draußen Sein gar nichts für mich. Ich bin ein Drinnie und kein Draußie, egal ob Winter oder Sommer oder Tag oder Abend. Egal ob Anfang Oktober kurz vor Mitternacht als einziger Mensch, der in diesem Haus schlechter Laune ist.

Ich nehme eine Decke mit und schleppe Rufus Beck, der unbeeindruckt vom Ortswechsel brav weiterquatscht, die Treppe runter und raus in den Hof. Hier ist die Lautstärke gedämpft. Ich raffe die schwere Decke um meine Schultern und kann endlich dem Hörbuch lauschen:

Die nächsten beiden Tage vergingen ohne größere Zwischenfälle, abgesehen davon, dass Neville in Zaubertränke bereits seinen sechsten Kessel zum Schmelzen brachte.

Oh, dieser Neville. Wenn ich ein Charakter in *Harry Potter* wäre, dann wäre ich sicherlich Neville Longbottom. Kessel schmelzen, das hört sich an wie etwas, das auch mir passieren könnte.

…

Harry spürte, wie Ron neben ihm leicht zurückwich – Ron verabscheute Spinnen.

Feli verabscheut Spinnen auch. Ich mag Ron, mit dem

kann ich mich identifizieren, auch weil es heißt, er habe eine sehr große Nase. Ron ist einer, mit dem ich mich gerne abends mal auf einen Humpen Butterbier treffen würde.

Ich schaue in den Himmel. Ein schöner, runder Vollmond schmückt die schwarze Nacht, und es zeigen sich sogar ein paar Sternchen. Wären Rufus und ich nicht alleine hier draußen, sondern in Begleitung eines netten, jungen Herrn, dann wäre das alles sehr romantisch. Vollmonde und Sternbilder laden bekanntlich zum Kuscheln und Küssen ein.

Ach. Was ich wieder denke. Kuscheln und Küssen sind etwas, das ich schon gar nicht mehr kann. Das machen immer nur die anderen. Die dummen, schlanken hübschen Gänse, die *irgendwas mit Medien* studieren.

»Du hast ein kleines Mondproblem, wusstest du das?«

Ich erschrecke so sehr, dass ich aufschreie.

ICH HÄTTE GERNE TEE

Hinter mir ertönt ein angenehmes Lachen.

Ich wirbele herum. Es ist Janosch. Janosch, der mir sagt, ich hätte ein Mondproblem. Die Situation wird nur skurriler dadurch, dass Rufus Beck gerade mit seiner Reibeisenstimme irgendetwas vom Todesfluch erzählt.

Auch als ich mich wieder gefangen habe, klopft mein Herz weiter. Also, natürlich klopft es weiter, ich lebe schließlich noch, aber es klopft schneller, als es sollte. Einhundertachtzig *beats per minute*, mindestens!

»Janosch?«, ich richte die Frage gar nicht konkret an

ihn. Ich richte sie an mich. Damit ich selbst merke, dass er es ist.

»Ja, so heiße ich.« Die Genervtheit schwimmt wieder in seinem Tonfall mit. Irgendwie ist sie ein Teil von ihm. Er klingt beinahe arrogant. Woran hat er mich erkannt? Hat er mich überhaupt erkannt?

Seine Wohnung hat einen direkten Zugang zum Hinterhof. Er steht in der Tür, lehnt gegen den Rahmen und hat die Arme verschränkt. Ich dachte immer, Jungs stehen nur deshalb mit verschränkten Armen in Türrahmen, weil sie es mal im Film bei irgendwelchen Brad Pitts gesehen haben und hoffen, durch Nachahmung dieser Haltung einen Funken von Hollywood-Coolness zu gewinnen und so die eine oder andere Angelina abzuschleppen. Es ist eine von den Gesten, die bei mir sofort Wirkung zeigen, das möchte ich gar nicht bestreiten.

»Ähm. Jaha. Stimmt.« Meine Stimme klingt kehlig und angespannt. Dann erinnere ich mich an seine Frage und stelle angespannt Gegenfragen: »Warum sollte ich ein Mondproblem haben? Und woher solltest du das wissen?«

Janoschs erneutes Lachen ist leiser, wärmer. Ich weiß nicht, ob er sich über mich lustig macht. Es könnte durchaus sein. Er ist so vielschichtig und ungreifbar – das spricht gleichermaßen für und gegen ihn.

Er steckt die Hände in die Taschen seiner Jeans. Dabei zeigt er mir, vermutlich ohne es zu merken, seine blaukarierten Boxershorts. Manno! Auch so eine Filmgeste, die bei mir wahre Wunder wirkt.

Dann antwortet er endlich: »Ich wohne jetzt seit anderthalb Monaten hier, und in genau drei Nächten hast du *Harry Potter* gehört. Anfang September bei Vollmond.

Vor zwei Wochen bei Neumond und heute. Wir haben wieder Vollmond. Du kannst bei Voll- und Neumond nicht gut schlafen und hörst deshalb CDs. Es kann natürlich Zufall sein, aber …«

Ich schaue erst auf meinen CD-Player und dann hoch zum Vollmond. »Ich hab immer gedacht, es hängt davon ab, ob ich viel nachdenke oder nicht.«

»Das heißt, du denkst lieber nach, anstatt dir auf der Party die Kante zu geben?«

»Ja«, antworte ich ehrlich.

»Weil Simon eure Verabredung geschmissen hat.« Er stellt mir keine Frage, sondern er stellt fest. Wie unverschämt. Warum weiß er davon? Und warum denkt er, dass mich das beschäftigt?

»Nein!«

»Vielleicht ist es genau andersherum: Du hast Gelegenheit zum Nachdenken, weil du nicht schlafen kannst.«

Ich weiche aus. »Woher weißt du, wann welche Mondphase ist?« Kaum ist die Frage aus meinem Mund raus, überlege ich, ob man sie diskriminierend interpretieren kann, und komme zu dem Schluss, dass nur jemand, der mir unbedingt Böses unterstellen will, sie missverstehen würde.

»Meinst du, ich hätte keinen Zugang zu Mondkalendern, nur weil ich …«

Weil Janosch offenbar in allem einen Angriff sieht, unterbreche ich ihn so schnell wie möglich. »Nein! Du verstehst mich immer falsch!« Er lacht. »Was gibt's da zu lachen? Ich habe dir eine ganz normale Frage gestellt! Ich weiß nicht, welche Form der Mond zurzeit hat. Er sieht zwar im Moment sehr rund aus, aber es könnte gut sein, dass er erst morgen voll ist oder es gestern schon war.«

Endlich drücke ich die Stopptaste und bringe Rufus zum Schweigen.

Janosch lacht wieder. Lauter als zuvor. »Du regst dich gerne auf, stimmt's?«

Ich lasse den Blick zu ihm wandern und sehe, wie er sich die Haare richtet. Alles, was mit Durch-die-Haare-Fahren zu tun hat, finde ich bei Männern ziemlich anziehend. Ich starre ihn an, so unverschämt, wie ich es ehrlich gesagt bei jemand anders nicht tun würde.

Es stimmt vollkommen, ich rege mich gerne auf. Aber ich finde, er gibt mir auch jeden Grund dazu.

Als ich nicht auf seine Stichelei reagiere, geht er auf meine ursprüngliche Frage ein: »Ich hab selbst Schlafprobleme, die am Mond liegen. Dann höre ich auch gerne CDs, aber du solltest deine echt mal wechseln. Du hörst dieses eine Kapitel jetzt schon seit Wochen.« Nun klingt seine Stimme anders. Ehrlich amüsiert. Fast witzig.

»Das hörst du?«

»Ich bin nicht taub.«

»Warum? Das war doch nur … ich mein doch nur …«, plustere ich mich auf.

»Ist mir schon klar, dass du das nicht gemeint hast. Es war bloß 'ne Floskel, okay? Du drehst die Anlage so laut, das hört jeder im Umkreis von einem Kilometer.«

»Okay, verstanden«, sage ich.

»Heute wirst du auch mit *Harry Potter* nicht schlafen können.« Er zeigt nach oben, vage in die Richtung von Steffis Wohnung. »Könnte eine lange, schlaflose Nacht werden. Ich habe Wasser aufgesetzt. Tee?«

Im ersten Moment kann ich es gar nicht glauben: Janosch lädt mich zum Tee ein. Es ist mitten in der Nacht, es ist dunkel, es gibt Sterne, einen kugelrunden, perfekten Vollmond, und ich ertappe mich dabei, wie ich wieder an die Sache mit dem Kuscheln und dem Küssen denken muss.

Gedämpft hört man es wieder krawallen und remmidemmien.

Etwas sagt mir, dass ich mich über Janoschs Angebot nicht zu sehr freuen sollte, weil er mir nur einen Tee angeboten hat und keine Verlobung. Dieses Etwas sagt auch, dass ich keine weiteren Gedanken an den Sternenhimmel und was man darunter alles anstellen könnte, verschwenden sollte. In diese wunderschöne Vorstellung passe ich mit meinem Schlabberpulli und der Schlafanzughose irgendwie nicht rein. Dafür sagt mir ein anderes Etwas, dass es in diesem Augenblick überhaupt nicht wichtig ist, wie ich aussehe.

Janosch dreht sich um und geht in seine Wohnung. Ich bin erstarrt und weiß nicht, was ich tun soll.

Nach ein paar endlosen Sekunden ruft Janosch gerade so laut, dass ich es hören kann: »Ich werde dir den Tee nicht nach draußen bringen.«

Als ich einige weitere endlose Sekunden nicht reagiere, sagt er in derselben Lautstärke: »Damit meinte ich, dass du reinkommen sollst.«

Sollst. Er sagt, ich soll. Er sagt nicht, dass ich kann oder muss, sondern dass ich soll. Vorausgesetzt, Janosch ist mit dem korrekten Umgang von Modalverben vertraut, bedeutet dieses soll doch, dass er mich bei sich haben will. Oder überinterpretiere ich das jetzt?

Ich neige zur Überinterpretation, obwohl sie Vor- und Nachteile hat. Man macht sich damit eine furchtbar schöne Zeit, weil man sich in furchtbar schönen Gedanken verliert, aber hinterher ist dann meistens alles schlicht furchtbar furchtbar.

Warum interpretiere ich überhaupt? Was gibt es hier schon zu interpretieren oder besser: Was gibt es hier überzuinterpretieren? Warum mache ich mir so viele Gedanken? Ich arbeite seit zwanzig Jahren darauf hin – soeben habe ich das Endstadium erreicht: Ich. Werde. Wahnsinnig.

»Äh, ja, ich komme«, nuschele ich mit einem dümmlichen, tussihaften Kehlengeräusch.

Da höre ich Janosch leise lachen und bin mir dieses Mal sicher, dass er sich über mich lustig macht. Dennoch: Ich rappele mich auf, schleife die Decke und Rufus Beck hinter mir her und betrete seine Wohnung. Es ist stockfinster.

»Hast du mal Licht? Ich kann gar nichts …« Sei doch einfach ruhig, du blöder Mund. Sei verdammt noch mal ruhig. Ich hasse dich!

»Nichts sehen? Echt? Muss schrecklich sein.« Janosch lacht. »Direkt links neben dir ist der Lichtschalter. Ich empfinde es irgendwie als überflüssig, mir das Anschalten von Lampen anzugewöhnen.«

Janoschs Bemerkung trifft mich volle Breitseite im Gesicht. Bäm! Mitten rein, sodass die Nase eklig knirscht und zu bluten beginnt. Ich würde ihm gerne sagen, dass er nicht ständig darauf herumreiten, dass er keine Witze über sich selbst machen soll, weil er dadurch bloß Witze über die anderen macht, die versuchen, normal mit ihm umzugehen. Damit macht er es einem unmöglich, ihn normal zu behandeln. Man fühlt sich immer schlecht und schuldig. Man schämt sich. Und so will sich niemand fühlen. Kein Mensch will das unangenehme Ziehen verspüren, das Janosch durch solche Sprüche auslöst.

»Ich habe schwarzen und grünen Tee, außerdem Pfefferminz-, Kamille- und Früchtetee. Ich glaube sogar auch Apfel und Blutorange«, zählt er aus dem Gedächtnis auf.

Das könnte ich nie. Niemals habe ich einen Überblick über meine Vorräte, weil ich nie mit Liste einkaufe, sondern eher nach dem Wonach-gelüstet-es-mir-Prinzip vorgehe. Wenn ich in der Küche nach etwas Essbarem suche, muss ich den Kopf in alle Schränke stecken, ehe ich weiß, welche Lebensmittel im Haus sind. Anschließend muss ich jene rausfiltern, die schon vor mehreren Wochen und Monaten abgelaufen sind, ohne dass ich es mitbekommen habe.

»Mit Rooibos kann ich leider nicht dienen, auch nicht mit irgendeinem Heiße-Liebe- oder Wohlfühl-Wellness-Mist.«

»Ähm. Ich mag eh keine parfümierten Tees. Ich mag mehr klassischen Tee. Mittlerweile stopfen die alles Mögliche da rein. Genau wie in Schokolade. Rosenblätter, Pfeffer und Chili. Das …« Ich rede wieder mal uninteressanten Mist, also beende ich den Satz langsam und wohlüberlegt mit: »Das mag ich alles nicht so.«

»Ich wollte dir auch keine Chilischokolade anbieten. Keine Angst. Selbst wenn ich welche dahätte.«

»Ach so«, ich werde ein bisschen kühl, »du musst nicht immer gleich pampig werden.«

Fast erwarte ich einen Verbalangriff von Janosch, aber der bleibt aus. Lächelnd zieht er eine Schublade auf, hält verschiedene Teeschachteln an seine Nase und hängt dann einen Teebeutel in eine Tasse, ehe er routiniert zu einer anderen Schachtel greift, in der schwarzer Tee in Beuteln ist, und diesen in eine zweite Tasse hängt. Ohne sich vom Fleck zu bewegen, öffnet er den

Kühlschrank, greift in ein Fach in der Tür und holt einen Tetrapak Milch heraus. Er gießt etwas davon in die Schwarzteetasse.

Derweil blicke ich mich in der Wohnung um. Sie sieht aus wie beim letzten Mal: weiß, steril, ordentlich, karg und kalt. Das Display der Musikanlage leuchtet blau, und ein blinkendes Lämpchen zeigt, dass sie auf Stopp geschaltet wurde.

»Was hast du gehört?«, frage ich und deute auf die Anlage.

Janosch schweigt.

Noch etwas ist anders. Eine große Schranktür neben der Anlage steht offen und gibt den Blick auf, wie es scheint, Hunderte CDs frei.

»Mein lieber Scholli. Du hast vielleicht viele CDs.«

»Ja, ich weiß.«

Grrr. Er soll damit aufhören. Warum stelle ich ihm eigentlich immer weiter Fragen, obwohl ich vorher schon weiß, dass er unverschämt antwortet?

»Ist das alles Musik?«

»Musik. Hörbücher. DVDs.«

DVDs? Ich frage lieber nicht nach.

»Darf ich die mal durchsehen?«

»Um sie dir alle anzuhören, wird dir wohl die Zeit fehlen.«

»War das ein Ja?«

»Nein. Ja wäre ein Ja gewesen.«

Ich schnaube. Janosch gießt dampfendes Wasser in die Tassen und schafft dabei etwas, das mir nur selten gelingt: Er verschüttet nichts.

Ich gehe zum Schrank und sehe mir Janoschs Sammlung an.

»Ein paar werden dir bekannt vorkommen. Wir haben den gleichen Geschmack«, sagt er.

Ich weiß zuerst nicht, was er meint, doch dann entdecke ich viele CDs, die ich auch besitze. Alben von Bands, die ich liebe, Audioversionen von Büchern, die ich anbete. Alle sieben *Harry-Potter*-Bände fein säuberlich nebeneinander im zweiten Regalfach.

»Woher kennst du meinen Geschmack?«

»Dein Zimmer liegt über meinem Wohnzimmer«, erklärt er, kommt zu mir, stellt meine Tasse auf den Couchtisch und setzt sich aufs Sofa. »Ich höre viel von dem, was du machst. Das Gerücht über die Schärfe der übrigen Sinne ist kein Gerücht.«

»Wer bist du? Daredevil?« Oh Gott! Ich bedaure es schon in dem Moment, in dem ich es gesagt habe. Dieser Scheißsarkasmus kommt immer im falschen Moment zum Vorschein!

Aber Janosch reagiert positiv: »Hey, wie innovativ! Den kannte ich noch gar nicht.«

Ich setze mich ebenfalls und halte bewusst Abstand zu ihm. Das alles fühlt sich an, als würde ich zu tief in seine Privatsphäre eindringen.

Mehrere Minuten, so glaube ich, sind wir still und nippen nur hin und wieder an dem kochend heißen Tee. Janosch hat sich entspannt zurückgelehnt, mit übergeschlagenen Beinen, die Hände um die warme Tasse geschlungen. Ich sitze immer noch zu seiner Linken, als hätte man mir den sprichwörtlichen Stock rektal eingeführt, und versuche, mich zu entspannen.

»Darf ich dich mal was fragen?« Dass ich ihm diese Frage stelle, hat zwei Gründe. Erstens: Ich fühle mich gemeinhin wohler, wenn ich rede, als wenn ich schweige.

Zweitens: Ich möchte ein Gespräch unter halbwegs erwachsenen Menschen führen.

»Hörfilmfassung für Blinde. Das haben mittlerweile mehr DVDs, als du denkst.« Janosch nimmt einen tiefen Schluck aus der Tasse und legt mit geschlossenen Augen den Kopf zurück.

»Ich ... was?«, beginne ich und bin irritiert.

»Du wolltest doch fragen, warum ich überhaupt DVDs besitze, obwohl ich sie gar nicht sehen kann. Oder?«

»Nein, Sherlock! Ich war kurz davor, etwas Derartiges zu fragen, hab mir aber schon gedacht, dass du deshalb zickig wirst. Ich wollte dir eine andere Frage stellen.«

»Dann tu's.«

Fast überrascht es mich, dass er keinen Arschlochkommentar ablässt. (Es fällt mir schwer, Janosch in Gedanken zu beschimpfen, aber Gleichberechtigung in guten wie in schlechten Situationen bedeutet schließlich, dass ich auch über einen Blinden denken darf, was ich will. Und Janoschs Kommentare sind Arschlochkommentare.)

»Wie findest du die CD, die du suchst?«

»Gute Frage. Leichte Antwort.« Er greift in ein Fach unter dem Couchtisch und reicht mir einen mehrere Seiten dicken Papierstapel. Ich nehme ihn und halte zum ersten Mal in meinem Leben mit Blindenschrift bedruckte Seiten in den Händen. Mit den Fingerspitzen fahre ich über die oberste Seite, ertaste die kleinen Erhebungen und versuche, ein System zu erkennen.

»A bis E steht im obersten Fach, F bis K im zweiten und so weiter. Das merke ich mir. Der Rest steht da drauf.«

Er streckt mir die rechte Hand entgegen, und ich gebe ihm die Bögen zurück. Dann blättert er zur dritten Seite und lässt die Finger darübergleiten. Plötzlich greift er nach meiner rechten Hand.

»Rechtshänderin?«, fragt er.

Ich nicke und füge beschämt hinzu: »Ich meine Ja.«

»Das mit dem Nicken und Kopfschütteln ist eine bescheuerte Sitte, ich weiß.« Er umfasst meine Finger noch fester. Seine Hände fühlen sich warm und weich an, als er über meine fährt. »Spielst du ein Instrument«, fragt er, »ein Saiteninstrument? Gitarre oder so?«

»Ja«, antworte ich erstaunt, »aber ich habe es seit Wochen nicht mehr in der Hand gehabt.« Er kann mich unmöglich dabei gehört haben.

»Man merkt es an deinen Fingerspitzen, die Hornschicht ist dicker.«

Ich sehe ihn baff an und frage: »Wie kannst du, ich meine, woher ...?« Ich bringe den Satz nicht zu Ende, so beeindruckt bin ich.

»Daredevil«, sagt er grinsend und drückt meinen Zeigefinger leicht auf die Mitte des Papiers. Ich spüre die Pünktchen, ohne zu wissen, was sie bedeuten.

»Harry Potter«, sagt er dann und zieht meinen Finger über eine Reihe kleiner Pünktchen.

»Wahnsinn«, sage ich fasziniert. Wieder und wieder fahre ich mit verschiedenen Fingern über die vielen Punkte, die *Harry Potter* bedeuten.

»Mit den Zetteln kann ich alles finden. Außerdem kleben Schildchen an den Hüllen. Man lernt, sich zu organisieren.«

»Ist es schwer, das zu lernen?«

»Sich zu organisieren?«

»Quatsch. Das hier. Blindenschrift.«

»Ist es schwer, Buchstaben lesen zu lernen?«

Wieder trifft er meine bereits blutende Nase. Sie knackt und knirscht.

»Ich … nein, ja … keine Ahnung.«

»Also.« Janosch lässt meine Hände los und sinkt mit hinter dem Kopf verschränkten Armen tiefer ins Sofa.

»*Daredevil* ist einer der schlechtesten Filme, die ich je gesehen habe«, sage ich, weil mir das spontan einfällt.

»Kann schon sein.«

Geräuschvoll nippe ich an meinem Tee und mustere Janosch von der Seite. »Wie hast du mich im Hof erkannt?«, stelle ich endlich meine Frage.

»Wer sonst sollte dieses Hörbuch hören, statt auf der Party des Jahres rumzufallen?« Er sagt das, als wäre es so einleuchtend, als hätte es wirklich nur ich sein können, als wäre meine Frage dumm und überflüssig.

»Ach so.« Irgendwie finde ich es blöd, dass seine Erklärung so banal klingt. Ich sehe ihn weiter an. Dieses Mal so eindringlich, als wollte ich jedes Detail seines Äußeren aufsaugen. So als wäre das hier eine Gameshow, und gleich würde die aktuelle Moderationsallzweckwaffe von RTL hereinkommen, Janosch mit einem Tuch bedecken, und ich müsste ihn, ohne ihn noch einmal ansehen zu dürfen, naturgetreu porträtieren.

Seine Haare sind dunkelbraun. Sie fallen ihm in einem unordentlichen Seitenscheitel in die Stirn. Immer wieder streicht er sie hinter die Ohren. Fährt durch sie hindurch. Aber sie fallen wie von selbst zurück in diesen Seitenscheitel. Sie sind weder glatt noch lockig. Sie sind durcheinander.

Seine Augen sind so tief dunkelblau, dass sie grau schimmern. Ein grauer Ring umschließt die Iris, in der sich alle erdenklichen Blauschattierungen verwirbeln und miteinander verschmelzen. Wenn man sie fixiert, fühlt man sich, als würde man in ein weites dunkles Loch fallen. Ich weiß nicht, wie ich mir blinde Augen bisher vorgestellt habe. Wahrscheinlich milchig hellgrau. Aber ich weiß von Cem, dass sie nur dann so aussehen, wenn die Erblindung durch eine Verletzung bedingt ist, die man sich im Laufe seines Lebens zugezogen hat. Janoschs Augen sehen ganz normal aus. Nein, das stimmt nicht. Sie sehen sehr viel schöner aus als normale Augen. Ihnen fehlt nur – so kommt es mir jedenfalls vor – ein winziger letzter Schliff. Eine Tiefe. Ein Prozess, der hinter den Augen stattfindet.

Seine Augenbrauen sind sehr schmal – eine kaum gebogene Linie über müden Lidern. Nase und Mund sind absolut symmetrisch. Die Nase ist gerade und der Mund voll. Geschwungene Lippen, wie weiche rosa Kissen, weiße Zähne, die Schneidezähne etwas zu groß. Über der Oberlippe und am Kinn schimmern dunkle Bartstoppeln durch die reine Haut. Er hat ein Grübchen am Kinn.

Seine Hände sind weich, die Finger lang und schlank, die Nägel hellrosa, halbmondförmig und kurz, auf den Unterarmen treten unter feinen Härchen die Adern hervor. Schultern und Brust sind breit, und ich glaube, er ist recht muskulös, der Rest seiner Silhouette ist schlank und groß. Lange Beine, große Füße. Er trägt Jeans und ein schwarzes Sweatshirt. Drunter blaukarierte Boxershorts.

Kurzum: Er sieht aus wie einer von den Männern, die bevorzugt mit Mädchen ausgehen, die irgendwas mit Medien machen. Aber nicht mit mir. Solche Männer beachten mich nicht.

Ich muss hier weg.

Hektisch stürze ich den Tee herunter, stelle die Tasse in die Spüle und sage: »Ich bin müde. Ich kann jetzt schlafen, glaube ich, auch ohne *Harry Potter.* Also, ich geh dann mal wieder hoch. Danke für den Tee. Ich … äh … Ciao.«

Janosch richtet sich auf, stützt die Ellenbogen auf die Knie (Filmgeste!) und sieht in meine Richtung. Meine Decke hinter mir herschleifend eile ich mit dem Player unter dem Arm zur Tür, stolpere über den Saum des Bettbezugs und kann mich im letzten Moment geräuschvoll am Türgriff auffangen.

»Fall nicht wieder hin«, Janoschs Stimme klingt amüsiert. Janoschs Stimme …

»Ich geh dann. Hoch. Ich geh dann mal hoch. Nacht.«

»Gute Nacht.«

Damit reiße ich die Tür auf und dackele mit Minischritten aus der Wohnung, eingewickelt in meine Decke, in der ich aussehe wie eine verpuppte Raupe oder auch wie ein Brocken Hackfleisch im Mexico-Wrap.

»Ich hab dich an deinem Parfüm erkannt.«

Bei seinen Worten drehe ich mich zu Janosch um und weiß nichts zu sagen.

»Als du im Hof saßt. Ich dachte mir eh, dass du es bist, wegen des Hörbuchs, aber als ich dein Parfüm erkannt habe, war ich mir sicher, dass du es bist.«

Darauf sage ich nichts mehr.

Er hat mein Parfüm erkannt. Mein Parfüm, das ich vorher abgeduscht und weggewaschen hatte.

So schnell es mir mein Bettdeckenkokon erlaubt, stürme ich in unsere Wohnung, schlage die Tür hinter mir zu, lasse Decke und Player einfach fallen und rufe Cems Namen.

»Bin im Bad«, nuschelt er.

Mit Schwung reiße ich die Badezimmertür auf.

Cem sitzt auf dem Badewannenrand und putzt sich die Zähne. »Scheiße, bin ich voll«, murrt er.

»Ich … ich hab mich eben verknallt.«

Die Worte platzen einfach so aus mir heraus. Ich kann sie gar nicht kontrollieren, mein Körper zwingt mich zum Reden, weil er sich mitteilen möchte.

»Hast du Simon doch noch getroffen?« Cem lauert auf eine heiße Geschichte.

Ich schüttele den Kopf und packe es nicht, darauf zu antworten, nicht mal als Cem »In wen denn dann?« fragt.

Oh nein. Ich kann nichts sagen. Versuche, Janoschs Namen zu verdrängen.

Das. Darf. Nicht. Wahr. Sein.

2. Akt:

Steigen der Handlung

Wer auftritt … *in order of appearance,* so wie bei der Exposition eben auch.

FELICITAS GRÜN	Immer noch ich. Janosch sagt, ich bin das Chaos.
CEM DEMIREL	Ist eine brusthaarphobische Hausfrau. Aber sehr professionell.
SOPHIE	Ist so vernünftig und so schlau. Verstehen will sie mich aber nicht.
KIRSTEN	Findet immer alles schön. Ach, wie schön.
JANOSCH WINTER	Ist blöd und toll. Aber so ist es ja immer.
STEFFI	Glaubt auch jeden Mist. Zum Glück.
PIA WINTER	Interpretiert das falsch. Oder auch nicht.

AUSSERDEM:
Ein Uniprofessor und ein paar benachteiligte Menschen; mein Rülpskumpel Jojo mit Anhang; Kaugummi-Mädchen mit Nachnamen Räumer – ein auf Stiefeln wandelndes Klischee; Doktor Wossel – ey, Mann, die geilste Dozentensau; Mirko; Simon; Paul – ein Kind, das das Glück hat, fünf Jahre alt zu sein; eine spießige Anwältin und ein unkonventioneller Künstler aus einem Sat.1-Film; der Kanada-Exfreund.

SPECIAL GUESTS:
Ben Affleck – alias Daredevil alias roter Latexanzug; Immanuel Kant – der Grund, warum alle immer meinen, beim Sprechen denken zu müssen; Rufus Beck und Harry Potter natürlich; Uri Geller; die Village People; Cemobulus – Heiliger der benachteiligten Menschen; Robbie Williams – Exhibitionist mit Brusthaar; Susi und die Frage nach dem Herzblatt; MUSE – eine Band, die man nicht staffeln darf; Dan Brown; Stephenie Meyer; Kate Winslet, und zwar nackig; Mario Barth – jemand, der behauptet, dass Frauen nicht sagen, was sie meinen; Johnny Cash und einige andere aus einer traurigen Playlist; Bernhard Schlink; die Beatsteaks; Mark Twain und Oscar Wilde, Letzterer hat seinen *Dorian Gray* und Sir Henry dabei.

NICHT MAL VERLIEBT LASSEN SIE EINEN SEIN

»JANOSCH?«, brüllt Cem, nachdem ich es am nächsten Tag endlich geschafft habe, ihm den Namen zu nennen.

»Janosch? Wirklich? Warum?«, will Sophie wissen, als ich es ihr am nächsten Mittag schonend am Telefon beibringe.

»Ah, ja, cool. Ist doch schön«, sagt Kirsten abends bei einem Gläschen Likör 43, den wir mit Milch trinken.

Sophie und Cem, die mit am Tisch sitzen, halten es für nötig, ihre Kommentare zu wiederholen. Cem brüllt: »Janosch?«, Sophie fragt: »Aber warum?«

»Warum, warum?« Ich stürze mein Glas herunter.

»Ja. Warum! Du hast immer erzählt, er wäre dumm!«

»Dumm?« Das habe ich nie behauptet. »Janosch ist doch nicht dumm!«

Von Sophie lasse ich mir das besonders ungern sagen. Nur weil sie allwissend ist, verdammt.

»Ich will's bloß verstehen«, stöhnt Sophie genervt. »Nenn mir drei Gründe. Und dass er gut aussieht, zählt nicht. Er sieht gut aus – wirklich. Aber das ist bestimmt alles total kompliziert.«

»Warum?«, frage ich und tue so, als wüsste ich nicht, was sie meint.

»Nun ja, falls es dir noch nicht aufgefallen ist: Er ist blind.«

»Und weil er blind ist, darf man sich nicht in ihn verlieben?«

»Jetzt hast du genauso reagiert, wie er reagieren würde«, murmelt Cem und tunkt einen Keks in seine alkoholisierte Milch.

»Natürlich darf man sich in ihn verlieben.« Sophie hat einen Ton angeschlagen, den sie sicher später mal benutzen wird, wenn sie mit ihren Schülern redet. »Ich stelle es mir nur nicht gerade leicht vor. Was willst du mit ihm unternehmen? Wie soll das laufen? Er weiß nicht mal, wie du aussiehst.«

Ich habe in der kurzen Zwischenzeit scharf nachgedacht und bombardiere sie mit den geforderten drei Gründen: »Erstens: Ich muss ständig an ihn denken und das vom ersten Augenblick an. Zweitens: Er hat die schönsten Augen, die ich jemals gesehen habe. Drittens: Wir mögen die gleiche Musik und die gleichen Bücher.«

Alle drei mustern mich fragend. Nein, stimmt nicht. Cem und Sophie gucken fragend. Kirsten sagt: »Ich find's schön.«

»Das mit den Augen gehört zu seinem guten Aussehen. Zählt also nicht«, kleinkariert Sophie.

Mir fallen immer mehr Gründe ein: »Er ist irgendwie geheimnisvoll. Er kann abgefahrene Dinge. Es ist total beeindruckend, wie er das alles macht, so ganz ohne Hilfe. Sachen, die bei mir immer schiefgehen, funktionieren bei ihm reibungslos. Und er beobachtet mich auf seine ganz eigene Art. Es ist fast unheimlich, was er alles über mich weiß, obwohl wir uns gestern zum ersten Mal richtig unterhalten haben. Er weiß, dass ich *Harry Potter* höre, wenn ich nicht schlafen kann. Er hat rausgefunden, dass mein Nicht-Schlafen-Können vom Mond abhängt. Und er kennt meinen Geruch. Er hat mich gestern im Innenhof daran erkannt. Warum sollte er das alles über mich behalten? Ich will wirklich nicht voreilig sein, aber bedeutet das nicht etwas?«

»Du hast recht, es *ist* abgefahren«, findet Sophie, »aber …«

»Das ist nicht ungewöhnlich. Gerade bei Augenlichtverlust ist es besonders wichtig, scharfe Ohren sowie einen guten Tast- und Geruchssinn zu haben, damit du deine Umwelt wahrnehmen kannst«, betet Cem wie aus dem Lehrbuch herunter.

»Wie Ben Affleck in *Daredevil*?«, will Sophie wissen.

Ben Affleck! Keiner braucht Ben Affleck, wenn es Janosch gibt, der das alles kann, ohne rote Latexanzüge zu tragen.

»Er hat erkannt, dass ich Gitarre spiele, nur weil er meine Finger berührt hat!«, fällt mir ein weiterer Grund ein, in Janosch verliebt zu sein.

»Du verwechselst aber nicht Bewunderung oder Mitleid mit Verliebtsein, oder?«, fragt Sophie.

Ach, immer diese doofen Fragen. Immer diese Vernunft. Immer dieses Immanuel-Kant-mäßige Hinterfragen. Wahnsinnig schön muss die Zeit gewesen sein, als die Leute dümmlich und unaufgeklärt ihr Leben genießen konnten. Warum musste dieser Spacko Immanuel die Menschen aufklären!? Hätte es ihn nie gegeben, hätten meine drei Freunde jetzt gesagt: »Was, du bist verliebt? Fein! Das hat Gott gewollt!« Die einzige zu klärende Formalität wäre die Frage gewesen, ob mein Vater genug Mitgift gezahlt hätte. Kant kann von Glück reden, dass er schon tot ist, sonst hätte ich ihn spätestens heute umgebracht. Und zwar schmerzhaft.

Nicht mal verliebt lassen sie einen sein, ohne einen in den Wahnsinn zu treiben.

Die Fragerei meiner Freunde verunsichert mich, wenn ich ehrlich bin.

Janosch ist dauerpräsent in meinem Kopf, seit ich ihn das erste Mal gesehen habe. Es hat mich schwer mitgenommen, dass mein erster Eindruck bei ihm so schlecht war. Deshalb war der gestrige Abend für mich eine Schlüsselsituation. In seiner Nähe zu sein, mitzubekommen, wie sich in seiner pessimistischen Fassade kleine Risse auftun, seine Hand in meiner zu spüren, gekrönt von der Tatsache, dass er meinen Geruch kennt. Das alles hat mir endlich erklärt, warum ich ständig an ihn denken musste. Klar, es war bedrückend. Furchteinflößend. Aber auch schön. Ein Thrill sozusagen. Etwas, das man immer und immer wieder erleben möchte, obwohl es einem nicht ausschließlich gute Gefühle beschert. So wie Achterbahnfahren. Man macht sich vor Angst fast in die Hose, aber man tut es trotzdem, weil es einen so berauscht. Oder wie Alkohol trinken. Man tut es hin und wieder im Übermaß, auch wenn man weiß, dass man am nächsten Morgen einen dicken Schädel haben wird und kotzen möchte.

Manchmal tut man solche Dinge ganz bewusst, weil sie es wert sind. Weil das gute Gefühl, das man dabei hat, die Folgen aufwiegt.

Sollten meine Freunde mich nicht auch bei diesen kleinen Dummheiten unterstützen? Oder wollen sie mich nur davor bewahren, mich blindlings … oh, ich meine, mich *Hals über Kopf* zu verlieben?

Sophies in den Raum geworfene These, ich empfände vielleicht nur Mitleid und Respekt für Janosch, überzeugt mich nicht.

Es ist mir selbst nicht leichtgefallen, mir das alles einzugestehen. Warum hätte ich dieses Gefühl akzeptieren sollen, wenn es in Wahrheit gar keine Verliebtheit ist?

Natürlich habe ich gewissermaßen Mitleid mit Janosch. Aber das habe ich ganz bestimmt nicht empfunden, als wir zusammen auf seiner Couch saßen. Da war er für mich einfach nur ein Mann, den ich kennenlernen wollte, weil ich mich so sehr zu ihm hingezogen gefühlt habe. Ich hatte nicht das Bedürfnis, mitleidig seine Hand zu tätscheln und ihm anzubieten, dass wir *darüber reden.* Ich wollte viel eher nahe an ihn heranrutschen, mein Gesicht an seine Schulter legen, die Zeit anhalten, Sterne gucken und andere kitschige Dinge.

Ich möchte mehr Zeit mit ihm verbringen. Dieser drängende Wunsch ist so dominant, dass er nichts anderes bedeuten kann, als dass ich verliebt bin. Sophie muss immer so vernünftig sein! Natürlich wäre es einfacher, wenn mir bei einem der nächsten Treffen auffiele, dass meine Gefühle doch mehr in Richtung Respekt und Achtung tendieren, aber allein der Gedanke an ein nächstes Treffen lässt ein dermaßen fettes Grinsen auf meinem Gesicht auftauchen, dass ich mir sicher bin: Diese Tendenz wird nicht eintreten.

Nur wie könnte ein zukünftiges Treffen aussehen?

Sobald wieder Neumond ist, könnte ich zu Janosch runtergehen und einen kessen Spruch loslassen. Etwas wie: »Naaaa, kannste auch nicht schlafen? Ich dachte, ich komme diesmal gleich zum Tee bei dir vorbei und versuche es gar nicht erst mit Rufus Beck!«

Ebenso gut könnte ich die Erotikschiene fahren und

mit Ruf-mich-an-Hotline-Stimme fragen: »Wollen wir heute Nacht zusammen nicht-schlafen?«

Ach. Was ich alles *könnte.* Wer auch immer den Konjunktiv erfunden hat, der hat einen gut bei mir. Was ich in meinem Leben schon alles könnte, hätte, würde, sollte, müsste … Es ist so viel leichter, sich ein Hintertürchen offen zu halten, als ein für alle Mal das Leben in die Hand zu nehmen und eine bindende Entscheidung zu treffen. Vor bindenden Entscheidungen kann man nicht davonrennen, und wenn sie mich auf einen falschen Pfad geführt haben, muss ich dafür ganz alleine die Verantwortung tragen.

KAFFEE UND MANDARINE

Ich gebe mir eine Vorlesung über amerikanische Sklaven.

Warum genau bin ich noch mal hier? Weil ich am Anfang eines Semesters immer so tue, als wäre ich motiviert, und alles mitnehme, was geht, nur um nach der Anfangseuphorie bald die Lust zu verlieren? Stimmt. Das war's.

Ständig geht es um benachteiligte Menschen: Schwarze in Amerika, Aborigines in Australien, Pakistanis in Großbritannien. Allesamt benachteiligt. Ist ja auch schlimm. Aber ich bin mir sicher, dass keine einzige dieser Problematiken dadurch gelöst wurde, dass man sie in Bildungseinrichtungen totgeredet hat. Auch ich fühle mich manchmal ausgeschlossen, ungewollt und falsch behandelt. Warum gibt es über mich keine Vorlesung? Etwas wie »Felicitas Grün – Leben am Rande des Wahnsinns«. Warum macht das keiner? Weil es erstens niemanden interessiert und zweitens wie ein bonbonfarbener Frauenroman klingt.

Wie wäre es mit »Feli Grün: zwanzig Jahre zwischen Übergewicht und Überforderung«? Ach ja. Das klingt ebenfalls wie ein Frauenroman. Oder wie eine Reihe in der *Bild*-Zeitung.

Ich werde jetzt erst mal ein Käffchen trinken und in der Pause aus der Vorlesung flüchten. Ich bin so was von unmotiviert, das gibt's gar nicht, noch nie ist mein Enthusiasmus so schnell wieder abgeebbt. Was mache ich jetzt?, frage ich mich, als ich mit dem heißen Styroporbecher vor dem Kiosk stehe. Mit Kaffee in der Hand ist man in der Bibliothek und im Computerraum höchst ungern gesehen. Ich könnte ja aus Versehen einen Tropfen verschütten und damit einen der Hochleistungs-PCs aus den späten Achtzigern zerstören. In die Mensa will ich nicht alleine. Nur einsame, verfressene Menschen gehen um Viertel vor elf alleine in die Mensa. Ich bin zwar einsam und verfressen, aber das muss ich deshalb noch lange nicht offen zur Schau stellen.

Da kommt mir mein Schulrülpskumpel Jojo entgegen. An seiner Seite läuft eine blonde Tussi, die ich nur deshalb Tussi nenne, weil sie gut aussieht. Sie läuft weiter, während er stehen bleibt und mir auf die Schulter trommelt.

»Hey ho, Jojo«, begrüße ich ihn.

»Hey ho, Miss Green«, grinst er mich an.

»Trinkste mit mir 'nen Kaffee?«, frage ich, was in Anbetracht der Tatsache, dass er in Begleitung ist, töricht und unverschämt zugleich ist.

»Sorry, keine Chance. Ich hab da eine am Start«, er winkt in Richtung der Tussi, die jetzt neben den Eingangstüren steht, Haare um den Finger zwirbelt und so tut, als würde sie ihr Smartphone checken. Updatet bestimmt ihren Beziehungsstatus zu »Es ist kompliziert«.

»Alter Falter, Jojo, nicht schlecht. Dann halt dich mal ran. Aber erzähl ihr nicht gleich beim ersten Date, dass du noch Zeichentrickserien guckst.«

»Hey!« Er deutet mit dem Zeigefinger auf mich, »*Avatar – Herr der Elemente* ist Kunst, ja?«

»Jaja«, erwidere ich. Ich glaube allerdings, dass ich die Einzige von Jojos weiblichen gleichaltrigen Bekannten bin, die das so empfindet. Moment mal: Ich bin wahrscheinlich generell die einzig weibliche Person im Alter von zwanzig Jahren, die das so empfindet oder es zumindest offen zugibt. Wäre mal wieder an der Zeit, erwachsen zu werden. Aber nicht heute. Vielleicht wann anders. Wenn ich siebzig bin. Vielleicht.

»Joe? Kommst du?«, sopraniert Jojos Bekannte durch die halbe Uni.

Ach ja, dass er sich jetzt nur noch Joe nennt, ignoriere ich seit einigen Jahren. Da ich für ihn immer das Mädchen aus der neunten Klasse sein werde, das Brüste nur zu Dekorationszwecken hat und leidenschaftlich gerne mit ihm zu Drei-Akkorde-Punk abgeht, wird er für mich auch immer Jojo sein.

»Bleib sauber«, zwinkert er mir zu und zieht eilig davon. *Bleib sauber,* das würde er seiner blonden Begleitung sicher nicht zum Abschied raten.

Ich pflanze meinen Hintern schließlich auf einen Heizkörper im verlassenen Erdgeschoss des E-Traktes und schlürfe meinen Kaffee. Zwischendurch esse ich eine mitgebrachte Mandarine und summe vor mich hin. Als ein kurzer Schwall von kalter Luft hereinströmt, weil jemand die E-Eingangstür aufzieht, verstumme ich wieder.

»Sicher, dass ich dich nicht hochbringen soll?«, säuselt eine Kaugummi-Mädchen-Stimme.

Ich blicke mich um und erstarre zur sprichwörtlichen Salzsäule.

»Ja, vollkommen. Ich bin schon diverse Treppen hochgestiegen.«

Ich erkenne Janoschs Stimme sofort, seinen Sarkasmus, seine Genervtheit. Vermutlich ist es seine Art, sich darüber aufzuregen, dass die Leute ihn verhätscheln.

Mein Herz schlägt verwirrt. Viele kleine Herzschläge, so als wär ich soeben schlimm gestolpert und nur um ein Haar nicht heftig gestürzt. Ich kann kein Wort sagen.

Das Kaugummi-Stimmen-Mädchen deutet Janoschs Tonfall falsch und knatscht: »Hihihihihi, stimmt schon.«

Hihihihihi, stimmt schon. Blöde Flunz. Die studiert bestimmt Kunstgeschichte. Nichts gegen Kunstgeschichte, aber meine neuesten Studien haben ergeben, dass Kunststudentinnen dazu neigen, mich durch ihre Stimmfrequenz zu nerven. Wobei ich mir nicht sicher bin, ob es nur die Stimmfrequenz ist, die mich an Miss Chewing Gum stört.

»Kann ich sonst noch was für dich tun? Kaffee? Snack?«

Geschlechtsverkehr? Mietvertrag? Adoptionsunterlagen? Herrschaftszeiten, find ich die blöd.

Ich schaffe es nicht, meinen Mund davon zu überzeugen, jetzt etwas zu sagen und so Janoschs Aufmerksamkeit auf mich zu lenken. Aber ist vielleicht auch besser so. Ich weiß gar nicht, was ich zu ihm sagen soll. Und ich kann mich auch nicht darauf konzentrieren im Moment, weil ich meine Fingernägel durch Uri-Geller-Kräfte zum Wachsen bringen will, damit ich Miss Chewing Gum die Augen auskratzen kann.

»Klar«, antwortet Janosch zuckersüß. Wachst! Damit ich seine Augen gleich mit vernichten kann! Warum sagt er zu mir nie so was Nettes? Warum lächelt er mich nie so an? »Ich müsste mal auf die Toilette und bin leider zu behindert, um das alleine hinzukriegen. Könntest du mir das mit dem Toilettenpapier bitte am lebenden Objekt demonstrieren?«

Die Miene der Kunststudentin in spe wird eiskalt.

Schadenfreude kriecht in meinem schockgefrosteten Gesicht hoch. Da es noch nie zu meinen Stärken gezählt hat, einen aufkochenden Lachanfall zu unterdrücken, pruste ich laut los und presse gleichzeitig die Hand gegen den Mund, um das Gelächter einzudämmen. Der gewünschte Effekt bleibt aus: Ich zucke so heftig zusammen, dass ich den zwischen meinen Schenkeln eingeklemmten Styroporbecher umkippe. Kochend heißer Kaffee ergießt sich über meine andere Hand, die immer noch die Mandarine zerpflückt.

»Heilige Schaaa…«, entfährt es mir, und ich benetze die verbrühte Stelle in einem rasend schnellen Reflex mit Speichel.

Janosch und die Kunststudentin drehen die Köpfe nach mir um. Ob Janosch mich mit seinen Daredevil-Fähigkeiten erkannt hat?

»Mhm. Lustig«, ihre Stimme ist immer noch aus Kaugummi, »Na ja. Ich bin dann in zwei Stunden wieder hier.«

»Kann's kaum erwarten.«

Die Kunststudentin sieht zu, wie ich an meinem Handrücken nuckele, und wedelt vor ihrem Gesicht herum, um zu sagen: »Der ist nicht ganz dicht.«

Oh. Janosch ist *so* toll. Wie man zu anderen so konsequent unfreundlich sein kann – bewundernswert. Ich könnte das nicht, weil ich viel zu sehr darüber nachdenke, was die Leute von mir halten.

Er war zu ihr sogar noch unfreundlicher als zu mir! Das heißt … Na ja, das heißt natürlich rein gar nichts, aber ich rede mir ein, das heißt, dass er mich mag.

Die Kunststudentin in spe verlässt das Gebäude. Ich beuge mich weit vor, um durch die Glastür zu beobachten, was sie tut. Sie trifft eine Freundin und fängt, reich an rüden Gesten, zu lästern an. Beide tragen Absatzstiefel in Tierfelloptik über den Jeans. Das sagt alles.

Ich beuge mich noch weiter vor und verschütte endgültig den ganzen Kaffee.

»Au, Scheiße!«, fluche ich leise zu mir selbst, während sich ein feuchter, heißer durchfallfarbener Fleck auf meiner Jeans ausbreitet.

»Was ist diesmal passiert? An fremden Türen gelauscht? Eierkarton fallen lassen? Gestolpert?«

Janoschs Stimme überrascht mich. Ein kleiner Teil von mir hat wohl doch gehofft, er hätte mich nicht erkannt. Jetzt stehe ich zu allem Überfluss wieder als tollpatschiger Trampel da.

»Kaffee«, wispere ich.

»Gibt unschöne Flecken, hab ich mir sagen lassen.«

»Kann ich bestätigen«, antworte ich.

Erst als ich Janoschs Lachen höre, fällt mir auf, dass ich gerade ich selbst und spontan war. Ich habe einfach geredet! Dabei ist mir ganz entgangen, dass sein Kommentar wieder mal ein Produkt seiner eigenartigen Selbstironie war.

»Keine Vorlesung?«, fragt er.

»Schon, aber ich habe die Schnauze voll von benachteiligten Menschen«, blubbere ich los.

Was rede ich denn da? Das kann man ja mal wieder total fehlinterpretieren!

Janosch lacht erneut. Und er lacht schön. Es klingt schlichtweg sexy.

»Du?«, frage ich. »Keine Vorlesung?«

»Nein, aber ich musste erst noch meinen persönlichen Babysitter loswerden.«

»Wer war das?«

»Ach, den Namen hab ich verdrängt. Kunstpädagogik im fünften Semester.« Ich wusste es! Wo ist mein Preis für Menschenkenntnis? Wo ist er? »Billiges Parfüm. Kaugummi mit Erdbeergeschmack. Ich schätze wasserstoffblond und Lackstiefel.«

»Schwarze Haare. Stiefel mit Tierprint.«

»Verdammt«, Janosch bleibt ein paar Sekunden reglos stehen.

»Billiges Parfüm also?«, frage ich und überlege, wie er meinen Geruch wohl betiteln würde.

»Jap. Und Erdbeerkaugummi. Schlechte Kombi, wenn du mich fragst. Aber du fragst ja nicht.«

»Was wäre denn eine bessere Kombi?«

Janosch antwortet: »Verschütteter Kaffee und frisch geschälte Mandarine.«

Er zieht einen weißen Teleskopstock aus seinem Rucksack, bringt ihn durch ein Schnippen auf volle Länge und geht zielsicher die Treppe hoch.

Oh. Mein. Gott. Herr im Himmel. War das ein Kompliment oder gar ein Flirt? Keine Ahnung. War das gerade das definitiv Schönste, was jemals zu mir gesagt wurde? Aber JAAA!

Ich sammle mich relativ schnell, springe auf und rufe die Treppe hoch: »Wann fährst du heute nach Hause?«

»Um zwei«, antwortet Janosch.

»Kann ich mit dir fahren?«

»Klar. Mir gehört der Porsche Cayenne vorne an der Ecke.«

SCHLECHT GELAUNT

Als ich zur Bushaltestelle laufe, ist meine Stimmung zum Kotzen. Die Welt ist blöd, Janosch sowieso und ich am allermeisten. Er ist nicht hier. Statt sich mit mir im Bus zu verabreden, hat er nur einen doofen Witz gemacht. Lustig – zugegebenermaßen, aber irritierend. Ich hasse Ungewissheit.

Wütend kicke ich ein Steinchen weg und treffe damit ausgerechnet Steffi, die einen Meter vor mir läuft.

»Heyheyhey, Feli! Na, biste schlecht gelaunt?«

Schlecht gelaunt? *Schlecht gelaunt* ist eine dreistöckige Zuckergusstorte im Gegensatz zu meiner Stimmung. Ich hätte einfach nach dem tollen Kompliment mit dem Kaffee-Mandarinen-Geruch meine übermütige Klappe halten sollen. Das musste ja eine Bauchlandung werden! Ich kann auch nie genug haben, kriege den Hals nicht voll. Das ist wie bei Süßigkeiten. Immer ein Stückchen mehr, bis einem schlecht wird, und selbst dann ist es noch nicht genug. Jetzt bekomme ich spontan auch noch schrecklichen Hunger und bin dadurch erst recht mies drauf.

»Ja, langweilige Vorlesung. Amerikanistik. Sklaven und so.«

»Echt? Klingt ja kacke. Ich hatte ein Seminar bei Doktor Wossel. Ey Mann, der ist die geilste Dozenten-Sau *on earth*!« Steffi guckt lüstern und denkt wohl an hemmungslosen Dozentensex.

Ich grinse falsch und denke nicht im Geringsten an die geilste Dozentensau *on earth,* weil ich Ernährungswissenschaftlern nichts abgewinnen kann. Egal ob *on earth* oder on sonst wo.

Mir ist auch nicht ganz geheuer, dass Steffi diesen Ernährungskram studiert. Jedes Mal, wenn sie mich ansieht, stelle ich mir zwanghaft vor, wie sie in Gedanken einen Ernährungsplan für mich zusammenstellt.

Ich bin ein von Vorurteilen zerfressener Mensch.

»… und er studiert Grundschullehramt, ist das nicht süß?«

»Mhm, was? Wer? Grundschule?«

»Na, der Mirko. Mein Mitbewohner, wegen dem ich die Party geschmissen hab. Mensch, das war vielleicht 'ne Nacht, was? War eigentlich irgendwer nicht total blau?«

Ja, Steffi, ich. Ich war nicht total blau. Und Janosch auch nicht.

Menno. Jetzt ist er schon wieder in meinem fetten Schädel drin.

»Noch mal zu Mirko. Grundschullehramt. Knuffig, oder?«

»Ja. Echt. Voll knuffig.« Ja, wirklich. Absolut. So knuffig wie die Village People.

»Wie sieht's denn bei dir aus? Haste mal 'nen Freund?«

Ob ich mal 'nen Freund habe? Das klingt ja, als würde sie mich nach 'nem Tempo fragen. Oder 'nem Euro. Oder 'nem Tampon.

»Ich? Ja. Also nein. Ich konzentriere mich auf mein Studium.«

»Kenn ich. Hey, guck mal da vorne! Das ist doch der aus der Eins. Du weißt schon, der Blinde!«

»Weiß gar nicht, wen du meinst«, schmolle ich und versuche, nicht hinzusehen, wie Janosch dicht gefolgt von seiner Kunstpädagogin zur Bushaltestelle kommt. Als er da mit dem Teleskopstock läuft, erscheint er mir für einen Augenblick wie der, zu dem ihn Steffi soeben ernannt hat: der Blinde. Beinahe hilflos.

Sie kommen in Hörweite. »Meine Handynummer hast du ja jetzt. Kannst immer anrufen, wenn du Hilfe brauchst. Einen Raum nicht findest oder so.«

»Jaja, ist schon klar. Ich melde mich, wenn ich Gassi geführt werden muss. Wer hat dich überhaupt geschickt?« Hilflos? Sagte ich hilflos? Ich glaube, solange Janosch nur so vor Sarkasmus strotzt, wird er nie hilflos wirken. Im Gegenteil. Es gibt ihm diese Scheißegal-Aura, die ihn überdurchschnittlich stark auftreten lässt. »Die Fachschaft? Das Studentenwerk? Irgendeine Behindertenhilfe?«

Die Kunstpädagogin druckst herum. »Deine Mutter.«

Janosch dreht sich zu ihr um und starrt sie an. Sozusagen. »Was?«

»Unsere Mütter kennen sich. Meine ist Linda Räumer. Doktor Linda Räumer.« Die gestiefelte Kunstpädagogin entstammt einem Akademikerhaushalt? Ihre Mutter hat einen Doktortitel? Wahnsinn. Ich bin echt von Vorurteilen zerfressen.

Bei Janosch löst der Name eine Reaktion aus. Er krallt die linke Hand in die Haare und sagt zu Kunstpädagogin Räumer: »Wie viel zahlt sie dir?«

»Das darf ich dir nicht sagen«, das Kaugummi-Mädchen guckt verlegen.

»Ach? So viel? Ist egal. Betrachte dich als gekündigt.«

Der Bus fährt vor, und Janosch dreht sich von ihr weg. Ich stehe nur wenige Schritte neben ihm und blicke ihn gebannt an. Ich kapiere gar nichts mehr, dabei wäre es ungemein hilfreich, Janosch zu verstehen.

Ob ich ihn ansprechen soll?

Um ihn herum hat sich ein Kreis gebildet. Niemand kommt ihm nahe. Alle lassen ihn zuerst in den Bus steigen und sich setzen. Als ich an seinem Sitzplatz vorbeilaufe, sehe ich, wie er den Kopf nach mir dreht und mein Blick seine Augen trifft. Er lehnt den Kopf gegen die Scheibe und schirmt das Gesicht mit den Händen ab.

»Setz dich zu mir, Feli!«, brüllt mir Steffi entgegen und winkt.

Ich quetsche mich zu ihr in den Zweiersitz.

Janoschs Blick bewegt sich keinen Millimeter, als Steffi meinen Namen ruft. Ich werte das als Absage. Als einen Mangel an Interesse. Als einen heftigen Stoß in die Magengegend. Eine Aufforderung an mein Zentralnervensystem, sofort Wasser in die Tränendrüsen zu pumpen und die Schotten zu öffnen.

Als Janosch eine Station früher aussteigt, sehe ich ihm fragend hinterher. Ein kurzer Ruck geht durch meinen Körper, als wolle er aufspringen und ihm hinterhereilen. Aber ich halte ihn zurück.

Ich fahre weiter bis nach Hause, Steffi stößt mich aus dem Bus und hakt sich bei mir unter. Das ist eine Geste, die ich nicht besonders gut leiden kann.

»Ich muss noch mal kurz in den Keller«, behaupte ich, als Steffi mich an ihrem Arm in den ersten Stock haken will.

»In den Keller? Warum das denn?«

Wenn ich das wüsste. Warum muss man in den Keller? Waschmaschine? Nee. Die ist in unserem Bad. Fahrrad? Nee. Steht im Hinterhof. Quittungen für Lügerei erhält man immer überpünktlich.

»Weil … weil ich Cem ein Geschenk machen will und es im Keller versteckt habe.« Das Gute ist, dass ich Leute mit so etwas nicht verwundere. Ich würde es nämlich wirklich machen. Es wäre ja viel zu einfach, ein Geschenk in meinem Zimmer zu verstecken, wenn ich es genauso gut in einem spinnenverpesteten, garantiert einsturzgefährdeten Keller deponieren könnte.

»Echt? Wie süß von dir! Hat er Geburtstag?«

»Namenstag. Du weißt schon. Der heilige Cem… obulus. Der heilige Cemobulus. Schutzpatron der …« Der was? Der homosexuellen Moslems? Der unmusikalischen Medizinstudenten? »… der benachteiligten Menschen!« Die Vorlesung hat eindeutig bleibende Schäden hinterlassen. Cemobulus, der Schutzpatron der benachteiligten Menschen? Ich gehöre weggesperrt!

Sie zieht die Augenbraue hoch und guckt mich mit schiefgelegtem Kopf an. »Aha«, brummt sie.

Bestimmt hat sie gemerkt, dass ich sie hochnehme. Aber mein Lügenerguss zeigt Wirkung. Steffi entschwindet in die Fünf. Ich setze mich auf die Treppe und schaue zur Tür.

Wie lange ich wohl warten muss?

Momentchen mal. Was genau mache ich hier? Was wird das? Was soll ich denn sagen, falls er hereinkommt? Vielleicht kommt er gar nicht? Was mache ich *dann*? Ich gehe jetzt besser hoch und richte Cem alles Gute zum Namenstag des Heiligen Cemobulus aus, und wenn er nicht weiß, wer oder was das ist, dann tue ich einfach so, als wäre er dumm und ich gebildet.

Meine Gedanken werden unterbrochen, weil mein Handy lautstark schrillt. Durch den gesamten Flur quarzt mein Klingelton. Es ist Sophie.

»Willst du heute Abend mit mir zum Hochschulsport gehen?«

»Was?« Zum Hochschulsport? Will sie mich verulken?

»Ja, Feli! Komm, das wird super. Um halb sieben. Ich hab uns angemeldet!«

Das miese Stück hat mich zum Hochschulsport angemeldet? »Worum geht's überhaupt?« An unserer Uni bieten sie recht ausgefallene Sportarten an. Yoga, Pilates und Jonglieren sind dabei wirklich noch die gängigsten.

»Wie heißt das noch gleich ... So was zur Selbstverteidigung. Takeshis Castle?«

»Taekwondo?«

»Genau.«

Achtung, Achtung, eine wichtige Durchsage! Feli wusste etwas besser als Sophie! Schreibt die Kalender um, dies wird ein internationaler Feiertag!

»Warum?«

»Zur Selbstverteidigung!«

Wann zum Henker komme ich denn mal in die Situation, dass ich mich selbst verteidigen muss? Ich wünschte ja gelegentlich, mir würde mal jemand so nah kommen, dass ich irgendwelche asiatischen Würgegriffe anwenden *könnte.* Aber die meisten halten einen Sicherheitsabstand zu mir.

»Brauch ich nicht.«

»DOCH! Das ist superwichtig. Weißt du noch, als wir dieses Jahr in Spanien im Urlaub waren und ein Mädchen von einem ziemlich ekelhaften Typ in die Nebenstraße gezogen wurde!«

»Nein. Das weiß ich nicht, weil ich nicht mit in Spanien war.«

»Ach so. Stimmt. Sorry. Aber stell dir es doch mal vor. Wenn die Takeshis Castle gekonnt hätte, wär ihr das nicht passiert.«

»Kirsten hat mir erzählt, es war ein Straßenstrich!«

»NA UND!«

Es ist wohl zwecklos, ihr zu erklären, dass es auf dem Strich nun mal üblich ist, mit dubiosen Typen in Nebenstraßen zu verschwinden.

»Kommst du jetzt mit?«

»Nein. Da ich beim Spanienurlaub nicht dabei war, hab ich nicht genug Angst vor körperlichen Übergriffen, als dass ich meine Faulheit überwinden könnte.«

»Also gehst du wirklich nicht mit?«

»Wirklich nicht.«

»Na, dann mach's mal gut.«

»Ja, du auch … nein … Moment, sag mal, haben Muslime eigentlich Heilige?«

NA JA, VIELLEICHT IST DIE WELT DOCH GAR NICHT SO BLÖD

»Willst du zum Islam konvertieren?«

Ich hab nicht gemerkt, dass Janosch reingekommen ist, und dabei sitze ich nur wegen ihm hier und wollte eigentlich die Tür bewachen wie eine olle Psychopathin. Vollkommen durcheinander lege ich ohne ein weiteres Wort zu Sophie einfach auf und lasse das Handy in die Jackentasche gleiten. Ich durchforste mein Gehirn nach einer schlagfertigen Antwort, während ich fasziniert beobachte, wie Janosch den Teleskopstock durch ein kurzes Schnippen verkleinert.

»Nein. Und selbst wenn, glaube ich nicht, dass die mich haben wollten.«

»Warum?«

»Pathologische Disziplinlosigkeit.«

Offenbar war das lustig, denn Janosch lacht.

Dadurch bestärkt rede ich weiter und riskiere damit wieder einmal, übers Ziel hinauszuschießen: »Wirklich! Ich hab versucht, mit Cem Ramadan zu machen. Aber das ganze Kein-Essen-kein-Trinken-kein-Fluchen-kein-Sex-Ding ist irgendwie nichts für mich.« … Habe ich ernsthaft Sex gesagt??? Als wäre es für mich schwer, so eine beknackte Mondsichel lang auf Sex zu verzichten. Das Angebot richtet sich schließlich nach der Nachfrage. Bei mir fragt niemand nach, also biete ich mich schon gar nicht mehr an. Das ist simpelste Wirtschaftstheorie.

»Wegen welcher dieser Aspekte genau?«, fragt Janosch schmunzelnd.

Ich beschließe, darauf besser nicht zu antworten. In meiner momentanen Verfassung würde ich wahrscheinlich laut *SEEEEEX!* brüllen anstatt *ESSEEEEN!* und damit einen gänzlich falschen Eindruck vermitteln. Stattdessen stelle ich eine Gegenfrage: »Musstest du noch was erledigen?«

»Wieso?«

»Du bist eine Station zu früh aus dem Bus ausgestiegen.«

Janosch räuspert sich und steckt den Schlüssel ins Türschloss.

»Hast du dich vertan?«, frage ich, weil ich denke, dass es ihm vielleicht peinlich sein könnte, es zuzugeben. Dann wird mir bewusst, dass ich ein ganz schöner Tölpel bin, ihn direkt danach zu fragen.

Genervt antwortet Janosch: »Weißt du, sie sagen neuerdings die Namen der Bushaltestellen über Lautsprecher durch, damit nicht mal ich Depp mich irren kann.«

Es ist zum WAHNSINNIG Werden mit ihm!

Er betritt seine Wohnung. Ich stürme ihm kurzerhand hinterher.

»Du bist so was von unfair! Du weißt genau, dass ich das überhaupt nicht so gemeint habe!« Woher diese Worte kommen, die ich eben noch leise in meinem Schädel gedacht habe, weiß ich nicht. Ich habe sie nur unfreiwillig laut ausgesprochen.

Janosch zeigt keinerlei Reaktion. Das ist gemessen an der Tatsache, dass ich gerade ungefragt seine Wohnung betreten und ihn angebrüllt habe, durchaus bewundernswert.

Ich schließe die Tür hinter mir, weil er mich schließlich nicht aufgefordert hat zu gehen. Er hat mich zwar auch nicht aufgefordert zu bleiben, aber ich drehe mir die Dinge gerne so hin, wie sie mir passen.

»Ich musste mal an die Luft«, sagt er plötzlich.

»Was?« Ich verstehe nicht.

»Ich bin die letzten Meter zu Fuß gegangen, weil ich mal durchatmen musste.«

»Hattest du Stress? In der Uni, meine ich.«

»Ich bin den ganzen Tag von einer dummschwätzenden Kunststudentin verfolgt worden und musste einfach mal Luft atmen, die nicht nach Erdbeerkaugummi stinkt.«

Das erfüllt mich mit Genugtuung und Schadenfreude. Einen Moment lang überlege ich, Janosch auf das anzusprechen, was ich gehört habe. Dass seine Mutter offensichtlich die Kaugummitante dafür bezahlt hat, aber im Grunde geht es mich nichts an. Und der Stimmung wäre es bestimmt auch nicht dienlich.

Janosch hängt seine Jacke auf einen Haken und beginnt, in der Küche zu hantieren. Er setzt Wasser auf und verschwindet dann durch eine Tür, die ins Bad führt. Durch den Türspalt sehe ich weiße Fliesen.

»Was studierst du eigentlich?«, ruft er.

Im ersten Moment weiß ich gar nicht, was ich antworten soll, weil ich so geplättet bin. Er zeigt Interesse an mir. Das hat er bisher nie so richtig gemacht. Bisher hat er immer nur festgestellt, nie gefragt.

»Ähm. Anglistik.« Ich lege meinen Ordner auf Janoschs Couch ab.

»Lehramt oder Bachelor?«

»Bachelor.«

»Na, Gott sei Dank.«

»Ja, ich wäre kein guter Lehrer.«

»Denke ich auch.«

Denkt er auch? Vielen Dank! Er ist wirklich kein besonders guter Mitspieler für mein *fishing-for-compliments*-Spiel.

»Was ist dein Nebenfach?«

»Englische Literatur.«

»Ja, das passt.«

»Wirklich?«

»Ja. Mir war klar, dass du Geisteswissenschaften studierst. Du redest nämlich sehr viel, hat dir das schon mal jemand gesagt?«

»Ist schon vorgekommen, ja.«

Es macht mich ganz verrückt, dass wir unsere erste

richtige Frage-Antwort-Unterhaltung durch eine Wand hindurch führen.

»Welches Semester?«, fragt Janosch knapp.

»Drittes. Was studierst du denn?«

Der Wasserkocher pfeift. »Kümmerst du dich bitte mal drum?«

Irgendwas an dieser Frage lässt mich breit grinsen. Wie er das fragt. Als wären wir eingespielt, als wäre es Routine, dass ich hier bin und mich um das Teewasser kümmere.

»Ja klar.« Ich eile hinter die Küchenzeile und stelle den Wasserkocher aus. Dann suche ich Tassen. Ich öffne etliche Schränke, bis ich welche finde, und weiß dann gar nicht, ob ich jetzt auch für mich Tee machen soll. Ich gucke in den Kocher. Definitiv zu viel Wasser für nur eine Tasse.

Wenn ich mir doch beim letzten Mal bloß behalten hätte, wo Janosch seinen Tee aufbewahrt! Ich öffne – so kommt es mir jedenfalls vor – jeden Schrank und finde vor lauter Ordnung gar nichts. Fast alles ist in Dosen aufbewahrt, auf die kleine Etiketten mit Braille-Pünktchen geklebt sind. Ich taste über die Worte Zucker, Salz und Mehl und über Erdbeermarmelade. Ich will das unbedingt lernen!

»Wo sind denn die Teebeutel?«, rufe ich durch die Wohnung.

Janosch kommt mir zu Hilfe. Ich denke für einen kurzen Moment über die Ironie dieser Situation nach und höre dann seine Schritte aus dem Badezimmer näher kommen. Plötzlich kracht Janoschs Hand gegen meinen Arm, als ich nach einer großen Schublade greifen will.

»Entschuldigung«, sagt er.

Ich drehe mich zu ihm um. OH GOTT!! Er ist mir so nahe! Und er trägt keinen Pulli und kein T-Shirt, also quasi nichts. Also obenrum. Also sozusagen oben ohne. Und ich … ich kann ihn riechen.

Er zieht die Schublade auf und fischt ohne Weiteres einen Beutel mit schwarzem Tee und einen mit Pfefferminze heraus. Er hält mir den Pfefferminzbeutel hin. Ich bin fast zu doof, um danach zu greifen. Ich blicke überall hin, nur nicht auf die blöden Teebeutel.

»Ähm … danke, Janosch.«

»Bitte, Feli.« Er lächelt. Er lacht nicht. Er grinst nicht. Er *lächelt.*

Er bückt sich und holt Milch aus dem Kühlschrank, die er zu seinem schwarzen Tee gibt. Bei jeder seiner Bewegungen starre ich auf seinen nackten Oberkörper und suche die zuständigen Muskeln. Während er den Arm bewegt, die Finger oder den Rumpf, klebt mein Blick an seiner zuckenden, arbeitenden Armmuskulatur.

Niemand sollte so aussehen! Niemand *darf* so aussehen! Oh Gott. Bestimmt hört Janosch, dass ich komisch atme. Selbst ich kann es hören. Ich röchele vor mich hin, als litte ich an Keuchhusten, und klammere mich an meiner Tasse fest. Ich versuche, nur noch den Tee zu riechen und nicht Janoschs Haut. Aber deren Geruch ist plötzlich überall. Im Raum, in meiner Nase, in meinem Kopf!

»Ähm …«, mache ich als kleine Zwischeneinlage.

Janosch trinkt mit großen Schlucken von dem unheimlich heißen Tee und entschwindet dann wieder ins Bad.

»Ich wollte dich nicht irritieren«, ruft er nach ein paar Sekunden, in denen ich mucksmäuschenstill Tee genippt habe.

»Ähm, hast du nicht«, lüge ich.

»Dann ist gut. Ich werde nur gleich zum Training abgeholt, deshalb muss ich mich kurz umziehen.«

»Was trainierst du denn?«

Mir fällt es wieder ein, bevor Janosch antwortet: »Schwimmen. Meine Schwester ist in fünf Minuten hier.«

»Ach so.« Für mich ist Schwimmen ab sofort der beste Sport der Welt.

Er kommt wieder aus dem Bad, trägt dieses Mal aber eine Jogginghose und eine dazu passende Sweatshirtjacke.

»Ach ja«, meint er dann und stellt sich neben mich, »Rechtswissenschaften.«

»Rechts… Jura? Du studierst Jura?« Also irgendwie bin ich jetzt platt. Erstens weil ich schon nicht mehr an das eigentliche Gesprächsthema gedacht habe und zweitens weil ich nicht weiß, wie das mit Janosch und dem Studieren funktioniert, und neugierig bin, es zu erfahren, und drittens wegen: »Wie …«

»Sag es bloß nicht! Ich weiß! Wie Daredevil. Wenn ich mal zwei Sekunden nachgedacht hätte, bevor ich mich in ein wandelndes Comic-Klischee verwandelt habe, würde ich jetzt was anderes machen!«

»Warum? Gefällt es dir nicht?«

»Schon. Es ist der Hammer.«

»Dann ist es doch egal.«

Er lächelt wieder und wendet seinen Kopf zu meinem.

»In welchem Semester bist du?«

»Im neunten.«

»Im NEUNTEN? Wie alt bist du denn?«, platzt es aus mir heraus. Im neunten? Meine Fresse.

Janosch lacht laut. »Keine Panik. Wie du dir vorstellen kannst, hab ich nach dem Abi kein soziales Jahr oder so gemacht. Und bei der Bundewehr war ich schon mal gar nicht.«

»Wie du dir vorstellen kannst, war ich auch nicht beim Bund, und ich bin trotzdem erst im dritten!«

Janosch lacht wieder und sagt: »Hat ja auch niemand gesagt, dass wir gleich alt sind. Ich bin vierundzwanzig.«

Janosch ist vierundzwanzig? Ist das jetzt alt? Oder bin ich bloß jung? Oder sollte ich mich einen feuchten Kehricht um Altersunterschiede scheren? Mal ehrlich, vier Jahre sind doch kein Problem, warum mache ich mir eigentlich Gedanken?

»Wann wirst du fünfundzwanzig?«

»Am einunddreißigsten Dezember. Silvester.«

»Du bist alt!«, brülle ich.

»Danke!«

»Wie alt bist du, dass es dich so schockiert? Dreizehn?«

»Manchmal fühle ich mich wie dreizehn. Aber ich bin zwanzig.«

»Na, dann ist doch alles gut.«

Was ist gut? Dass wir miteinander schlafen dürften, ohne ein Gesetz zu brechen? Oh! Hoppla! Nein. Aus, Feli, aus, was du wieder denkst.

»Und? Bist du ein guter Schwimmer?«, wechsle ich das Thema.

»Ich denke schon«, antwortet er frech.

»Cool.« Damit ist das Gesprächsthema wieder tot.

Es klingelt kurz und scharf an der Tür, keine Sekunde darauf wird sie aufgeschlossen.

»Hallo«, zwitschert es.

Mein Blick huscht zu der Frau, die gerade hereingekommen ist. Das muss Janoschs Schwester sein. Sie ist eindeutig älter als er. Ich schätze sie auf sechs- oder siebenundzwanzig. Ihre Haare haben dieselbe dunkelbraune Farbe wie seine, sie sind zu einem langen, lockigen

Zopf gebunden, und ihre Augen sind fast genauso wunderschön. Sie ist groß, schlank und hübsch.

»Oh! Hi!« Es ist eine filmähnliche Situation, wie sie dieses *Oh! Hi!* sagt. So als würde sie fürchten, sie hätte uns bei irgendwelchen Intimitäten erwischt. So was Abwegiges. Als hätte ich nur eine Sekunde an Intimitäten mit Janosch verschwendet. Es waren ganze MINUTEN!

»Hallo«, flüstere ich kleinlaut.

»Ich bin Pia, Janoschs Schwester.«

»Feli.«

»Aaah! Feli!« Heißt dieses *Aaah! Feli!*, dass ihr mein Name etwas sagt? »Gehst du mit uns ins Hallenbad?«

»Nein«, erwidere ich wie aus der Pistole geschossen.

Pia grinst. Janosch verschwindet kurz im hinteren Zimmer und kommt mit einer Trainingstasche zurück.

»Tja, dann … ich …«, stammele ich und deute Richtung Tür. Ich weiß, wann ich gehen sollte. Schließlich bin ich ein vernunftbegabter Mensch, der das perfekte Timing beherrscht.

»Ich wollte euch nicht stören. Quatscht ruhig noch ein bisschen. Ich kann auch noch eine Runde um den Block spazieren.«

»Was redest du denn da? Wir gehen schwimmen, und Feli geht hoch. Fertig.«

Oh! Hallo, alter Janosch! Da bist du ja wieder. Hab dich gar nicht vermisst.

»Alter Griesgram. Sei nicht immer so unfreundlich«, weist Pia ihren Bruder zurecht und verlässt die Wohnung.

Ich muss schnell verschwinden. Ich will nicht, dass der alte Janosch noch mehr Sachen zu mir sagt, die mein laut, schnell und verliebt klopfendes Herz nicht hören will.

»Viel Spaß«, brummele ich daher lediglich und steige die Treppe hoch.

»Feli?«

»Ja?«, ich wirble herum.

»Vielleicht klappt's ja wann anders mit dem Busfahren.«

Ich strahle, und mein Herz ist auch vollends zufrieden mit dem Gehörten. »Ja klar. Super. Viel Spaß.«

»Danke.«

FAST HÄTTE ICH VERGESSEN, DASS ICH HUNGRIG BIN

Aber nur fast. In dem Moment, als ich in die Wohnung komme und es nach irgendwas Leckerem duftet, fällt es mir wieder ein.

Cem ist wohl in der Zeit, die ich bei Janosch verbracht habe, nach Hause gekommen und hat etwas zu essen gezaubert. Cem ist ein großartiger Koch. Aber so richtig. So auf Laafer-Lichter-Lecker-Niveau. Beim Verzehr von Cems Köfte (das sind türkische Frikadellen) würde sogar jeder Veganer zum Fleischfresser mutieren. Heute gibt es Spaghetti Bolognese.

»Hallo, Feli-Baby!«

Huch? Woher kommt Cems Motivation zur Benutzung kitschiger Kosenamen?

»Hab ich was verpasst, Cemi-Baby?« Ich setze mich auf meinen Platz und bekomme ein großes Glas von meinem Saft eingeschenkt.

»Ich dachte, wir essen fein zusammen.«

»Das freut mich.«

»Du bist spät dran. Viel zu tun?« Schwungvoll stellt er mir einen Teller vor die Nase.

Wenn wir derartige Gespräche führen, kommt es mir so vor, als wäre Cem die Hausfrau, die bei den Kindern bleibt, während ich für die Familie das Geld verdienen gehe. Weil ich zu spät dran bin, vermutet meine Ehefrau Cem, dass ich eine Affäre mit meiner Sekretärin habe, weil ich sie, oder vielmehr ihn, seit der fünften Schwangerschaft nicht mehr attraktiv finde.

Ich war schon immer ein sehr fantasiebegabtes Kind, aber an derartigen Kopfbildern ist nicht meine Fantasie, sondern das Privatfernsehen schuld. Ähnlich wie bei Zigarettenschachteln sollten sie auch auf TV-Geräte und Fernsehzeitschriften Warnungen aufdrucken, die darüber informieren, dass Fernsehen Gehirnzellen abtötet: *Fernsehen fügt Ihnen und den Menschen in Ihrer Umgebung erheblichen Schaden zu! Fernsehen schadet Ihnen und Ihrem ungeborenen Kind!* Verbraucherschutz heißt das. Niemand schützt mein armes Hirn, dabei habe ich doch nur das eine.

»Nee. Ich …« Ich lasse mich ein bisschen feiern und grinse dümmlich in der Gegend herum. Wenn ich schon mal etwas zu erzählen habe, möchte ich es wenigstens auskosten.

Eine große Portion Nudeln mit Soße landet auf meinem Teller.

Cem bemerkt meine Geheimniskrämerei, setzt sich mit großen Augen an den Tisch und fragt artig nach: »WASISTPASSIERT?«

Ich blubbere viele Worte in kurzer Zeit und schiebe mir immer wieder rollenweise Spaghetti in den Mund. Schlagworte meiner Erzählung sind: Sklaven. Vorlesung.

Langweilig. Janosch. Kunstpädagogin. Stiefel. Erdbeerkaugummi. Janosch. Kaffee. Mandarine. Busfahren. Porsche. Steffi. Janosch. Kunstpädagogin. Mutter. Janosch. Mutter. Janoschs Mutter. Busfahren. Dreizehn Stationen. Zwölfte Station. Steffi. Unterhaken. Cemobulus. Sophie. Handy. Takeshis Castle. Janosch. Tee. Badezimmer. Kein Oberteil. Muskeln. Janosch. Schwimmen. Schwester. Janosch.

Nach meinem spaghettischwangeren Redeschwall sagt Cem: »Aha.« Nachdem er die Menge an Informationen sortiert und verarbeitet hat, ist das Einzige, was ihn interessiert: »Heute ist also mein Namenstag wegen Cemobulus, dem Schutzpatron der benachteiligten Menschen?«

Sein Brüllen erfüllt die Küche, nur hin und wieder unterbrochen von einem atemlosen Keuchen, durch das ich wiederholt die Worte *Cemobulus!* und *Schutzpatron!* hören kann. Jaja, ich bin sehr oft unfreiwillig komisch.

»Was hätte ich denn sagen sollen? *Ich will warten, bis Janosch reinkommt, weil er mich vorhin im Bus verschmäht hat!?*« Das wäre lustig geworden. Steffi hätte mir eine Milliarde Fragen gestellt. Sie ist so über die Maßen an Männergeschichten interessiert. Nicht nur an ihren eigenen, sondern auch an meinen und überhaupt an jedermanns. Sie verwendet sehr viel Energie darauf, zu jeder Zeit darüber informiert zu sein, wer was mit wem hinter verschlossenen Türen anstellt.

»Und du hast ihn oben ohne gesehen?«, spricht Cem endlich mein neues Lieblingsthema an.

Ich nicke geistesabwesend.

»UUUUUUUND?? Also, die Schwimmer bei Olympia sind ja immer echt super gebaut.«

Mein Spaghettihunger verwandelt sich in ein dumpfes, sattes Magenkribbeln.

»MACHESNICHTSOSPANNEND!!«

»Er sieht gut aus«, murmele ich dann. Ich will die Aufmerksamkeit auf etwas anderes lenken, weil die Vorstellung von Janoschs Körper meine eigene bleiben soll. »Kaffee und Mandarine hat er gesagt. Ist das nicht süß? Er kann eben doch richtig nett sein.«

»Ja. *Total* nett. Kaffee und Mandarine … Du denkst viel zu poetisch. Erzähl mir jetzt, wie er oben ohne aussieht! Hat er Muskeln?«

Ich nicke.

»Breite Schultern? Brustmuskeln? Bauchmuskeln? SAGHALTMALGENAUER!«

Ich nicke dreimal.

Cem dreht fast durch wegen des Mangels an detailreichen Informationen: »Haare?«

»Haare?«, frage ich. Cem verdreht die Augen, und ich verstehe.

»Das geht dich gar nichts an«, sage ich dann.

»Dann verrate ich dir auch nicht mein Geheimnis.«

Cem hat ein Geheimnis? Ich wusste es. Schon bei *Hallo Feli-Baby* hatte ich den Verdacht, dass hier etwas reichlich faul ist. Er weiß genau, wie neugierig ich bin.

»Hey! Das ist unfair! Jetzt will ich's wissen.«

»Haare?«, wiederholt er seine Frage, wobei er nachdrücklich und fordernd auf den Küchentisch tippt.

Ich sehe auf meine Nudeln.

»Haare!«, schließt Cem daraus. »Wie schlimm ist es? Robbie Williams?«

Cem hört sich gerne Lieder von Robbie im Radio an, aber wenn er ihn im Fernsehen sieht, schaltet er jedes

Mal um, weil er befürchtet, dass der Brite sich auszieht. Diese Angst ist nicht unbegründet, denn er wurde offenbar mit exhibitionistischen Neigungen geboren. Cem ist akut Brust-Bauch-Achselhaar-phobisch. Ob man das therapieren kann?

»Was du alles wissen willst! Nein! Nicht wie Robbie Williams. Du solltest echt endlich mal darüber hinwegkommen, dass Männer irgendwann obenrum nicht mehr aussehen wie Sechstklässler! Schon gar nicht, wenn sie fast fünfundzwanzig sind.«

»Robbie Williams ist mindestens fünfund*dreißig*.«

»Aber Janosch ist fast fünfundzwanzig.«

»Oh, ich sehe, du hast dir Informationen beschafft. Das ist schön. Jetzt aber genug zu dir. Frag mich, warum ich so gut gelaunt bin!« Ich tue es, und Cem erzählt mir bereitwillig eine Geschichte, die mit »Also, bei Steffi wohnt doch jetzt dieser Mirkooooo …« beginnt.

»Ja«, sage ich und zeige ihm damit, dass ich dieser hochkomplexen Unterhaltung, von der ich schon weiß, wie sie weitergehen wird, folgen kann.

»Also, ich hab mich auf Steffis Party ziemlich gut mit ihm unterhalten. Heute haben wir uns im Bus getroffen, und er hat mich von sich aus angequatscht.«

»Und?«

»Naaaaa, du weißt schon. Der ist schon toll.«

Ich versuche mir ein Bild von ihm ins Gedächtnis zu rufen. Mirko ist ein kaum zwanzigjähriger, blondgelockter Jüngling, der bei Steffis Party eines von diesen Strickjäckchen anhatte, die man bei Frauen Cardigan nennt. Ist mir ein Rätsel, wie das bei Männern modern werden konnte. Manche Relikte aus Opas Zeiten sollten einfach Relikte bleiben.

»Der hat mit Sicherheit noch keine Haare auf der Brust«, kommentiere ich meine Vorstellung von Mirko.

»Ich wollte fragen, ob du … na ja, weißt du, ich hab echt genug davon, mich an Jungs ranzumachen, die denken, ich will bloß mit ihnen ein Bierchen trinken gehen und danach Playstation zocken.«

»Du willst dieses Mal wissen, welche sexuelle Gesinnung das Objekt deiner Begierde hat, bevor du die Schmetterlinge fliegen lässt?«

»Ja«, ist Cems knappe Antwort.

»Weise Entscheidung. Dann frag ihn.«

»Na, ich dachte, das könntest du übernehmen!«

Ich falle aus allen Wolken. Wie stellt er sich das denn vor? Soll ich mal mir nichts, dir nichts zu diesem Typen rennen, mit dem ich bisher ganze vier Worte gesprochen habe (*Willkommen in der Nachbarschaft!*), und ihn fragen, ob er eher mit einem oder doch lieber zwei X-Chromosomen das Bettchen teilt.

»ICH?«

Cem schenkt mir Saft nach und lässt die Hundeaugen glänzen. Diese Geste würde bei mir augenblicklich Wirkung zeigen, wenn er ein Golden Retriever wäre. Ist er aber nicht. Er ist nicht mal blond.

Dann fällt mir etwas ein, das alles Nachfragen überflüssig macht: »Ich weiß es schon.«

»Tust du nicht!«

»Stimmt. Tue ich auch nicht. Aber ich weiß eines …«

Ich lass mich feiern, während Cem auf seinem Stuhl hin und her rutscht.

»… er studiert Grundschullehramt.«

»STRIKE!«

Schlimm ist das. Aber es gibt einfach viel zu viele Vorurteile, die zutreffen. Grundschullehrer sind für mich schwul, weil Sophie Grundschullehramt studiert und mir berichtet hat, dass es unter den hundert Studenten ihres Jahrgangs nur drei Männer gibt, von denen zwei Drittel schwul sind. Mirko ist quasi mit sechsundsechzigprozentiger Wahrscheinlichkeit ebenfalls schwul.

Kunststudentinnen halte ich von vornherein für zickige Biester, da ich schon viele Kunststudentinnen getroffen habe, auf die die Beschreibung *zickiges Biest* wie angeschneidert passte.

Mädchen mit Tierprint- oder Lackstiefeln trete ich ebenfalls vorurteilsbelastet entgegen, weil in Wildkatzenoptik selbst ein vergoldeter Ferrari billig aussähe.

Außerdem habe ich Vorurteile gegenüber Männern mit gezupften Augenbrauen, Menschen, die Holger oder Dörte heißen, gegen Kosmetik-, Nagel- und Bräunungsstudios sowie Leute, die diese Etablissements regelmäßig aufsuchen, gegen Fans von Gangster-Rap, gegen Menschen, die lange Ledermäntel tragen, und Männer mit Nikolausbärten. Diese Liste wächst stetig.

Das Schlimme ist: Begegnet jemand *mir* mit Vorurteilen und Oberflächlichkeit, finde ich das sehr ungerecht. Auch wenn ich mir wünsche, stets neutral behandelt zu werden, fällt es mir selbst meistens ziemlich schwer, unbefangen Kontakte zu knüpfen. Das zählt wohl zu meinen eher schwächeren Charakterzügen.

Dieses eine Mal hat mein Schubladendenken wenigstens eine gute Tat bewirkt: Cem schwingt gut gelaunt und optimistisch im Badezimmer den Wischmopp und singt dazu paradoxerweise ein Robbie-Williams-Lied. Er ist ausgezeichneter Laune, weshalb ihm nicht mal auffällt, dass eigentlich ich mit Putzen an der Reihe wäre.

In dieser Nacht habe ich einen wirren, aber schönen Traum. Ohne zu viel verraten zu wollen, kann ich sagen, dass Janosch und ich darin vorkommen. Wir liegen nah aneinander, und obwohl ich nicht mal genau weiß, wo wir uns befinden oder wie und warum wir dorthin gekommen sind, wird mir bewusst, dass ich Janoschs Haut unter meinen Fingerspitzen fühle und dass sie nicht nur sehr weich, sondern auch sehr nackt ist. Ich bin in seine Arme gewickelt, drücke die Nase gegen seine Brust, meine Hand streichelt seinen Rücken und seine mein Haar. Er bedeckt meine Stirn mit Küssen und führt dann mein Gesicht an seins heran, um mich auf den Mund zu küssen.

Bevor Janosch mich jedoch auf den Mund küssen kann, schreit mein Handywecker, dass es Zeit ist aufzustehen.

Verdammt! So kurz vor dem Finale! Ich konnte schon Janoschs heißen Atem fühlen. Ich konnte spüren, wie meine Knie weich wie Pudding geworden sind und mein Herz so schnell angefangen hat zu schlagen wie Kolibriflügel.

AUSSCHAUHALTEN

Nicht, dass ich für gewöhnlich stark in rationalem Denken wäre, doch in den nächsten Tagen fällt es mir geradezu unendlich schwer. Wenn man sich einmal eingestanden hat, dass man verliebt ist, spätestens aber nachdem man den ersten romantischen Traum hatte, wird es unmöglich, die gedanklichen Prioritäten richtig zu setzen. Rein biologisch funktioniert mein Gehirn natürlich einwandfrei, nur scheint es neuerdings irgendwie zu der Überzeugung gelangt zu sein, dass es von nun an überlebensnotwendig ist, Dinge wie Lehrstoff, Tagesabläufe und Benehmen außer Acht zu lassen, um alle Energie darauf zu verwenden, nach Janosch Ausschau zu halten. Ich sitze im Bus und scanne jeden einzelnen Sitzplatz nach ihm ab. Ich latsche durch die Uni und suche ihn mit Blicken. Ich kann nicht mehr ruhig auf meinem Hintern sitzen bleiben, weil ich mich in alle Himmelsrichtungen recke und strecke, um ja nicht zu verpassen, wenn er vielleicht vorbeiläuft.

Ich vermute ihn an den unmöglichsten Orten. Nur weil ich ihn vergangene Woche mit der Kunstpädagogin auf dem Geisteswissenschaftscampus getroffen habe, warte ich jetzt darauf, ihn hier wiederzusehen. Dabei finden die Vorlesungen für Rechtswissenschaften in einem anderen Gebäude statt, das zehn Busminuten von unserem entfernt ist. Trotzdem klammere ich mich an die Möglichkeit, er könnte erneut hier auftauchen.

In der Mensa treffe ich Kirsten und Sophie. Wir essen geschmacksneutralen Nudelauflauf und zum Nachtisch Quark, der einiges an Qualität gewinnen würde, wenn er wenigstens nach nichts schmecken würde.

»Du musst gar nicht so umhergucken. Du weißt doch, dass die Juristen nicht hier sind, Feli.«

JA, VERDAMMT, ICH WEISS!, möchte ich Sophie gerne anbrüllen.

Ich will ihn doch bloß nicht verpassen. Das letzte Mal habe ich ihn in meinem Traum gesehen, und diese Begegnung war in mehr als nur einer Weise unbefriedigend. Wenn wir uns träfen, würden wir uns vielleicht zur Heimfahrt im Bus verabreden oder etwas gemeinsam unternehmen. Meine Liste an Vorstellungen ist unendlich lang.

»Also, ich find das übrigens total süß. Was er zu dir gesagt hat. Das mit dem Kaffee und den Mandarinen«, sagt Kirsten.

Danke. Endlich weiß mal jemand diesen Dahinschmelz-Kommentar zu würdigen. Ich dachte schon, ich wäre von unromantischen Eisblöcken umgeben.

Am Nachmittag sitze ich wieder im Bus und male mir aus, Janosch hier oder gleich im Hausflur zu treffen. Als bei den Rechtswissenschaften eine Menge Studenten einsteigen, überschreitet mein Puls die Schwelle zum Herz-Ausdauer-Training – umsonst. Gelangweilte, streberisch aussehende Juristen mit Hornbrillen und Strickschals kommen in den Bus und belegen die Plätze, auf denen Janosch jetzt sitzen könnte.

Glücklichsein und Unglücklichsein liegen so gefährlich nah beieinander in dieser Anfangsphase, in dieser Phase des Ausschauhaltens. Ich wette, diese Stimmungsschwankungen übersteigern die einer Frau in den Wechseljahren um ein Vielfaches. Die Wechseljahre sind ein Scheiß gegen anfängliches Verliebtsein.

Ich sollte mir nicht so viele Gedanken um ihn machen. Mein Ruf bei ihm ist sowieso ruiniert. Was soll da schon noch groß kommen? Ich könnte beim nächsten Versuch, in seiner Küche Tee zu kochen, aus Versehen aus den Tassen, Teebeuteln und heißem Wasser eine Atombombe basteln und das Ganze in die Luft jagen. Dann hätte ich nicht nur die Sache mit dem Lidl-Einkauf getoppt, sondern wäre gleichzeitig ein physikalisches Meistergenie. Sollte ich die atomare Kontaminierung überleben, könnte ich viel Geld verdienen, indem ich einen international erfolgreichen Bestseller schreibe namens *How to build a nuclear weapon out of things you can find in Janosch's kitchen.*

Wenn ich mit ihm rede, bin ich glücklich. Zumindest so lange, bis er irgendetwas sagt, das mir den Boden unter den Converse wegzieht, ich heftig auf die Schnauze falle und meine Existenz verfluche.

ZEIT KANN SO LANGE DAUERN ... ABER AUCH SO KURZ

Wenn ich eine Formulierung in Romanen richtig bescheuert finde, dann diese: »Aus Tagen wurden Wochen« oder auch die Umkehrung: »Die Tage flogen vorbei wie Stunden.« Wer schon mehr als zwei Bücher gelesen hat, dem hängen solche Floskeln zu allen Körperöffnungen raus. Aber manchmal ist es einfach so, dass man keinen Plan hat, wo die verdammte Zeit geblieben ist. Plötzlich ist eine Woche rum, und du hast nichts Produktives vorzuweisen, und trotzdem bist du der Meinung, die ganze Zeit überaus beschäftigt gewesen zu sein. Dass ein Satz wie »Die Sekunden krochen vorbei wie Stunden« jedoch durchaus seine Richtigkeit besitzt, zeigt die Benachteiligte-Menschen-Vorlesung.

Wieder ist eine Woche vorbei, und wieder frage ich mich, was ich hier tue. Bereits beim letzten Mal habe ich mich unendlich gelangweilt. Es gibt Studenten, die in solchen Fällen einfach aufstehen, geräuschvoll ihre Sachen zusammenpacken und den Hörsaal verlassen. Das traue ich mich aber nicht. Ich werde verfolgt von der Vorstellung, der Professor könnte mir später einmal in einer Prüfung gegenübersitzen und sich für meine Respektlosigkeit rächen.

Ich sitze in der obersten Bank, hinter mir nur die Wand und die rettende Tür, die mit jedem Wort des Profs immer verführerischer wird. Er blickt nicht mal auf, betet bloß in melancholischem Singsang seine Vorlesung herunter, und es erscheint mir in diesem Moment unmöglich, dass es ihn stören würde, wenn ich jetzt aufstünde und ginge. Niemals würde er sich mein Gesicht merken. Mit seinem schütteren Haar und der Maulwurfbrille sieht er vielmehr aus, als könnte er sich mit Mühe und Not an seinen eigenen Namen erinnern.

Schon nach zwanzig Minuten fühlt es sich an, als wäre eine Ewigkeit vergangen. Die letzten Minuten bilden damit einen krassen Gegensatz zu meiner letzten Woche, die wie im Flug vergangen ist. Rückblickend bin ich der Meinung, dass die Woche viel zu schnell vorbei war und ich nichts erledigen konnte. In Wahrheit habe ich mir jedoch gar keine Mühe gegeben, auch nur irgendetwas zu erledigen. Ich habe eigentlich nur sehr viel an Janosch gedacht und sonst nur recht wenig getan.

Nach weiteren zehn Minuten entdecke ich einen Lichtfleck am Langeweile-Horizont. Der Professor verirrt sich im Technikdschungel seines Laptops, mit dem er eine Präsentation samt Stichworten via Beamer an die Wand hinter ihm wirft. Er hat versehentlich das Touchpad deaktiviert, und nun fährt er mit seinen knochigen Professorenfingern unbeholfen über das Feld und sucht die Maus auf dem Bildschirm. Keiner von uns Studenten weist ihn darauf hin, dass er durch Drücken eines einzelnen Knöpfchens Abhilfe schaffen könnte. Ich für meinen Teil rede mich damit raus, dass er ja auch nicht um Rat fragt. Nachdem er mehrmals »Ja also … immer dieses Ungetüm. Muss ich das mit meinen achtundsechzig Jahren wirklich noch erlernen?« sagt, beschließt er, seine studentische Hilfskraft zu holen. Nicht als Einzige nutze ich diese Gelegenheit, um aus dem Saal zu entschwinden.

Ich kaufe mir einen Kaffee und gurke wieder in den E-Trakt, weil dort nicht viel los und außerdem die statistische Wahrscheinlichkeit am größten ist, Janosch zu treffen.

Es zieht mich nach Hause. Vielleicht sollte ich die anschließende Vorlesung auch schwänzen. Es mag an der wohligen Wärme der Heizung liegen, auf die ich mich gesetzt habe, dass ich auf einmal schrecklich müde werde. Als wollte mir mein Körper sagen, dass er es begrüßen würde, wenn ich die Biege mache und mich daheim ins Bett lege. Schlaf hätte ich auf jeden Fall nachzuholen. Die Nacht war kurz. Ich habe heftig geträumt, und als ich aufgewacht bin, war ich so hin und weg davon, dass ich nicht mehr schlafen konnte. Wovon genau der Traum handelte, möchte ich diesmal wirklich nicht verraten, weil es mich aussehen lässt, als wäre ich sexuell ausgehungert. *So* real kann nämlich niemand träumen, der sich nicht nach dem Geträumten sehnt.

Ich lehne mich zurück, mache die schweren Augen zu, summe vor mich hin und denke an meinen Traum. Habe dabei ganz genau Janoschs Geruch in meiner Nase und seine Stimme in meinem Ohr.

»Mal wieder keinen Bock auf benachteiligte Menschen?«

Plötzlich sind die Wahrnehmungen in meiner Nase und in meinem Ohr keine Erinnerung mehr, sondern – KAWUMM! – knallharte Realität. Janosch steht auf der Mitte der Treppe zum ersten Obergeschoss von Gebäude E. Wie konnte er mich erkennen? Das ist mir total unheimlich! Wie ist es möglich, dass er mich sogar bemerkt, bevor ich auf *ihn* aufmerksam werde.

»Hast du mich vielleicht erschreckt«, bringe ich heraus und lege die Hand auf die Brust, in der es aus zweierlei Gründen heftig pocht.

Mit einer Hand am Geländer und dem Stock in der anderen läuft Janosch die restlichen Stufen hinunter.

»Du bist unheimlich«, flüstere ich.

»Ich weiß«, antwortet er, »die Menschen haben immer Angst vor dem Unbekannten.«

Ich mustere ihn nachdenklich. Ich weiß, dass er recht hat, aber seine Art, das zu sagen, nimmt mich mit. Bei ihm klingt es, als verurteile er die Menschen für ihre Angst.

Nachdem wir eine Weile schweigen, fragt Janosch: »Hast du noch eine Veranstaltung, oder wollen wir den Bus nehmen?«

Was werde ich wohl antworten?

A: *Ja, ich habe noch eine Veranstaltung, aber ich werde einen Teufel tun und hingehen. Lass uns lieber zu dir fahren und meine Traumfantasien Wirklichkeit werden lassen.*

B: *Ich habe noch eine Vorlesung, und die will ich auch wahrnehmen. Bildung ist mir nämlich furchtbar wichtig. Außerdem ist Schwänzen respektlos dem Professor gegenüber.*

C: *Klingt super, lass uns den Bus nehmen. Wollen wir dann*

vielleicht zusammen nett Mittag essen und ein bisschen quatschen?

D: *Ähm … hehehe, ja, also eigentlich. Aber ja, also, okay, ich komme mit dem Bus mit. Hihi.*

Ich setze den Telefonjoker und rufe Feli an, die mir zu folgender Antwort rät: »Ähm … hehehe, ja, also eigentlich. Aber ja, also, okay, ich komme mit dem Bus mit. Hihi.«

Damit lautet die Eine-Million-Euro-Frage, welche körperlichen Schmerzen ich mir für diese Antwort gerne selbst zufügen möchte.

Wenigstens ist der Bus nicht voll, ist ja immer so stressig sonst, versuche ich einen rationalen Gedanken. Aber es hat überhaupt keinen Zweck, mich von Janosch abzulenken. Selbst wenn der Bus kurz vorm Platzen wäre, wäre es mir egal. Die Umgebung verschwimmt am äußersten Rand meines Blickfeldes, so als wäre meine Brille verschmiert. Ich fixiere nur Janosch, der das Gesicht der vorbeirauschenden Straße zugewandt hat, und durchlebe noch einmal jede Sekunde meines Traumes.

»Keine Lust auf Uni heute, was?«, spricht er mich plötzlich an.

»Ähm. Ja. Ist nur eine Vorlesung. Der Prof stellt die Präsentation sowieso ins Internet.« Oder wohl eher seine Hilfskraft. »Du schwänzt doch auch, oder?«

Ich drücke meinen Ordner gegen die Brust und klopfe mit den Fingerkuppen einen Rhythmus darauf. Mein Gehirn ist mit Musizieren beschäftigt und deshalb nicht in der Lage, Fantasien zu produzieren, die mich aus der Fassung bringen könnten.

»Nein. Dienstag ist mein freier Tag.«

»Warum warst du dann überhaupt hier? Und letzte Woche auch? Und wieso im Philosophikum und nicht bei den Rechtswissenschaften?«, stelle ich viele drängende Fragen.

»Mache ich dich irgendwie nervös?«, fragt er nüchtern und streicht sich die Haare aus dem Gesicht.

Ob er weiß, dass er das sehr wohl tut? Ob er weiß, dass diese Haare-aus-dem-Gesicht-Streicherei alles nur noch schlimmer macht?

»Nein«, entgegne ich viel zu schnell. »Warum?«

»Du stellst mir eine Frage nach der anderen – und du trommelst«, er deutet zielsicher auf meine Hand und den Ordner. Meine Finger verstummen sofort.

»Ich … äh … nein, ich schwänze nur nicht so gern. Das stresst mich.«

»Ach ja? Ich dachte, der Prof stellt sowieso alles online?« Janoschs Augenbrauen heben sich.

Er soll ruhig sein! Will er mich vorführen? Der gemeine Hund! Warum weiß er denn so genau, wie er auf mich wirkt? Das sollte er nicht. Vielleicht kann er ja …

»Du kannst doch nicht meinen Herzschlag hören oder so?«, frage ich, ehe ich den Gedanken habe ausreifen lassen.

Janosch muss laut lachen. »Au Mann, Feli, ich habe ein ganz gutes Gehör, aber ich bin keine Romanfigur von dieser Stephenie Meyer.« Ich bin aber auch dämlich. Warum habe ich das bloß gefragt?? Warum habe ich es überhaupt gedacht??

Offenbar schadet nicht nur Fernsehen meinem Gehirn, sondern auch das Lesen von Kitsch-Fantasy-Romanen. Und da behaupten Wissenschaftler doch tatsächlich, dass Lesen bilde. An meinem Verhalten sieht man ja, was Lesen aus einem machen kann: einen Trottel, der vorzugsweise dumme und peinliche Fragen stellt. *Lesen kann Ihnen und den Menschen in Ihrer Umgebung erheblichen Schaden zufügen!*

Janosch schmunzelt immer noch, und ich höre ihn deutlich »Herzschlag …« murmeln. Dann stellt er eine Frage, die mich blutrot anlaufen lässt.

»Gibt es denn da etwas zu hören? An deinem Herzen?«

»Nein, also ja, also … es schlägt. Also, so wie es sollte.« Ich beschließe daraufhin, in den Ruhemodus umzuschalten, und halte, bis wir angekommen sind, die Klappe.

So. Und was jetzt? Mit zu ihm und Tee trinken? Mit zu ihm und Tee trinken und er im Bad und ich in der Küche und er ohne Shirt und ich mit Shirt, dafür aber ohne Verstand?

»Gehst du heute wieder schwimmen?«, frage ich zur Ablenkung, als ich die Haustür aufschließe.

»Ja, allerdings erst in knapp drei Stunden.«

Drei Stunden. Das gibt uns jede Menge Zeit. Zeit wofür? Zeit für ihn im Bad und mich in der Küche und ihn ohne Shirt und mich ohne Verstand?

»Ach so.« *Ach so* ist eine Universalantwort.

Mir wird unbehaglich. Wir stehen im Hausflur, Janosch spielt in der Hosentasche mit seinem Wohnungsschlüssel und ich in der Jackentasche mit meinem. Vielleicht sollte ich – ganz selbst die Frau – die Sache in die Hand nehmen.

»Ich hab keinen Tee mehr«, sagt Janosch dann, bevor ich die feministische Floskel in meinem Kopf in einen Satz umwandeln kann.

»Oh. Okay.« Ich erachte das als Absage. Mal wieder. Als ein Musst-gar-nicht-erst-mit-reinkommen. So als wäre Tee die einzige plausible Erklärung dafür, dass ich ihn noch in seine Wohnung begleite. Aus genau solchen Gründen ist Plausibilität mein Erzfeind!

Janosch lacht. Sein Lachen hat etwas sehr Selbstsicheres. Er zieht hier die Fäden, er hat mich in der Hand. Ob ich das schlecht finde? Nein. Nicht wirklich.

»Aber ich könnte Kaffee kochen«, sagt er dann.

Ich muss über beide Ohren und von innen nach außen strahlen. »Oh, ja«, lautet meine euphoriegeladene Reaktion. »Ich meine, Kaffee ist super. Ich hatte heute erst drei.«

»Wie viele davon hast du tatsächlich getrunken und nicht verschüttet?«

Im ersten Moment blicke ich ihn finster an und schnaube. Immer diese Sticheleien.

»Hey, Feli, ich ziehe dich bloß auf.« Er schließt die Wohnung auf und geht hinein. »Es ist verdammt leicht, dich zu ärgern, weißt du das?«

Ob ich das weiß? Hallo? Er redet mit der Person, die vor Ärger brüllend wie ein Schimpanse durch die Wohnung springt, nur weil jemand ihren Lieblingssaft getrunken hat. »Weißt du, dass es alles andere als verdammt leicht ist, sich mit dir zu unterhalten, weil du dich ständig lustig machst!«

»Worüber mache ich mich lustig?«

»Über alles!«, ich gestikuliere wild mit den Händen. »Über mich! Und über dich …«

Janosch stößt Luft aus. Ich weiß nicht genau, ob das ein Lachen war oder Hohn. »Du willst also eine einfache Unterhaltung?«

»Eine ohne Meckern und ohne Ärgern.«

»Das klingt kindisch.«

»Hör auf, okay?« Warum mute ich mir das eigentlich zu? Ist es nur, weil er so besonders ist, oder ist das schon Masochismus?

Janosch macht Kaffee. Ich finde es schon fast normal, ihn in der Küche werkeln zu sehen. In Windeseile kocht er zwei Tassen Kaffee in einer Pad-Maschine.

»Lass mich raten: viel Milch und viel Zucker?«

Wie meint er das? Mir hat man schon mehrmals unterstellt, ich würde meinen Kaffee mit viel Zucker trinken. Aber diese Leute konnten mir wenigstens ansehen, dass ich einen offensichtlichen Hang zu übermäßigem Zuckerkonsum habe.

»Nein. Viel Milch, kein Zucker. Wie ich meinen Kaffee trinke, hast du also noch nicht durch Belauschen meines Zimmers rausbekommen.«

»Belauschen?«, fragt er schmunzelnd. »Das klingt ja kriminell.«

»Sag du's mir: Gibt es für Belauschen eine Rechtsgrundlage?«

»Wenn du dich langweilen willst, kann ich gerne darauf antworten.«

»Nein«, ich nippe an dem zuckerfreien Kaffee. Es ist echt wahr, was sie einem in der Werbung über Cremigkeit und Co. erzählen. Ich werde Cem fragen, ob unsere WG-Finanzen die Anschaffung einer solchen Pad-Maschine erlauben.

Janosch trägt seine Jacke und den Rucksack in das hinterste Zimmer, das sein Schlafzimmer sein muss.

»Okay, führen wir eine einfache Unterhaltung«, verkündet er, als er zurück ins Wohnzimmer kommt und sich aufs Sofa fallen lässt. »Was willst du machen, wenn du den Bachelor hast?«

Sagte er nicht was von einfacher Unterhaltung? Das ist alles andere als eine leichte Frage, denn ich weiß die Antwort nicht. Es dauert doch noch so ewig. Warum wollen das immer alle wissen? Würde ich Lehramt studieren, dann würde mich das niemand fragen.

»Keine Ahnung. Nicht, dass ich mir nie Gedanken machen würde, ich denk viel darüber nach, weil ich so oft danach gefragt werde, aber ich weiß es einfach noch nicht.«

»Du musst dich nicht rechtfertigen. Ich bin mir auch noch nicht sicher. Aber wenn du die freie Wahl hättest, wenn du noch mal fünf wärst und jemand dich fragen würde, was du werden willst, was würdest du dann heute antworten?«

Ich lächele ihn an. »Mit fünf wollte ich Schreiner werden.«

»Das wäre auf jeden Fall ungeheuer emanzipiert«, grinst Janosch und trinkt von seinem Kaffee. »Aber heute?«

»Heute bin ich keine fünf mehr.«

»Mensch, Feli! Ich meinte damit bloß, dass du einen Wunsch äußern kannst, wie ein Kind: naiv und unrealistisch. Ich versuche auch, dich nicht auszulachen.«

Naiv und unrealistisch? Na, da ist er bei mir an der richtigen Adresse. Ich weiß nicht genau, warum ich ihn nun doch erzähle, meinen naiven Kinderwunsch: »Ich wollte eigentlich immer schreiben.«

Er lächelt ein bisschen und fragt: »Du meinst Romane, oder wie?«

Ich nicke stumm und merke zu spät, dass das quasi

keine Reaktion ist. Dann setze ich mich auf die Couch, lege meinen dicken Aktenordner voller Unipapiere auf den Boden und lehne mich zurück.

»Warum weißt du nicht, was du machen willst? Wollen nicht alle Jurastudenten Anwalt oder Richter werden?«

»Ja, alle Jurastudenten wollen zumindest am Anfang Anwalt oder Richter werden. Jedenfalls alle, die sehen können.«

Das mulmige Gefühl ist sofort wieder da. Dieses Gefühl, das mich überkommt, sobald Janosch über die Blindheit redet. Es klingt fast so, als wollte er die anderen dafür verurteilen, dass es ihnen leichter fallen wird, Anwalt oder Richter zu werden. Als wollte er ihnen vorwerfen, dass ihnen mehr Möglichkeiten offen stehen.

»Du sollst einen naiven Fünfjährigen-Wunsch äußern, keinen rationalen. Willst du ein Anwalt sein, ja oder nein?«

Janoschs Kopf wendet sich in meine Richtung, aber er sagt nichts.

»Ich glaube, wenn du jetzt als Fünfjähriger vor mir sitzen würdest, würdest du ja sagen.«

Er rauft sich die Haare und legt das Gesicht in die hohle Hand. »Natürlich würde ich das. Denkst du, ich studiere seit neun Semestern diesen Mist, wenn es nicht das wäre, was ich machen will?«

Nach diesem kleinen Emotionsanfall hat sich Janosch schnell wieder im Griff. Er räuspert sich und trinkt in einem Zug den restlichen Kaffee aus.

»Warum tust du dann so, als ginge es nicht?«, frage ich.

Er schluckt heftig, stellt die Tasse auf den Couchtisch und lehnt sich zurück. »Weil ich Realist bin«, lautet schließlich seine Antwort.

»Nein, du bist Pessimist.«

»Ach, das ist doch das Gleiche.«

Das trifft mich schwer. Also ist die Welt für ihn schlecht? Alles ist schlecht? Alle Leute, die er trifft? Ich kann und will nicht verstehen, wie man so denken kann.

»Aber Janosch, das ist doch …« Ich glaube, es ist Zeit für mich, die Klappe zu halten. Ich begebe mich auf dünnes Eis, auf ein Gebiet, von dem ich keine Ahnung habe. Mir fällt nichts ein, womit ich ihn umstimmen könnte, denn ich kann mich nicht in ihn hineinfühlen, und Janosch würde es sicher auch nicht annehmen.

Daher wechsle ich schnell das Thema: »Also, deine Schwester … ihr versteht euch gut?«

Janosch entspannt sich etwas. »Ja. Sie ist … mir sehr wichtig.«

»Cool.«

»Hast du Geschwister?«

»Ja, einen Bruder. Er ist sechzehn.«

Das Gespräch ebbt ab. Na super. Worüber soll ich jetzt reden? Musik? Bücher? Filme?

Nach weiteren schweigsamen zehn Sekunden – ich hasse diese Stille, Stille steht ebenfalls auf der Liste meiner Erzfeinde – stelle ich ihm rasend schnell drei Fragen: »Lieblingsmusik, Lieblingsbuch, Lieblingsfilm?«

Janoschs Gesicht hellt sich auf. Er lacht, als wären die letzten Minuten nicht passiert, und antwortet: »Ich kann mich schwer festlegen.«

»Okay … dann suche ich jetzt zufällig drei CDs aus deinem Regal raus, und du nennst mir die beste.«

Ich springe auf und ziehe, ohne zu fragen, die Tür von Janoschs Regal auf. Diese Selbstverständlichkeit müsste mir eigentlich unangenehm sein, schließlich breche ich in seine Privatsphäre ein, aber genau das Gegenteil ist der Fall: Es fühl sich vertraut und schön an.

Wir setzen das Spiel mehrere Runden lang fort und lachen viel. Kommentieren Alben, die wir beide haben, ziehen über Musik her, die wir beide nicht mögen. Wir sortieren die LPs von Bands in Gedanken. Welche war die beste, welche die schlechteste. Ich ziehe mit Begeisterung drei Alben von MUSE aus dem Regal. Janosch findet *The Resistance* besser als *Origin of Symmetry* und *2nd Law* nicht ganz so gut wie *Black Holes and Revelations.* Die alten Alben *Showbiz* und *Absolution* kennt er nicht, was eine Schande ist. Ich sage, er sei wahnsinnig, weil *Origin* mal mindestens genauso gut ist wie *The Resistance* und man MUSE sowieso nicht staffeln dürfe.

»Einverstanden«, stimmt Janosch mir zu.

Danach diskutieren wir Romanverfilmungen. Wir argumentieren aus völlig unterschiedlichen Perspektiven mit komplett anderen Schwerpunkten, aber die Unterhaltung funktioniert. Die Verfilmung von *Das Parfüm* finden wir beide großartig. Dan Brown mögen wir dagegen beide nicht, weil religiöse Verschwörungstheorien nicht unser Ding sind.

Mir wird ganz schwummerig, so ähnlich sind unsere Meinungen. Meine Fantasie schickt mich auf wilde Achterbahnfahrten und zwingt mich, ihn beständig anzustarren.

»Hast du den *Vorleser* gar nicht?«, frage ich, als ich die V-Reihe durchgehe.

»Nein«, antwortet Janosch.

»Oh mein Gott! Wirklich nicht?« Ich bin ein wenig verrückt nach diesem Roman. Das Buch ist so rundherum toll, dass ich es mit offenem Mund gelesen habe, und so erschreckend traurig, dass ich zwei Stunden lang geflennt habe. »Ich hab's schon dreimal durch!«

»Kannst es mir ja mal ausleihen.«

»Ja, klar …« Es fällt mir zu spät auf. Janosch ist so … ich weiß auch nicht. Ich beiße mir auf die Lippe und sage: »Also, ich kann dir die Verfilmung auf DVD ausleihen.«

»Schon klar.«

Damit ist unser Spiel beendet. Eine halbe Stunde Spaß übersteigt wohl unsere Kapazität. Vielleicht sind Janosch und ich nicht dazu gemacht, zusammen Spaß zu haben?!

»Wahrscheinlich entgeht mir beim *Vorleser* so einiges, wenn ich nur den Hörfilm sehen kann, oder?« Janosch lacht.

»Warum? Weil du Kate Winslet nicht nackt sehen kannst?« Oje, war das jetzt taktlos?

»Exakt!« Janosch legt sich summend im Sofa zurück.

Ich habe plötzlich eine Idee, und mich überkommt Vorfreude. »Wollen wir am Freitag vielleicht …« Huch, ich glaube, soeben ist der Wagemut verflogen, weg die Courage zu flirten und zu daten. Eigentlich weiß ich doch, dass ich es gar nicht kann, warum habe ich es denn dann versucht? Ich glaube, es war das Verlangen nach Janoschs Lachen. Denn wenn er lacht, geht bei mir die Sonne auf. Und das fühlt sich genauso kitschig an, wie es sich anhört.

»… am Freitag vielleicht?«, wiederholt er.

»… den Film gucken?«, piepse ich mutlos. »*Der Vorleser,* meine ich.«

»Ich denk drüber nach«, antwortet Janosch.

Er denkt drüber nach? Was ist das denn für eine Reaktion? Ich habe wirklich nicht mit überschwänglicher Freude gerechnet, aber eine etwas entschiedenere Antwort ist bei der Frage nach einer Verabredung allein aus Höflichkeit angebracht.

»Oh. Okay.« Ob er mir eigentlich absichtlich immer mitten ins Gesicht schlägt? Ob ihm das Spaß macht? Ob er gemerkt hat, dass ich gerne eine Verabredung mit ihm gehabt hätte? Ob er kein Interesse hat und deshalb so blöd antwortet? Oder vielleicht ist es ja genau anders herum? Vielleicht mag er mich und will es nicht zeigen? Hey!! Meine Kritiker sollen jetzt bloß nicht behaupten, dass ich wieder überinterpretiere. Das kann durchaus sein! Männer sind komisch. Jedenfalls nicht weniger komisch als Frauen. Wer hat noch mal behauptet, dass Männer immer das sagen, was sie wirklich meinen, Frauen aber nicht? Mario Barth?

»Wie geht's eigentlich Simon? Ich hab ihn schon lang nicht mehr gesehen.« Mir fällt nichts anderes ein.

Nach Simon zu fragen, scheint mir passend, um das Gespräch von der gescheiterten Einladung wegzulenken. Es stimmt, dass ich Simon zuletzt an dem Abend gesehen habe, an dem er mich auf Steffis Party sitzen gelassen hat. Rückblickend bin ich ihm dafür sogar dankbar. Hätte er mich nicht versetzt, hätte ich den Abend nicht zunächst mit Rufus und danach mit Janosch verbracht.

»Simon?«, fragt Janosch und schnaubt dann. »Der interessiert dich also. Dem geht's gut, soweit ich weiß.«

Was soll ich denn jetzt bitte verstehen? Ich möchte nicht, dass Janosch denkt, Simon würde mich interessieren. Es fühlt sich falsch an, weil es einfach nicht stimmt. Selbst an dem Abend von Steffis Einweihungsfeier hat mich Simon nicht wirklich interessiert. Ich habe mich nur geschmeichelt gefühlt, weil seine Frage, ob man sich dort sehe, der Bitte nach einem Date so nahe kam, wie ich es seit Jahren nicht erlebt habe. Gleichzeitig erfüllt es mich mit freudiger Erregung, dass Janosch sich Gedanken darüber macht, was Simon mir bedeuten *könnte.*

»Ihr seid doch so etwas wie Freunde, oder?«

»So etwas wie Freunde?«. Janosch runzelt die Stirn und kratzt sich am Unterarm. »Ja, ich glaube, manchmal sind wir so etwas wie Freunde.« Er steht auf und fragt trocken: »Wie spät ist es?«

»Halb zwei.« Halb zwei?? Ich bin schon zweieinhalb Stunden mit ihm zusammen?

»Wow! Schon? Ich muss mich umziehen. Meine Schwester kommt gleich.« Es ist schön zu hören, dass die Zeit für uns beide wie im Flug vergangen ist.

Ich sehe Janosch hinterher, als er ins Bad geht.

Obwohl Untätigkeit sonst zu meinen Lieblingstätigkeiten zählt, fühle ich mich unwohl, als Janosch nach zehn Minuten noch nicht zurück ist und ich nichts tuend auf dem Sofa sitze. Also laufe ich im Zimmer auf und ab und begutachte die blitzblanken leeren Arbeitsflächen in der Küche. Janoschs Ordnung macht mich ganz kirre.

Da klingelt es an der Tür. Einen Wimpernschlag später wird ein Schlüssel umgedreht und die Tür mit solchem Karacho aufgerissen, dass ich mich erschrecke. Ein Kind saust in die Wohnung und plärrt Janoschs Namen. Der kleine Junge ist vier oder fünf, hat den süßesten wilden braunen Lockenkopf und ein selten hübsches Kindergesicht. Mit großen graublauen Augen und einem Grübchen im Kinn. Im ersten Moment denke ich, Himmel, Arsch und Zwirn, das ist doch nicht etwa …, dann benutze ich kurz und ausnahmsweise mal meinen Grips und erinnere mich, dass der Junge soeben *Janosch* und nicht *Papa* geschrien hat. Nichtsdestotrotz: Das da einen guten halben Meter unter meiner Augenlinie sieht aus wie Mini-Janosch!

Janoschs Schwester Pia kommt in den Raum und strahlt breit, als sie mich sieht. Wieder schenkt sie mir ein filmreifes »Oh, hallo!«, gefolgt von einem »Feli, richtig?«.

Ich nicke und sehe Mini-Janosch hinterher, der jetzt wie wild gegen die Badezimmertür trommelt und lautstark Janoschs augenblickliches Erscheinen fordert.

»Sag mal, Paul, bist du wahnsinnig?«, fragt Pia und zerrt den Jungen am Arm von der Tür weg. Dann guckt sie vom Bad zu mir, während ich angespannt gegen die Küchenzeile gelehnt dastehe. Ich bemerke, dass sie sich angestrengt ein Kichern verkneift, als sie fragt: »Oh nein, wir haben euch doch nicht etwa gestört? Wir sind ein wenig früh. Wenn wir das gewusst hätten«, sie deutet auf die verschlossene Badezimmertür, als habe es irgendeine tiefere Bedeutung, dass Janosch im Bad ist, »dann wären wir später gekommen. Oder gar nicht.«

Irgendwas scheint sie hier misszuassoziieren. Denkt sie etwa … Hey! Warum denkt sie das? Ich überinterpretiere mal wieder auf Hochtouren. Ausgerechnet jetzt kommen auch noch die Traumfantasien wieder!

Hallo, Feli! Du befindest dich in einem Raum mit seiner Schwester und einem Kleinkind, also genug der Sauereien!

Endlich kommt Janosch mit miesepetrigem Gesicht aus dem Bad. Als ihm der kleine Paul sofort in die Arme springt, weicht sein Gesichtsausdruck einem neuen, den ich an ihm nicht kenne. Die beiden scheinen ein eingespieltes Team zu sein.

»Ich geh mit dir schwimmen«, quietscht Paul und legt die Arme um Janoschs Hals.

Menno. Ich will meine Arme auch um Janosch legen dürfen. Ich will auch fünf Jahre alt sein. Dann könnte ich auch einfach wieder Schreiner werden wollen! Fünf zu sein hat nur, aber wirklich nur Vorteile!

»Na, super«, sagt Janosch glücklich und setzt das Kind auf den Boden.

»Ich geh schon mal zum Auto.« Und weg ist Paul, der das Glück hat, fünf Jahre alt sein zu dürfen.

Ich schwinge mir meinen Rucksack über die Schulter, greife nach meiner Jacke und möchte mich stillschweigend aus dem Staub machen.

»Wenn Dienstag euer gemeinsamer Tag ist, können wir unsere Schwimmtreffen auch verlegen, Janosch«, sagt Pia laut.

Mir steigt die Schamesröte ins Gesicht, und ich bin mir sicher, dass Pia es sehen kann. Ich möchte etwas Intelligentes, Charmantes und Schlagfertiges antworten, vollbringe aber mit »Also, Quatsch gemeinsam, nein, also … ääääähh« lediglich das komplette Gegenteil.

»Red keinen Unsinn«, zischt Janosch.

Okay, das war zwar schlagfertig, allerdings nicht besonders charmant.

»Ich geh dann mal«, murmele ich und will nichts lieber, als aufgehalten werden.

»Ja, tschüss«, schrofft Janosch.

Ich husche aus der Tür und höre noch, wie Pia ihren Bruder fragt: »Bist du eigentlich noch zu retten?«

DEPRESSIVE PLAYLIST

An diesem Nachmittag gibt es für mich traurige Musik en masse. Ich erstelle eine Wiedergabeliste mit der Crème de la Crème meiner ultimativen Heullieder:

9 Crimes	Damien Rice
Hallelujah	Jeff Buckley
Run	Snow Patrol
Hurt	Johnny Cash
Invincible	MUSE
Falling away with you	MUSE
Cold Desert	Kings of Leon
Ohne dich	Selig
Ich Steine, du Steine	Peter Fox
Nur zu Besuch	Die Toten Hosen (unplugged)

Anschließend starte ich den Selbstversuch, wie lange man diese Wiedergabeliste hören kann, ohne sich aus dem Fenster zu stürzen. Ich schaffe es tatsächlich neunmal. *Hurt* von Johnny Cash höre ich noch viele Dutzend Male mehr.

»Stell dich bitte nicht so an«, Cem steht in der Tür.

Ich liege auf dem Bett, starre an die Decke und weigere mich, ihn anzusehen. Ich will nur dieses Lied hören, immer und immer wieder.

»Du wirst noch depressiv«, diagnostiziert Cem, »es ist doch wirklich nicht so schlimm. Nur weil er noch nicht für Freitag zugesagt hat?«

»Nein, weil er einfach komplett zum Kotzen ist.«

»Ach so, dann hab ich mir lediglich eingebildet, dass du seit Wochen bloß noch von ihm redest?«

Ich vergesse, wieder auf *Hurt* zu klicken, und *Invincible* beginnt zum zehnten Mal. Die Textzeile *»There's no one like you in the universe«* gibt mir den Rest. Gleich ist es so weit. Ich sehe mich schon auf das Fensterbrett steigen. Na ja. Also, ich habe natürlich nicht wirklich Suizidgedanken, aber so ein Sturz aus dem ersten Obergeschoss würde mir bestimmt eine kleine, schöne Ohnmacht bescheren, und ich müsste eine Zeit lang nicht denken.

»Jetzt hör endlich auf, Trübsal zu blasen. Es ist Dienstag. Lass uns einen kitschigen Sat.1-Film gucken.«

»Ich will nicht.«

»Natürlich willst du, bade nicht in deinem Selbstmitleid, das macht nicht gerade attraktiv.«

»AND TONIGHT WE CAN TRULY SAY, TOGETHER WE'RE INVINCIBLE«, singe ich laut mit, um nicht auf Cems Gerede hören zu müssen. Als wäre es momentan mein dringendster Wunsch, attraktiv zu sein!

Cem kommt zum Bett und zieht so lange an meinem Bein, bis ich hinter ihm her in sein Zimmer trotte, wo er den Fernseher anschaltet, mich auf seinem Sofa parkt, mir eine Decke um die Schultern legt und mir Schokolade in die Hand drückt, von der ich ein großzügiges Stück abbeiße. Ist ja jetzt egal. Also noch ein Stückchen. Wobei … wohl eher *Stück*! Verniedlichungen sind bei meinem Schokoladenkonsum gänzlich unangebracht.

Ausgang des heutigen Filmes? Meine Prognose für halb neun verheißt: Sie, spießige Anwältin Marke knallhart mit Oberlehrerinnendutt und Ordnungszwang, vergisst nach langem Hin und Her und einiger Lügerei ihre Prinzipien und wird glücklich mit ihm, einem unkonventionellen, langhaarigen Künstler, der in seinem »Atelier«, einer renovierungsbedürftigen Lagerhalle, auf einer Matratze haust, auf der sie in einer knappen Stunde Sex haben werden. Mit Sicherheit werden uns die Sexszenen in weichen Sepiatönen präsentiert, wobei sich die Darsteller die Decken über die Köpfe ziehen und sich im hellbraunen Licht ankichern.

Ich will jetzt auch weichgezeichneten Sepiasex haben, bei dem man sich liebevoll unter der Bettdecke anlächelt und im Hintergrund leise *Invincible* gespielt wird. Bitte.

Es klingelt an der Tür. Ich schlurfe hin und öffne.

Kawumm!

Janosch.

Und er … ACH, DU SCHEISSE! UM HIMMELS WILLEN!!! Janoschs linke Hand ist in ein blutgetränktes Stück Stoff gewickelt.

»Ich bin nicht besonders gut darin, um Hilfe zu bitten, aber ich kann weder Simon noch meine Schwester erreichen, und ich glaube, so langsam wird das mit dem Blutverlust kritisch.«

»Ich … äh … CEEEEEEM!«

AMBULANZ

Cem verhält sich absolut professionell. Er setzt Janosch auf einen Küchenstuhl, wickelt den blutüberströmten Arm (das Stück Stoff ist, nein, war mal ein weißes T-Shirt) aus und kniet sich neben ihn, um die Wunde zu begutachten.

»Feli, park mein Auto aus, wir fahren ins Krankenhaus.«

»Ich … was? Ich? Nein. Jetzt? Ins Kranken …?« Ich hyperventiliere.

»Feli? Ja, ins Krankenhaus. Das muss genäht werden.« Cem bleibt ganz gelassen. Vermutlich kostet ihn das einige Anstrengung, aber ihm gefällt es, den Arzt spielen zu können.

Ich sammle mich, um wenigstens diesen einen Satz halbwegs gerade rauszubekommen: »Ich kann nicht fahren!«

»Natürlich kannst du Auto fahren«, meckert er mich an und tupft mit einem feuchten Tuch an Janoschs Arm herum.

AAAAAH, ich kann gar nicht hinsehen! Alles ist voller Blut! Ich bin schon unter normalen Umständen kein besonders guter Autofahrer. Wenn ich jetzt runterginge, um Cems Auto auszuparken, würde ich es schnurgerade gegen den erstbesten Laternenpfahl, Briefkasten oder Rentner setzen.

Cem lässt kurz von Janosch ab und kommt zu mir. Er umfasst meine Schultern und flüstert mir zu: »Es ist nicht so schlimm, wie es aussieht. Hör auf zu zittern! Ich fahre, ist schon gut.«

»Ich komme mit«, flüstere ich und ziehe sofort Schuhe an.

»Wie ist das passiert? Waren das … Scherben?«, fragt Cem dann Janosch.

»Ja, eine Tasse«, erklärt er.

»Gut, hör zu«, sagt Cem zu Janosch, »ich mache dir schnell einen Druckverband, dann fahren wir ins Krankenhaus. Die säubern das – vielleicht sind noch Splitter in der Wunde – und vernähen es. In Ordnung?«

»Bleibt mir was anderes übrig?«

Obwohl Janoschs Frage rhetorisch ist, antwortet Cem: »Ja. Die andere Option ist Tod durch Verbluten.«

»CEM!«, brülle ich ihn an, weil britischer Humor momentan absolut nicht angebracht ist.

Aber Janosch lacht laut und sagt: »Alles klar. Eins zu null für dich. Leg los.«

Cem umwickelt Janoschs Hand mit geübten Griffen mit Mullbinden. Ich wusste bis heute gar nicht, dass es in unserem Haushalt Mullbinden zu finden gibt. Gott sei Dank wohne ich mit Cem zusammen. Gott sei Dank wollten mich die Sportstudenten damals nicht in ihrer WG haben und haben mir somit Cem geschenkt.

Kurz darauf sitzen wir auch schon in Cems Auto und brausen durch die Stadt. Ich würde, glaube ich, nicht mal das Krankenhaus finden. Spontan schicke ich ein weiteres Dankgebet an die Sportstudenten gen Himmel.

Ich habe das Fenster heruntergelassen, und der kühle Oktoberfahrtwind peitscht mir ins Gesicht. Mir ist kalt, aber ich brauche die Frischluft, um meine Gedanken wieder auf eine klare Frequenz bringen zu können. Ich sitze auf der Rückbank neben Janosch. Seine ganze Körpersprache schreit, dass er nicht mit mir reden will. Er stützt den Kopf in die unverletzte Hand, lehnt die Stirn gegen die Scheibe und verbirgt das Gesicht hinter den Haaren.

»Was ist denn überhaupt passiert?«, frage ich nach einer Weile.

Janosch schnaubt und zischt: »Gar nichts. Ein Haushaltsunfall. Passiert jedem mal.«

»Aber, Janosch, deine komplette Hand ist aufgeschlitzt!«

»Das kann trotzdem verdammt noch mal jedem passieren«, brüllt er mich plötzlich an.

Ich schrecke zurück und presse das Gesicht gegen die Scheibe. Nicht weinen, Feli. Bitte nicht weinen. *»I hurt myself today, to see if I still feel …«* Zwanzigmal habe ich dieses Lied heute schon gehört und musste nicht weinen, also bitte nicht jetzt, wo mir plötzlich die erste Zeile einfällt und die rauchige, vom Alter gezeichnete Stimme Johnny Cashs in meinen Ohren dröhnt.

Mein Atem wird stockend, ich schlucke mehrere fußballgroße Klöße herunter, meine Augenlider brennen. Als Cem den Wagen auf dem Klinikparkplatz abstellt, aussteigt und Janoschs Tür öffnet, presse ich durch die Zähne hindurch: »Ich bleib hier sitzen.«

Janoschs Tür ist eben erst ins Schloss gefallen, da fange ich auch schon zu heulen an.

Er ist so gemein. Er ist schroff, er ist unfreundlich, er wäre fast verblutet, weil er nicht gleich zu mir gekommen ist, um mich um Hilfe zu bitten. Er *kann* mich nicht um Hilfe bitten. Denkt er etwa, ich will ihm nicht helfen? Denkt er, es ist peinlich, Hilfe zu brauchen? Denkt er, es ist schlimm, sich zu schneiden? Denkt er, ich würde ihm unterstellen, dass ihm das nur wegen seiner Blindheit passiert ist? Traut er mir das zu?

Wie komme ich eigentlich dazu, ganze Nachmittage damit zu verbringen, ihn anzuhimmeln, wenn er mich dann so vor den Kopf stößt? Er hat mir heute innerhalb eines Tages zweimal wirklich wehgetan. Ich bin mir sicher, dass ihm das auch bewusst ist. Warum kann ich ihn trotzdem nicht als egoistischen Mistkerl abstempeln?

Weil mich sein Lachen, seine Augen und seine heimlichen Komplimente so bezaubern? Weil mich die Tatsache, dass er bei unserem Gespräch heute Vormittag gesagt hat, dass *Invincible* sein absolutes Lieblingsliebeslied ist, schlicht und einfach umhaut? Vielleicht auch einfach nur, weil er unglaublich gut riecht?

Ich heule eine Viertelstunde und warte dann noch mal genauso lange, bis Cem und Janosch wieder am Auto sind. Es hat also nur so kurze Zeit gedauert, um Janosch wieder zu flicken.

Cems Miene ist kühl, als sie einsteigen. Auf der Fahrt redet er kein Wort. Janosch auch nicht. Und ich auch nicht. Aber kaum dass er den Motor angelassen hat, hat Cem das Radio sowieso provokativ laut gestellt, weshalb es ohnehin unmöglich wäre, ein Gespräch zu führen. Das Kreischen des Popsongs macht es mir leichter, die Heimfahrt zu überstehen, ohne erneut zu heulen.

TONIGHT WE CAN TRULY SAY

»Nacht«, brummt Cem trocken und steigt die Treppe in den ersten Stock hoch. Er blickt sich nicht mal mehr nach mir um, ob ich nachkomme. Was hat er denn?

»Gute Nacht«, flüstere ich und will ihm folgen.

»Warte mal.« Janosch streckt die Hand aus und ergreift zielsicher meine. Wie er das macht, weiß ich nicht. Es ist auch egal, weil es plötzlich ist, als wäre er nie gemein zu mir gewesen. »Mir waschen zwar alle möglichen Leute den Kopf, aber … wie soll ich sagen … ich bekomme das mit dem Nettsein offenbar nicht hin.«

WAS? Er bekommt es einfach nicht hin, nett zu sein?

Das ist doch keine Ausrede! Ich werde sauer. »Ich wollte nur wissen, was passiert ist, okay! Weißt du, wie sehr ich mich erschrocken habe, als du blutend vor der Tür gestanden hast! Du hast furchtbar ausgesehen. Ich hab mir bloß Sorgen gemacht, und du schnauzt mich an, weil du es *offenbar nicht hinbekommst, nett zu sein*?«

»Das kannst du nicht verstehen, oder?« Sein Gesicht verschwindet wieder unter dem Haarvorhang, als würde er sich schämen wie ein kleiner Junge.

»Nein, das kann ich nicht im Geringsten verstehen.« Wie sollte ich das auch verstehen? Ich kann Logik schon kaum nachvollziehen, wie soll ich da derartige Unlogik begreifen!

Janosch lehnt sich gegen die Wohnungstür. »Es ist mir einfach peinlich.«

»Was? Dass dir mal ein Unfall passiert ist? Dass was nicht perfekt gelaufen ist? Warum ist dir das denn vor mir peinlich? Ich gerate selbst in einen Schlamassel nach dem anderen, obwohl ich nicht …«

»… obwohl du nicht blind bist«, führt er meinen Satz zu Ende.

»Ja«, sage ich mit Nachdruck. »Es ist völlig normal, sich mal zu schneiden. Das hat nichts mit Blindheit zu tun.«

»Das habe ich auch nicht in Bezug darauf gesagt.«

Ich schlucke und sage: »Na ja. Wenigstens weiß ich jetzt, dass du schlicht und ergreifend aus dem Grund fies zu mir bist, weil du einfach nicht nett sein *kannst*. Ist schon okay.« Dabei kann er sehr wohl nett sein. Er *will* bloß fies sein.

»Das stimmt doch gar nicht.« Ich spüre seine Hand wieder an meiner. Was macht er denn da? Nimmt er meine Hand? Ja, er nimmt sie. »Pia und Cem behaupten zwar was anderes, aber im Vergleich zu anderen bin ich wirklich sehr nett zu dir.« Er lacht.

Dabei gibt es da wirklich rein gar nichts zu lachen!

»Pia und Cem?« Ich sehe ihm in die Augen.

»Cem hat mich vorhin fünf Minuten lang angemotzt. Er hätte wohl auch noch weitergemacht, wenn nicht die Betäubung gewirkt und der Arzt mit dem Nähen angefangen hätte.«

»CEM?« Cem hat sich für mich eingesetzt? Dabei ist er konfliktscheu und harmoniebedürftig. »Was hat er gesagt?«

»Dass er für die nächsten drei Jahre genug von Johnny Cash hat und ich deshalb gefälligst lieb zu dir sein soll. Er hat gesagt, du hättest dir den ganzen Tag deine melancholischste Playlist angehört.«

»Ja … Ich war … schlecht gelaunt.«

Auf Janoschs Gesicht erscheint wieder das schöne Lachen, an das ich vorhin während meiner Heulattacke im Auto denken musste. Dann lässt er meine Hand los, greift in der Hosentasche nach dem Schlüssel und schließt seine Wohnung auf.

»Der Tee ist leer, das mit dem Kaffee hat keinen guten Ausgang genommen, und eigentlich will ich jetzt sowieso lieber etwas Alkoholisches. Was hältst du von Wein?«

»Du willst Wein mit mir trinken?«, platzt der euphorische Gedanke aus mir heraus.

»Nein, eigentlich wollte ich ihn auf mein Sofa schütten und das Ergebnis als moderne Kunst verkaufen. Natürlich trinken!«

»Hey, du hast ja einen Witz gemacht«, sage ich.

»Ja, ich kann lustig sein.«

»Sei es öfter«, rate ich ihm leise und folge ihm in die Wohnung. »Darfst du nach der Betäubungsspritze überhaupt Alkohol trinken?«

»Ach, das geht schon. Ich nehme an, du hättest gerne Licht«, sagt er ins Dunkle und schaltet die Deckenlampe an.

Na ja ... Dunkelheit hat durchaus Vorzüge für die Stimmung.

Janoschs Wohnung ist sauber. Keine Scherben. Nichts lässt hier auf einen Unfall schließen.

»Du hast gleich alles aufgeräumt?«, frage ich erstaunt, während er schon hinter der Küchenzeile Wein in dickbauchige Gläser schenkt. Na super, Rotwein. Das bedeutet, ich bin nach zwei Gläsern betrunken.

»Ich ... ja. Es ist schon eine halbe Stunde, bevor ich zu euch hoch bin, passiert.«

»Wirklich? Du bist echt bescheuert. Warum hast du denn nicht gleich geklingelt?«

»Ich dachte, dass ich das schon in den Griff bekomme, aber dann ist mir ziemlich schwindelig geworden, und ich wusste, dass Cem Medizin studiert, also ...«

Ach so. Bedeutet das, dass er uns nicht um Hilfe gebeten hätte, wenn Cem Agrarwissenschaften studieren würde?

Er setzt sich aufs Sofa, hält sein Glas in der unverletzten Hand und stellt meins zusammen mit der halbvollen Flasche auf den Tisch. Ich setze mich neben ihn, nehme mein Glas und trinke einen großen Schluck. Sofort spüre ich den Wein schwer in meine Beine sacken.

»Prost«, sagt Janosch und legt die Füße über Kreuz auf den Couchtisch.

»Ja, ähm. Prost«, entgegne ich verlegen und bemerke plötzlich, dass direkt neben seinen Füßen mein dicker

Ringbuchordner liegt, in dem ich meine Uni-Unterlagen sammele.

»Oh, ich habe meinen Ordner hier liegen lassen«, rufe ich.

»Ähm. Ja.«

Bisher habe ich ihn zwar nicht vermisst, aber jetzt erinnere ich mich, den Ordner heute Mittag während unseres Gesprächs auf den Boden geworfen zu haben. Ich ziehe ihn zu mir heran und entdecke einen feinen roten Spritzer darauf.

Oh Shit. Ich hab ihn … auf dem Boden liegen lassen!

»Es ist meine Schuld. Das mit deinem Arm ist meine Schuld!«

»Nein, reg dich ab, ist es nicht.«

»Natürlich! Ich hab ihn auf den Boden gelegt, obwohl ich … Oh Mann, ich denke nie mit! Weißt du, ich bin total unordentlich und werfe ständig alles irgendwohin. Entschuldige bitte, Janosch, wirklich, das wollte ich nicht. Ich hab einfach nicht nachgedacht und …«

Janosch drückt meine Hand fest und faltet unsere Finger ineinander.

»… und ich habe nicht«, versuche ich meinen Satz zu beenden.

»Deshalb wollte ich nicht, dass du weißt, wie es passiert ist. Weil du dann stundenlang redest. Und dir die Schuld gibst.«

»Es ist ja auch meine Schuld!«

»Ja, theoretisch. Aber ich bin in meinem Leben schon so oft gestolpert. Noch viel häufiger als du, glaub mir.«

»Bestimmt musstest du danach nur in den seltensten Fällen ins Krankenhaus.«

»Ja, da ist was Wahres dran.«

»Sorry«, flüstere ich noch einmal.

»Jetzt hör auf, dich zu entschuldigen! Ich will nicht, dass du dich deshalb schlecht fühlst. Ich wollte eigentlich gar nicht, dass du es weißt.«

Er hat mich also angepflaumt, damit ich mich *nicht* schlecht fühle?

Oh. Mein. Gott. Ich exe schnell das Weinglas. Hui, fein.

»Paul ist dein …?«, frage ich themawechselnd.

»Mein Neffe. Er ist Pias Sohn.«

»Dann ist sie aber früh Mama geworden.«

»Sie war einundzwanzig. Paul ist jetzt fünf. Ja. Unsere Mutter ist damals fast ausgerastet.« Janosch lacht, als erinnere er sich gerade daran.

»Ist sie mit dem Vater noch zusammen?«

»Ja, die beiden wollen im November heiraten.«

Wir schweigen mehrere Minuten, so lange, bis Janosch den letzten Rest seines Weins in einem großen Zug herunterstürzt und einen Fuß angewinkelt aufs Sofa zieht.

»Ich würde übrigens gern den Film am Freitag sehen.«

»Ehrlich?« Ich strahle. Oh ja, oh ja, oh ja. Ich hab ein Date. Ich hab ein Date. Ein echtes. Hiiiiiiiiii.

Janosch sagt: »Ja, ehrlich.«

Okay, das bedeutet, ich muss mein Zimmer aufräumen. Am besten fange ich gleich morgen damit an.

»Feli, ich weiß, das ist irgendwie dumm und so wie im schlechten Film«, beginnt Janosch plötzlich, als würde ihn das, was wie im schlechten Film ist, sehr bedrücken.

»Was denn?«, frage ich und drücke instinktiv seine Hand, die immer noch um meine geschlossen ist.

Er löst seine Hand von meiner und legt sie auf meine Wange. Mit den Fingerspitzen stößt er gegen meine Brille. Ich setze sie ab, lege sie auf den Couchtisch und rücke näher an ihn ran. Somit gebe ich ihm mein Einverständnis. Mehr noch, ich sage ihm, dass ich seine Berührung möchte.

»Danke«, sagt er leise, »ohne Brille ist es besser.«

Seine Finger bewegen sich über meine Stirn und Augenbrauen, über meine Nase und die geschlossenen Augen. »Du hast große Augen«, sagt er. Ich kann nicht antworten. Mit der ganzen Handinnenfläche befühlt er meine Wangen, betastet dann meine Ohren und die Konturen meines Kinns. Schließlich fährt er mir übers Haar, von der Kopfhaut bis zu den Spitzen. »Wahnsinn. Pia hat recht, du hast verdammt lange Haare. Sie hat gesagt, du bist blond.«

Ich nicke. Er merkt die Bewegung. Noch einmal streicht er über die gesamte Länge meiner Haare, umgreift sie und lässt sie durch seine hohle Hand fallen.

»Und ...« Die Spitze seines rechten Zeigefingers senkt sich plötzlich auf meine Oberlippe, der Mittelfinger auf die untere. Ich zucke zurück. »Sorry. Ich weiß, das ist etwas ...«

»Nein. Nein!« Ich lege seine Finger zurück auf meinen Mund.

Er presst die Spitzen gegen meine Lippen und spürt und hört bestimmt ganz deutlich meinen schnellen Atem.

»Bist du nervös?«, fragt er und bestätigt meine Befürchtung.

Ich rutsche näher zu ihm, ich kann nicht anders, und brauche das Gesicht nur wenige Zentimeter nach vorn zu strecken, bis ich meine Lippen auf seine pressen kann.

Ich küsse nur kurz seinen Mund. Janosch tut nichts. Ich sehe in seine graublauen Augen und bin plötzlich so durcheinander, dass ich vom Sofa aufspringe, mir meinen Ordner schnappe und »Gute Nacht« wispere. Damit rase ich aus der Wohnung.

Freitags sitzen Cem, Sophie, Kirsten und ich am Küchentisch und trinken Kakao.

»So – und warum hast du jetzt eine Krisensitzung einberufen?«, fragt Sophie.

»HAST DU MIR NICHT ZUGEHÖRT?«, rufe ich und kralle die Hände in die Haare.

»Okay, du hast ihn geküsst, aber das ist keine Krise, und wo keine Krise, da keine Krisensitzung.«

»Natürlich ist das eine Krise!«

»Das ist wirklich eine Krise. Du hast sie nämlich nicht mehr alle. Kaum eine Stunde, bevor du ihn geküsst hast, hast du noch wegen ihm heulend in meinem Auto gesessen«, Cem ist verwirrt und verärgert. »Der Typ ist total unverantwortlich! Kommt erst vorbei, um uns um Hilfe zu bitten, als er schon halb verblutet ist.«

»Jetzt übertreibst du.«

Die drei finden nicht, dass es allein meine Schuld ist, dass er sich die Hand aufgeschnitten hat, obwohl es mein Ordner war. Cem behauptet sogar, dass ich das nur denke, weil Janosch mir mit seinen dummen Sprüchen immer so ein schlechtes Gewissen einrede.

»Jetzt helft mir doch mal bitte. Ich. Bin. Verzweifelt. Ihr habt sein Gesicht nicht gesehen, als ich ihn geküsst habe. Es war komplett ausdruckslos. Ich muss ihm möglichst plausibel erklären, warum ich das getan habe. Schließlich kommt er heute Abend hierher! Wenn er überhaupt kommt …«

Wir sammeln Erklärungsmöglichkeiten.

Mein Vorschlag: Ich sage einfach für heute Abend ab. Natürlich nicht persönlich. Cem wird ihm die Tür öffnen, sollte er kommen, und ihm ausrichten, dass ich eine schlimm ansteckende Krankheit habe. Die Beulenpest zum Beispiel.

Cems Vorschlag: »Das werde ich ganz bestimmt nicht tun! Du wirst ihm selbst absagen. Vergiss den Trottel!«

Mit diesem Vorschlag bin ich überhaupt nicht einverstanden, weil ich glaube, dass er meine Chancen auf weichgezeichnete Sepiaintimitäten *etwas* verringert.

Kirstens Vorschlag: »Sag ihm die Wahrheit! Erklär ihm, dass du ihn magst.«

Das ist ja wohl das Allerblödeste, was ich jemals gehört habe. Ich kann ihm doch nicht einfach sagen, dass ich ihn mag. Das wäre ja nicht mal die Wahrheit, sondern eine infame Untertreibung!

Sophies Vorschlag: »Nein, das ist alles Quatsch. Ich hab's: Du behauptest, dass es ein Versehen war. Dass es dir so rausgerutscht ist, weil ihr euch so nahe wart und du diese Nähe schlicht mit etwas Intimerem verwechselt hast.«

»Und warum?«, will ich wissen.

»Na, weil du schon lange niemandem mehr so nahe warst und es nicht mehr gewohnt bist.«

Na super! Sophies Idee hat anfänglich sehr durchdacht geklungen, aber ich kann Janosch schlecht auftischen, dass ich an akutem Näheentzug leide und ihn deshalb aus Versehen geküsst habe.

»Also, ich bin immer noch für meinen Vorschlag.«

»Das kannst du so was von vergessen«, schimpft Cem und springt vom Stuhl auf. »Ich weiß ganz genau, dass du die Verabredung gar nicht abblasen willst, also solltest du dich jetzt vielleicht mal langsam fein machen.«

Wie recht er hat. Nie im Leben sage ich ab. Und mit dem Feinmachen hat er auch recht.

Das fällt mir gerade auf. Es ist völlig egal, wie ich aussehe, viel wichtiger ist, wie ich mich anfühle. Und wie ich rieche.

Nach dem Duschen bin ich babypopoglatt an allen Stellen, an denen ein Mädchen bei einer Verabredung babypopoglatt sein sollte. Meine Haare sind nach Spülung, Kurpackung, Föhn und Glätteisen weich, seidig und kein bisschen strubbelig. Ich besprühe mich mit dem Parfüm, das dazu geführt hat, dass Janosch mich im Hinterhof erkannt hat. Angezogen bin ich ganz schlicht: Jeans und Langarmshirt. Jetzt heißt es also warten. Warten.

Warten …

Ich weiß es: Er wird gar nicht kommen! Ich habe ihn in die Flucht geküsst. Bestimmt, ganz bestimmt ist er ebenfalls nach Kanada geflohen, noch bevor ich ihm die Erklärung liefern konnte, für die ich mich entschieden habe: Sophies. Ich erzähle ihm einfach, dass mich die Nähe überfordert hat und in meinem Hirn irgendwelche synaptischen Fehlschaltungen stattgefunden haben und ich ihn eigentlich gar nicht küssen *wollte.* Ich versuche zu ignorieren, dass das selbst in meinen Ohren ziemlich dumm klingt. Und meine Ohren sind wirklich so einiges gewöhnt, schließlich müssen sie sich schon seit zwanzig Jahren mein Gequatsche anhören.

ABER, und das ist das Schlupfloch, *sollte* er kommen, werde ich das Geschehene erst mal totschweigen. *Sollte* er mich von sich aus darauf ansprechen, werde ich versuchen, ihm Sophies Erklärung so zu servieren, dass sie einigermaßen genießbar ist. Fast wünsche ich mir in diesem

Moment, dass er wirklich nicht auftaucht, denn eine Verabredung dieser Form ist schon nervenaufreibend genug, ohne dass man anstrengende Gespräche führen muss.

ACHT IST SO ... WAS IST ACHT EIGENTLICH?

Es ist schon halb acht durch.

Feli, reg dich nicht auf, ihr seid erwachsene Menschen, halb acht ist eine völlig normale Zeit.

Apropos: Wir haben gar keine Uhrzeit ausgemacht! Ich. Bin. So. Doof. Indem ich vergessen habe, eine Uhrzeit zu vereinbaren, habe ich ihm die perfekte Möglichkeit gegeben, mich ohne große Schwierigkeiten zu versetzen.

Ich wandere in meinem Zimmer auf und ab. Ob ich das tue, weil ich nervös bin, oder ob mein Unterbewusstsein einfach nur die Tatsache ausnutzen will, dass man ausnahmsweise darin gehen *kann*, weiß ich nicht genau.

Fakt ist, dass mein Zimmer sehrsehrsehr aufgeräumt ist. In meinen achtzehn Quadratmetern herrschen fast sterile Krankenhausverhältnisse. Hier könnte ohne Bedenken ein Blinddarm entfernt werden.

Da ich immer noch kein Bücherregal habe (natürlich nicht, schließlich habe ich keins gekauft, und die Mainzelmännchen kennen entweder meine Adresse nicht, oder sie ignorieren meine Not), stapeln sich die Bücher an der linken Zimmerwand. Die Schuhkartons mit den CDs und DVDs stehen direkt daneben. Die umherfliegenden Klamotten habe ich in den Kleiderschrank geschoben, ohne mir von solch festgefahrenen Sitten wie Bügeln und Zusammenlegen die Zeit rauben zu lassen. Unmengen an Papier sind in den Mülleimer gewandert, und zahlreiche Tassen, Teller und Gläser habe ich nach langer Zeit endlich mal in die Spüle geräumt. Ich will lieber keine genauen Angaben darüber machen, wie lange sich das Geschirr tatsächlich in meinem Zimmer aufgehalten hat. In einer großen weißen Kiste schlummern jetzt meine Notizzettel und Vorlesungsmitschriften, die bei Gelegenheit mal nach dem Aschenputtel-Prinzip (Die guten ins Töpfchen, die schlechten ins Kröpfchen) sortiert werden müssten. Aber wer sollte das schon tun? Ich etwa? Würde sich vielleicht jemand melden, der mir diese Arbeit abnehmen möchte? Niemand? Unverschämtheit!

Drei Stunden habe ich gebraucht, um meine vier Wände so herzurichten.

Er wird sowieso nicht kommen.

Ich sprinte noch mal ins Bad und putze mir zum wiederholten Mal die Zähne. Ich schrubbe auch über die Zunge, was zwar schrecklich kitzelt, aber laut Fernsehwerbung die Bakterien töten soll, die für Mundgeruch verantwortlich sind.

Warum putze ich mir eigentlich die Zähne, wenn ich genau weiß, dass er nicht kommt? Selbst wenn er käme, was erwarte ich mir von einer bakterienlosen Zunge? Etwa Küsse?

Er wird nicht kommen. Und er wird mich schon mal gar nicht küssen.

Warum zum Henker bin ich ganzkörperbabypopoweich? Ich bin doch realitätsfremd …

Als ich in mein Zimmer zurückgehen will, kommt mir Cem daraus entgegen.

»Was gibt's?«, frage ich.

»Wollte nur wissen, ob du da bist«, antwortet er und

lacht über etwas, das wohl nur er versteht. »Ich hab euch was vorbeigebracht.«

Ich luge in mein Zimmer und frage: »Uns?«

»Na, dir und Janosch, wenn er denn kommt. Ihr sollt nicht auf dem Trockenen sitzen … wenn er denn kommt.«

Auf meinem Nachttisch stehen eine Rotweinflasche und zwei Gläser. Schon wieder Rotwein.

»Danke. Ist süß von dir. Aber ich denke nicht, dass er kommt.«

»Warum warst du dann über eine Stunde im Bad?«

»Ich, also … du stellst echt gemeine Fragen! Wenn jetzt Mirko vor der Tür stehen würde, würde ich auch keine Rechtfertigung wollen, wenn du erst mal für eine Stunde im Bad verschwindest!«

»*Touché*«, gönnt mir Cem den Sieg und deutet mit dem Zeigefinger auf mich. »Um wie viel Uhr kommt er denn?«

»Ich … öhm … das weiß ich nicht, wir haben keine genaue Uhrzeit ausgemacht.«

»Ähm. Na gut. Ich geh jetzt nämlich. Dachte, ich lass euch alleine. Ich würde es nämlich nicht verkraften, wenn ich auch noch mitanhören müsste, wie in *unserer* Wohnung Sex gehabt wird.«

»SEX?? ICH und ER? Du bist ja bekloppt. Verschwinde bloß, bevor du noch so etwas sagst, während er hier ist.« Als ob es nicht reichen würde, dass Janoschs Schwester denkt, wir würden uns dienstags zur Schäferstunde treffen. Nun dreht auch noch Cems Kopfkino durch!

Ich drücke Cem seine Jacke in die Hand, reiße die Wohnungstür auf und schiebe ihn hinaus. Direkt in Janoschs Arme.

»Oh, sorry!« Warum wird eigentlich meine Stimme so

hoch, wenn ich Mist baue und mich dafür entschuldige? Da klinge ich gleich noch mal so hohl!

»Ich bin dann weg. Viel Spaß euch zweien«, Cem lacht wieder über den Witz, den nur er kennt.

»Halt die Klappe«, zische ich und hoffe, dass Janosch es nicht hört.

Cem hüpft gut gelaunt die Treppenstufen hinunter und verlässt pfeifend das Haus.

Janosch schmunzelt, und meine Knie werden augenblicklich weich wie Butter auf dem Fensterbrett.

»Hi. Du hast keine Uhrzeit gesagt, da dachte ich, ich komme einfach um acht.«

»Ja! Acht! Acht ist total perfekt, also wirklich, acht ist … Super ist acht.«

Wir stehen vor der Tür und schweigen, bis mir einfällt: »Oh, äh, komm rein.«

Ich laufe vor durch den Gang und kicke dabei eilig und betont unauffällig (Janosch bekommt natürlich trotzdem alles mit) ein Paar Schuhe aus dem Weg. Ich merke, wie er mit der Hand nach meiner Schulter tastet, die Fingerspitzen darauf senkt und mir folgt. Das jagt mir einen derart heftigen Schauer über den Rücken, dass ich in diese schlichte Berührung innige Zuneigung hineininterpretiere. Dabei weiß ich eigentlich, dass es etwas anderes bedeutet.

Ich gehe in mein Zimmer und warne Janosch: »Türschwelle.«

»Danke«, murmelt er leise.

»Okay, das hier ist mein Reich«, verkünde ich, obwohl er sich das sicher denken kann.

»Schönes Zimmer, ich mag die Tapete«, sagt er.

Ich wirbele herum und sehe ihn kritisch an.

»Das sollte witzig sein.«

»Ach so.«

»Ja, du hast gesagt, ich soll es öfter sein.«

DER VORLESER IM WAHRSTEN SINNE

»Ich hab leider keine Couch, wir müssen auf dem Bett sitzen.«

»Das kann ich verschmerzen.«

Ich überlege. »Soll ich dir zeigen …?«

»Wo dein Bett ist? Ist es schwer zu finden?«

»Nein. Ungefähr zwei Schritte nach links. Es liegen auch keine Ordner auf dem Boden oder sonst irgendetwas.«

Janosch bewegt sich sicher, steht dann vor meinem Bett, setzt sich aber nicht. Ich rolle derweil den Fernseher auf dem Tischchen durch den Raum, bis er circa anderthalb Meter vor meinem Bett steht. Dann hole ich die DVD-Box aus der Ecke, setze mich und lege sie mir auf die Knie.

»Komm her«, sage ich zu Janosch. Plötzlich sehe ich zwei schwarze quadratische Plastiktütchen auf der gefalteten Bettdecke liegen. »Was ist … AAHHH!«, rutscht es mir heraus, und ich ziehe die Päckchen im letzten Moment weg, bevor sich Janosch darauf setzen kann. Ich werfe sie hinter mich. CEEEEEEEM!

»Was ist los?«, fragt Janosch mit erstauntem Gesichtsausdruck.

Aber dieser Ausdruck ist nichts gegen den auf meinem Gesicht. Natürlich löst sich für mich damit das Rätsel um Cems Witz, den bis eben nur er kannte. Was wäre passiert, wenn Janosch sich darauf gesetzt hätte? Dann hätte er sie garantiert in die Hand genommen, und ich bin mir sicher, dass Janosch eine Kondomverpackung erkennt. Das hätte einen völlig falschen Eindruck erweckt. Vielleicht hätte er mich sogar ausgelacht. Schließlich wäre es wirklich saudumm, ihm auf derart plumpe Art und Weise meine Bereitschaft zu signalisieren. Und dann auch noch gleich zwei! Ich hätte völlig ausgehungert gewirkt.

»Äh, ach du, alles okay.« Ich gebe mich unschuldig.

»Du, nun ja, du hast gerade geschrien.«

»Ja, hab ich. Cem hat sich einen blöden Witz mit mir erlaubt. Nicht der Rede wert. Aaaaalso, dann wollen wir mal, ich muss nur kurz den Film raussuchen.«

Hektisch durchwühle ich meine DVD-Sammlung, klappere dabei möglichst laut mit den Hüllen und versuche, meine Scham totzureden. Das funktioniert jedoch nicht. Meine Körpertemperatur beträgt momentan gut und gerne achtundvierzig Grad, so beschämt und aufgeregt und kann-nicht-stillsitzen-muss-sinnlos-reden bin ich.

Muss ich erwähnen, dass ich die DVD nicht finde? Sie ist definitiv nicht in der DVD-Box. Vielleicht ist sie ja in die CD-Kiste gerutscht, versuche ich mir einzureden.

»Du, haha, ich finde die DVD nicht, vielleicht willst du schon mal den Wein einschenken? Steht direkt neben dir auf dem Nachttisch. Brauchst keinen Öffner, hat Drehverschluss, ist vom Aldi, aber nicht schlecht!« Jaja, *the show must go on* und so weiter, bloß weiterquatschen, das rettet mit Sicherheit die Situation. Als ob ich mich mit Wein auskennen würde! Ich weiß nur, dass ich von rotem schneller betrunken bin als von weißem. Damit ist mein Weinwissen erschöpft.

Ich reiße die Deckel von den CD-Kisten und kann auf den ersten Blick sehen, dass die DVD nicht dabei ist. In der Kiste mit den Notizen ist sie auch nicht, das heißt, sie ist nirgends, schließlich bin ich mit der Ordnung meiner CD- und DVD-Sammlung pingelig.

Dann fällt mir siedend heiß ein, dass ich sie vor über vier Wochen an Sophie verliehen habe. Das bedeutet, wir werden uns heute Abend wohl nicht den *Vorleser* ansehen, obwohl es auf der DVD sogar eine Hörfilmfassung gibt. Ich werde wahnsinnig. Dieses Mal sogar wirklich.

Okay. Denk nach, was sagst du ihm jetzt?

Hinter mir höre ich den Wein glucksen. Janosch schenkt ein und reicht mir ein Glas. Ich setze mich aufs Bett, nehme das Glas, stoße an und trinke erst mal. Wenn mir weiter so viele dumme Sachen passieren, während sich Wein in meiner direkten Umgebung befindet, werde ich in kürzester Zeit Alkoholikerin sein.

»Also … jaaa, das ist jetzt irgendwie doof«, fange ich an.

»Lass mich raten: Du hast die DVD nicht hier?«

»Ich habe sie Sophie ausgeliehen«, piepse ich.

»Man könnte jetzt annehmen, dass die DVD nur ein Vorwand war, um mich in dein Zimmer zu locken und abzufüllen.«

»Ja … könnte man. Tut man aber nicht.«

»Natürlich nicht.«

»Gut. Sorry.«

»Ist kein Problem. Eigentlich ist es mir sowieso lieber, wenn ich den Originaltext kenne, um die Verfilmung besser beurteilen zu können.«

»ECHT?«, frage ich, nachdem ich kurz aus allen Wolken gefallen bin. »Das ist bei mir genauso! Ich lese immer erst das Buch, bevor ich mir eine Verfilmung ansehe.« Jop. Wir haben so viel gemeinsam, wir haben so viel gemeinsam, singsange ich in meinem Kopf.

»Und, was machen wir jetzt?«, fragt Janosch und trinkt von seinem Wein.

Ich hätte da mehrere tolle Ideen: Küssen? Knutschen? Kuscheln?

»Ich …« HAAAHAAAA, plötzlich habe ich einen Einfall. Mich überflutet die Begeisterung von dieser Idee geradezu. Ich springe vom Bett auf, zerstöre einen der ordentlichen Buchstapel, indem ich unachtsam einen Roman aus der Mitte ziehe, und lasse mich mit einem schmalen weißen Band wieder neben Janosch fallen.

Und dann – puff! – ist sie weg, die Begeisterung von mir selbst!

»Ist vielleicht auch 'ne blöde Idee«, spreche ich laut aus, was in meinem Kopf vorgeht.

»Was denn?«

Statt zu antworten, räuspere ich mich, schlage das erste Kapitel auf und lese: *»Erster Teil. Eins. Als ich fünfzehn war, hatte ich Gelbsucht. Die Krankheit begann im Herbst und endete im Frühjahr …«*

Janosch sagt nichts, unterbricht mich nicht, lehnt sich bloß gegen die Wand und verschränkt die Arme hinter dem Kopf. In seinen Augen ist es wohl keine blöde Idee. Also lese ich weiter.

Plötzlich und viel zu schnell bin ich schon auf Seite einundzwanzig. Mir fällt eine Passage auf, die ich unterstrichen habe, und ich überfliege sie schnell, bevor ich sie laut lese.

»Wenn der begehrliche Blick so schlimm war wie die Befriedigung der Begierde, das aktive Phantasieren so schlimm wie

der phantasierte Akt – warum dann nicht die Befriedigung und den Akt?«

Janosch lacht leise. Ich sehe ihn an. Er lacht nicht auf die unreife Art und Weise wie die Jungs in der Schule, als wir das Buch in der elften Klasse besprochen haben. Nicht so, wie wenn man überspielen will, dass das Thema einem unangenehm ist.

»Was?«, frage ich ihn.

»Nichts. Das ist nur … das ist eine gute Stelle.«

»Ich habe sie mir unterstrichen. Ich finde sie perfekt!«

»Inhaltlich oder literarisch?«, fragt Janosch.

Ich freue mich, dass er mir eine derart interessante Frage stellt und meinen Kommentar nicht einfach so mit einem gleichgültigen *Aha* oder *Ach so* hinnimmt.

»Beides. Ich finde sie stilistisch perfekt und außerdem … na ja, ich meine«, jetzt begebe ich mich auf eine Ebene, auf der es *mir* unangenehm wird. Mit Janosch über Befriedigung und Akt und Fantasie zu sprechen, scheint mir so, als würde ich mich ihm aufzwingen, »das ist doch jedem von uns schon mal so gegangen.«

»Was? Befriedigung der Begierde oder aktives Fantasieren?«

»Beides«, meine Stimme ist sehr leise, »und – fantasierter Akt.« Wenn er wüsste, welche Akte ich in den letzten Wochen fantasiert habe, er würde … ja, was wohl? Ich setze mein Weinglas an.

Janosch faltet die Hände ineinander und fragt dann: »Was würdest du sagen: Hast du Dienstagnacht Begierde befriedigt oder aktiv fantasiert?«

Ich verschlucke mich so heftig an dem Wein, dass ich fürchte zu ersticken. Vielleicht ersticke ich aber auch an Scham. Geht das überhaupt? Ich glaube, ja. Hoffentlich.

Bitte, lass mich sterben, dann muss ich keine Antwort geben.

Janosch lacht, tastet nach mir und klopft mir auf den Rücken.

Ich bekomme wieder einigermaßen Luft und hechele: »Also … ich …«

»Ist schon okay, ich wollte dich nur ärgern.«

»Echt?«

»Nein, eigentlich will ich schon wissen, was es war. Aber wenn du erst noch darüber nachdenken willst, kannst du das gerne tun.«

Plötzlich stolpert mir die Antwort aus dem Mund: »Nein! Es ist ganz logisch zu erklären. Ich habe mich schlecht gefühlt, weil ich an deiner schlimmen Verletzung schuld bin.« BÄM, das ist ja noch besser als Sophies Ausrede!

»Und wenn du dich schlecht und schuldig fühlst, küsst du?«

»Ja. Also nein. Ach, ich weiß doch auch nicht! Warum fragst du mich das?« Warum tut er das so direkt? Warum kann er das so selbstbewusst und selbstsicher, so als ob er nichts zu verlieren hätte? Vorausgesetzt ein Kerl würde mich überraschend küssen (was nie der Fall ist), dann würde ich ihn niemals darauf ansprechen, weil ich solche Angst davor hätte, dass er nicht das antwortet, was mich glücklich macht. Ja, *ich* hätte Angst!

»Weil ich es wissen will. Aber … ist egal. Lies weiter.« Er lehnt sich wieder zurück, verschränkt die Arme und schließt sogar die Augen.

Ich räuspere mich und beschließe weiterzulesen. Die Worte fallen mir immer schwerer, nicht weil mein Gehirn spontan zu lesen verlernt hat (was ich ihm durchaus zutrauen würde), sondern weil die Worte so absolut stimmen! Sie passen zu mir und zu dem, was ich am Dienstag getan habe. Ich lese vor:

»Ich meine nicht, dass Denken und Entscheiden keinen Einfluss auf das Handeln hätten. Aber das Handeln vollzieht nicht einfach, was davor gedacht und entschieden wurde …«

»Haben Denken und Entscheiden Einfluss auf dein Handeln?«, unterbricht mich Janosch, die Augen immer noch geschlossen.

Will er wirklich die Wahrheit hören? Dass ich nur noch an ihn denke, wenn ich denke, dass ich nur von ihm träume, wenn ich träume, und ihn schlicht aus dem Grund geküsst hab, weil ich in ihn verliebt bin?

»Was?«, frage ich, damit ich Zeit zum Nachdenken habe.

»Beeinflussen Denken und Entscheiden dein Handeln?«

»Nein«, antworte ich dann, »und ja.«

»Ach so und ich dachte schon, es würde Sinn ergeben.«

»Manchmal ja, manchmal nein. Meistens nein. Meistens mache ich Sachen und frage mich im nächsten Augenblick, warum ich es getan habe. Ich handele eher intuitiv.«

»Intuitiv? Welche Intuition bringt dich zum Küssen? Schuld und Mitleid?«

»Hör auf damit«, bitte ich ihn.

»Warum? Weil dir die falschen Antworten ausgehen? Gib mir halt die richtige.« Er leert sein Glas.

»Wie kannst du das? So selbstsicher sein?«

»Wenn ich nicht einigermaßen selbstsicher wäre, dann

wäre ich wahrscheinlich schon ziemlich oft überfahren worden. Man lernt, auf sich selbst zu vertrauen.«

Ich sehe ihn an. Die tollen Sachen, die er da am laufenden Band sagt, helfen mir nicht gerade. Warum muss Janosch auch noch tiefsinnig und klug sein? Kann er nicht einfach dümmlich grinsend und mit allerlei Gossensprache vom neuen BMW und dem letzten Bundesligaspiel schwadronieren? Das würde es mir wirklich leichter machen, ihn dauerhaft und nicht nur schubweise doof zu finden.

»Sei selbstsicher und gib mir eine Antwort. Ich kann es nicht verstehen, deshalb brauche ich deine Antwort. Es ist schwer, einen Menschen zu verstehen, wenn du seinen Gesichtsausdruck nicht lesen kannst.«

»Ich kann nicht selbstsicher sein«, gestehe ich.

»Warum nicht?«

»Weil ich es nicht bin! Ich kann ja kaum einen Fuß vor den anderen setzen, ohne einen Unfall zu bauen. Ich lade dich zum Filmgucken ein und habe die DVD gar nicht hier. Ich lasse meine Unterlagen rumfliegen, und andere müssen deshalb ins Krankenhaus. Wie soll man da selbstsicher sein?«

»Kannst du mir bitte einfach sagen, warum du mich geküsst hast?« Janosch beugt sich vor und stützt das Kinn auf die Hände.

»Hab ich doch schon. Weil es mir leidgetan hat. Und weil wir uns irgendwie nah waren und keine Ahnung, weil ich synaptische Fehlschaltungen hatte.«

»Aha. Du hast mich also geküsst, weil du Mitleid mit mir hattest und weil deine Transmitter verrückt gespielt haben. Das klingt wirklich gut. Das hört man gerne.«

»Was willst du denn sonst hören?« Jetzt bin ich aber mal gespannt, was er mir zu bieten hat.

»Ich habe keine Ahnung. Deshalb frage ich. Ich habe gehofft, du gibst mir eine Antwort, die mir sagt, warum ich das überhaupt wissen will.«

Hä? Wer von uns beiden ist jetzt verwirrt? Das klingt ja noch konfuser als mein Wortbrei!

Wir schweigen uns an. Mein Gehirn arbeitet auf höchster Stufe. Warum stellt er mir diese Fragen? Warum will er unbedingt eine Antwort? Und warum weiß er nicht, was er hören will?

Ob ich ihm die Wahrheit sagen soll? Ob er sie hören will? Ob er sie erwidert? In Gedanken beantworte ich all diese Fragen mit Nein, also schweige ich weiter.

»Willst du noch Wein?«, fragt Janosch irgendwann.

»Nein«, antworte ich, »ich vertrage keine zwei Gläser Rotwein.«

»Ach so, damit hätten wir eine neue Theorie: Du warst Dienstagabend betrunken.«

»Quatsch! Wenn ich betrunken gewesen wäre, hätte ich dir aus meinem Sexleben erzählt.« Kann mir mal bitte jemand sagen, warum ich das eben laut gesagt habe? Warum kann ich bei *solchen* Sachen die Wahrheit sagen? Warum? Bernhard Schlink hat so was von recht: Denken und Entscheiden haben einen Scheißdreck auf mein Handeln! Mein Mundwerk hasst mich. Und dieser Hass beruht auf Gegenseitigkeit.

Janosch räuspert sich und sagt dann wieder ernst: »Okay, vielleicht sollten wir diese Unterhaltung vertagen.«

Ah, dieses kluge Gerede!

»Wenn dir der Satz schon so flüssig von den Lippen geht, wirst du sicher mal ein eindrucksvoller Anwalt.«

Janosch schmunzelt nüchtern. Dann ändert er seine Meinung: »Ich will gar nichts vertagen. Sag's mir. Ich will es wissen. Ich werde nicht oft geküsst und will wissen, warum.«

Ich antworte nicht. Es bringt ihn dazu, mich in kindlicher Manier (kindisch sein ist nichts, was ihm ähnlich sieht) eine gefühlte Viertelmilliarde Mal »Warum?« zu fragen.

Mir platzt schließlich der Kragen. »Jetzt stell dich nicht so an! Du weißt genau, warum Mädchen Männer küssen!« Ich springe vom Bett auf und laufe hin und her. Ohgottohgottohgott … Was hab ich denn da schon wieder gesagt???

Ich lasse mich auf den Schreibtischstuhl plumpsen, der daraufhin ein gequältes Geräusch von sich gibt.

Janosch atmet schwer und beginnt dann: »Hör zu, Feli, du hast wahrscheinlich recht. Ich habe dich ziemlich, nun ja, ziemlich vertraut berührt, und du bist einer von den Menschen, die sich alles zu Herzen nehmen und alles, was man tut und sagt, im Kopf hin und her drehen, bis sie zu einem halbwegs logischen Schluss gekommen sind.«

»WAS?« Also, diese Reaktion ist so was von unverschämt und leider auch unbefriedigend, dass es mir die Sprache verschlägt. Da tische ich ihm die ganze Zeit diese Lüge auf, und er will sie nicht glauben, und kaum sage ich die Wahrheit, kommt *er* mir mit dieser Lüge?!

Wer war noch mal dieser Mensch, der gesagt hat, dass Frauen komisch sind und Sachen behaupten, die sie nicht so meinen? Wenn ich den treffe, bekommt er von mir – ich sag's ganz ungeniert – eine aufs Maul.

Janosch steht auf und zieht seinen Pullover glatt (er trägt fast immer schöne einfache Sweatshirts; heute ist es dunkelgrau). Er räuspert sich wieder und sagt leise: »Ich gehe lieber mal.«

Wenn er jetzt abhaut, töte ich ihn! Dann hätte ich meine Haare ja völlig umsonst teils vernichtet, teils mit vierzig verschiedenen Produkten gepflegt.

»Du … du magst mich also nicht?«, schließe ich und finde, dass meine Stimme erstaunlich dominant und fest klingt.

»Ich … *mag*? Das ist doch gar nicht das Thema!«

Ich stelle mich vor ihn und pikse ihn in die Brust. »Natürlich ist das das Thema!«

»Nein. Ich wollte wissen, warum du es getan hast, weil ich wissen wollte, was du antwortest. Du kannst mir nicht mal sagen, dass es irgendwas mit deinen Gefühlen zu tun hatte. Stattdessen redest du drum herum, willst erst gar nicht antworten und sagst dann etwas total Universales. Was weiß ich, warum Mädchen Männer küssen! Bin ich ein Mädchen?«

»Komm mir ja nicht mit so einem Geschlechterding, ich hasse das.« Ich hasse das wirklich. »Natürlich hat es etwas mit meinen Gefühlen zu tun!«

Mit beiden Händen greift er flink und fest nach meinen Schultern. »Mensch, Feli. Du weißt doch gar nicht, was du fühlst. Du bist … Ach, du bist ein einziges Chaos!«

Na, endlich hat er das kapiert.

Ich mache ein Ich-reg-mich-auf-und-aus-meinem-Mund-entweicht-ein-Luft-Ärger-Gemisch-Geräusch.

»War es Schuldgefühl?«, fragt er.

»Nein!«

»Mitleid? Jeglicher Art?«

»NEIN!«

»Alkohol?«

»Nein, verdammt! Ich bin zwar lustig drauf nach zwei Gläsern, aber nicht willenlos!«

»Also war es Befriedigung von Begierde?«

Ich antworte nicht, sondern starre ertappt vor mich hin und wippe unschlüssig mit dem Oberkörper.

»Sei fair und antworte.«

Ich zögere und flüstere dann: »Vielleicht.«

Janoschs Hand legt sich auf mein Gesicht. Ich drücke die Wange dagegen. Bitte küssen, bitte! Ich will ihm so gerne nah sein. Will ihn anschreien, er solle mich gefälligst an sich ziehen.

»Gut. Hör mir mal zu«, antwortet er dann in einem Tonfall, der mein Herz in tausend Splitter zerbersten lässt. Ich weiß genau, was jetzt kommt: eine Abfuhr vom Feinsten. Eine, die so sehr wehtut, dass man denkt, das sei das Schlimmste, was einem bisher passiert ist, und dass es auch immer das Schlimmste bleiben wird. Außerdem denkt man, dass es schlimmer, ja sogar viel schlimmer ist als damals, als man diesen Gedanken zuletzt gedacht hat.

»Ich würde jetzt gerne sagen, dass du es noch mal machen sollst, aber …«

»Ist schon okay«, unterbreche ich ihn. Ich versuche Schadensbegrenzung zu leisten. Wenn er es nicht ausspricht, wird es vielleicht nicht so schlimm.

»Nein, du verstehst das falsch. Ich kenn dich doch gar nicht richtig.«

»Wer ist mein liebster englischer Autor?« Wir haben darüber gesprochen.

»Das meine ich nicht mit kennen. Ich kann viel über dich auswendig lernen, aber …«

Ich spüre, wie er mir über die Haare streicht, und ziehe mich von ihm zurück. Ganz oder gar nicht.

»Du hast mich wirklich falsch verstanden, Feli. Ich würde dich echt gerne küssen, nur bin ich mir nicht sicher, ob ich es aus den richtigen Gründen tun würde.«

Ob ich ihm sagen soll, dass es mir gerade so was von egal ist, ob er mich aus den falschen oder den richtigen Gründen küsst? Glaubt er wirklich, dass mich Moral jetzt auch nur im Geringsten interessiert? Ich will, dass er mich ausnutzt, wenn ich dafür bei ihm sein darf. So bin ich eben. Ich würde mir die Ohren zuhalten und laut *Lalala* singen, wenn er mir sagt, dass er nichts von mir will, solange er mich dabei nur festhält. Ist das jetzt dumm? Mag sein, aber das bin ich.

Mir fallen sofort die Beatsteaks ein: *»Use me, soothe me, hold me tightly. Take me, break me, feel me, steal me, tap me, wrap me and fly me to the moon.«* Ich weiß, warum ich gerne Musik höre, man muss sich ihr gegenüber nicht rechtfertigen, sie weiß immer, was man meint, und findet die richtigen Worte.

»Was denkst du?«, fragt er mich blöderweise.

Als ob ihn das was anginge! Trotzdem antworte ich. Ich sage ihm laut die Verse auf, an die ich gedacht habe. Und ergänze: »Das ist *E-G-O* von den Beatsteaks.«

»Ich weiß«, antwortet er, »aber zitiere nicht so was. Als ob du willst, dass ich dir wehtue.«

Nein. Das will ich ja gerade nicht. Aber jetzt, wo es sowieso schon wehtut, kann er mir wenigstens dabei nah sein.

»Wann weißt du, ob du es aus den richtigen Gründen machst?«, frage ich. Wenn ich schon warten muss, will ich wenigstens wissen, wie lange.

Er grinst und streichelt meine Wange. Warum ist er nicht so moralisch anständig und lässt das bleiben?

Plötzlich wechselt er abrupt das Thema und fragt: »Wann kommt Cem wieder? Ich wollte ihn fragen, ob er mir den Verband wechselt.«

Na super, er redet von Cem. Als ob es nicht tausend andere Gesprächsthemen gäbe. Ich falle auf mein Bett und antworte stöhnend: »Weiß nicht.«

Janosch setzt sich und legt sich dann neben mich auf den Rücken.

»Mark Twain im Amerikanischen und Oscar Wilde im Englischen«, sagt er plötzlich. »Und du bist froh, dass noch nie jemand von dir behauptet hat, dass du *some brainless beautiful creature* seist. So wie es Sir Henry über Dorian Gray sagt.«

Er jagt mir zuckersüßen Schmelz über den Rücken. »Vielleicht solltest du aufhören, mir so genau zuzuhören.«

Er stützt sich auf dem Ellenbogen ab, sein Gesicht mir zugewandt. Ich sehe sein Lächeln, kann ihn riechen. Seine Haare fallen ihm ins Gesicht, er streicht sie weg.

»Sollte ich das?«, fragt er und rückt merklich ein Stück näher.

»Vielleicht«, wiederhole ich.

Er streckt eine Hand aus, ertastet mein Gesicht, fährt darüber, über meinen Hals, meine Schultern, meine Seite, bis zu meiner Hüfte. Er greift meinen Oberschenkel und legt mein Bein über seines.

Mein Puls rast. Ich kann nicht mehr, mein Atem ist so schnell und mein Blut so heiß.

»Vielleicht solltest du das lassen«, hauche ich mit staubtrockener, fremder Stimme.

»Und was, wenn doch?« Sein Gesicht ist meinem so nahe, warum tut er das? Er macht mich wahnsinnig, seine Haare kitzeln schon meine Stirn.

»Vielleicht … haben Denken und Entscheiden dann keinen Einfluss mehr auf mein Handeln. Oder vielleicht will ich dann wieder Bedürfnisse befriedigen.«

»In dieser Aussage stecken mir definitiv zu viele Vielleichts«, seine Stimme ist tief und fordernd, als er das sagt. Tief und fordernd und unglaublich sexy.

Ich kann allem widerstehen außer der Versuchung, hat Oscar Wilde mal gesagt. Und Mann, hat er recht. Dass ich mich vorbeuge und Janosch wieder küsse, ist allein Oscar Wildes Schuld. Wessen Schuld es ist, dass Janosch dieses Mal mitmacht, mit seiner Hand in meine Haare fährt, sich mir – sofern überhaupt irgendwie möglich – noch mehr nähert, ich mit den Fingern über sein Gesicht streiche, seinen Atem merke und er meinen … Tja, wessen Schuld das alles ist, weiß ich nicht. Weil es mir SO gleichgültig ist. Weil das SO guttut.

Plötzlich bricht Janosch ab. Er greift unter sich, tastet nach etwas, verzieht verwirrt das Gesicht und fragt: »Sind das … Kondome?«

3. Akt:

Höhepunkt

Wer auftritt und so weiter und so fort:

FELI GRÜN	Eine Herzdame? Jetzt ohne Mist?
JANOSCH WINTER	Ein Charmeur? Aber nur alle vier Jahre?
KIRSTEN	Eine, die wirklich immer über alles reden will?
CEM DEMIREL	Ein neugieriger »WAAAAS?«-Frager?
SIMON	Eine Samariterschale mit Mistkerlkern?
PIA WINTER	Eine, die auf mich steht?
SOPHIE	Eine perfekte Sexgesprächspartnerin?
KAROLINE	Eine Spielkarte zur Gegenspielerin?
LENE WINTER	Eine Gluckenmutter?

AUSSERDEM:
Ein Anglistik-Prof; der Kanada-Ex und Kindergarten-Pipi-Freund – schließlich kommt man um die Exe nicht drum herum; eine schwarzhaarige Demonstrantin, äh pardon, eine schwarzhaarige STREIKERIN; ein nonkonformistischer Rockträger; eine aus meinem Abijahrgang; mein Bruder; Janoschs Neffe Paul, sein Schwager Markus, sein Opa Wilhelm, seine Tante Barbara, Großonkel Franz; zwei Zwillingscousinen, eine kleine Marie, die noch nicht Uno spielen kann, und noch einige andere Verwandte und Freunde; mein Bekannter Bernd … ich meine, Daniel.

SPECIAL GUESTS:
Martin Luther King – ein Spezi in Sachen benachteiligte Menschen; der Vorleser Michael Berg; Ben Stiller; Meg Ryan; Sarah Jessica Parker; Julia Roberts; Harry Potter – hey, ohne Harry geht's nicht!; Bertold Brecht – und *der Haifisch, der hat Zähne …;* Jimi Hendrix; Daredevil; der Joker.

OKAY FELI ... WAS WILLST DU?

Ich betrachte mein Spiegelbild. Im Comic hätte mir auch mein Spiegelselbst diese Frage gestellt: Was willst du, Feli? Es würde dabei eine Fratze schneiden, klugscheißerisch die Hand ans Kinn legen und mit dem ausgestreckten Zeigefinger darüberstreichen. Aber ich frage mich das schlicht selbst, und zwar laut, denn wenn kein anderer das tut, muss ich eben Selbstgespräche führen.

Ist es nicht ein ziemlich schlechtes Zeichen, dass heute schon Dienstag ist und wir uns am Freitag zuletzt gesehen haben? Dabei habe ich es wirklich darauf ankommen lassen. Habe im Hausflur aus irgendwelchen Gründen herumgeplärrt, habe flaschenweise Parfüm aufgetragen und bin sogar nach dem Einkaufen singend die Treppe hochgetrampelt. Aber Janosch hat keine Reaktion gezeigt.

Jetzt ist also wieder Dienstag. Dienstag. Soll das etwa mein Schicksalstag werden?

Janosch hat dienstags eigentlich frei. Das hat er jedenfalls gesagt. Trotzdem haben wir uns schon zweimal an einem Dienstag in der Uni getroffen. Was passiert, wenn wir uns heute wieder treffen? Soll ich mir dann von Neuem Tausende Seifenoperngedanken machen? So etwas wie: Sind wir jetzt zusammen?

Sind wir natürlich nicht – nur um diese Frage mal rational zu beantworten. Nicht nur aus dem Grund, dass wir uns seit Tagen nicht gesehen haben, sondern auch weil Janosch mir unverblümt gesagt hat, dass er noch nicht die richtigen Gefühle hat.

Für den Anfang kann ich mir die Finger in die Ohren stecken, *Lalala* singen und darauf warten, dass er sich seiner Gefühle sicher wird. Aber für wie lange kann ich das durchziehen?

Zurück zu der Frage, was ich denn überhaupt will. Das war für mich schon immer am schwersten zu beantworten. Will ich essen, oder will ich abnehmen? Will ich ins Kino und danach Cocktails trinken gehen, oder will ich das Geld sparen? Will ich ausschlafen oder pünktlich sein? Jedes Mal, wenn ich eine Entscheidung treffe, bereue ich sie und könnte schwören, dass ich mit der Alternative auf jeden Fall besser gefahren wäre.

Zu der Möglichkeit *Ich will Janosch* gibt es allerdings spätestens seit unserem Kuss keine Alternative mehr. Ich bin kein Mädchen, das ohne Gefühle küsst. Ich habe noch nie hackevoll auf einer Party mit einem Wildfremden rumgeknutscht, ich bin auch noch nie in einem unbekannten Bett aufgewacht. Ich lebe immer noch in der wohlbehüteten Welt eines kleinen Mädchens, für das ein Kuss Ausdruck von Liebe ist.

Ich will Janosch wirklich, nur wie?

Ganz!, lautet die einfache schwierige Antwort. Ein Paradoxon. Mal wieder.

Ganz heißt doch mit *Hallo, das ist mein Freund!* Und mit *Ich liebe dich* und mit Körperkontakt und so … ODER? Oder hat sich das geändert, seit mein Kanada-Exfreund ins Land des Ahornsirups abgehauen ist? Macht man das jetzt nicht mehr so?

Ich kann also festhalten, dass ich Janosch will, und zwar ganz, aber noch nicht weiß, wie lange ich es aushalte, dass er mich nicht will, zumindest nicht ganz.

Außerdem beschleicht mich so langsam der Gedanke,

dass wir uns seit Freitag nicht getroffen haben, weil er mich nicht treffen *will.*

Es gibt Themen, die kommen einem irgendwann aus den Ohren raus, und Martin Luther King gehört definitiv dazu. Über den habe ich schon in sämtlichen Schulfächern hundertzehnmal das Gleiche gehört, und jetzt sagt der Anglistik-Prof auch noch, er *wisse,* dass wir das schon hundertzehnmal gehört haben, und behauptet dennoch, seine Vorlesung räume mit altem Halbwissen auf. Ich bin mit meinem Halbwissen ganz zufrieden und nicht willig, es heute zu Ganzwissen zu verdoppeln.

Ein bestimmtes Thema lässt mich dagegen nicht los: Sex. Nicht, weil ich an Hormonüberschuss leide, sondern weil sich die Problematik im Zuge meiner Seifenoperngedanken nun mal aufzwingt.

Mein letzter Sex war letztes Jahr im September. Herzlichen Glückwunsch, liebe Libido, das ist weit über ein Jahr her. Wer aufgepasst hat, weiß noch, dass der Kanada-Ex schon im August mit mir Schluss gemacht hat. Natürlich war ich blöd genug, kurz vor seinem Abflug noch einmal mit ihm zu schlafen, weil ich auf so einen Quatsch wie Neuanfang und Fernbeziehung gehofft habe.

Den Kanada-Ex mitgezählt und fahrlässig aufgerundet, hatte ich bisher genau … Moment, ich muss überlegen … wie viele Sexualpartner? Ach ja, richtig: EINEN! Während meine Freundinnen und Freunde im Alter zwischen sechzehn und neunzehn mehrere Beziehungen hatten, hatte ich nur eine.

Das ist wirklich okay. Ich bin stolz, sagen zu können, dass ich bisher nur mit diesem einen Typen geschlafen habe und keine Hirn*aus*setzer gekoppelt mit Sexlust*ein*-

setzern hatte. Das ist gut so. Aber jetzt wird's so langsam Zeit für Nummer zwei.

In meinem Magen breitet sich allerdings ein drückendes Ich-kann-das-nicht-mehr-und-bin-auch-nicht-gut-genug-Gefühl aus. Ich versuche dieses Gefühl zu kompensieren, indem ich mir einrede, dass Janosch vielleicht auch nicht so viel Erfahrung hat. Klar, er ist älter als ich und attraktiv und geradezu prädestiniert dazu, von Mädchen angehimmelt zu werden, die sich gerne in schwierige Typen verlieben, um sie dann zu therapieren und umzuerziehen. Wenn er die vielen Interessentinnen jedoch ähnlich schroff abspeist wie mich anfänglich, sollte es um seine Erfahrung mau bestellt sein.

Ich bekomme kein Wort von meinem Professor mit. Stattdessen vertiefe ich mich in meine Gedanken über Janosch und mich und schmiede den Plan, nach Beendigung der Vorlesung mit gespielter Erwartungslosigkeit in den E-Trakt zu marschieren, um ihn dort eventuell zu treffen.

BESETZUNG

Auf einem Banner, das über dem Eingang zum E-Trakt hängt, steht in rot-grün-blau-gelben Lettern in Kinderschrift geschrieben: DAS HAUS E IST BESETZT. Irgendeine Studenteninitiative hat zum bundesweiten Bildungsstreik aufgerufen und versucht ihre Forderungen durchzusetzen, indem sie den Zugang zu Teilen des Unigebäudes verrammelt. Ich frage mich, ob ein Bildungsstreik nun ein Streik *für* Bildung oder *gegen* Bildung ist.

»Wogegen demonstriert ihr denn?«, frage ich eine dünne schwarzhaarige Studentin, die sich mir in den Weg stellt, als ich weiter meines Weges gehen will.

»Wir demonstrieren nicht, wir streiken«, pampt sie mich an.

»Okay, und wogegen?«

»Nicht nur wir streiken, sondern alle! Du solltest auch streiken! Dagegen, dass wir, die Studenten, vom Staat und vom Bildungssystem in den Arsch gefickt werden!«

BITTE WAS?

Als ich sie schockiert anblicke, brüllt sie mich an: »Revolution ist das Mittel der Mittellosen!«

»Ich bin aber gar nicht mittellos!«, brülle ich zurück. Noch habe ich nämlich ein Dach über dem Kopf und ein bisschen Kohle auf dem Konto. »Wogegen streiken *wir* denn genau?«

»Na, gegen alles! Gegen das Bachelor-Master-System, gegen zu volle Hörsäle und vor allem gegen die Studiengebühren!« Das letzte Wort schreit sie.

Ich bedenke sie mit einem letzten kritischen Blick und wende mich dann von ihr ab. Ich verstehe den Inhalt dieses Streikes nicht genau. Mich beschleicht die Vermutung, dass es den Studenten, die hier einen gemütlichen Stand mit Waffeleisen und Kaffeemaschine errichtet haben, mehr darum geht, den Betrieb aufzuhalten und Rambazamba zu machen. Wir müssen an unserer Uni gar keine Studiengebühren zahlen. Und die Sache mit den überfüllten Hörsälen wird ihnen im Kultusministerium niemand abnehmen, wenn sie auch nur einen Blick in die Benachteiligte-Menschen-Vorlesung werfen, deren Besucherzahl sich von Woche zu Woche halbiert. Wahrscheinlich handelt es sich bei der Streikenden um eine der raren, übrig gebliebenen Magisterstudenten. Das würde bedeuten, sie hat mit dem Bachelor-System ungefähr so viel zu tun wie ich mit Geräteturnen.

Dass die Nonkonformisten mir meine statistische Chance vermasseln, Janosch im Haus E über den Weg zu laufen, macht mich ziemlich sauer auf sie. Ihn zu treffen, wäre ein willkommener Anlass gewesen, die nächste Vorlesung nicht zu besuchen.

Die Wut verfliegt jedoch, als ich erfahre, dass die Vorlesung gar nicht stattfindet, weil allen Studierenden die Gelegenheit gegeben wird, die Vollversammlung der Nonkonformisten zu besuchen, um sich ihre Argumente anzuhören. Ein türsteherähnlicher Mann in Schottenrock lädt mich ein, daran teilzunehmen, weil *Wir müssen was verändern!* Wenn ich einer von diesen *konformen Feiglingen* sei, könnte ich gleich nach Hause gehen. Als ich mich abwende, ruft mir der Schotte hinterher: »Wegen Leuten wie dir haben wir diese scheiß Verhältnisse, ehrlich mal. Du bist ein Feigling mit 'nem beschränkten Weltbild!«

Das mag sein, aber dafür bin ich ein weltbildbeschränkter Feigling mit vorzeitigem Feierabend.

Ich fahre heim. Weil es erstaunlich viele Feiglinge gibt, die mein beschränktes Weltbild teilen und die Möglichkeit, die Vollversammlung zu besuchen, nicht wahrnehmen, ist der Bus brechend voll. Die Heizung ist zu stark aufgedreht, und ich beginne in meinem wettertauglichen Windbreaker zu schwitzen. Eingequetscht stehe ich zwischen vielen schnatternden Menschen und freue mich, dass Kirsten nur wenige Zentimeter neben mir eingequetscht ist.

»Na, Feli«, grüßt sie mich, »was gibt's Neues?«

Was soll ich darauf antworten? Dass ich mich frage, wie es die Nonkonformisten rechtfertigen wollen, dass wegen ihres Einsatzes für bessere Bildung meine Vorlesung ersatzlos ausfällt? Dass ich Janosch seit Tagen nicht gesehen habe? Dass ich wegen meiner mangelnden sexuellen Erfahrung Minderwertigkeitskomplexe entwickle? »Ach, alles beim Alten.«

»Also haben Janosch und du noch nicht gesprochen?«

»Nope.«

»Du solltest zu ihm gehen. Das wird bestimmt gut mit euch. Ein Kuss ist immerhin ein Kuss. Wie du ihn beschreibst, schätze ich Janosch so erwachsen ein, dass du mit ihm darüber reden kannst, wie es mit euch weitergehen soll.«

Beim Klinikum steigt Cem in den Bus ein, und wir beschließen, zusammen zu Mittag zu essen.

Es gibt Nudeln vom China-Mann um die Ecke, und danach gibt es ein bisschen Tratsch. Cem zwingt mich schließlich, die China-Mann-Pappschachteln gleich runter in den Müll zu bringen.

»Warum bringst du das Zeug denn nicht selbst runter, wenn dich der Anblick so sehr stört?«

»Soll ich dich daran erinnern, dass ich letztens für dich das Bad geputzt habe?«

Mist, ich dachte, das hätte er vergessen.

ERKLÄRUNGSNOT

»Hi, Feli!«, grüßt es, bevor ich auch nur einen Schritt ins Treppenhaus getan habe.

Unten vor Janoschs verschlossener Haustür stehen Simon und Janoschs Schwester Pia.

»Hallo«, grüße ich zurück, kann aber keins der beiden glücklichen Gesichter erwidern. *Wo ist Janosch?*

»Du weißt bestimmt, wo Janosch ist!«, Pia deutet auf mich.

Woher sollte ich das denn wissen?

»Wieso?«, frage ich sie.

»Na, ihr … ihr trefft euch doch häufiger?!«

»Sorry, ich habe keine Ahnung, wo er steckt.«

»Eben haben sie im Radio gesagt, dass an der Uni gestreikt wird und alle Veranstaltungen am Nachmittag ausfallen. Demnach müsste er längst hier sein.« Pia scheint sich Sorgen zu machen.

»Vielleicht hat er den Bus nicht erwischt, er war ziemlich überfüllt.«

»Ja, mach dir keinen Kopf, Pia.« Simon reibt ihren Oberarm.

»Du weißt wirklich nicht, wo er sein könnte?«, fragt sie mich noch mal.

Als ich kurz davor bin, sie anzupampen, dass ich selbst gerne wüsste, wo er steckt, öffnet jemand die Haustür, die ich gerade im Begriff bin zu öffnen, um den Müll wegzubringen. Es ist Janosch.

»Nimm einfach den hier so lange«, sage ich bitter zu Pia und deute auf Janosch.

»Da bist du ja!«, ruft sie.

»Ja, wo sollte ich sonst sein?« Mit einem *Schnapp* verschwindet der Stock in Janoschs Jackentasche.

Ooooh, ich muss nur seine Stimme hören …

»Ich hab doch gesagt, ich komme heute schon um zwölf!« Pias Stimme klingt böse.

»Pia, es ist erst halb eins.«

»Halb eins ist nicht zwölf.«

Janosch stöhnt. Er wendet den Kopf in meine Richtung und sagt bloß: »Gibt's Chinesisch?«

Ich schiebe mich an ihm vorbei durch die Haustür und werfe die Kartons mit vollem Karacho in die Tonne. SO ein Blödmann. Fällt ihm nichts Besseres ein, als mich nach meinem Mittagessen zu fragen? Ob er vergessen hat, dass wir uns am Freitag ungefähr zehn Minuten lang geküsst haben, ehe er diese blöden Kondome entdeckt hat, woraufhin ich stotternd versucht habe, ihm Cems Humor zu erklären, er aber nur abgewinkt und mich weitergeküsst hat. *Er* hat *mich* weitergeküsst! Stundenlang.

Als ich wieder reingehe, stehen sie immer noch im Gang, und Janosch erklärt: »Ich war im Krankenhaus. Fäden ziehen. Ging nicht schneller.«

»Du warst *was*? Fäden ziehen? Welche Fäden?«

»Lange Geschichte.« Er schließt die Wohnung auf und verschwindet darin.

»JANOSCH?« Pia ruft nach ihm und wendet sich dann an Simon und mich: »Kann mir das mal bitte jemand erklären? Wurde er genäht?«

»Ja«, bestätige ich kleinlaut und ziehe es vor, auf Pias nächste Frage, *Warum?*, lieber nicht zu antworten.

»Es gab einen kleinen Unfall. Er ist nur gestolpert«, erklärt Simon ihr leise.

»Musste er ins Krankenhaus? Warst du mit ihm dort?«

»Nein, Feli und ihr Mitbewohner haben ihn hingefahren.«

»Wie ist das denn passiert?«

»Das hat er mir nicht erzählt.«

Pia sieht mich antwortsuchend an.

»Also, na ja … streng genommen ist es meine Schuld. Ich hab nicht aufgepasst, und da ist er … also ich hab meinen Ordner bei ihm liegen lassen, und da war eine Tasse, und er ist irgendwie … in die Scherben, und dann hat das furchtbar geblutet und na ja, es ist wirklich meine Schuld!«

»Ach, Feli.« Pia tätschelt mich erst und drückt mich dann sogar. »Hier redet doch niemand von Schuld. Ich habe mich nur erschreckt, weil er nichts davon erzählt hat. Janosch will nicht, dass man merkt, dass er manchmal … Hilfe braucht.« Diese Worte flüstert sie. »Er hat wirklich alles getan, damit wir es nicht mitbekommen. Am Freitag hat er das Schwimmtraining abgesagt, und am Sonntag war er nicht bei uns, obwohl wir uns eigentlich jede Woche zum Kaffee treffen. Er hat gesagt, er habe keine Zeit, weil er mit dir verabredet sei. Darüber haben wir uns natürlich gefreut, aber …« Pia lacht verlegen. »Na ja. Zum Glück weiß Mama nichts davon, sie würde durchdrehen.« Sie geht in Janoschs Wohnung.

Ich will die Treppe hochsteigen, aber Simon hält mich auf. »Hey, Feli, ich wollte dir nur noch sagen, dass es, nun ja, es war keine Absicht, dass … Bei dieser Party, da habe ich doch gesagt, dass wir uns treffen können, und ich bin dann ja praktisch nicht gekommen.«

In der Tat.

»Ist schon okay.« War mir sogar recht.

»Ich bin nicht gekommen, weil Janosch mich darum gebeten hat. Er wollte nicht, dass alle Leute mitbekommen, dass ich sein … na ja, also er nennt mich immer seinen *Zivi.* Obwohl ich das natürlich gar nicht bin. Er dachte, ich erzähle es gleich allen.«

»Ist schon okay.«

»Gut. Cool. Wir treffen uns bestimmt bei der nächsten Party.« Simon lacht und geht. Jedoch nicht zu Janosch, sondern zur Haustür raus.

Auch mein zweiter Versuch, wieder hoch in unsere Wohnung zu gehen, scheitert. Als ich Janoschs Stimme meinen Namen rufen höre, schlägt mein Herz wie ein bekloppter und noch dazu verknallter Vorschlaghammer.

Sofort wirbele ich herum und schieße los: »JAAA??«

»Kannst du bitte mal kurz kommen?«

Ich folge dem Ruf durch die offen stehende Tür in seine Wohnung, wo sich Janosch und seine Schwester im Wohnzimmer gegenüberstehen, als würden sie diskutieren.

»Sag Pia, wo ich am Freitagabend war.«

»Janosch, mach dich nicht lächerlich, du brauchst keine Zeugenaussagen.«

»Du glaubst mir ja nicht. Ich war bei Feli.«

Auch wenn Pia keine Aussage von mir einfordert, sieht sie mich erwartungsvoll an, also nicke ich.

Sie klatscht die Hände zusammen und sagt: »Na, wenn das so ist. Dann lass ich euch mal lieber alleine. Wollen wir nicht erst heute Abend zum Schwimmen? Oder morgen. Oder erst am Freitag. Oder noch besser: erst nächste Woche!«

»Geh einfach. Ich ruf dich an.«

»Okidoki!«, zwitschert Pia und schwebt aus der Tür. Sie ist ein bisschen neben der Spur. Anders kann ich es mir nicht erklären, dass sie *Okidoki* sagt. Das sagt doch niemand.

»Am Sonntag warst du nicht bei mir«, schmolle ich und sehe zu, wie er sich auf die Couch setzt und die Füße auf den Tisch legt.

»Irgendwas musste ich sagen, als Grund, warum ich zum ersten Mal in fünfundzwanzig Jahren nicht beim Sonntagskaffee dabei war.«

»Und da war ich dir als Ausrede gerade recht?«

»Meine Mutter und Pia haben sich gefreut. Du merkst doch, wie sehr Pia auf dich steht.«

»Wirklich? Warum?«

»Janosch hat ein Mädchen an der Angel! Setzt sie in einen Schrein und lasst sie nie wieder raus!«

»Charmant wie immer«, brumme ich.

»Ja, ich weiß. Ich bin ein echter Charmeur. Mir erliegen die Mädchen reihenweise.« Janosch lehnt den Kopf zurück.

»Du hattest keinen besonders guten Tag, oder?«

»Nein«, sagt er knapp und so, als wäre das nichts Neues.

»Ist mit dem Arm alles okay?«

»Alles bestens.«

Ich setze mich neben ihn und frage: »Was ist dann schiefgegangen?«

»Nichts.«

»Jetzt sag endlich«, fordere ich und lege meine Hand auf sein Knie. Alles ganz instinktiv, ich mache es nicht mit Absicht.

»Ist schon in Ordnung. Ich brauch nur ein paar ruhige Minuten.«

»Soll ich gehen?«

»Nein, ich dachte, du liest mir weiter vor.«

»Möchtest du das?«

Er nickt.

Ich renne also nach oben, verwirre Kirsten und Cem mit meinem Tempo, denn Schnelligkeit ist sonst nicht mein Ding, finde im Gerümpel erstaunlich schnell den *Vorleser* (von der Ordnung vom Freitag ist nur sehr wenig geblieben) und rase wieder hinunter in Janoschs Wohnung. Doch das Wohnzimmer ist leer.

Als ich seinen Namen rufe, antwortet er mit »Hier!«.

Ich folge der Stimme bis in sein Schlafzimmer. »Ähm … ich habe das Buch.«

Das Schlafzimmer ist ganz anders als der Rest der Wohnung. Es ist tief dunkelblau gestrichen, die schweren grauen Vorhänge vor den Fenstern sind zugezogen, und es ist sehr warm. An der einen Wand steht ein Kleiderschrank, daneben ein Schreibtisch mit einem Computer und einem Gerät, das einer elektronischen Schreibmaschine ähnelt. Es ist eine Braille-Schreibmaschine. Das weiß ich aus dem Internet.

Janosch liegt auf dem Bett, die Hände hinter dem Kopf. Er hat den Pulli ausgezogen, trägt jetzt Jeans und T-Shirt.

»Setz dich und leg los.«

Ich lasse mich in einer furchtbar unbequemen Sitzposition neben ihm auf dem Bett nieder, schlage die Seite auf, bei der wir stehen geblieben sind, und lese.

Kurz darauf komme ich bei einer Szene an, in der die Hauptperson Michael in der Badewanne liegt: *»Mir war behaglich. Es war ein erregendes Behagen, und mein* … oh«, ich räuspere mich und bekomme pinkfarbene Ohren.

»Und mein?«

»Ja, also, das ist …«

»Lies es vor.«

»Okay, ähm … *und mein Geschlecht wurde* … ähm … *steif.*«

Janosch beginnt laut zu lachen und reibt sich die Stirn. »Oh Mann, Feli! Du bist ja total verklemmt!«

»Bin ich gar nicht!«

»*Und mein Geschlecht wurde …* ähm … hihihi, oh das ist mir peinlich, *steif*!«, äfft mich Janosch nach.

»Hey, so hab ich das gar nicht gesagt. Ich bin nicht verklemmt.« Auf der einen Seite hat er vollkommen recht: Ich bin verklemmt. Andererseits bin ich es kein bisschen. Ich könnte jetzt problemlos ein Proll-Gespräch über Sexualpartner und -praktiken vom Zaun brechen, aber in rüder Atzensprache geht das tausendmal leichter als mit politisch-biologisch korrekten Ausdrücken.

Ich kann es nicht erklären, aber die Wörter *Geschlecht* und *steif* in diesem Satzbau und Kontext sind eine Herausforderung für meine Schamgrenze.

ERNST UND SARKASTISCH vs. NETT UND LUSTIG

Nachdem Janosch sich wieder eingekriegt hat, fordert er mich auf weiterzulesen, was ich tue. Irgendwann ist sein Atem tief und regelmäßig, und seine Augen sind zu. Ist er etwa eingeschlafen?

»Janosch?«, frage ich ihn leise. Er antwortet nicht. »Janosch?« Ich sehe ihn an. Er reagiert nicht. Ich lege das Buch weg und rücke näher an ihn ran. Ich gucke in sein Gesicht. Er ist einfach eingeschlafen, der kleine Janosch. Ich muss schmunzeln.

Dann beuge ich mich über ihn und frage: »Schläfst du?«

»Nein«, flüstert er und legt seine Hand an meine Wange.

Es durchfährt mich heiß und kalt, kurz und schnell, hoch und tief, groß und klein, dick und dünn.

»Warum nicht?«, frage ich blöderweise.

Janosch lacht leise. »Na, weil ich dir zuhören will. Sollte ich schlafen, wenn du hier bist?« Seine Finger fahren in meinen Haaransatz, und als er den Pferdeschwanz bemerkt, fragt er: »Willst du sie nicht lieber offen tragen?«

»Wenn du möchtest«, sage ich leise.

Er tastet über meinen Hinterkopf nach dem Haargummi und zieht den Zopf auf. Meine Haare sind ein wildes, ungekämmtes Nest und fühlen sich jetzt bestimmt nicht schön an. Dann fährt Janosch hindurch, und alle Gedanken an meinen ungezähmten Schopf erscheinen mir plötzlich nebensächlich.

»Pia ruft jetzt bestimmt unsere Mutter an und schreit in den Hörer, dass es wahr ist und ich am Freitag tatsächlich bei dir war.«

Ich bin ein bisschen geschmeichelt. Janoschs Familie macht einen Riesenwirbel um mich. Gleichzeitig ist es furchterregend. Das sind ja Erwartungen, die ich oder vielmehr Janosch und ich gar nicht erfüllen können. ICH BIN KEINE VORZEIGE-SCHWIEGERTOCHTER!

Janosch schnaubt nüchtern und dreht eine meiner Haarsträhnen um den Zeigefinger.

»Warum sollte es nicht wahr sein?«

Janosch antwortet: »Kannst du dir das nicht denken?«

»Nein. Wobei, na ja, vielleicht schon, aber alles in allem ist es doch ganz normal«, füge ich hinzu.

»Du siehst immer alles so positiv. Das nervt fast.«

»Tu ich gar nicht. Ich hab mich heute Morgen erst wegen dieses dämlichen Streiks furchtbar aufgeregt. Weißt du, die streiken gegen etwas, das es gar nicht gibt. Die müssen immer auf die Straße gehen und ein bisschen meckern. Klar, manchmal tut meckern echt gut, ich meckere ständig, aber es ist auch mal genug! Da hat die eine mir was erzählt von wegen, wir kleine Studenten würden vom Staat in den A…«

Janoschs Finger ist plötzlich auf meinen Lippen, und dann sind seine Lippen auf meinen Lippen, und sein Mund und sein Atem und …

»Was war das?«, frage ich, als er sich von mir löst.

»Ach, ich wollte nicht, dass du in die Verlegenheit kommst, Wörter auszusprechen, die dich wieder verklemmt stottern lassen.« Er lacht und zwirbelt weiter meine Haare um die Finger. Bevor ich in Protestgemecker verfallen und dementieren kann, verklemmt zu sein, sagt Janosch: »Du hast schöne Haare.«

Ich grinse breit und frage: »Findest du?«

»Ich finde, sie fühlen sich schön an. Pia sagt, sie sehen auch schön aus, und meistens bin ich auf ihr Urteil angewiesen.«

»Ja?«

»Nein. Ich besitze zwar ausschließlich Klamotten, die meine Schwester ausgesucht hat, und sie ist auch diejenige, die mir verbietet, zum Friseur zu gehen, weil sie findet, dass ich mit langen Haaren *süßer* aussehe, aber ich habe definitiv meine eigene Urteilskraft in puncto Schönheit.«

Ich hasse seinen Sarkasmus.

»Ich hasse deinen Sarkasmus. Außerdem hat Pia recht. Was deine Haare angeht.« Ich streiche sie ihm aus der Stirn. »Was hat sie noch über mich gesagt?«, will ich wissen.

»Hast du etwa Angst, sie könnte dir nicht gerecht werden? Was Pia über dich sagt, ist für mich bloß *nice to know*. Ich mach mir schon mein eigenes Bild, keine Angst.«

»Also hat sie etwas Schlechtes über mich gesagt?« Über mein Aussehen etwa?

»Du bist so unsicher, weißt du das? Wirkt sie auf dich, als würde sie etwas an dir schlecht finden?«

Wir schweigen, liegen nebeneinander. Janosch auf dem Rücken und ich auf der Seite.

Irgendwann antwortet er doch noch. »Sie hat gesagt, du hast tolle Augen. Blaugrün hat sie gesagt, je nachdem, wie man sie betrachtet. Und sie meinte, dass du die schönsten Lippen hast, die sie je gesehen hat.« Oh Gott, tut das meinem Ego gut. Es schreit sofort nach mehr.

»Wirklich?«, flüstere ich.

»Ja.«

»Und? Glaubst du ihr? Vielleicht habe ich sie ja bestochen, damit sie das sagt.« Ja, ich bin urkindisch von Zeit zu Zeit.

»Es ist mir egal, ob du die schönsten Lippen hast, die sie je gesehen hat.« Er ist so schroff. Und das nicht von Zeit zu Zeit, sondern in regelmäßigen Abständen. Ein Tag ohne Schroffheit ist ein verlorener Tag! »Es ist mir wichtig, dass es die schönsten Lippen sind, die ich je geküsst habe.«

HAT ER DAS WIRKLICH GESAAAAAAAAGT??? Mein Kopf fühlt sich an wie Götterspeise (mit Vanillesoße). Ich habe also eben entweder einen Hirntod überlebt oder mich noch ein bisschen mehr verliebt.

»Oh Gott, das war gerade verdammt schnulzig oder?«, sagt er grinsend, kratzt sich die Schläfe und schließt dann einfach wieder die Augen, so als hätte er mir eben nur mal nebenbei mitgeteilt, dass die Butter alle sei. Dabei hat er soeben dafür gesorgt, dass mein Sprachzentrum ausgefallen ist. Allerdings nur ganz kurz. Nach drei Sekunden kann ich wieder reden.

»Nein. Manchmal sagst du sehr schöne Sachen.«

»Ja, einmal pro Schaltjahr kann sogar ich nett sein.«

»Und dieses eine Mal hast du an mich verschwendet?«

»Nein. Nicht *verschwendet*.«

»Willst du irgendwann in den nächsten vier Jahren noch mal nett zu mir sein?«

»Wenn es nach dir ginge, wäre ich die ganze Zeit lustig und nett, oder?«

Ich stimme in sein Lachen ein und stütze den Kopf auf der Hand ab. »Ja«, sage ich bestimmt.

»Ich fürchte, das geht nicht.«

Ich muss noch mehr lachen und sage: »Aber es nervt, wenn du immer so ernst und sarkastisch bist.«

Janosch seufzt. »Tja, so bin ich eben. Ich bin nur lieb, wenn keiner zuhört. Damit mein Gangsterimage unangetastet bleibt. Ja, was dachtest du, warum ich im Bus immer einen Platz angeboten bekomme. Die haben alle Angst vor mir, ich bin knallhart.«

Ich pruste los und verstumme dann, *Sorry* murmelnd.

»Warum entschuldigst du dich? Ich sage es doch, damit du lachst.« Er seufzt.

Nachdem wir mehrere Stunden ruhig sind (ja, ich weiß, dass es in Wahrheit – wenn überhaupt – nur mehrere Minuten sind), nehme ich das Buch wieder auf und lese weiter.

ICH HATTE SCHON VERGESSEN, WIE SCHÖN DAS IST

Janosch und ich befinden uns natürlich gerade in der Phase, in der ich mir unendlich viele Gedanken über diese Sind-wir-jetzt-zusammen-oder-nicht-oder-wie-oder-was?-Sache machen sollte.

Mir ist das allerdings äußerst schnuppe. Wichtig ist, was Fakt ist. Und Fakt ist, dass Janosch und ich uns sehr oft sehen, uns zu Beginn ein- oder zweimal pro Treffen küssen und nach einer Woche schon nicht mehr die Finger voneinander lassen können, wenn ich ihn besuche. Ich gehe immer zu ihm, denn das mit ihm bei mir funktioniert nur suboptimal. Der Ordnungszustand meines Zimmers lässt zu wünschen übrig, deshalb ist es Sperrgebiet für Janosch.

Aber nicht nur meine Unordnung steht Janoschs Besuchen bei mir im Wege. Auch Cem ist ziemlich nervig und kein besonders gönnerhafter Mitbewohner für Verliebte. Entweder stellt er dumme Beziehungsfragen, sobald Janosch in der Nähe ist, oder er meckert konsequent darüber, dass er sich von übermäßiger Liebe belästigt fühlt.

Das müsste ich mir mal erlauben, wenn *er* den siebten Himmel in unsere WG bringen würde. Wenn ich es wagen würde, Cem zu sagen, seine Liebe belästige mich, dann müsste ich mir garantiert eine dreistündige Predigt zum Thema *Gönnen* und *Freundschaft* anhören.

Janosch und ich sehen uns wie erwähnt oft. Jeden Tag. Nicht lange, bloß zwei oder drei Stunden. Es sind einfache, schlichte, wunderschöne Treffen. Wenn ich sage, dass wir nicht die Finger voneinander lassen können, dann meine ich damit nicht, dass wir uns die Kleider vom Leib reißen und uns Sauereien in die Ohren säuseln. Nein. Es ist ganz anders. Wir liegen auf seinem Bett, ich sehe ihn an, er hat die Augen zu. Manchmal lese ich, und er hört zu. Oder er streichelt mein Haar, und ich halte seine Hand. Hin und wieder macht Janosch eine Ausnahme von seiner Einmal-im-Schaltjahr-Regel und sagt liebe Sachen zu mir.

Er berührt mein Haar, mein Gesicht, meine Hände, aber nie mehr. Deshalb traue ich mich nicht, ihn intensiver anzufassen. Was das betrifft, bin ich altmodisch, fast reaktionär. Der Mann macht die ersten Schritte. Das ist nun mal so, Emanzipation hin oder her. Frauen wollen nicht zuerst rangehen, weil sie Angst davor haben, als wollüstig abgestempelt zu werden.

Das Problem ist nur: Wenn ich bei Janosch bin, dann sehne ich mich mit jeder verdammten Pore meines Körpers nach mehr und schäume vor Lust auf ihn fast über. Ich will, dass er es verdammt noch mal bemerkt, entsprechend reagiert und mir mehr gibt. Dabei weiß ich gar nicht, was *mehr* eigentlich bedeutet. Heißt mehr nur mehr anfassen, oder heißt mehr gleich alles, also Sex? Mich überkommt ein Schauer vor Aufregung, wenn ich daran denke, mit Janosch zu schlafen. Aber es ist nicht unbedingt positiv-erregte Aufregung, sondern vielmehr ängstliche. Ich fühle mich wie mit sechzehn, als ich auf mein erstes Mal zusteuerte.

Ich rufe Sophie an, und wir unterhalten uns drei Stunden lang.

Wir finden, dass Sex ohne Liebe nicht geht, wollen aber nicht weiter darüber diskutieren, weil es in eine Unterhaltung münden würde, bei der man halbkluge *Sex-and-the-City*-Weisheiten sagen würde, die auf unseren Erfahrungsstand nicht übertragbar sind. Ich finde es lächerlich, wenn Menschen um die zwanzig etwas von *Sex ohne Liebe geht nicht* oder *Das war doch bloß Sex* oder *Männer und Frauen können keine Freunde sein* schwafeln. Diese Diskussionsthemen sollte man den Meg Ryans und Sarah Jessica Parkers dieses Planeten überlassen.

Aber weil wir nun mal daran glauben, dass man nur dann mit jemandem schlafen sollte, wenn man auch in ihn verliebt ist, haben sowohl Sophie als auch ich, seitdem wir unsere ersten Beziehungen hinter uns gelassen haben, keine weiteren Erfahrungen gemacht.

»Wer sagt denn, dass Janosch nicht ähnliche Sorgen plagen? Er ist zwar fast fünfundzwanzig, aber bestimmt ist es ... na ja ... schwieriger für ihn, eine Freundin zu haben. Vielleicht hatte er noch keine?«

»Glaube ich nicht«, sage ich. »Er wirkt nicht so, als wäre irgendetwas neu für ihn.«

Kaum habe ich ausgeredet, werde ich von Emotionen überschüttet. Wer waren diese anderen Mädchen, mit denen Janosch vielleicht schon vor mir zusammen war? Waren sie besser als ich? Haben sie ihm etwas gegeben, das ich ihm nicht geben kann?

Sophie sagt, ich würde das schon hinbekommen. Irgendwann sei es für mich normal, Janosch anfassen zu wollen. Ich bräuchte mich auch nicht dafür schämen, das zu wollen. Schäme ich mich dafür? Mag sein. Aber ich will schon. Sehr sogar. Allein daran zu denken, ist so schön, dass ich strahlend wie Plutonium in meinem Zimmer sitze und herzförmige Löcher in Decke und Wände starre.

Es ist Mittag. Es ist Freitag. Es ist schön.

Ich bin bei Janosch. Wir liegen auf seinem Bett, er streichelt mein Haar und küsst meine Finger, einen nach dem anderen, und mein Hirn ist schwer damit beschäftigt, sexuelle Assoziationen aller Art abzublocken.

Als ich auf die Uhr sehe, bereue ich es sofort. Die Position der Zeiger lässt mich laut und genervt stöhnen.

»Ist es schon zwei?«, fragt er.

»Nein«, lüge ich.

Er schmunzelt und drückt mir einen Kuss auf die Stirn. »Na, los. Ich komme mit dir.« Er steht vom Bett auf.

NEIN! Hiergeblieben!

»In die Uni?«, frage ich.

»Ja«, Janosch zieht Pulli und Schuhe an und verlässt den Raum.

Ich eile hinter ihm her, binde mir die Haare zusammen und brauche ein paar Sekunden, bis ich bemerke, dass ich jetzt wieder im echten Leben bin. »Warum?«, frage ich.

»Besprechung.«

»Bist du heute ein Mann vieler Worte?« Ich greife nach seiner Hand.

Langsam küsst er mich auf den Mund und fragt: »Willst du, dass ich mehr rede?« Noch ein langsamer Kuss.

»Na, unter diesem Aspekt betrachtet, ist Schweigen natürlich super.« Ich strecke mich und küsse zurück.

»Finde ich auch.«

Janosch grinst schön. Wenn er grinst, gehört er mir ganz allein.

»Du, Janosch …« Da geistert diese Frage in meinem Kopf herum, ich muss ihn einfach fragen, aber ich weiß partout nicht wie. »Ich meine, wir zwei, du und ich …« Mein Mut verfliegt. Ich sollte mich einfach damit zufriedengeben, dass er gerne bei mir ist und mich gerne küsst. Reicht doch. Ist doch perfekt. Da muss ich kein Beziehungsgespräch vom Zaun brechen. Das wäre auch völlig überflüssig, wenn alles so perfekt ist und ich zufrieden bin. »Was hast du für eine Besprechung?«, wechsele ich schnell das Thema.

Er gibt mir meine Jacke und zieht seine eigene an. »Mit einem Uniangestellten, der mir und noch ein paar anderen die Reader-Texte entweder in Brailleschrift oder in Hörversionen umwandelt.«

»So was geht?«, frage ich mit einem Ausmaß an Taktgefühl.

»Sonst wäre ich wohl kaum so weit gekommen.«

»Wow!«

»Feli, das geht heutzutage supereinfach. Ich habe die entsprechenden Programme auf dem Computer, aber es ist wesentlich schicker, wenn die Uni deshalb einen Menschen beschäftigt. Damit kann man sich rühmen. Integration und Gleichberechtigung und so.«

Ich verdrehe die Augen. Natürlich könnte ich jetzt sagen, dass man es gut mit ihm meint, aber das wäre äußerst mühselig, und wir würden zu keinem Schluss kommen.

»Ich muss jetzt hier ins Haus B«, sage ich, als wir am Uni-Campus angekommen sind.

»Gut«, antwortet Janosch knapp. Ich will mich schon zum Gehen wenden, da ruft er mich zurück, nimmt meine Hand und meint: »Also, ich bin heute Abend bis um acht schwimmen, aber ich hätte Lust, danach noch was zu unternehmen.«

»Unternehmen?«

»Ja, irgendwas.«

»Weggehen?«

»Wenn du willst.«

»Wie du willst!«

»Du entscheidest.«

»Okay.«

»Komm einfach vorbei.«

»Okay.«

»Feli?«

Ich mache einen Schritt auf ihn zu und frage erwartungsvoll: »Ja?«

»Ähm, bis dann.«

UNTERNEHMEN, IRGENDWAS, ICH ENTSCHEIDE

Gut duftend und mit weichen Haaren sitze ich auf dem Küchentisch oder vielmehr auf heißen Kartoffeln und beobachte Cem beim Essen. Ich habe mich dafür entschieden, mit Janosch zu meinem Lieblingsitaliener zu gehen. Erstens weil ich super gerne esse, zweitens weil ein mit Sicherheit kluger Mensch mal gesagt hat, dass Liebe durch den Magen geht, und drittens weil mir nichts Kreativeres eingefallen ist. Wenn ich weggehe, dann entweder essen oder trinken oder tanzen oder ins Kino. Ich habe mich für Essen entschieden, weil man das auch mit Trinken koppeln kann; Kino wäre sicher ein Flop geworden.

Es ist fünf nach acht, als ich mich auf den Weg nach unten mache. Janosch ist schon zurück. Gott sei Dank. Pia ist auch noch da. Sie bedenkt mich mit zweideutig eindeutigen Blicken und auffällig unauffälligen Grinsern.

»Janosch ist duschen«, erklärt sie mir. »Welcher gefällt dir besser?«, fragt sie flüsternd und hält mir zwei Pullover unter die Nase.

»Warum?«

»Janosch hat gesagt, ich soll einen aussuchen, der dir gefällt. Da kann ich dich auch selbst fragen.«

»Der gestreifte.«

»Gute Wahl. Den hätte ich auch genommen.« Pia tanzt pfeifend durch die Wohnung.

Janosch kommt aus dem Bad (er hat kein Shirt an!) und sagt sofort: »Feli? Du bist ja schon da.«

»Ich lass euch dann mal allein. Viel Spaß. Gaaaanz viel Spaß!« Pia drückt ihm den Pulli in die Hand und huscht davon.

»Sie ist gruselig, manchmal. Man könnte meinen, ich verlasse zum ersten Mal das Haus.«

Ich lache, gehe auf ihn zu und nehme seine Hand. Er zieht mich näher zu sich, und ich drehe fast durch, als er mich küsst und ich mich dabei gegen seinen nackten Oberkörper lehne, mit meiner Hand seinen Bauch berühre. Sein Kuss wird immer heftiger. Eine Hand an meinem Hinterkopf und eine um meine Hüften, drückt er mich näher an sich (oder drücke ich mich näher an ihn?), und er riecht so gut, und er fühlt sich so gut an, und ich bin Wachs in seinen Händen, und zum Italiener will ich bestimmt nicht mehr, und ich will tausend Dinge zu ihm sagen, und eigentlich will ich meinen Mund nicht an so etwas Sinnloses wie Reden verschwenden.

Als er aufhört, geht sein Atem schnell, so als wäre er lange gerannt, und ich atme, soweit ich das richtig einschätze, gar nicht mehr.

»Was war das?«, frage ich leise.

»Weiß nicht.« Janosch lacht. »Aber es hat sich gut angefühlt. Vielleicht wollte ich dich einfach nur durcheinanderbringen, weil ich dir eigentlich etwas sagen muss.«

»Was denn?«, frage ich alarmiert.

»Hey, keine Angst. Es ist was Gutes, glaube ich.« Er

legt beide Arme um mich und erzählt dann: »Du weißt ja, dass ich auf einer Blindenschule war.«

»Ja, in Marburg.«

»Ich weiß auch nicht genau, warum ich ausgerechnet jetzt damit anfange, aber … Also, ich war auf der Blindenschule und hatte eine Freundin, Karoline. Na ja, Karo und ich waren ziemlich lange zusammen. Deswegen war es am Anfang irgendwie komisch, wenn ich mit dir zusammen war. Ich kenne das nicht. Ich kenne das … anders. Es ist für mich schwer einzuschätzen.«

Der Gedanke an eine gewisse Karo, mit der er lange zusammen war, lässt mich innerlich kochen. Karo muss sterben!

»Das wolltest du mir sagen?« Dass er eine Freundin hatte, mit der er lange, nein, sogar *ziemlich* lange, zusammen war?!

»Ja. Damit du weißt, warum ich neulich zu dir gesagt habe, dass ich mir nicht sicher bin, ob ich das Richtige fühle.«

»Ach so. Und was denkst du jetzt?«

»Ich habe schon vor Tagen mit dem Denken aufgehört, Feli«, flüstert er und küsst mich wieder. Dann zieht er den Pulli an, schiebt die Hände in die Hosentaschen und fragt: »Okay, was machen wir? Wo gehen wir hin?«

»Eigentlich wollte ich zum Italiener, aber …«

»Super. Ich habe Hunger.« Mit diesen Worten nimmt er meine Hand und zieht mich aus der Wohnung.

… aber wir könnten das auch einfach vergessen, jetzt da du mich schon so wuschig gemacht hast.

»Wie war's in der Uni?«, fragt er gut gelaunt, während wir durch die nasskalte Dunkelheit laufen. Er hält meine Hand und verlässt sich ganz auf mich.

Wir sitzen beim Italiener auf einer Eckbank, Janosch hat eine Pizza vor sich, und ich esse Salat (nicht etwa, weil ich so tun will, als würde ich mich gesund ernähren, sondern weil ich ein großer Salat-mit-Hähnchen-Fan bin), wir trinken Wein und tun dabei kultiviert.

Janosch redet nicht mehr von seiner Geschichte und will davon ablenken, sobald ich ihn darauf anspreche. Aber irgendwann halte ich es nicht mehr aus und fordere: »Jetzt sag es! Wie lange ist ziemlich lange?«

Er nimmt meine Hand und sagt: »Ist doch egal, ob es zwei, vier oder acht Jahre waren.«

»ACHT JAHRE? *Waren* es acht Jahre?«

»Nein!«

»Gut.«

»Es waren sieben.«

SIEEEEBEN

Halten wir das mal fest. SIEBEN. Das verflixte siebte Jahr. Sieben Jahre Unglück. Sieben Jahre in Tibet. Sieben Todsünden. Was ist los mit dieser Sieben??

»SIEEEEBEN?«, brülle ich Janosch an.

»Reg dich ab. Ich sagte doch, es ist egal, wie lange.«

»NEIN! Hallo? Sieben! Das ist mehr als ein Drittel meines Lebens. Als meine Eltern sieben Jahre zusammen waren, hatten sie bereits zwei Kinder! Nach sieben Jahren sind die meisten Leute schon verheiratet, ach Quatsch, da sind die meisten längst wieder geschieden! In der siebten Klasse hat der Physikunterricht angefangen!«

»Was? Was hat denn Physik damit zu tun?«

»Jede Menge! Es zeigt, dass die Sieben eine durchweg schlechte Zahl ist. Physik hat mein Selbstwertgefühl nachhaltig geschwächt!«

Janosch streichelt meine Hand. »Es gibt auch gute Siebenen.«

»Und zwar?«

»Schneewittchen hat sieben Zwerge.«

Ich brumme.

»Und, hey, es gibt sieben *Harry-Potter*-Bücher.«

Okay, ich muss zugeben: Das ist ein starkes Argument. Trotzdem sind sieben Jahre länger, als ich mir vorstellen kann. Ich habe keine Freunde, die siebenjährige Beziehungen haben. Das geht nicht.

»Warum bist du auf einmal so still?«

»Musstest du mir das erzählen?« Ich ramme die Gabel in ein Tomatenviertel.

»Du wolltest es wissen!«

»Ja, aber meine Mathenoten wollte ich auch immer nur so lange wissen, bis ich die Bescherung in Händen hielt!« Dass ich nur Sachen wissen will, die ich auch hören will, ist absolut nachvollziehbar. Das kann man sich doch nun wirklich denken. Hätte er nicht anstandshalber lügen können, wenn er es mir schon unbedingt erzählen musste? Hätte er nicht aus sieben Jahren sieben Monate oder Tage oder Stunden machen können?

»Hör zu, ich hab es nur gesagt, damit du weißt, warum ich ein bisschen unsicher bin. Dass es sieben Jahre waren, ist total unbedeutend. Genauso gut hätten es nur vier oder zwei sein können.«

»Seit wann seid ihr nicht mehr zusammen?«

»Feli, willst du wirklich über meine Exfreundin reden?«

»JA. Seit wann?«

»Seit fast zwei Jahren.«

»Zwei Jahre sind nicht viel, wenn man sieben zusammen war.«

Janosch knurrt. Ich weiß, ich bin wieder kindisch. Kindisch zu sein, ist aber auch so einfach, wenn man nicht imstande ist, angemessen zu reagieren. Kindisch zu sein ist so viel besser, als rational zu denken.

Die Zahl Sieben schwirrt mir durch den Kopf. Den ganzen Abend lang. Wie eine große, fluoreszierende Leuchtreklame prangt sie vor meinem inneren Auge und macht mich ganz bekloppt. Auch noch, als wir wieder vor Janoschs Wohnung stehen. Ich kann mich gar nicht konzentrieren.

»Kannst du bitte wieder konfus plappern, es macht mich kirre, wenn du so ruhig bist.« Ich lehne den Kopf gegen seine Brust. Er küsst mein Haar und fragt: »Kommst du noch mit rein?«

Mein Herz fängt an, schnell und laut und aufgeregt zu klopfen. Ich höre mich mit »Ja« antworten.

Was-jetzt-was-jetzt-was-jetzt??? Wahrscheinlich nichts. Janosch ist ganz entspannt. Pfeifend geht er in die Wohnung, hängt die Jacke auf, zieht die Schuhe aus und setzt Teewasser auf, er singt und summt sogar dabei.

»Bist du gut gelaunt?«

»Klar.«

»Warum?«

»Warum nicht? Nimm dir auch, wenn du willst.« Er deutet auf den Wasserkocher und geht dann in sein Schlafzimmer. Himmel, Arsch und Zwirn … ins Schlafzimmer! Und eins ist ja wohl klar: Wer von sechzehn bis dreiundzwanzig ein und dieselbe Freundin hatte, der hatte nicht nur mit fünfmillionenprozentiger Wahrscheinlichkeit schon mal Sex, sondern bestimmt auch noch guten. Man ist dann ja eingespielt. Und traut sich was. Ich dagegen traue mich nichts. Weil ich verklemmt bin. Mit Sicherheit hatten die beiden sieben Jahre lang sieben Mal in der Woche, ach Quatsch, sieben Mal am Tag atem- und pausenlosen … NEIN! Jetzt ist aber mal genug.

JETZT SAG SCHON

Das wird man zu Beginn einer Beziehung ja wirklich ständig gefragt. Weil immer etwas Neues passieren kann und sich stets die Frage stellt, ob, wann und wie dieses Neue bereits passiert ist. Ich ziehe es vor, mich vor der Antwort auf diese Frage ein wenig zu zieren.

»Sag mal, wo warst du denn heute Nacht?«, will Cem von mir wissen.

Den Zeitpunkt für diese Frage hat er geschickt gewählt. Sophie ist nämlich zu Besuch, und die Information überrascht sie so dermaßen, dass ihr die Kinnlade herunterfällt.

Sie bombardiert mich mit einem langgezogenen WAAAAAS?? Als ich nicht sofort antworte, zupft sie mich am Ärmel und fleht: »JETZ SAG SCHON!«

Der einzige Grund, warum ich nicht längst losgebrüllt und ausschweifende Anekdoten erzählt habe, ist die simple Tatsache, dass es nichts Glorreiches zu erzählen gibt. Trotzdem gebe ich schließlich nach und fasse den schönen, schlichten Abend zusammen: »Also, wir waren essen, danach haben wir bei ihm Tee getrunken, und als wir dann in seinem Bett gelegen haben, habe ich ihn gefragt, ob ich jetzt echt hoch in mein Zimmer gehen muss. Er hat nein gesagt, und dann bin ich in einem T-Shirt von ihm mit dem Kopf auf seiner Brust eingeschlafen.«

Das ist zwar wirklich schon alles, was passiert ist, aber was ich dabei gefühlt habe, strotzt jeder Beschreibung. Einfach nur dazuliegen und zu merken, wie man einschläft und dabei nicht alleine ist, mit seiner Hand auf meinem Rücken und meiner Hand auf seinem nackten Bauch.

Ich erzähle Cem und Sophie von Janoschs Sieben-Jahre-Ex, und Sophie schließt daraus mit jubelndem Unterton: »Na, das heißt, dass er auf jeden Fall weiß, wie man eine Beziehung führt!«

Ich weiß noch nicht, ob das etwas ist, worüber ich jubeln will. Bestimmt, ganz bestimmt, habe ich keine Chance gegen die Sieben-Karo, die Karo Sieben. HA! Die ist im Kartenspiel am wenigsten wert!

MAL WIEDER SIMON

Als ich eine Woche später am Freitagabend zu Janosch möchte, habe ich Pech. Die Wohnungstür ist nur angelehnt, als ich hineinluge und seinen Namen rufe, doch ist es Simon, der mir, ohne dass ich ihn sehen kann, weil er hinter der Küchenzeile hockt, winkt und »Hallo, Feli« sagt. »Janosch ist noch nicht wieder hier. Er scheint heute länger wegzubleiben.«

»Ach so.« Ich drehe mich in der Wohnungstür hin und her, setze mich schließlich auf einen Küchenstuhl und sehe Simon dabei zu, wie er Zucker in eine der Dosen umfüllt. Mein unglaublich scharfer Verstand hat soeben ausgearbeitet, wie ich Janoschs Abwesenheit zu meinem Vorteil nutzen kann. »Darf ich dich mal was fragen, Simon?«

»Klar. Was du willst!«

»Seit wann kennst du Janosch eigentlich?«

»Ich hab mit zwanzig Zivi bei einer Behindertenhilfsorganisation gemacht und dort seine Mutter kennengelernt. Sie ist sehr engagiert, musst du wissen. Irgendwann hat sie mir Janosch vorgestellt, und die Leitung der Organisation hat mich, na ja, sie haben mich zu seinem persönlichen Zivi gemacht, wenn du so willst. Er war nicht besonders begeistert, aber er hatte erst angefangen zu studieren und brauchte viel Hilfe – das konnte er sich natürlich nicht eingestehen. Ich habe anschließend eine Ausbildung zum Behindertenpfleger gemacht. Aber ich komme nicht beruflich zu Janosch, die Initiative ist privat.«

»Heißt das, du machst das alles umsonst?«

Simon grinst. »Eigentlich ja. Es bedeutet mir nun mal viel. Janosch ist für mich ein guter Freund. Ich weiß nicht, was ich für ihn bin, er ist nicht der nach außen Gekehrte, daher weiß ich es nicht. Ich helfe einfach gerne. Seine Mutter gibt mir Geld, obwohl ich ihr immer sage, dass sie das nicht tun soll. Sie hat mich auch gebeten, es ihm nicht zu verraten, also behältst du es vielleicht lieber für dich.«

Ich überlege. Das Gespräch ist in eine ganz andere Richtung gelaufen, als ich geplant hatte. Ich wollte eigentlich mit ihm über die Karo Sieben reden.

»Komisch«, sage ich leise, »vor ein paar Wochen in der Uni habe ich Janosch mit einem Mädchen getroffen, das auch von seiner Mutter dafür bezahlt wurde, auf ihn aufzupassen. Er war ziemlich sauer.«

»Ja. Er versucht im Moment, unabhängig zu werden. Er ist von zu Hause ausgezogen, weil seine Mutter überfürsorglich ist. Sie hat ihn früher immer zur Uni gefahren und so. Hat ständig Angst, dass ihm was passiert. Verständlich einerseits, aber Janosch, ich meine, Janosch ist der faszinierendste Mensch, den ich kenne, er braucht diese Überfürsorge gar nicht. Er hat mir davon erzählt. Es war die Tochter von der Therapeutin seiner Mutter.«

»Von ihrer Therapeutin?«

»Ja, sie … Janosch ist eine harte Nuss, und die ist er, seit ich ihn kenne. Sie braucht jemanden, um darüber zu reden. Es ist wohl viel Mist in seiner Familie gelaufen, aber das sind Sachen, die ich dir nicht erzählen sollte.«

Na super. Ich wollte über Janoschs Ex sprechen, und jetzt bekomme ich Teileinblicke in seine Familie und Psyche. Obwohl ich nicht darüber nachdenken will, frage ich mich, was in der Familie passiert ist.

»Also, eigentlich wolltest du wissen, wie lange ich Janosch kenne, und die Antwort ist: seit fast fünf Jahren. Warum?« Simon lehnt sich gegen die Arbeitsplatte und überkreuzt die Beine.

»Weil … hat er sich in den letzten zwei Jahren verändert? Ich meine, war er schon immer so … launisch?«

Simon lacht und sagt: »Definitiv. Er war schon immer so. Seine Mutter hat mal zu mir gesagt, Janosch redet einem durch seinen Sarkasmus ein schlechtes Gewissen ein, seit er reden *kann.* Es ist seine Art, damit umzugehen, denke ich.«

Ich bin erleichtert. Meine Befürchtung war, dass diese hundert Millionen Jahre lange Beziehung derart wichtig für ihn war, dass ihr Ende ihn in ein psychisches Loch gestürzt hat. Ich setze alles auf eine Karte (auf die Karo Sieben) und frage Simon einfach direkt nach ihr: »Sag mal, wenn ihr seit fünf Jahren befreundet seid, dann kennst du auch Karo, oder?«

»Karoline? Na klar, ich bin gut mit ihr befreundet.«

»Wirklich? Das heißt, sie wohnt hier in der Gegend?«

»Ja, sie studiert in Marburg Politikwissenschaften.«

Ich senke den Kopf und verknote die Finger. Mist. Nach Marburg kann man ja spucken. Und sie studiert auch noch ausgerechnet ein Fach, das so furchtbar intelligent klingt wie *Politikwissenschaften.* Jede Toastscheibe kann ein Laberfach wie Anglistik studieren. Politisch gebildete Menschen wissen immer bestens über das Weltgeschehen Bescheid. Ich dagegen bin schon bedient, wenn ich weiß, wie Bundeskanzler und Bundespräsident heißen. Trotzdem würde ich nicht darauf wetten, dass mir unter Druck ihre jeweilige Parteizugehörigkeit einfällt.

»Also ist sie klug?«

»Ja!«

»Und nett?«

»Ja, sie ist einer von diesen Sonnenschein-Menschen, sie ist immer gut drauf.«

Na, ganz toll. Das bedeutet vermutlich, sie würde nicht ausflippen, wenn ihr Mitbewohner aufgrund eines religiösen Rituals nachts ihren Lieblingssaft austrinkt.

»Super«, finde ich nicht und sage es trotzdem. »Ist sie auch noch hübsch? Ich meine, so *Sports-Illustrated*-hübsch?«

Simon klopft mir auf die Schulter. »Hat er dir irgendwas erzählt, um dich zu ärgern?«

»NEIN! Er hat mir gar nichts erzählt. Er hat erst die Bombe platzen lassen, dass er sieben Jahre lang mit seiner Ex zusammen war, und mich dann im Dunklen stehen lassen.«

Simons Lachen verändert sich, er sagt eindeutig weniger euphorisch: »Zwischen euch wird's ernst, oder?«

»Ähm … das weiß ich nicht.« Wenn ich das wüsste, würde ich nicht so einen Aufstand machen. Wenn ich mir seiner sicher wäre, würde ich an einem Pool liegen, mir einen aufwendig mit Ananas und Schirmchen drapierten In-Cocktail reinziehen und das Leben genießen.

»Ich muss die Getränke aus dem Auto holen gehen«, unterbricht Simon meinen imaginären Cocktailgenuss und rollt die Pulloverärmel hoch.

»Okay. Wenn du Janosch noch siehst, kannst du ihm ja sagen, dass ich da war.«

»Ja.«

Als wir zusammen die Wohnung verlassen, sagt Simon zu mir: »Sie ist hübsch, aber nicht *Sports-Illustrated*-hübsch. Und Janosch schert sich eh einen Dreck darum.«

»Ähm, okay, ja, so kann man es natürlich auch ausdrücken.«

»Das war ein wörtliches Zitat. Das hat er mal zu mir gesagt.«

In diesem Moment kommen Janosch und Pia gut gelaunt mit Paul zur Haustür herein. Pia begrüßt Simon und mich mit Namen. Janosch beginnt zu lächeln, als sie meinen Namen nennt.

»Hi«, grüße ich und muss so doll grinsen, dass mein Mund so breit wird wie der von Joker aus *Batman*. Na ja, vielleicht nicht ganz. Aber mal mindestens so breit wie der von Julia Roberts. »Ich wollte dich besuchen.«

»Wir müssen noch etwas besprechen. Später vielleicht.«

»Okay, dann gehe ich noch mal hoch.«

Janosch sagt: »Gut.«

Pia ruft überdreht wie immer: »OKAYYY, TSCHÜÜHÜÜSS, wir sehen uns!«

Simon hingegen schlägt einen fremdartigen Ton an: »Hast du eigentlich irgendwas mit deinen Haaren gemacht? Du hast ja Locken. Die sehen gut an dir aus. Und, hey, wie nennt man noch mal die Farbe von deinem Pulli?«

»Keine Ahnung. Petrol?«, erwidere ich verdattert.

»Ja, stimmt. Das ist original deine Augenfarbe. Echt cool.« Er lächelt wieder.

Ich bin vollkommen verwirrt und stammele: »Äh … danke.«

KOMPLIMENTE

Nachdem ich mich in meiner Wohnung dem Schönheitsprogramm unterzogen habe, das sich vor den Treffen mit Janosch bewährt hat (es erfordert den Einsatz von Shampoos, Föhn, Rasierer und Bodylotion), fasse ich den festen Vorsatz, etwas für die Uni zu erledigen. Ich lege mich aufs Bett, baue mir eine Rückenlehne aus Kissen und richte die Leselampe auf das Reclam-Büchlein in meinen Händen aus. Die einzige Erkenntnis, die ich erlange, ist jedoch, dass meine Kissen auch am frühen Abend zu kuschelig und verlockend sind, um ihnen widerstehen zu können. Nach nur zwei Seiten schlafe ich ein.

Mir kommt es vor, als wären meine Augen erst eine Minute geschlossen, als ich auch schon in einen schönen, real wirkenden Traum abdrifte. Ich träume von Janosch, der bei mir liegt, meine Haare um seine Finger wickelt, mein Ohr küsst und schöne Sachen über meinen Geruch hineinflüstert. Doch dann wache ich abrupt auf, weil es in meinem Traum zu donnern und gewittern anfängt. Ich rechne mit dem Schlimmsten, vielleicht einem Hurrikan, und schrecke hoch.

Ich rolle mich aus dem Bett und stolpere auf Janosch zu, der auf dem Boden kniet, um sich tastet, Bücher aufstapelt und seine mit rotem Zeug verschmierte Hand an seiner Hose abwischt.

»Blutest du?«, schreie ich los.

»Nein, aber bei dir gab's wohl Bolognese.«

»Oh, ich …« Ja, ähm, es gab Bolognese … vor ein paar Tagen. Warum kann ich die benutzten Teller denn nicht gleich wegräumen?

»Ich bringe das weg. Wenn ich gewusst hätte, dass du kommst, dann …«

»… hättest du aufgeräumt? Hättest du für Cem auch aufgeräumt? Oder für Sophie?«

»Ja natürlich«, lüge ich, nehme den Teller auf und schiebe die von Janosch frisch gestapelten Bücher an die Heizung.

»Dein Zimmer ist nicht gerade für mich konstruiert.«

»DOCH, *ich* bin nur nicht für dich konstruiert«, verbessere ich ihn und trag den Teller mitsamt einer Menge anderen Geschirrs in die Küche. Natürlich wasche ich es nicht gleich ab, sondern werfe es nur unachtsam ins leere Spülbecken.

Als ich zurückkomme, liegt Janosch mit angespanntem Gesichtsausdruck auf meinem Bett. »Hast du das eben ernst gemeint?«, fragt er sofort, als er mich hört.

»Was?«, fragt mein Teesiebkurzzeitgedächtnis.

»Dass du nicht für mich konstruiert bist.«

»Ich meinte bloß, dass ich so chaotisch bin und es bei mir immer unordentlich ist.« Ich setze mich neben ihn. »Ich lass ständig alles überall liegen. Das mit dem Teller hätte eben auch wieder ins Auge gehen können.« Damit fahre ich über die verblassende Narbe an seiner Hand.

Er dreht mich auf den Rücken und hält mich so fest unter sich in den Armen, dass ich mich – selbst wenn ich wollte – nicht wehren kann. Janosch küsst mich auf die Stirn und sagt: »Ist doch alles ziemlich aufregend.«

»Was? Krankenhausbesuche und Nahtoderlebnisse?«

»Einfach mal nicht verhätschelt zu werden. Du bist ganz normal zu mir. Meistens jedenfalls.«

Ich blicke ihm ins Gesicht und freue mich, ihn lächeln zu sehen, dann küsse ich ihn und höre lange nicht auf.

»Hast du vorhin eigentlich geschlafen?«, fragt er schließlich, während seine Fingerspitzen wie immer über mein Gesicht, meinen Hals und den Nacken fahren.

»Ja.«

»Hast du geträumt?«

»Warum?«

Er lacht … anzüglich. Ich habe Janosch noch nie anzüglich lachen hören.

»Was ist?«, frage ich ängstlich. Habe ich im Schlaf irgendwas gesagt? Irgendwas Sexforderndes? Oh nein …

»Nichts, du hast nur …«

»Nur was?«

»Nur gestöhnt. Und *Mehr*! gesagt. Nichts Schlimmes.«

Ich vergrabe das Gesicht im Kissen. »Was hast du denn gemacht?«

»Cem hat mich in dein Zimmer gelassen und gesagt, dass du schläfst. Also habe ich mich neben dich gelegt und versucht, dich so sanft wie möglich aufzuwecken. Aber du hast so tief geschlafen, dass du es wohl nur unterbewusst bemerkt hast. Na ja, zumindest so lange, bis ich wieder gehen wollte, um dich in Ruhe zu lassen, und dabei mit dem Spaghettiteller kollidiert bin.« Er schaut schelmisch.

»Was hast du getan? Bevor du gemerkt hast, dass ich zu fest schlafe, meine ich«, wiederhole ich.

»Ich hab nur dein Ohr geküsst«, antwortet er und tut es erneut, »und dir gesagt, dass du gut riechst und sich deine Haut schön anfühlt. Und dass ich dich gerne anfassen würde.« Er fährt unter mein Shirt, unter das Top darunter und berührt mit den Fingerspitzen meine Seite, meine Hüfte, dann gleiten seine Finger hoch über meine Brust. Er küsst meine Wange und meinen Hals.

»Was ist denn los mit dir?«, rutscht es mir heraus. Mein bebendes Unterbewusstsein will wissen, woher plötzlich diese Zärtlichkeit kommt.

»Du wolltest doch mehr.« Er küsst mich stürmisch, ganz anders als sonst.

»Aber … Janosch? Ist irgendwas?«

Er lässt von mir ab, rollt sich stöhnend auf den Rücken und reibt sich die Augen. »Nein«, blökt er mich an. Dass ich ihm jetzt erst recht nicht mehr glaube, muss ich wohl nicht eigens erwähnen.

Ich drehe mich zu ihm und streichele ihm über die Brust. »Du kannst es mir ruhig sagen. Bitte.«

Erst nach vielen Sekunden oder Minuten oder Stunden räuspert er sich und sagt leise: »Simon.«

»Was ist mit ihm?«

»Er hat mich im Treppenhaus furchtbar provoziert.«

»Womit?«

»Aus irgendeinem Grund dachte er wohl, er müsste dich mit Komplimenten überschütten.«

Ich lache und erwidere sarkastisch: »Na, aus dem einfachen Grund, dass ich nun mal super aussehe.«

Janosch legt die Handfläche gegen meine Wange und sagt wortwörtlich: »Weißt du was: Das ist mir so was von egal!«

Ich lache immer noch und lege den Kopf auf seine Brust.

»Unter Simons Samariterschale steckt auf jeden Fall ein kleiner Mistkerlkern. Er weiß genau, dass ich es dir nicht sagen kann, wenn dein Pulli zu deinen Augen passt. Ich weiß, dass deine Augen blaugrün sind. Herzlichen Dank, ich habe aber keine Ahnung, was zum Henker blaugrün eigentlich ist.« Er fuchtelt wild mit den Armen.

»Weißt du was: *Das* ist *mir* so was von egal!«

Er dreht den Kopf von mir weg und wälzt sich dann ganz auf die Seite. »Ich würde es dir vielleicht auch gerne sagen können.«

»Ich würde es gar nicht hören wollen«, entgegne ich und bemerke zu meiner eignen Überraschung, dass es stimmt. »Ich höre viel lieber die Sachen, die du zu mir sagst.«

Janosch schweigt. Mit Zeige- und Ringfinger spaziere ich seinen Rücken hoch und küsse seinen Hals.

»Willst du nicht lieber wieder sauer auf Simon sein?«

»Bin ich doch!«

»Eben hat sich das ganz anders angefühlt.« Dieses Mal lache *ich* anzüglich.

Janosch übernachtet bei mir, was Cem, als ich es ihm auf dem Weg ins Bad auf dem Flur erzähle, laut quietschen lässt. Er setzt zu einer Warnung über zu laute Zweisamkeit an, die ich im Keim ersticke. Er *schläft* hier. *Schlafen* im wörtlichen Sinne. Mit Augen zu und so.«

»Ja, selbstverständlich mit Augen zu, alles andere wäre ja auch unromantisch.« Er fuchtelt mit den Armen und verharrt dann in einer Pose, die schlechte Komiker einnehmen, wenn sie sich in szenischen Darstellungen über Schwule lustig machen.

Ich putze mir im Badezimmer die Zähne, sehe mir selbst dabei im Spiegel zu und werde kurz von den Gedanken an Cems Worte davongetragen. Schön wäre es ja schon, überlege ich, mal wieder jemandem so nahe zu sein, wie es näher kaum geht.

Zurück in meinem Zimmer, schlüpfe ich unter die Decke, drücke mein Gesicht an Janoschs warmen Oberkörper und lausche seinem Atem. Seine Fingerspitzen tanzen seelenruhig einen ziemlich langsamen Walzer auf meinem Oberarm. Von der sexuellen Lust, die vor gar nicht so kurzer Zeit noch von ihm ausgegangen ist, ist nicht viel übrig geblieben. Das hier ist einfach nur Geborgenheit und Zuneigung. Auch nicht schlecht. Janoschs Arm um meine Schulter, meine Nase irgendwo ganz nah an seiner abnormal gut riechenden Achselhöhle, dämmere ich vor mich hin und bin schon fast weggenickt, da räuspert Janosch sich.

»Feli?«, fragt er. Ich murre schlaftrunken, dass ich zuhöre. »Was machst du nächsten Sonntag?«

»Mpfpfmmhh … nixssss.«

Er streicht die Härchen aus meinem Nacken und fragt leise: »Kommst du mit auf Pias Hochzeit?«

Plötzlich sitze ich aufrecht im Bett und starre ihn an.

Mir fällt auf, dass alle Klischeesprüche, die Frauen angeblich immer sagen, auf mich zutreffen. Und zwar wirklich und überzeichnet. Wenn ich sage, ich bin unordentlich, dann stimmt das absolut. Jede Frau, die von sich behauptet, unordentlich zu sein, kann von meinem Zimmer noch was lernen. Diese Frauen werden bei mir blass vor Selbstüberschätzung. Wenn ich sage, ich bin zu dick, dann stimmt das ebenfalls. In einem Buch (Titel vergessen) von Ildiko von Kürthy trennt sich die Hauptperson (Namen vergessen) von ihrem Freund (ebenfalls Namen vergessen) und berichtet, das Positive an der Trennung sei, dass sie nun, drei Wochen später, wegen zu viel Kummer und Appetitlosigkeit endlich Idealgewicht habe. Hallo? Betonen wir das noch mal: Nicht NORMALgewicht, sondern IDEALgewicht, das liegt ja bekanntlich gefühlte dreißig Kilo unter dem Normalgewicht, also dem, was die *normale* Frau so mit sich herumschleppt. Wie kann das sein? Wer in drei Wochen Idealgewicht erreichen kann, soll sich mal nicht aufregen. Wenn ich das könnte, würde ich durch die Lande wandeln und jedem Passanten mein Gewicht entgegenbrüllen!

Ebenso wie es stimmt, wenn ich sage, dass ich unordentlich und unzufrieden mit meiner Figur bin, trifft es zu, wenn ich sage, dass ich zu wenig Klamotten habe. Ich bin keines von den Mädchen, die den ganzen Schrank voll mit nichts zum Anziehen haben. Ich gehöre zu dieser kleinen Minderheit, bei der wirklich nicht allzu viel im Schrank hängt. Schon gar nichts für eine Hochzeit.

Als ich das letzte Mal auf einer Hochzeit war, da

war ich zwölf. Für eine Zwölfjährige ist hochzeitstaugliche schicke Kleidung anders definiert als für eine Zwanzigjährige. Obendrein habe ich den leisen Verdacht, dass mir das Outfit von damals nicht mehr allzu gut passt.

Den Tag von Pias Hochzeit erachte ich als meine Bewährungsprobe. Janoschs Eltern, Omas und Opas und alle anderen Verwandten werden da sein und mich auf Herz und Nieren prüfen. Ich sehe mich schon wie Ben Stiller in dieser Komödie Urnen zerbrechen und die ascheförmige Urgroßmutter im Raum verteilen. Ich bin doch so ein Trampel. Ein Trampel, der nichts anzuziehen hat.

Mich packt die Panik. Leider kann ich nicht den Schwanz einziehen, denn ich habe zugesagt. Es ist schon Freitag, die Feier ist in zwei Tagen, und Janosch zählt auf mich. Die Hochzeit findet im kleinen Kreis statt – trotzdem bin ich eingeladen, weil ich anscheinend zu diesem kleinen Kreis gehöre. Das spricht dafür, dass Janosch die Sache mit uns sehr ernst nimmt. Es fühlt sich zwar schön an, in den kleinen Kreis einer fremden Familie aufgenommen zu werden, aber gleichzeitig schreit jede Zelle meines Körpers: HILFE!!

Ich lege mich flach aufs Bett mit den Händen über den Augen. Kleiner Kreis. Sonntag. Familie. Freunde. Ich mittendrin. Nichts anzuziehen.

Also gehe ich einkaufen und schlage mich dabei mit einer Mischung aus *Passt nicht!*, *Sieht scheiße aus!* und *Steht mir nicht!* herum. Das Spektrum an negativen Aspekten, die meine Auswahl umfasst, ist endlos weit. Ganz im Gegensatz zu der Hose, in die ich im Moment zu passen versuche – die ist endlos eng.

Dann ist es auf einmal Sonntag. Ich bin ein Wrack. Ich bin so nervös, dass mir schlecht ist. Ist irgendwie komisch, Janoschs Familie bei einer intimen Hochzeit kennenzulernen. Ich fühle mich wie eine Einbrecherin. Hinzu kommt natürlich das übliche Was-ist-wenn-sie-mich-nicht-mögen-Ding. Das kann ich jetzt aber auch nicht ändern.

Janosch hat vorgeschlagen, dass wir in seinem alten Zimmer in seinem Elternhaus übernachten, was ich teils schön und teils schrecklich finde. Ist es nicht noch viel zu früh, um seine Familie kennenzulernen? Wir treffen uns gerade mal ein paar Wochen. Nach meiner Definition sind wir erst seit etwa drei oder vier Wochen wirklich zusammen.

Die Badezimmerprozedur liegt schon hinter mir. Die Haare sind gebügelt, das Düftchen ist aufgelegt, die Äuglein sind geschminkt, und ich habe sogar Make-up aufgetragen. Das mache ich nur selten, weil ich ein Talent dafür habe, zu viel zu nehmen.

Angezogen drehe ich mich vorm Spiegel hin und her. Schwarze Hose geht ja immer und das türkisfarbene Shirt mit dem grauen Strickjäckchen hoffentlich auch. Ich wanke in meinen Abiballschuhen im Zimmer umher, obwohl mir schon in dem Augenblick, als ich sie anzog, klar war, dass das nichts werden würde. Ich sterbe in diesen Schuhen. An meinem Abiball hatte ich sie keine zwei Stunden an, ehe ich zum Tanzen zu Chucks gewechselt habe. Wer zum Henker hat sich bloß Absatzschuhe ausgedacht? Ich wette, es war Sophie! Die macht auch in Tausend-Meter-Absätzen noch eine gute Figur. Ich dagegen kann mich schon auf popeligen drei Zentimetern kaum halten, geschweige denn laufen. Beim Fortbewegen sehe ich aus wie ein sehr unelegantes Trampeltier mit motorischen Schwierigkeiten. Jede Frau, die behauptet, sie habe Absatzschuhe, die soooo bequem seien, dass sie darin problemlos Gold im Langstreckenlauf holen könne, lügt. Aber so was von. Genau wie die Menschen, die sagen, sie bräuchten Sport zum Glücklichsein.

Ich kicke die Schuhe durch den Raum, meine Füße atmen erleichtert auf und preisen meine Güte. Damit habe ich die Wahl zwischen Chucks und Chucks und entscheide mich spontan für mein saubersten, intaktestes lila Paar. Was passiert, wenn ich bei einer Hochzeit in Converse auflaufe, weiß ich nicht, aber es wird sicherlich weniger wehtun als ein Abend in schwarzen Lederpumps.

So tapse ich zu Janosch und klingele bei ihm. Als er »Ist offen!« ruft, drücke ich die Tür auf. In seiner Wohnung läuft leise Musik, und ich höre ihn im Schlafzimmer dazu mitsummen. Ich folge dem Summen. Er sitzt auf der Bettkante und bindet sich schlichte schwarze Turnschuhe zu. Er trägt dunkle Jeans, ein weißes Hemd, ein schwarzes Jackett und eine schmale schwarze Krawatte. Weiß jemand, wie *sehr* ich auf Krawatten stehe? Wenn Janosch mir jetzt ein paar nette Sachen sagt und mich schön küsst, würde ich ihm in diesem Aufzug wahrscheinlich ohne mit der Wimper zu zucken Kontovollmacht erteilen.

»Wow«, sage ich, fahre ihm durch die Haare und ziehe an der Krawatte, die wie durch ein Wunder perfekt gebunden aus seinem Hemdkragen herauswächst.

Janosch verzieht das Gesicht. »Ich bin Pias Anziehpüppchen. Auf meinem Mist ist das nicht gewachsen.« Er steht auf, legt seine Hand gegen meine Wange und küsst mich. »Schön, dass du mitkommst.«

Hiermit übertrage ich die Vollmacht über alle meine Konten auf Janosch Winter.

»Fahren wir zum Standesamt?«, frage ich.

»Nee. Wir fahren gleich zu uns nach Hause. Die Standesamt-Nummer machen Pia und Markus nur mit den Trauzeugen und ihren Eltern. Hast du Cems Auto?«

»Was?«

»Du hast am Donnerstag gesagt, dass du Cem fragen willst, ob du dir sein Auto leihen kannst.«

Ja, stimmt. Selbstverständlich habe ich das gesagt. Ebenso selbstverständlich habe ich aber vergessen, Cem danach zu fragen.

»Gib mir zwei Sekunden«, rufe ich und rase hoch in unsere Wohnung.

Cem liegt noch im Bett. Er grummelt, brummt und meckert, als ich ihn wecke.

»Musst du nicht auf eine Hochzeit?«, fragt er mich schlaftrunken.

»Kann ich bitte dein Auto haben?«

»Nein.«

»Warum nicht?«

»Weil ich es brauche.«

»Wofür?«

»Bin verabredet. Heute Mittag.«

»Kannst du nicht mit dem Bus fahren?«

»Nein.«

»Komm, Cem, bitte, mit einem Lupo kannst du sowieso niemanden beeindrucken.«

Er funkelt mich böse an. Nach ein paar Minuten Hin und Her, vielen *Nein, Bitte* und *Du-bist-mir-was-schuldig,* sagt Cem: »OKAAAYYY! Aber du putzt einen Monat lang das Bad!«

Ich küsse ihn auf die Wange und rausche mit dem Autoschlüssel und einer Tasche mit Übernachtungsutensilien die Treppe runter. Janosch lehnt bereits gegen die Haustür und wartet auf mich.

Erst als wir im Wagen sitzen, fällt mir ein, dass ich ja auch ein Geschenk besorgt habe, also renne ich noch mal in unsere Wohnung, wo Cem mich über sein Müsli hinweg verwirrt anstarrt, als ich in mein Zimmer stürze und nach dem Geschenk suche. Es sind Karten für eine Aufführung der *Dreigroschenoper.* Pias Fast-Mann Markus ist Deutschlehrer, und Pia hat Germanistik studiert, also können sie mit Theater bestimmt etwas anfangen.

Janosch findet meine Kopflosigkeit furchtbar amüsant und kichert vor sich hin.

HOME SWEET HOME

Janosch fläzt sich auf dem Beifahrersitz und ist ganz entspannt. Er grinst die ganze Zeit und pfeift die Lieder im Radio mit. So kenne ich ihn gar nicht.

»So gut gelaunt?«

»Klar. Meine Schwester heiratet heute. Ich treffe nervende Tanten und nervtötende Cousinen, es wird ein super Tag werden. Du musst ihnen übrigens nichts schenken.«

»Gut, dass du mir das sagst, *nachdem* ich das Geschenk gekauft und es fast auch noch vergessen hätte.«

»Was ist es?«

»Theaterkarten für die *Dreigroschenoper.*«

»*Und der Haifisch, der hat Zähne, und die trägt er im Gesicht …*« Janosch singt zwei ganze Strophen, während ich lache und versuche, mich auf die Straße zu konzentrieren. Ich bin nämlich nicht der allerselbstsicherste Autofahrer. Ich bin zwar nicht unbedingt ein schlechter Fahrer, aber meine Angst, andere Menschen durch meine Trotteligkeit in Gefahr oder eventuell sogar umzubringen, lässt mich jedes Mal so nervös werden, dass ich sämtliche erworbenen Fahrkünste vergesse.

»Oh, Brecht ist super.« Janosch trommelt auf seinen Schenkeln.

Er ist ein ganz anderer Janosch. Was mit ihm los ist, weiß ich nicht genau. Die Aussicht auf einen Tag mit nervenden Verwandten allein kann es nicht sein. Auch die Hochzeit seiner Schwester ist zwar ganz nett, aber ist sie wirklich so grandios, dass Janosch glatt vergisst, der alte, sarkastische Brummbär zu sein?

»Home sweet Home«, singsangt Janosch, als er die Tür aufschließt und seine Winterjacke routinemäßig auf einen Haken hängt. Es ist ein großes Haus mit riesigem Garten. Janosch erzählt mir, dass bis vor ein paar Jahren seine Großeltern mütterlicherseits im Erdgeschoss und er und seine Mutter in den oberen zwei Etagen gewohnt haben, während Pia mit Fast-Mann und Sohn woanders gelebt haben. Omi und Opi hausen jetzt allerdings seit ein paar Jahren in einer altengerechten Wohnanlage, und auch Janosch ist ausgezogen. Seitdem ist das Haus nach allen Regeln der Kunst umgekrempelt und renoviert worden, und nun bewohnt seine Mutter das untere und Pia mit Fast-Mann und Sohn die oberen beiden Stockwerke.

»Das ist ja eine Riesenhütte! Seid ihr irgendwie … reich?«

»Wow, Feli, du bist immer so diskret!«

Ja, damit hat er wohl recht. Diskretion ist eine meiner unangefochtenen Stärken. Direkt nach Ordnungssinn und Disziplin.

Janosch streckt die Hand aus und zieht mich hinter sich her. »Die Familie meiner Großeltern hatte ungefähr vier Generationen lang eine Fabrik für Maschinenbau. Die Details sind furchtbar langweilig. Auf jeden Fall wurde die Fabrik verkauft und, na ja, meine Mutter ist die Tochter mit dem behinderten Sohn, deswegen sind meine Großeltern sehr großzügig.«

»Du bist so doof«, raune ich und schlage ihm gegen die Schulter. Aber ich bin auch froh, dass der alte Janosch nicht ganz verschwunden ist; wenn er zu lange zu gut gelaunt ist, bekomme ich sofort den Eindruck, dass irgendetwas nicht stimmt und er es nur zu überspielen versucht. Da ist er nämlich gut drin. Man erinnere sich an seine überschäumenden Gefühle, als er sauer auf Simon war. Zum Glück bin ich jedoch ganz geschickt darin, ihn beim Schauspielern zu ertappen. Eine gute Menschenkenntnis hatte ich schon immer.

Heute allerdings bin ich mir sicher, dass mit Janosch alles okay ist. Er sprudelt vor ehrlicher Vorfreude.

Noch sind wir alleine. Janosch zeigt mir die Wohnung. Die enorme Küche im Landhausstil mit Mittelblock würde meiner Mutter vor Neid Tränen in die Augen treiben. Ebenso das weiß geflieste Bad mit der freistehenden Dreitausend-Quadratmeter-Badewanne, die aussieht, als habe sie lustige, versteckte Blubberfunktionen. Das große Wohnzimmer ist für die Feier vorbereitet. Mit Weihnachtssternen, passenden roten Läufern und silbernen Kerzenständern verzierte Tische sind in U-Form aufgestellt und bieten Platz für circa dreißig Leute.

Der bisher beste Teil der Wohnung ist komischerweise der Flur. Hier hängen gerahmte Fotos. Ich kann mir also im Schnelldurchlauf alle Etappen in Janoschs Leben ansehen. Baby mit Kuscheltier, in der Badewanne mit Pia, Kindergarten, Schwimmen mit Flügelchen, Schwimmen ohne Flügelchen, Einschulung, Pokal beim Schwimmturnier, erster Schultag im Gymnasium, Schwimmen, Schwimmen, Schwimmen, Verleihung des Abiturzeugnisses und noch einmal Schwimmen. Ich liebe Familien, die Fotos rahmen und aufhängen.

»Hast du in deinem Leben auch mal was anderes gemacht als Schwimmen?«

»Ich hab's mal mit Fahrradfahren versucht, bin aber nicht weit gekommen.«

»Spinner«, brumme ich lächelnd. »Mein Bruder konnte Fahrrad fahren, da war er noch keine drei. Ich habe es erst mit sechs gelernt. Dafür konnte ich schon vor meinem vierten Geburtstag schwimmen und er erst mit sieben. Wir haben einen internen Wettbewerb, wer von uns beiden deshalb der größere Held oder vielmehr der größere Loser ist.«

»Und, wer hat gewonnen?«

»Na ja, ich sag immer: Wenn du ins Wasser fällst, bringt es dir einen Scheißdreck, dass du Fahrrad fahren kannst.«

Janosch muss laut lachen, nimmt mich fest in den Arm und sagt: »Den werde ich mir merken.« Nach ein paar Sekunden fügt er hinzu: »Hey, du solltest mich mal begleiten.«

Oh nein, nicht zum Schwimmen! Mit fällt eine Ausrede ein: »Simon hat zu mir gesagt, du willst niemanden dabeihaben, wenn du schwimmen bist.«

»Ja, wenn ich *schwimmen* bin. Vielleicht sollte ich besser sagen, dass wir mal zusammen planschen gehen sollten. Auf der Bahn wärst du mir natürlich hoffnungslos unterlegen.«

Über seine Sticheleien geraten wir in ein Gerangel aus Küssen, Umarmen und gespieltem Boxen, und das Thema ist vorerst vom Tisch.

Dann führt Janosch mich um die Ecke in einen Teil des Flurs, in dem Kinderzeichnungen die Wände zieren. Wenn ich eines noch mehr liebe als Familien, die Fotos aufhängen, dann Familien, die Kinderzeichnungen jahrzehntelang aufbewahren. Oben auf den Bildern stehen Datum und Name des Zeichners, die frühen in der Schrift eines Erwachsenen, die etwas jüngeren in Krakelkinderschrift. Ich entdecke Bilder, die Pia gemalt hat, einige von ihrem Sohn und sogar welche, auf denen in der Erwachsenenschrift *Janosch* steht.

»Ich war ein begnadeter Maler.« Er presst die Lippen aufeinander, weil er lachen muss. »Soweit ich weiß, sollen das hier«, er tastet an der Wand entlang und zählt die Rahmen ab, »meine Mutter, Pia und ich sein. Erkennst du uns?«

Es sind deutlich drei Gestalten zu erkennen. Janosch hat auf jedem seiner Bilder nur eine einzige Farbe benutzt, die Stifte zu wechseln muss ihm zwecklos vorgekommen sein. Auf dem Gemälde, das er mir zeigt, sind drei orangefarbene Gebilde zu sehen.

»Pias Kopf sieht aus wie ein Kürbis«, sage ich und tue ernst.

Janosch zwickt mich und zieht mich weiter hinter sich her. In seinem alten Zimmer herrscht die sterile Ordnung, die ich aus seiner Wohnung kenne. Außerdem sind auch hier die Wände dunkelblau gestrichen.

»Was hat es eigentlich mit dem Dunkelblau auf sich?«, frage ich.

»Meine Mutter hat mein Zimmer schon immer blau gestrichen. Sie ist der festen Überzeugung, ich kann dann besser schlafen.«

»Ach ja?«

»Ja, sie ist speziell, und – am besten warne ich dich gleich vor – sie würde mich am liebsten in einen Glaskäfig stecken, wo sie mich vierundzwanzig Stunden täglich bemuttern und betüdeln kann.«

»Bist du ein Muttersöhnchen?«, frage ich und lache.

»Nein. Aber sie ist eine … Söhnchenmutter.«

HALLO … FELI … CITAS … NEIN, NICHT AUF LEHRAMT … ER WOHNT UNTER MIR

»Dürfen wir hier eigentlich so faul rumliegen, wenn gleich deine ganze Familie eintrudelt?«

»Ja, definitiv«, nuschelt Janosch. Ich kann ihn kaum hören, weil er in mein Haar hineinspricht und nach jeder Silbe meinen Hals küsst. »Die versammelte Mannschaft holt Pia und Markus vom Standesamt ab, dann fahren sie geschlossen hierher. Die kommen alle auf einmal. Also keinen Stress.« Janosch verschränkt die Arme hinter dem Kopf.

»Janosch?«

»Mhm?«

»Ich bin so aufgeregt, ich mach mir gleich in die Hose.«

Er streichelt meinen Kopf und sagt: »Dann stell dir nur mal vor, wie aufgeregt ich sein werde, wenn ich irgendwann vor *deiner* Mutter stehe und sagen muss: *Hi, ich bin übrigens der blinde Freund Ihrer Tochter!*«

Ha, er hat es gesagt! Er hat *Freund* gesagt!

Dann rumpelt es gewaltig. Viele Füße trappeln durch die Wohnung, Kinder kreischen, und Erwachsene schwatzen. Ich kann förmlich hören, wie mein Herz mit einem schmatzenden *Plumps* vor Nervosität aus meiner Brust heraushüpft und vom Bett kullert.

»Wir warten am besten noch ein paar Minuten, bis wir rausgehen.«

»NEIN!«, protestiere ich. »Wenn wir jetzt rausgehen, können wir vielleicht in der Menge untertauchen.«

Janosch lacht, als hätte ich etwas sehr Dummes gesagt. »Das wird dir neben mir mit Sicherheit niemals gelingen. Glaub mir, ich versuche das schon seit fünfundzwanzig Jahren.«

Dann nimmt er meine Hand, und wir gehen aus dem Zimmer, um *nicht* in der Menge unterzutauchen.

»Janoooooooooooosch!«

Paul entdeckt uns als Erster, und weil er brüllt, als hinge sein Leben davon ab, drehen sich gleich fünfundzwanzig Köpfe zu uns um und glotzen uns an. Das Glotzen löst sich aber schnell in allgemeine Freude und *Hallo* und *Wie geht's* und *Lange nicht gesehen* auf. Ich werde erst mal so hingenommen, alle schauen mich an, aber niemand stellt Fragen. Ich vermute, dass die Hochzeitsgäste, was mich betrifft, von Pia, ihrer Mutter oder Janosch selbst vorgewarnt sind.

Als die Meute sich auf ihren Plätzen niederlässt, kommt Pia auf mich zu und drückt mich. »Es ist so schön, dass du auch da bist.«

Sie trägt ein schlichtes cremefarbenes Seidenkleid und eine lockere, lockige Hochsteckfrisur. Einige Meter neben ihr entdecke ich ihren Nicht-mehr-nur-fast-Mann Markus, der einen grauen Anzug trägt und überhaupt nicht nach Lehrer aussieht. Er hat eine große schwarze Hornbrille und einen blonden Pferdeschwanz.

Pia schaut sich um und sagt dann mit einem Zwinkern zu mir: »Okay, erschrick jetzt bitte nicht zu Tode. Sie ist etwas aufgeregt heute.«

Zu Tode erschrecken? Wovor? Wer ist aufgeregt? Ich? Ja, sicher, aber warum redet sie von mir in der dritten Person Singular?

Doch dann verstehe ich: Aus der Küche kommt eine zierliche Frau mit einem braungelockten Pagenschnitt in einem grünen Kleid, die mehrere Sektflaschen in den Armen balanciert. Als sie völlig überraschend laut quiekt, eilt Markus herbei und nimmt ihr die Flaschen ab, die gefährlich zu schwanken begonnen haben. Sie stürmt auf mich und Janosch zu, und ich weiche wortwörtlich ein Stückchen hinter seinen breiten Rücken zurück. Seine Mutter jagt mir geradezu Angst ein.

Sie umarmt Janosch, als wäre er mehrere Jahrzehnte in Vietnam verschollen gewesen. Dann kneift sie ihm in die Wangen und tadelt ihn: »Das ist ja wohl nicht dein Ernst, Janosch. Im letzten Vierteljahr hast du mit Sicherheit an die fünf Kilo abgenommen. Das ist nicht gut bei der ganzen Schwimmerei. Setz dich hin und iss was!« Sie drückt ihn noch mal.

Sein Gesichtsausdruck wirkt gequält. An dem Tag, an dem ich nach Hause komme und meine Mutter zu mir sagt, dass ich was essen soll, schmeiße ich – das schwöre ich hiermit hoch und heilig – die größte Party seit Menschengedenken!

»Mama, Janosch ernährt sich derzeit von Luft und …«

»Wag dich, diesen Satz zu Ende zu sprechen, Pia. Von solchen Floskeln wird mir schlecht.«

Pias Sprichwort hat mich in den Mittelpunkt der mütterlichen Aufmerksamkeit gerückt. Frau Mama gebärdet sich wie ein Kleinkind unter dem Tannenbaum. Sie sieht mich gar nicht groß an, sie mustert mich nicht mal, und ihre Augen geben nicht den geringsten Aufschluss darüber, was sie in diesem ersten Moment über mich denken könnte. Sie plappert nur haltlos von der Trauzeremonie, knetet die Hände und drückt mich dann in eine feste Umarmung, die ich so einer schmächtigen Person nie zugetraut hätte.

»Hallo, Feli! Wie schön, dass du hier bist. Ich bin die Lene.«

Ich erleide eine formvollendete Reizüberflutung. Janoschs Mama, Lene, weiß meinen Namen schon und irgendwie … hach, Herzlichkeit überfordert mich immer so!

In der nächsten Stunde führe ich ein und dasselbe Gespräch circa fünfzehnmal. Alle Onkel, Tanten, Großeltern und auch die ganzen anderen wollen ein Wort mit mir gewechselt und ein Stückchen von mir abhaben. Eigentlich verläuft jedes Gespräch in etwa so wie das mit Janoschs Opa Wilhelm.

»Ah, ja, hallo. Wie war noch mal dein Name?«

»Feli.«

»Fe…?« Ratlosigkeit.

»Felicitas. Aber mein Spitzname ist Feli.«

»Ach so. So ähnlich ist das bei mir auch. Ich bin der Wilhelm, aber mein Spitzname ist Willi.«

Willi lacht, ich lache mit. Bei Opas sollte man immer mitlachen.

»Also, soll ich jetzt Feli sagen oder Felicitas?«

»Feli, bitte.«

»Gut, also Felicitas. Dann bin ich für dich der Willi.« Gut, also Wilhelm. »Und? Studierst du auch?«

»Ja, Anglistik.« Er guckt mich irritiert an, also übersetze ich in Nicht-Hochschul-Deutsch: »Englisch.«

»Oh, also wirst du mal Lehrer, so wie unser Markus hier?« Ein Fingerzeig zum Bräutigam.

»Nein. Ich studiere nicht auf Lehramt, sondern einfach so.«

»Ach so.«

Bei solchen Unterhaltungen fühle ich mich immer, als müsste ich mich dafür schämen, dass ich nicht auf Lehramt studiere. Aber die Welt kann doch nicht nur aus Englischlehrern bestehen!

»Also habt ihr euch nicht in der Uni kennengelernt, weil unser Janosch wird ja mal Anwalt?« Das scheint den Willi sehr zu erfreuen.

»Nein. Janosch wohnt unter mir.«

»Aaaach so, ja. Wollte unbedingt ausziehen, der Junge. Fand unsere Lene ja nicht so gut, aber muss sie sich abfinden mit. Die Vögel fliegen irgendwann aus dem Nest!«

Lediglich Janoschs Tante Barbara beweist Fragenvielfalt und Neugierde: »Ist bestimmt alles neu und komisch für dich, oder? Janosch ist schließlich ein ganz besonderer junger Mann. Läuft aber alles wie bei anderen jungen Männern auch, oder?« Sie zwinkert schaurig und eindeutig.

»Ähm …«, mache ich und plane nicht, sonst noch etwas dazu zu sagen. Will sie jetzt ein Sexgespräch mit mir führen? Soll ich ihr allen Ernstes erklären, dass die Sehkraft reichlich wenig mit sexuellen Fähigkeiten zu tun hat und ich deshalb denke, dass das mit Janosch schon so sein wird wie bei anderen, ich es aber noch nicht genau weiß, weil wir es noch nicht getan haben? Nein, dieses Gespräch möchte ich nicht führen. Aber sie erwartet sowieso keine Antwort, sie kichert bloß und drückt mir ihren Ellenbogen in die Seite.

»Jetzt, da er nicht mehr bei meiner Gluckenschwester wohnt«, mein überstrapaziertes Hirn braucht einige Sekunden, bis es checkt, dass damit Janoschs Mutter gemeint ist, »kann er seine Frauenbekanntschaften sicherlich besser ausleben. War bestimmt auch ein Grund, warum er von zu Hause weg wollte.« Sie zwinkert mir erneut verheißungsvoll zu.

Tante Barbara ist mir so peinlich, dass ich mir am liebsten die Ohren zuhalten möchte. Ich fühle die Hitze in meinen Wangen, werde sicherlich ein wenig rosa und nicke stumm, um nicht antworten zu müssen.

Ich rette mich zu Janosch, der klüger ist als ich und es sich mit umgänglicheren Verwandten auf dem Fußboden bequem gemacht hat. Neben Paul sitzen zwei achtjährige Zwillingsmädchen, die, so erfahre ich, von Tante Barbara und ihrem Mann abstammen, und die vierjährige Tochter von Janoschs Cousin auf dem Teppich und spielen *Uno.* Ich geselle mich dazu und wundere mich: *Janosch spielt* Uno?

Paul erklärt: »Janosch und ich sind ein Team, und du kannst ein Team mit der Marie sein, weil die kann's noch nicht so gut.« Die Vierjährige hält mir ihre Karten hin.

Wir spielen also gefühlte fünf Millionen Partien *Uno.* Paul flüstert Janosch immer die aktuellen Karten ins Ohr, während ich flüsternd mit meiner Partnerin Marie die Spielzüge beratschlage. Sie ist total begeistert von so viel Teamplay und erklärt mich zu ihrer neuen Freundin.

Dann gibt es Kaffee und Kuchen und weitere fünf Millionen Partien *Uno,* auf die ebenso viele Runden *Mensch ärgere dich nicht* folgen. Das Vergnügen endet damit, dass die Zwillingsmädchen versuchen, sich gegenseitig die Rüschenkrägen von den pinkfarbenen Kleidchen zu reißen, und dabei unzählige Spielfiguren und Karten auf dem Boden verteilen.

Gegen sieben tischt Janoschs Mama, nein, tischt LENE das Festtagsmenü auf. Sie richtet Dutzende Töpfe auf dem Buffettisch an.

Während des Essens erzähle ich noch ein paar Mal, dass ich nicht auf Lehramt studiere und es auch nicht vorhabe. Nach dem Essen wird getrunken, und nach dem Trinken wird weiter getrunken. Auf teuren Magenbitter folgt teurer Wein, auf teuren Wein folgt teurer Whiskey und darauf wieder teurer Wein und nicht ganz so teurer Sekt. Würde ich alles trinken, was man mir anbietet, würde ich mich zu Tode saufen. Allein die Menge an Wein, die Janoschs Mu… ich meine LENE … mir anbietet, würde ausreichen, um mir ein mehrwöchiges Koma mit anschließendem ausgiebigen Kuraufenthalt zur Wiederherstellung der grundlegendsten geistigen Fähigkeiten zu garantieren. Aber ich halte mich bedeckt, denn auch wenn es sich hier zweifelsfrei um kultiviertes Saufen handelt, sollte man es beim ersten Familienbesuch nicht übertreiben. Gegen halb zehn erzählt Janosch im Zuge des teuren Whiskeys die ausgiebige Variante von »Wir kennen uns, weil wir im selben Haus wohnen«. Also alles, vom An-der-Tür-Lauschen bis zu den kaputten Eiern et cetera pp. Tante Barbara und Opa Willi sind sich einig, dass das eine großartige Geschichte ist, und brüllen vor Lachen.

Ich bekomme erst mit, dass es noch mal an der Tür geläutet haben muss, als weitere zehn bis fünfzehn Menschen ins Wohnzimmer strömen. Die Freunde des Ehepaars sind eingetroffen.

»Wollen wir uns verziehen?«, fragt Janosch und unterbricht das lustige Gespräch, das ich mit seinem Großonkel Franz führe.

»Es ist doch erst zehn. Außerdem erzählt mir dein Onkel von den Siebziger Jahren. Wusstest du, dass er …«

»Ja, dass er auf Fehmarn beim letzten Konzert von Jimi Hendrix war. Das erzählt er jedes Mal.«

»Genau!«

Ich wende mich wieder Großonkel Franz zu, aber aus den Augenwinkeln sehe ich, wie Janosch in einem Zug sein eigentlich noch reichlich gefülltes Weinglas austrinkt und sich ungeduldig die Haare rauft.

KARO SIEBEN und HERZDAME

»Hallo, Janosch«, höre ich eine weiche, weibliche Stimme hinter meinem Rücken.

Ich drehe mich zu Janosch um, der immer noch neben mir sitzt, und bemerke, dass Pia und eine Mittzwanzigerin hinter ihm stehen. Sie ist groß, nicht dick, nicht dünn, man könnte sagen genau richtig, und hat rotblonde Haare. Ich sehe den weißen Stock in ihrer Hand und verstehe deshalb auch sofort, wer das ist, noch bevor Janosch, ohne sich umzudrehen, mit neutraler Stimme sagt: »Hallo, Karo.«

Mir rutschen alle Organe irgendwohin, wo sie definitiv nicht hingehören. Ich fühle mich schrecklich fehl am Platz, und dann weiß ich plötzlich, dass es mit meiner Menschenkenntnis nicht sehr weit her ist. Janosch hat die ganze Zeit gewusst, dass sie kommen würde. Und er hat versucht, es vor mir zu verheimlichen, der Hund. Ihm war klar, dass sie mit den anderen Freunden eingetroffen sein muss. Ihre Anwesenheit erklärt, warum er nervös wurde, den Wein heruntergestürzt hat und früh zu Bett wollte.

Die Karo Sieben sieht ganz und gar normal aus. Wenn man wohlwollend ist, könnte man sagen, sie ist hübsch, aber ich bin nicht wohlwollend, also sage ich: Sie ist äußerlich absolut unauffällig.

Janosch erhebt sich, legt eine Hand auf Karo Siebens Schulter und zieht sie in eine Umarmung. Ich will jetzt gerne mal brechen gehen.

Ich sehe, wie Karos Hand in einer routiniert wirkenden Bewegung über Janoschs Gesicht streift. Er erwidert die Geste nicht.

»Wow, du hast ja ganz lange Haare«, lautet ihr Resultat aus dem Abtasten. »Und? Wie läuft's in der Uni? Kommst du voran?«

»Ja, geht alles gut. Wenn ich Glück habe, kann ich übernächstes Semester Referendariat machen. Und bei dir?«

»Ich sitze an meiner Masterarbeit.«

»Wirklich? Das heißt, du wirst zum Sommersemester fertig?«

»Ja, im Moment sieht es ganz gut aus. Ich habe großartige Profs. Du hättest auch in Marburg bleiben sollen damals, da sind alle viel …«

Ich schalte ab. Meine Ohren wollen nicht länger zuhören. Meine Ohren wollen Suizid begehen. Und meine

Augen auch. Dann muss ich nicht mehr mitansehen und anhören, wie vertraut die beiden miteinander sind.

Pia nimmt sich meiner an und reicht mir wie aus dem Nichts ein Glas Wein. »Wir haben noch gar nicht angestoßen«, sagt sie.

Nachdem wir einen Schluck genommen haben, übergebe ich ihr endlich mein Geschenk.

»Ach, Feli, das ist wirklich total toll von dir.«

»Was?«

»Alles. Das mit den Theaterkarten. Dass du mitgekommen bist und das mit dir und Janosch.«

»Ja?«

Pia nickt. »Und mach dir keine Sorgen wegen Karoline. Die beiden haben sich lange nicht gesehen und unterhalten sich bloß ein bisschen. Wenn du mal auf Janoschs Körpersprache achtest, dann siehst du, dass er keinerlei Interesse mehr hat.«

Ich beobachte ihn und kann zunächst nur einen Janosch erkennen, der sich scheinbar interessiert unterhält.

»Er hat die Hände vor der Brust verschränkt und den Kopf nach unten geneigt. Außerdem steht er mehr als zwei Schritte von ihr entfernt. Die Sache ist absolut passé. Glaub mir, ich kenne meinen Bruder. Er ist lange nicht so cool und undurchsichtig, wie er immer denkt.«

Pia und ich müssen gleichzeitig über Janosch lachen. Das lenkt seine Aufmerksamkeit wieder auf uns.

»Was ist?«, fragt er und wendet den Kopf lächelnd in unsere Richtung. Er lässt die Arme fallen und setzt sich wieder zu mir.

»Mädchengespräche«, erklärt ihm Pia. »Karo«, sagt sie dann, »das ist Janoschs Freundin Feli.«

»Oh, ach so, hallo«, Karo streckt die Hand aus.

Ich ergreife und schüttele sie. »Hi«, sage ich dann.

»Ähm … Ich wusste gar nicht, dass … Woher kennt ihr euch?«

»Sie wohnt über mir«, sagt Janosch, und ich erkläre zeitgleich: »Er wohnt unter mir.«

Pia, Janosch und ich müssen über die hundertste Wiederholung unserer Kennenlerngeschichte lachen, doch als Karo betreten schweigt, greift Pia ein: »Wie auch immer.« Sie nimmt sie am Arm und geht mit ihr zurück zu der Gruppe von Freunden, die dem Brautpaar unter lautem Getöse ein großes Geschenk überreichen.

»Sorry«, sagt Janosch leise, streichelt mit beiden Händen über mein Gesicht und legt seine Stirn gegen meine. »Ich hätte dir sagen sollen, dass sie kommt.«

»Stimmt«, sage ich, weil er das sehr treffend zusammengefasst hat.

»Darf ich dich trotzdem küssen?«, fragt er.

Hallo? Was soll ich darauf denn bitte antworten, wenn nicht ein verzücktes *Jaaaaaahaaaa?*

Gegen elf beginnt die Wein-Whiskey-Sekt-Abwechselei von Neuem. Großonkel Franz gerät völlig aus der Whiskey-Kenner-Fassung, als ich mich weigere, von seinem besten Tropfen zu probieren, weil ich finde, dass er riecht wie die ekelhafte Barbecue-Sauce von McDonald's.

Es ist nach eins, als ich, den Kopf auf Janoschs Schulter, tatsächlich kurz einnicke und er daraufhin sagt: »Dieses Mal ganz ohne Hintergedanken: Willst du schlafen gehen?«

Ich nicke, lasse mich von ihm an der Hand nehmen und wünsche abwesend allen Anwesenden eine gute Nacht. Eigentlich sollte es mir peinlich sein, vor Omis und Opis Augen mit Janosch in sein Zimmer zu gehen, aber dazu mangelt es mir an Energie.

Lene ruft uns hinterher: »Gute Nacht, ihr Süßen!«

Pia kommt auf uns zu und sagt leise zu Janosch: »Ich habe mir überlegt, ob ihr vielleicht oben bei uns im Gästezimmer schlafen wollt? Da sollten eigentlich Oma und Opa hin, aber sie sind froh, wenn sie keine Treppen steigen müssen. Sie sollen in deinem alten Zimmer übernachten.«

»Ist gut.«

»Dann habt ihr eure Ruhe und … auch ein bisschen mehr Privatsphäre.« Sie grinst vielsagend.

»Ja, danke.«

Janosch holt meine Tasche, dann gehe ich hinter ihm die Treppe hoch zu Pias und Markus' Wohnung in ein Zimmer unterm Dach.

»Nebenan ist das Bad, wenn du dich fertig machen möchtest, ich geh runter ins andere Badezimmer«, sagt Janosch.

Mit geputzten Zähnen, gekämmten Haaren und fast nicht mehr müde, weil ich mir gehörig kaltes Wasser ins Gesicht gespritzt habe, tapse ich wenig später in Schlaf-T-Shirt und Unterhose zu dem großen Bett, in dem Janosch bereits mit hinterm Kopf gekreuzten Armen liegt und leise summt. Ich krieche unter die Decke (es gibt nur eine Decke!) und lege den Kopf auf seine Brust.

»Es war schön heute«, sage ich leise.

»Findest du? Obwohl du zwischenzeitlich fast vor Eifersucht geplatzt wärst?«

»Bin ich gar nicht!« Wie kann er das wissen?

»Feli, man kann nicht nur sehen, dass etwas überkocht, man kann es auch hören. Und riechen.«

»Du hast also gerochen, dass ich eifersüchtig war? Den Trick musst du mir mal zeigen, Daredevil!«

Janosch lacht und krault mir den Hinterkopf. »Ein anderes Mal vielleicht. Eigentlich habe ich dir nur deshalb nicht gesagt, dass sie kommt, damit du dich nicht aufregst. War blöd von mir.«

»Ist schon gut. Du hast dich ja lediglich mit Karo Sieben unterhalten.« Hups. *Verdammt!*

Das ist genau der Grund, warum ich geheime Spitznamen vermeiden sollte. Meine Mutter hat einen Bekannten namens Daniel, den mein Bruder und ich zeit unseres Lebens immer Bernd genannt haben, weil er einfach irgendwie mehr wie ein Bernd aussieht. Als wir einmal auf seinem Geburtstag eingeladen waren, habe ich ihm doch tatsächlich mit den Worten »Alles Gute, Bernd!« gratuliert.

»Karo Sieben? Wie die Spielkarte? Wie kommst du denn da drauf?«

»Das ist doch wohl klar, Dummkopf«, murre ich und vergrabe das Gesicht in Janoschs Nacken. »Sie heißt Karo, und ihr wart sieben Jahre lang zusammen.«

Janosch nimmt mein Gesicht in beide Hände und küsst mich. Ganz lang und ganz schön. Er schmeckt nach Pfefferminzzahnpasta und nach Janosch und ein bisschen nach dem Barbecue-Whiskey. Aber am meisten nach Janosch.

»Na ja, früher hatte ich eine Karo Sieben, und jetzt hab ich eine Herzdame«, murmelt er mir ins Ohr.

»Herzdame?«

»Oder willst du lieber Pik sein?«

Ich summe ein Nein und fange wieder mit dem Küssen an. Doch dann verändert sich das Küssen, und auch

Janosch wird anders. Nicht wie vor ein paar Tagen, als er anders wurde, weil er sauer war, sondern … Ich weiß es nicht. Er fasst mich anders an. Bestimmter. Zielstrebiger. Aber ohne einen Funken Grobheit. Er *bewegt* sich anders. Und ich mich auch. Weil wir uns im selben Rhythmus bewegen, irgendwann. Janoschs Augen sind zu, meine sind es auch, und trotzdem glaube ich, dass wir uns heute Nacht beide sehen können.

4. Akt:

Peripetie mit retardierendem Moment

Wer auftritt, *in or…* Na ja, also wer es jetzt noch nicht kapiert hat, dem ist sowieso nicht mehr zu helfen.

FELI GRÜN	Kaum weiß ich mal was, darf ich es nicht verraten.
CEM	belästigt mich mit Rechtschreibfragen.
JANOSCH	ist plötzlich boshaft und eifersüchtig und gibt es auch noch zu.
SIMON	erzählt traurige Geschichten und führt irgendwas im Schilde.
KARO SIEBEN	Karo? Zu der fällt mir nichts mehr ein.

AUSSERDEM:
Janoschs Mama; Pias Mann Markus; meine Mama – Mensch, die ist so unromantisch; allerlei Onkel und Tanten und Rüschenkleidcousinen, komischerweise nicht Janoschs Papa; mein Papa schon; Steffi; zwei Typen aus Schweden, mein alter K.I.Z-Freund aus der Oberstufe.

SPECIAL GUESTS:
Til Schweiger – ein Dreiohrnilpferd; Edward Cullen alias Robert Pattinson – sehr bescheiden in puncto Geschenke; Kafka – ey, warum denn nicht? Dieser Akt soll intellektuell werden!; Dagobert Duck; Matthew McConaughey – ein Name, den Word natürlich nicht kennt; Harry Potter – dieses Mal sucht er die *Heiligtümer des Todes*, bekommt von Mrs. Weasley Kuchen gebacken und wird vom blöden Scrimgeour belästigt; Rufus Beck, der die Stimme von Hagrid imitiert; MUSE; Wolfgang Petry, Peter Maffay und die Wildecker Herzbuben; James Bond; Nemo – nicht der Kapitän, sondern der Fisch, den es zu finden gilt.

EIN GESCHENK FÜR JANOSCH?

Ich sitze am Küchentisch und verpacke Weihnachtsgeschenke. Das ist etwas unglaublich Schönes. Wenn es nämlich eines gibt, das ich noch viel toller finde, als Geschenke zu bekommen, dann Geschenke zu verschenken. Für diese selbstlose Einstellung sollte mir die katholische Kirche eigentlich einen Preis für Nächstenliebe verleihen.

Ich beeile mich, weil ich heute Abend mit Janosch zum Weihnachtsmarktbummel verabredet bin. Oh mein Gott, Janosch. Kann mir mal bitte jemand verraten, was ich ihm zu Weihnachten schenken soll? Es ist sowieso schwer, jemandem, den man sehr mag, ein Geschenk zu machen – aber bisher habe ich das immer ganz gut hinbekommen. Irgendwelche schönen Dinge, die man kaufen und verschenken kann, lassen sich für gewöhnlich finden. Doch Janosch hat kein Interesse an schönen Dingen. Sagt er jedefalls. Deswegen gibt er sich wohl auch mit mir zufrieden. Hehe.

Es klingelt an der Wohnungstür, und Cem macht chemische Begriffe murmelnd auf.

»Hi«, höre ich Janoschs Stimme.

»Natrium zwei plus, Kalium …«, begrüßt ihn Cem, und ich sehe durch die Küchentür, wie er weiter vor sich hin blubbernd zurück in sein Zimmer wandelt.

»Ich bin in der Küche«, rufe ich.

Er bleibt im Türrahmen stehen und wartet, dass ich auf ihn zugehe. Als wir uns küssen und umarmen, greift

Janosch nach meinem Schal und sagt: »Den mag ich, der fühlt sich schön an.« Er lacht. »Sieht bestimmt auch super aus.«

»Ich freue mich tierisch«, sage ich euphorisch und binde mir besagten Schal enger um den Hals.

»Du weißt, dass ich Weihnachtsmarkttrubel hasse, ja?«

»Jap.« Ich küsse ihn lange auf den Mund und sage: »Ich ziehe mir noch eine Jacke an, dann können wir los.«

Eine halbe Stunde später schlendern wir durch Menschenmassen und werden reizüberflutet. Janosch wirkt trotz seiner Abneigung sehr zufrieden. Er hält meine Hand, der weiße Stock steckt in seiner Jackentasche – er sagt, er braucht ihn nicht, weil ich da bin. Das lässt mich zu einer feuchten Pfütze zerfließen.

Jetzt fängt es auch noch an zu schneien! WO BIN ICH HIER? In einem Til-Schweiger-Film? Reiten wir gleich auf Pferden in meine Wohnung, die zu neunundneunzig Prozent aus Kerzen, Emaillekrügen und Kräutertöpfen besteht? Würde das Ganze dann Dreiohr… keine Ahnung, vielleicht … Dreiohrnilpferde heißen? Oh, Til-Schweiger-Komödien sind wunderschöne Zauberstaubidylle.

Wir essen Pommes, Crêpes und Zuckerwatte. Au Backe, wer auch immer sich dieses Weihnachtsmarktgedöns ausgedacht hat, hatte höchstwahrscheinlich einen Stoffwechsel mit der Arbeitseinstellung eines Workaholics. Essen in Verbindung mit Glitzer und bunten Lichtern ist aber auch so äußerst einladend, das Auge isst bekanntlich mit. Meinen Augen scheint alles gut zu schmecken, was die fluoreszierenden Weihnachtsmänner mit Rentiergespann anpreisen. Dummerweise arbeitet *mein* Stoffwechsel aber eher so, als wäre er bei einem städtischen Amt eingestellt.

»Wollen wir heimgehen?«, frage ich und spüre, wie sich Janoschs Arme um mich legen und er meinen Hals küsst: einmal, zweimal, oft.

»Klar«, sagt er zwischen ein paar Küssen in diesem Schlafzimmertonfall, der mich absolut wahnsinnig und absolut willig macht.

Wir liegen in Janoschs Bett und kichern. Warum, wissen wir auch nicht so genau. Vielleicht weil es sich für ein Til-Schweiger-Szenario so gehört. Wir *müssen* eben glücklich sein. Wir albern herum. Janosch schreibt mir Pünktchen auf den nackten Rücken, die irgendetwas Schönes bedeuten. Ich lerne, meinen und Janoschs Namen zu punkten. Wir berühren gegenseitig mit den Fingerspitzen unsere Körper. Seinen Körper zu bepunkten ist mit Sicherheit schöner, weil seine Haut beim Fingereinpiksen nirgendwo in die Weiten des Bindegewebes nachgibt und seine Muskeln überall fest sind. Es ist herrlich, mit Janosch zusammen zu sein. So herrlich, dass ich gerade, ohne mich uralt zu fühlen, das Wort herrlich benutzt habe.

»Wie läuft bei dir Weihnachten ab?«, frage ich und senke das Kinn auf seine Brust.

»Wie im Bilderbuch«, sagt er, »zumindest gemäß der Wunschvorstellung meiner Mutter. Sie kocht ungefähr drei Jahre lang und verbarrikadiert schon morgens das Wohnzimmer. Niemand darf mehr herein, weil angeblich das Christkind drin ist. Tagsüber schmückt sie den Baum, der, hab ich mir sagen lassen, toller, größer und schöner ist als der vorm Rockefeller Center. Am späten Nachmittag kommt dann Pia mit ihrer Familie, und Paul tickt komplett durch.«

»Ja, wenn kleine Kinder dabei sind, macht man immer einen größeren Wirbel.«

»Du kennst meine Mutter nicht. Sie hat vor Paul dieselbe Show abgezogen, und da war ich schon volljährig.«

»Das ist doch schön. Ich hätte gerne wieder ein Weihnachten, das ist wie in meiner Kindheit. Bei uns gibt es nicht mal mehr einen Baum und auch keine richtigen Geschenke, meistens Geld.«

»Ich wünschte, mir würde mal jemand einfach nur Geld schenken. Aber meine Mutter würde jeden mit der Höchststrafe belegen, der am heiligen Fest der Liebe so etwas Liebloses wie Geld verschenkt. Sie selbst überschüttet ihren Enkel zwar mit Geschenken im Wert von mehreren hundert Euro, aber Geld schenken kommt überhaupt nicht in Frage. Ich werde überhäuft mit DVDs, Hörbüchern, Musik-CDs und Klamotten und was weiß ich.«

»Hast du dir dieses Jahr etwas gewünscht?« Ich punkte meinen Namen auf seine unverschämt muskulöse Brust. Diese Schwimmerei macht ihn noch zu Schwarzenegger 2.0.

»Nö. Ich habe keine Wünsche. Ich bin kein großer Weihnachtsfan. Von den Festtagen fühle ich mich jedes Mal etwas diskriminiert.«

Ich grummele und drücke meine Fingernägel in seine Seite. Er lacht sein War-nur-ein-Scherz-Lachen, das er immer dann benutzt, wenn das, was er vorangehend gesagt hat, nicht nach meinem Humor war.

»Was steht denn auf deiner Wunschliste?«

Ich erzähle von meinem elektronischen *Amazon*-Wunschzettel, auf dem sich CDs und Gesellschaftsspiele tummeln. In schmolligem Ton füge ich hinzu: »Meine Mutter findet das kindisch. Sie hat gesagt, ich könnte die Sachen einfach selbst bestellen und die Rechnung an sie schicken lassen.« Das hat sie mir letzte Woche am Telefon verkündet, nachdem sie gefragt hat, was ich mir wünsche, und ich ihr von der Internetseite erzählt habe. Eine echt unromantische Mama habe ich da.

Janosch stöhnt. »Ich wünschte, meine Mutter wäre so pragmatisch.«

»Was kann ich dir schenken?«, frage ich ihn direkt.

»Das passt jetzt aber nicht zu deiner Vorstellung vom romantischen Weihnachten!«

»Mir fällt nichts ein.«

»Ich möchte gar nichts.«

»Lüg nicht.«

»Ich lüge nicht. Ich will wirklich nichts. Was denn auch? Noch mehr intellektuelle Hörbücher und Pullover mit total angesagten Querstreifen?«

»Du musst dir doch irgendwas wünschen? Von mir …« Vielleicht aber auch nicht. Vielleicht antwortet er ja gleich wie Edward Cullen alias Robert Pattinson in dieser einen *Twilight*-Verfilmung: »Du gibst mir schon alles, indem du atmest.« Da ich allerdings nicht die Absicht hege, das mit dem Atmen in absehbarer Zukunft aufzugeben, ist es irgendwie kein besonderes Geschenk, für Janosch damit weiterzumachen.

»Ich wünsche mir nichts.«

»Dann sag mir etwas, das du dir nicht wünschst.«

Janosch zwickt mich spielerisch in den Unterarm. »Es ist echt nicht besonders leicht, mir was zu schenken, ich weiß das. Erstens, weil … nun ja, die Auswahl ist irgendwie beschränkt, und zweitens, weil ich Arschloch genug bin, um zu sagen, wenn ich es scheiße finde.«

»Wirklich?«

»Klar. Schon mal die ganzen Leute gesehen, die zwischen den Jahren im Media Markt rumwuseln?«

»Ja.«

»Das sind alles Verwandte von mir, die Hörbücher umtauschen wollen, weil ich ihnen gesagt habe, dass ich Kafka nicht ausstehen kann.«

PAPA

»Also bleibst du die ganzen Ferien über zu Hause?«, frage ich, als Janosch vom Bettrand aufsteht und seine Jeans anzieht.

»Auf jeden Fall über die Feiertage, vielleicht auch länger. Kommt darauf an, wie lange ich es aushalte, dreimal am Tag an ausgewogene, kohlenhydratreiche Ernährung erinnert zu werden.«

Mich hat noch nie jemand an kohlenhydratreiche Ernährung erinnert. Meine Familie erinnert mich meistens daran, selbige etwas zu reduzieren.

»Wie sieht's bei dir aus?«

»Na, ich bin Heiligabend bei meiner Mutter und ihren Eltern und am ersten Feiertag bei meinem Vater.« Beim letzten Wort macht es plötzlich in meinem Köpfchen *Plumps!* Ein nie da gewesenes riesiges Fragezeichen kracht in jenen Teil meiner Festplatte, der seit Pias Hochzeit versucht, Janoschs Stammbaum in Reih und Glied zu halten. Warum ist mir beim Sortieren all der Onkel und Tanten und Rüschenkleidcousinen nicht aufgefallen, dass neben Janoschs Mutter, von der zwei imaginäre Linien zu Janosch und Pia führen, eine Lücke klafft, die jeglicher Biologie widerspricht? Was hat sich mein Hirn denn nur gedacht? Bestimmt mal wieder nichts. Oder dachte es etwa an Samenbank? Adoption? Unbefleckte Empfängnis? Falls mein Hirn tatsächlich eine dieser Optionen in Erwägung gezogen hat, warum hat es sich nicht im Geringsten dazu verpflichtet gefühlt, mich darüber in Kenntnis zu setzen? Jetzt stehe ich da: keine Ahnung von nichts und so dicke Fragezeichen im Schädel, dass man sie sicher in meinen Augen sehen kann.

»Hey, Janosch«, beginne ich. Doch plötzlich bin ich mir gar nicht mehr so sicher, wie ich die Frage am geschicktesten formulieren soll. Bei der Feier war kein Papa. Welchen Grund sollte ein Vater haben, nicht auf die Hochzeit seiner Tochter zu gehen? Er war mit einer solchen Selbstverständlichkeit abwesend, dass niemand über ihn gesprochen hat. Ganz so als würden sich weder Freunde noch Verwandte fragen, wo er denn sei. Mir kommt dafür nur eine Erklärung in den Sinn, nämlich dass er nicht mehr lebt.

Janosch summt ein Ja und zieht sich das T-Shirt über den Kopf.

Was sage ich denn jetzt? Ich beschließe, mich naiv zu stellen. Mich hat nie jemand aufgeklärt, also frage ich ganz direkt: »Triffst du deinen Vater über die Feiertage?«

Janosch lacht höhnisch, so als hätte ich etwas sehr Dummes geäußert.

»Ich … ähm … hab ich was Blödes gesagt?«, hake ich nach.

Janosch verlässt den Raum und schaltet im Wohnzimmer laut Musik an.

»Danke für die Antwort«, murmele ich.

Am nächsten Tag starte ich einen zweiten Versuch. Nachdem ich neben Janosch aufgewacht bin und es warm und schön im Bett war, frühstücken wir Cornflakes auf seiner Couch.

Janosch war gestern Nacht nicht böse mit mir. Er war sogar sehr nett. Ablenkend nett. Sprich-mich-nicht-darauf-an-nett. Aber ich muss es jetzt einfach wissen. Seine Bereitschaft, mir eine einstündige Rückenmassage zu verpassen, hat mich so dermaßen stutzig gemacht, dass es irgendein abgefahrenes Geheimnis geben muss, und abgefahrene Geheimnisse geben mir einen in diesem Fall wahrscheinlich höchst unangebrachten Kick.

Ich stelle meine und Janoschs halbleeren Schüsseln auf den Couchtisch, rücke an ihn ran, lege mich auf seinen Oberkörper und zwirbele seine Haare.

»Janosch?«, zuckersüße ich.

»Willst du noch Cornflakes? Oder einen Toast?«, weicht mir Janosch sofort aus.

»Ja, genau das will ich. Ich habe eben erst meine noch halbvolle Schüssel weggestellt, um dich jetzt um Nachschub zu bitten.«

»Verzeihung. Ich hab nicht gesehen, dass sie noch *halbvoll* war!«

Jetzt fängt das wieder an! Ich dachte, über die Art von Unterhaltung wären wir hinweg.

»Du weißt, dass ich das nicht gemeint habe.« Ich streichele ihm unter seinem Pulli über den Bauch. »Ich will doch nur …«

»Was willst du? Sex? Bin schon dabei«, Janosch stößt ein falsches, anzügliches Lachen aus, das ich nicht von ihm kenne, presst seinen Mund auf meinen und packt mich fest an den Hüften. Ich löse mich und setze mich aufrecht hin. Ich gebe es ja zu: Einen kurzen Augenblick lang war es erotischer als verwirrend. Aber jetzt ist es eindeutig verwirrender als erotisch. Eigentlich ist es gar nicht erotisch. Es ist alles – nur nicht er.

»Hallo? Was ist los mit dir? Bist du bekloppt?«

»Ich hab doch nur …«

»Nichts hast du. Du versuchst mich mit deinem Geküsse und Geschmuse abzulenken, und du schaffst es auch noch fast!«

Janosch schmunzelt. »Ja, ich weiß, ich bin ganz gut darin.«

»Ist recht, du Angeber. Antworte mir bitte einfach.« Ich falte seine Hand in meine. Die Situation ist fast dramatisch, ja, geradezu theatralisch. Dann stelle ich die Frage: »Was ist los mit deinem Vater?«

Janosch steht so schnell vom Sofa auf, dass ich fast herunterkullere. Er tastet nach den Schüsseln, läuft zur Spüle und wirft sie so heftig ins Becken, dass es mich wundert, als nichts zerbricht.

»Boah, Janosch, das ist so was von kindisch!«

»Kindisch?«, brüllt er mir in einem Tonfall zu, der mir im ersten Moment Angst einjagt. Dann merke ich, dass es keine Angst ist: Er macht mich wütend. Stinksauer. *Böse.* »Weißt du, was kindisch ist? Immer wieder nachzufragen, obwohl man merkt, dass man keine Antwort kriegt.«

»Immer wieder? Ich hab dich eben erst zum zweiten Mal gefragt!« Ich springe vom Sofa und reiße die Wohnungstür auf. Bevor ich gehe, knurre ich: »Mit Sex ablenken zu wollen, weil man unfähig ist, über etwas zu reden – *das* ist kindisch!«

»Was soll das denn jetzt werden, Feli? *Immer einmal mehr als du?*«

Ich knalle die Tür hinter mir zu und renne auf der Treppe Steffi über den Haufen, die mich blöd anguckt.

Natürlich guckt sie blöd. Ich trage einen Pulli von Janosch mit viel zu langen Ärmeln und sonst nur eine Unterhose. Nicht mal Socken. Noch dazu heule ich.

»Hey, Feli«, beginnt sie, »alles klar?«

»Ich kann grad nicht«, brummele ich. Blöde Kuh! Was denkt sie sich denn? Dass ich *Jaaaa* brülle? *Jaaaa,* mir geht's super! Und ich kann meiner guten Laune nur Ausdruck verleihen, indem ich in Unterhosen heule!

WAS TUN? SIMON ANRUFEN!

Bei Cem und mir hat heute Abend mal wieder der Chinese von um die Ecke gekocht. Ich gabele in der weißen Papierbox herum und fühle mich dabei einmal mehr wie im Film. Da gibt es nämlich auch immer diese weißen Chinamannboxen, aus denen die Filmstars in literweise Fett gebackene Nudeln essen, ohne auch nur ein Gramm anzusetzen. In Hollywood wird das China-Futter in Schachteln meist als Stilmittel eingesetzt, um den Frust und die schlechte Laune der Protagonisten zu verdeutlichen.

Auch mir geht's heute nicht besonders gut.

»Manchmal finde ich Janosch einfach bescheuert. War doch klar, dass ich *irgendwann* merken musste, dass er *irgendwie* keinen Vater hat. Ist doch auch verständlich, dass ich da mal nachfrage, oder? Mann … dabei war es so schön.« Ich ramme meine Gabel in ein Stückchen Huhn. »NEIN! Es war nur so schön, weil er nicht wollte, dass ich ihn noch mal nach seinem Vater frage!«, korrigiere ich.

»Okay. Ihr habt euch gezofft und angebrüllt – passiert. Habt ihr seitdem noch mal miteinander gesprochen?«

Ich schüttele den Kopf. Pfff! Janosch war heute irgendwie nicht nach sozialer Interaktion. Ich habe ihn kurz auf dem Weg zur Uni im Hausflur mit Simon getroffen, und was hab ich bekommen? Von Simon ein freudiges *Hi!* und von Janosch ein gerädertes, genervtes und lustlos genuscheltes *Ichkannheutnich* …

In diesem Moment kam mir die Idee, dass es vielleicht klug wäre, mal mit Simon zu sprechen und ihn nach dem ominösen Vater Winter zu fragen. Ich erinnere mich, dass Simon einmal von schwierigen Familienverhältnissen gesprochen und erwähnt hat, dass Janoschs Mama in Therapie sei, weil in der Familie »so viel Mist« passiert sei. AAAAH, mich macht es wahnsinnig, etwas *nicht* zu wissen, wenn ich es doch so unbedingt wissen *will*! Dabei möchte ich bloß meinen Freund, sein Leben, sein Handeln und seine Eigenarten verstehen. Warum hat Janosch dafür kein Verständnis?

Ich habe Simon im Laufe des Tages mehrmals versucht anzurufen, aber er ist nie drangegangen. Jedes Mal bekam ich bloß seine charmante Mailbox-Ansage zu hören und habe schließlich etwas Unverfängliches draufgesprochen.

Es ist fast elf. Cem und ich sind emotional total geschlaucht, weil wir uns *The Green Mile* reingezogen und einander heulend die Köpfe auf die Schultern gelegt haben. Mein Handy klingelt und sagt mir: *Simon ruft an!* Aufregung macht sich in meiner Kehle breit.

Ich hebe ab und werde erst mal mit Entschuldigungen überhäuft. Es tut Simon leid, dass er nicht drangegangen ist, es tut ihm leid, dass er erst jetzt zurückruft, und es tut ihm leid, dass es so spät geworden ist. Ich wette, dass ich ihn sogar dazu bringen könnte, sich für seine Existenz zu entschuldigen, aber ich will den netten Kerl nicht hochnehmen.

»Ist schon okay«, sage ich gefühlte hundert Mal und berichte auf Nachfrage über mein wertes Befinden.

»Gab es was Bestimmtes?«, fragt Simon.

Im Grunde muss ihm klar sein, dass ich nicht einfach nur so bei ihm angerufen habe, um ein Pläuschchen zu halten. Ich habe ihn noch nie angerufen, seine Nummer habe ich nur für den Notfall.

»Och, na ja, eigentlich nicht. Wollte nur mal hören.« Ich beschließe, die eigentliche Frage so beiläufig wie möglich fallen zu lassen.

»Du wolltest mal hören? Warum hast du mich dann tausendmal angerufen?« Simons Stimme klingt nicht böse, sondern belustigt. Er weiß mit Sicherheit gar nicht, wie böse sein funktioniert. »Jetzt sag schon. Brauchst du Hilfe bei irgendwas?«

Vor ein paar Wochen habe ich Simon fasziniert dabei zugesehen, wie er Janoschs Kaffeemaschine repariert hat. Ich machte ihm ein Kompliment für sein handwerkliches Geschick und erzählte, dass Cem und ich in einem solchen Fall erst einen Tobsuchtsanfall bekommen und dann kurzen Prozess machen würden. Wir würden das defekte Gerät wegwerfen und ein neues kaufen. Da sagte Simon, beim nächsten Mal solle ich ihm einfach Bescheid geben, er sei nämlich ganz geschickt. Mit den Händen. Genau so hat er es gesagt: »Ich bin ganz geschickt«, Kunstpause, »mit den Händen.«

Ich habe seine Worte analysiert und bin zu folgendem Ergebnis gekommen: klare Sache, sie sind sexuell auslegbar. Gott sei Dank war Janosch zu dem Zeitpunkt unter der Dusche. Wenn er mitbekommen hätte, dass Simon mir gegenüber derartige Andeutungen macht, dann hätte Janosch ihm sicher den Kopf abgerissen.

»Also mit unserer Kaffeemaschine ist alles in Ordnung.«

»Mit der Waschmaschine?«

»Auch.«

»Geschirrspüler?«

»Wenn der kaputt wäre, würde ich jetzt wahrscheinlich heulen. Dann müsste ich ja mit der Hand spülen.«

»Schlecht für die Nägel?«

»Nee, schlecht für die Zeit, die ich sonst mit Nichtstun verbringen könnte.«

Simon lacht herzlich und sagt: »Oh Feli.«

Nach zwei Sekunden Stille entscheide ich mich, ihm die Frage über Janoschs Papa zu stellen. Es wirkt sonst einfach lächerlich, dass ich Simon den ganzen Tag lang mit Anrufen terrorisiert habe. Am Ende zieht er noch irgendwelche falschen Schlüsse und spricht wieder über die Geschicklichkeit seiner Hände.

»Okay, es gab einen Grund, warum ich dich angerufen habe.«

»Janosch«, kombiniert Simon.

»Ähem … ja.«

»Feli, das war mir doch sofort klar. Ich hab schließlich heute Mittag mitbekommen, wie bescheuert er im Treppenhaus mit dir umgesprungen ist. Mal wieder.«

Mal wieder. Das stimmt doch gar nicht! Janosch ist immer superlieb zu mir. Wenn keiner dabei ist …

»Ja, er ist irgendwie … reserviert, seit ich ihn gestern auf seinen Vater angesprochen habe.« Reserviert? Ein förmlicheres Wort ist mir wohl nicht eingefallen.

Simon stößt einen langen Seufzer aus.

»Kannst du mir etwas darüber … nun ja, weißt du was über ihn? Ist er gestorben?«

»Nein, also ich … Nein, er ist nicht tot, sie haben bloß kaum Kontakt. Feli, ich möchte wirklich, dass Janosch mir vertrauen kann, deshalb …«

»Okay, ich ähm, ich verstehe schon. Ist in Ordnung, ihr seid Kumpels, wenn er mit dir im Vertrauen …«

Simon seufzt wieder, und ich sehe ihn förmlich vor mir, wie er die Hände durch die Haare zieht und nach einer Antwort sucht.

»Wollen wir nicht lieber persönlich drüber reden? Ich muss morgen sowieso kurz bei Janosch vorbei, da könnten wir einen Kaffee trinken.«

»Keine Chance! Janosch wird nicht darüber reden. Er will nicht, dass ich es weiß!«

»Ich meinte auch nicht, dass wir zu dritt einen Kaffee trinken. Ich komme einfach zu dir hoch, okay?«

Janosch wird Simon töten, weil er sich alleine mit mir treffen will. Dann wird er ihn nochmals töten, weil er mit mir über seine Familie redet, und zu guter Letzt wird er *mich* töten, weil ich es nicht habe ruhen lassen und Simon in die Sache reingezogen habe. Aber ich bin nun mal gespannt darauf, was so grandios schiefgelaufen sein kann, dass ein lebendiger Papa nicht auf der Hochzeit seiner Tochter erscheint. Das passt nämlich in einen Sat.1-Film, aber nicht in mein Leben. Ich habe keine andere Chance, als Simon zu fragen. Natürlich könnte ich dieses Thema auch für immer totschweigen, aber das entspräche nicht meiner Natur. Ich will nicht, dass etwas Unausgesprochenes zwischen uns steht.

»Gut«, antworte ich deshalb, »alles klar. Dann sehen wir uns morgen. Ich bin den ganzen Tag da.«

Als es am nächsten Nachmittag an der Wohnungstür klingelt, öffne ich mit ungekämmtem Strubbelkopf, den ich in einen Pferdeschwanz zu zwingen versuche, in Jeans und einem grauen Sweatshirt, das ich Janosch geklaut habe. Simon steht mit einem Berg von Weihnachtsplätzchen im Türrahmen.

»Hallo!«, strahlt er mich an und wedelt mit dem Plätzchenteller vor meinem Gesicht herum. »Wir haben heute im Pflegeheim gebacken, und da dachte ich, ich bringe dir eine Kostprobe mit.«

»Super«, sage ich. Ja, super für meine Figur.

»Du bist scheiße drauf«, sagt er, tritt sich die Schuhe ab und kommt in die Wohnung. Simon fällt meine Laune so negativ auf, dass er zum ersten Mal in meiner Gegenwart ein Schimpfwort benutzt.

Ich kenne ihn doch noch gar nicht besonders gut, wie kann er dann so schnell bemerken, dass es mir schlecht geht? Himmel, ich bin so durchschaubar!

Simon folgt mir in die Küche und kocht uns Kaffee. Ich fühle mich nicht mal schlecht dabei, mich in meiner eigenen Küche bedienen zu lassen.

»Geht schon«, kommentiere ich seine Feststellung meiner miesen Laune.

»Du lügst.« Er stellt eine Tasse vor mir ab und stupst liebevoll gegen meine Nase. Dann lässt er sich mir gegenüber nieder und zieht die Plastikfolie von dem Plätzchenteller.

Als ich laut »NEIN!« lüge, schiebt er mir einen Zimtstern in den Mund. »Hey!«, beschwere ich mich.

»Süßes ist ideal gegen Frust.«

Wem sagt er das. Mir, der Königin des Frustessens. Dennoch dementiere ich eifrig: »Ich habe keinen Frust!« Ich knabbere abwechselnd an meinem Mittelfingernagel und einem brezelförmigen Keks.

»Du lügst schon wieder.« Simon grinst mich an.

»Der ist nicht selbst gebacken!«, weiche ich aus, lecke mir über die krümeligen Lippen und deute auf den Brezelkeks.

»Lenk nicht ab. Sag einfach: Was ist los? Es geht um Janosch. Richtig? Habt ihr Streit? Habt ihr euch getrennt? Soll ich ihn für dich verhauen?«

Irritiert schaue ich ihn an. Streit? Trennung? Verhauen?

»QUATSCH!«, ich besprühe ihn bei diesem Ausruf mit Krümeln. Nicht sehr lecker, ich weiß, aber Simon tut so, als hätte er es nicht gemerkt. »Ich hab dir doch schon gesagt, dass es nur um seinen Vater geht!«

»Na, was heißt hier nur. Janoschs Vater ist so ungefähr das heikelste Thema überhaupt für ihn. Er hasst es, darauf angesprochen zu werden. Ich würde ihm zutrauen, dass er mit dir Schluss macht, weil du zu neugierig warst.«

Ich ziehe die Augenbrauen fest zusammen und pflaume Simon wenig charmant an: »Was du für einen Quatsch redest!«

»Ist kein Müll«, meint er und isst ein Plätzchen.

Okay, so langsam halte ich es nicht mehr aus. Was für ein Geheimnis kann das sein? Simon übertreibt mit Sicherheit schamlos. Janosch würde nie so überreagieren, egal wonach ich ihn wie oft auch immer fragen würde.

Es kann alles gar nicht so schlimm sein.

»Also, Feli, alles, was ich weiß, das habe ich von Janoschs Mutter. Er weiß, dass sie es mir erzählt hat, aber wir haben nur ein einziges Mal darüber gesprochen. Und da hat er zu mir gesagt, es geht mich nichts an und erst recht niemand anders. Aber ich finde, es ist wichtig für dich, damit du verstehst, warum er so reagiert hat.«

Er redet wie ein Märchenopa, der die Geschichte schon viele Male erzählt hat und sämtliche Floskeln und Wendungen schon auswendig kann.

»Janoschs Eltern hatten von Anfang an Probleme. Als Lene Pia bekam, hatte sie gerade angefangen zu studieren und musste die Uni abbrechen. Die beiden haben dann wegen des Babys geheiratet. Zwei Jahre später ist Lene mit Janosch schwanger geworden. Ich weiß nicht genau, aus welchem Jahrhundert Janoschs Vater kommt, aber er war wohl total aus dem Häuschen, dass es ein Junge war.«

Simon schiebt ein Lachen ein, das ich nicht erwidere, weil ich mir tausend verschiedene Variationen ausmalen muss, wie diese Geschichte wohl zu dem Punkt führen wird, an dem Janosch jetzt mit seinem Vater steht. Keine meiner Vorstellungen ist besonders schön.

»Ich weiß nicht mehr genau, wann sie festgestellt haben, dass Janosch blind ist. Aber du kannst dir vorstellen, was es für ein Schlag war zu erfahren, dass ihr Kind niemals sehen und immer ein Stück weit auf Hilfe angewiesen sein wird. Lene war erst zweiundzwanzig oder so, und sie war total fertig. Zu mir hat sie mal gesagt, sie war von Anfang an absolut verrückt nach Janosch, deshalb war es ihr egal. Sein Vater dagegen hat mit dem Gedanken gespielt, ihn wegzugeben – er konnte damit wohl nicht umgehen. Er hat's auch nie versucht, er wollte Janosch einfach nicht. Er und Lene haben sich immer heftiger gestritten, und irgendwann, nach langem Hin und Her, ich glaube, Janosch war noch keine zwei, war sein Vater plötzlich nicht mehr da. Wie im Film. Über Nacht abgehauen.«

Ich stocke und versuche, mir das auszumalen: ein Vater, der sein Kind wegen einer Behinderung so wenig lieben kann. Ich kann es nicht. Ich verstehe jetzt zwar, dass Janosch nichts von seinem Vater wissen will. Aber warum sagt er es mir nicht? Er hätte den unangenehmen Teil aussparen und bloß sagen können, der Vater habe die Familie verlassen. Fertig. Ich bin mir sicher, dass ich die Sache darauf beruhen lassen hätte.

Simon holt tief Luft und setzt zum nächsten Teil der Geschichte an. Ich frage mich, was jetzt noch kommen soll, was noch kommen *kann*!

»Lene wurde schwer depressiv. Zu mir hat sie gesagt, sie hat irgendwie die Balance verloren und musste sich selbst davon abhalten, Janosch für das, was passiert war, zu hassen. Es hat sie ganz schön mitgenommen, dass sie in ihrem Inneren ihren Sohn für alles verantwortlich gemacht hat. War wohl ziemlich heftig. So heftig, dass …«

Ich will es gar nicht hören. Will ihm sagen, er solle bloß kein weiteres Wort sagen.

»So heftig, dass sie an dem Tag, als ihr Mann genau ein Jahr weg war, versucht hat sich umzubringen. Mit Schlaftabletten.«

Selbstmord? Janoschs quirlige, herzliche Mutter?

»Lene ist deshalb heute noch in Therapie. Schlimme Sache.«

Wie im Film, das waren Simons Worte. Ich glaube,

wenn ich die Geschichte in einem Film gesehen hätte, hätte sie mich zu Tränen gerührt. Aber jetzt – nichts. Als könnte ich nicht über eine so reale Geschichte weinen. Es geht nicht. Der Kloß im Hals ist da, doch meine Augen bleiben trocken.

»Sie haben Janosch immer erzählt, dass sie es nur wegen seines Vaters gemacht hat. Er hat mir allerdings gesagt, dass er immer das Gefühl hatte, als würden alle ihn dafür verantwortlich machen. Als wäre es seine Schuld, weil er so ist, wie er ist.«

Als wäre es seine Schuld, dass seine Mutter sich umbringen wollte … Seine Mutter, die ihn jetzt so abgöttisch liebt, dass sie ihn am liebsten nie mehr gehen ließe.

Nach einer Minute Schweigen räuspert sich Simon und fügt hinzu: »Ich finde, er hätte es dir erzählen sollen. Von sich aus, meine ich, spätestens als du danach gefragt hast. Ich verstehe nicht, warum er nichts gesagt hat, Karoline wusste damals von Anfang an Bescheid.« Er schiebt sich mit einem gewissen abschließenden Effekt ein Plätzchen in den Mund und sieht mich erwartungsvoll an.

Na ja, was soll ich dazu sagen? DAS bringt mich endlich zum Weinen. Ich weine nicht laut und heftig wie sonst, sondern leise. Mir kullern schlicht Tränen aus den Augen, fast so, als hätte mein Körper es gar nicht bemerkt. Sogar meine Stimme bleibt normal, wird nur leise (was schon abnormal genug für mich ist), als Simon um den Tisch herumkommt, einen Arm um mich legt und mir mit der anderen Hand über die Wange streicht.

»Schhhhschhh, hey, alles in Ordnung. Das ist über zwanzig Jahre her.« Dann lacht er glucksend und sagt: »So was sagen sonst nur Opas, oder?«

»Was?«

»Sachen wie: *Das ist über zwanzig Jahre her.* Ich komme mir total alt vor!«

Er versucht mich aufzumuntern. Nett von ihm.

»Bist du ja auch«, quäle ich zusammen mit einem Lächeln heraus.

Er nimmt meinen Kopf in beide Hände – huch, was wird das? – und streicht mit den Daumen meine Wangen trocken. Dann drückt er mich so fest an sich, dass ich vergesse zu weinen und ihm, als er mich loslässt, völlig planlos ins Gesicht starre.

»Sag ihm bitte nicht, dass du es weißt. Und weine nicht vor ihm deshalb. Er hasst nichts mehr als …«

»… Mitleid. Ich weiß.«

»Genau. Außerdem würde er mich umbringen, weil ich nicht den Mund halten konnte.«

Simon steckt die Hände in die Hosentaschen, sein Blick schweift durch den Raum, dann sieht er auf den Boden und fragt: »Wollen wir auf den Schreck was trinken gehen?«

Schreck? Welcher Schreck? Meint er, weil ich soeben erfahren habe, dass das Leben meines Freundes ein noch viel größerer Scherbenhaufen ist, als ich je geahnt hätte? Ja, das muss er wohl meinen. Das Wort *Schreck* stellt in meinen Augen allerdings eine anmaßende Untertreibung dar.

Ich gucke erst Simon an und dann an mir herunter. »Sehe ich aus, als könnte ich jetzt was trinken gehen?«, grummele ich.

Simon lacht. »Mhm, okay, ich würde dir vorher ein paar Minuten im Bad geben.«

»Sei mir nicht böse, aber es ist irgendwie ein Scheißtag heute. Ich gehe am besten früh schlafen und … und so.«

Simon versteht leider nicht, dass ich ihn loswerden möchte. Er bleibt noch eine Dreiviertelstunde, bevor er überzeugt ist, dass ich absolut nirgends hingehen will, egal wie viele Cocktails er mir zu spendieren verspricht.

Später am Abend, es ist nach neun und draußen herrscht eine viel zu dichte, drückende Dunkelheit, liege ich auf meinem Bett, weiche mit meinen nassen Haaren alle Kissen ein und starre an die Decke. Ich kaue an den Nägeln. Der Nagellack, den ich erst vor einer Viertelstunde aufgepinselt habe, um mich abzulenken, blättert schon wieder ab. Auch gut. So ein halb abgeknabberter Nagellack (Cem nennt die Farbe immer zynisch puffrot) sieht doch punkig aus, versuche ich einen lustigen Gedanken. Aber nicht mal mehr ich finde meine Gedanken noch lustig.

Ich denke wieder an mein Gespräch mit Simon. Seit er weg ist, geht mir jedes einzelne Wort im Schädel herum, und ich frage mich, ob ich es wirklich habe wissen wollen. Ich habe mir unzählige Male den Kopf gerieben, damit er nicht platzt, und jede der drei Tassen Kaffee, die ich mir seither gekocht habe, gedankenversunken kalt werden lassen.

Eigentlich wollte ich einen Film mit Matthew McConaughey gucken, aber es wollte nicht so recht klappen, weil Cem neben mir saß, mir im Sekundentakt seine Liebe zu Matthew gestand und mich ständig fragte, wie man den komplizierten Nachnamen schreibt. Das müsse er unbedingt wissen, nur für den Fall, dass er eines Tages einen Fanbrief aufsetze. Nach einer halben Stunde fragte er, ob das Word-Rechtschreibprogramm den Nachnamen wohl gespeichert habe und notfalls korrigieren könnte. Ich weiß, dass Cem witzig sein und mich in ein nettes Gespräch verwickeln wollte, aber es ging nicht. Ich bin aufgestanden, habe spielverderberhaft gesagt: »Keine Ahnung, Cem, ist mir auch egal«, und mich unter die heiße Dusche gestellt.

Jetzt lieg ich hier und höre meine melancholische Playlist. Mein Kleinhirn versucht verzweifelt, all die neuen Informationen irgendwo abzuspeichern. In keine der vielen Schubladen, die sich in meinem Hirn zur Informationsspeicherung befinden, will das, was Simon mir erzählt hat, so recht hineinpassen.

DIE BESTE STRATEGIE: EINFACH MAL DIE KLAPPE HALTEN

Es ist ein Ding der Unmöglichkeit für mich: Die Klappe zu halten gehört ebenso wenig zu meinen Stärken wie olympischer Zehnkampf oder perfektes Mandarin.

Ich will zu Janosch. Ich will umarmt werden, so fest, dass ich keine Luft mehr bekomme. Oder sollte ich diejenige sein, die ihn in den Arm nimmt? Nein. Alles ist normal, alles wie immer. Verdrängung ist wohl das Beste. Schlicht so tun, als hätte es den blöden Streit gar nicht gegeben, nie wieder unangebrachte Fragen stellen und auf keinen Fall von dem Gespräch mit Simon erzählen.

Die melancholische Playlist tut heute ihren Dienst nicht. Auch nicht nachdem ich mehrmals *9 Crimes* gehört habe. Dabei will ich nur endlich einschlafen. Ich kann es aber nicht. Es ist schon fast zwölf. Der Gedanke daran, dass es schon fast zwölf ist und ich in sieben Stunden aufstehen muss, obwohl ich doch am liebsten immer sieb*zehn* Stunden lang schlafe, macht mich erst recht schlaflos. Ich strenge mich an, aber mein Hirn arbeitet so heftig wie Windows 98 bei dem Versuch, zwanzig Programme auf einmal auszuführen. Also höre ich natürlich Harry Potter. Heute habe ich mir *Die Heiligtümer des Todes* ausgesucht.

Harry feiert bei ohrenbetäubender Lautstärke meines CD-Players seinen siebzehnten Geburtstag (Mrs. Weasley hat einen Kuchen in Form eines Schnatzes gebacken), da klopft es an der Tür. Cem steckt seinen strubbeligen, verschlafenen Kopf herein.

»Feli? Weißt du, wie saulaut du bist?«

»Das bin nicht ich. Das ist Rufus Beck, der die Stimme von Hagrid nachmacht.«

»Ja, wirklich total lustig. Ich schreibe morgen eine Klausur. Mach bitte leiser. Sonst stehen hier gleich sämtliche Nachbarn aus dem Umkreis von dreißig Kilometern auf der Matte.«

»Dann ziehe ich eben eine Dreißig-Kilometer-Todeszone um mich herum. Das haben die sechsundachtzig in Tschernobyl auch so gemacht. Ich bin dann quasi ein Atomkraftwerk.«

»Hör auf, krampfhaft witzig sein zu wollen, und sag Rufus Beck, er soll die Stimme von Hagrid gefälligst leiser nachmachen.«

Meckerliese. Cem ist aber auch empfindlich. Weiß er denn nicht, wie mies es mir geht? In dem Fall wird man doch wenigstens ein bisschen übertreiben dürfen. Da fällt mir ein: Nein, er weiß nicht, wie mies es mir geht. Ich habe es ihm nämlich nicht gesagt.

Ich drehe die Laustärke von acht auf sieben, der Unterschied ist bloß gering. Wenn ich ehrlich bin, will ich Cem ein bisschen auf die Palme bringen, warum, weiß ich auch nicht. Vielleicht, weil es mir guttun würde, mich mit jemandem zu streiten. Ich muss meinen pulsierenden Kopf entlüften.

Keine zehn Minuten später, Harrys Geburtstagsparty wurde derweil von dem fiesen neuen Zaubereiminister Scrimgeour gestürmt, öffnet Cem wieder die Tür und knurrt: »Herzlichen Glückwunsch. Du hast es geschafft, der erste Nachbar ist hier und beschwert sich wegen dir.«

Ich ziehe mir die Decke über den Kopf. »Wer? Doch nicht etwa Kai, oder? Der soll mal halblang machen, wenn der nachts um drei Rammstein aufdreht, hab ich bisher nie was gesagt.« Unverschämtheit. Dieser Banause!

Ich höre Cem lachen.

»Das ist verdammt noch mal nicht lustig!«, brumme ich und wickele mich enger in meine Bettdecke.

Die Tür geht zu. Plötzlich höre ich, wie leise pochende Schritte den Wohnungsflur entlanggehen, und bevor ich mich aus meiner Bettdeckenhöhle befreien kann, sind die Schritte auch schon in meinem Zimmer.

Ich strecke den Kopf aus der Decke und frage ins Dunkle: »Cem?«

Als Antwort folgt ein enormer Schlag, als würden ein Dutzend Dinge auf den Boden fallen, begleitet von dem unangenehmen Knirschen einer zersplitternden CD-Hülle.

Sofort sitze ich senkrecht im Bett. HIMMELHERRGOTT! Ist das die Rache für das laute Hörbuch? Randale! Ich knipse die Nachttischlampe an.

Es ist nicht Cem, sondern Janosch.

Er liegt bäuchlings auf dem Zimmerboden, begraben von mindestens zwei umgekippten Bücherstapeln, unter ihm der Inhalt einer CD-Box.

»Puh«, stöhnt er, rollt sich auf den Rücken und reibt sich durch die Haare.

Ich kann gar nichts sagen. Wenn ich ehrlich bin, muss ich mir angestrengt ein Lachen verkneifen. Mit Sicherheit hat noch nie jemand einen eindrucksvolleren Auftritt hingelegt, als er zum ersten Mal nach zweitägiger Funkstille seine Freundin besuchte.

Blitzschnell steht er auf und fragt: »Warum komme ich eigentlich immer ohne Stock hier hoch?«

»Weil du das Ding nicht leiden kannst.«

Janosch sieht aus, als wäre er schon im Bett gewesen. Er trägt nur Boxershorts und T-Shirt, seine Haare sind zerwühlt. Er streckt die Hand aus, und ich verstehe sofort. Ich springe auf, fasse sie und führe ihn zu mir.

»Warum kommst du *überhaupt* hier hoch?«, frage ich zaghaft.

»Das frage ich mich auch, wo du ja offensichtlich versuchst, mich umzubringen.«

Ich muss lachen, Janosch stimmt ein, stößt mich aufs Bett und beugt sich über mich. Aber er küsst mich nicht.

»Welche CD war es?«, fragt er. »Eine CD-Hülle ist gesprungen.«

»Nicht so wichtig«, sage ich leise und ziehe an seinem T-Shirt-Kragen.

»Ich weiß genau, wie pingelig du mit deinen CDs bist, also: Welche war es?«

Ich blicke über ihn hinweg. Ist doch egal, welche CD es war. War ja nur die Hülle. CD-Hüllen sind so was von unwichtig, gemessen daran, dass Janosch jetzt hier bei mir … WAAAH! Ich starre an ihm vorbei auf die Unordnung auf dem Boden und erkenne: DIE CD IST ZERBROCHEN!!! Und … es war *ORIGIN OF SYMMETRY!!*

Ohneinohneinohneinohnein! Eine meiner Lieblings-CDs ist kaputt … Der vernünftige Teil meines Hirns ermahnt mich, die Fassung zu bewahren. Es ist bloß ein Datenträger, du hast die Lieder alle auf deinem Computer gespeichert und kannst sie immer noch hören! Aberaberaber … das war meine erste MUSE-LP! Meine allererste, gekauft im Jahre 2006, *bevor* sie plötzlich weltberühmt wurden! Wegen dieser CD bin ich in die Band verliebt. Und jetzt ist sie kaputt.

Reiß dich zusammen! Kann man alles nachkaufen. Janosch bekommt ein furchtbar schlechtes Gewissen, wenn du ihm jetzt sagst, welche CD es war.

Stimmt. Die Vernunft hat mal wieder recht, die alte Streberin.

»Ähm. Ja, also, ist nicht so schlimm.«

»Welche CD?«

»Keine wichtige. Es war …« Okay, bei welcher könnte ich es am ehesten verschmerzen? Besäße ich doch bloß *Best of Wolfgang Petry* oder *Peter Maffay live in Concert* oder irgend so etwas. Dann könnte ich jetzt behaupten, es wäre eine von denen gewesen und er hätte mir einen Gefallen getan. Aber *Origin of Symmetry …*

»Es war bloß eine CD, die ich mal für eine Party … zusammengestellt habe. Nicht schlimm … dass sie kaputt ist. Konnte eh weg.«

»Die CD ist kaputt?«

»Vielleicht?!«

Janosch sackt zusammen und ächzt. »Welche CD ist es wirklich? Du musst nicht lügen.«

»Hab ich dir doch eben gesagt, es war …«

»Feli, du klingst, als würdest du gleich losheulen. Welche CD ist es?«

»*Origin of Symmetry*«, piepse ich.

»MUSE??«

»Nein, *Die Wildecker Herzbuben!* Natürlich MUSE!« Hups, meine Vernunft konnte diesen bissigen Kommentar nicht rechtzeitig ersticken.

Janosch rollt von mir herunter und sagt leise mit den Händen über den Augen: »Ich kauf sie dir neu.«

»Nein. Ist. Schon. Okay.«

Ich schalte das Licht aus, damit ich das Chaos in meinem Zimmer nicht sehen muss. Scheiß Chaos.

Eine halbe Minute sagt keiner von uns beiden etwas. Dann flüstert Janosch: »Das hier sollte eigentlich eine Versöhnung werden. Ich dachte, ich bringe irgendeinen coolen Spruch über deine *Harry-Potter*-Sucht, und wir vergessen, dass wir uns angebrüllt haben.«

»Klingt gut.«

»Mir fällt aber keiner ein.« Wir fangen beide laut zu lachen an. Dann, endlich, anstelle cooler Sprüche, nimmt mich Janosch in den Arm und küsst mich.

CHAOS BLEIBT CHAOS BLEIBT CHAOS

Eigentlich zähle ich voller Vorfreude die Tage bis Weihnachten. Eigentlich. Uneigentlich muss ich eine Präsentation für *English literature* machen. Und das lässt sich nur schwer mit meiner Weihnachts- und Ferienlaune vereinbaren. Als ich nachmittags aus der Uni komme, habe ich zwar tonnenweise Kopien und ausgeliehene Bücher im Schlepptau, aber nicht einen Funken Lust, mich damit auseinanderzusetzen.

Schon nach zwei Stunden liege ich quer auf dem Bett in einem Meer aus Kopien, habe den Überblick mehr als verloren und werde wahnsinnig. Ich versuche einen Text zu ordnen, der keine Seitenzahlen hat, weil beim Kopieren aus dem übergroßen Sachbuch der untere Rand abgeschnitten wurde. Super, so etwas muss immer mir passieren, der Inhaberin eines leicht strapazierbaren Nervenkostüms.

Mein Handy klingelt. Es ist Simon. *Bitte* nicht auch noch Simon.

Er hat es sich zur Angewohnheit gemacht, mich täglich anzurufen, um zu fragen, ob ich ihn schon verpetzt habe, *Stichwort: Geheimnis.* Simon hat den James Bond in sich entdeckt und in Windeseile eine Codesprache entwickelt. Sein ständiges Nachfragen hat zur Folge, dass die ganze Geschichte um Janoschs Vater dauerpräsent in meinem Schädel ist und ich sie einfach nicht vergessen kann. Die Gefahr, dass ich es Janosch aus Versehen verrate, wächst mit jedem nervigen Anruf, aber das kann Simon so gar nicht nachvollziehen.

»Hallo, Feli. Geht es dir gut?«

Ja, mir geht's super, nahezu blendend. Danke, Simon, wie nett, dass du fragst, ich FLIPPE nur gleich aus, weil ich beim Greifen nach meinem Handy, auf dem DU angerufen hast, mit dem Oberarm eine Seite (756) aus meinem Wörterbuch entfernt habe.

»Fantastisch, Simon, fantastisch.«

»Heute ist Freitag.«

»Sag bloß, ist ja 'n Ding.« Ich weiß das! Freitag, der achtzehnte Dezember, sechs Tage vor Heiligabend, dreizehn Tage vor Silvester, das heißt genau dreizehn Tage vor Janoschs Geburtstag. Und für keinen der beiden Anlässe habe ich bisher ein Geschenk besorgt.

»Das heißt, du ziehst es jetzt schon seit fünf Tagen durch, Janosch nichts zu sagen.«

»Rekordverdächtig.« Geradezu olympiareif.

»Was machst du?«

»Ein Referat«, murre ich.

»Schlecht gelaunt?«

»Mhm«, lautet meine aussageschwache Antwort. *Mhm* kann alles heißen.

»Brauchst du Ablenkung?«, fragt er.

»Ich brauche eindeutig *weniger* Ablenkung.« Ich lasse mich von allem und jedem ablenken. Etwa vom Muster meiner Raufasertapete oder vom Duft des Pfannkuchens, den Cem vorhin nur für sich zubereitet hat, der alte Egoist. Oder auch von der Weichheit meiner Kissen, die rufen: Komm, Feli, nur ein kleines Nickerchen. Aber nein. Nein, *Konzentration.*

»Ich mach dir 'nen Vorschlag, Feli.«

»Nur zu.«

»Du arbeitest jetzt bis, sagen wir, acht. Danach belohnst du dich.«

Belohnung klingt gigantisch. Belohnung klingt nach Spaß und Alkohol und Kalorien.

»Womit?« Spaß, Alkohol, Kalorien???

»Ich wollte dich fragen, ob wir zusammen weggehen wollen. Ich habe Konzertkarten, und zufällig ist eine übrig. Begleitest du mich?«

»Konzertkarten?« Simon, der Schlawiner. Mit Konzertkarten bin ich leicht zu überzeugen.

»Ja, ich wollte eigentlich mit Janosch hingehen, aber der hat abgesagt.«

»Warum?« Ich bin mir nicht sicher, ob es ratsam ist, dass ausgerechnet ich für Janosch einspringe.

»Angeblich hat er keine Lust. Es sollte eine Art verfrühtes Weihnachtsgeschenk für ihn werden. Ich wollte mal wieder einen netten Abend unter Freunden verbringen. Doch es ist ihm zu voll, zu viel Trubel und so.«

»Du hast es ihm geschenkt, und er hat abgelehnt?«

»Ähm. Ja, so ist er. Also, gehst du jetzt mit?«

»Was ist es für ein Konzert?«

»Zwei Typen aus Schweden. So ein Singer-Songwriter-Ding. Ich … ähm … ich glaube, es wird gut. Bist du dabei? Ich hole dich um halb neun ab. Ich schenke dir die Karte. Du hast keinen Stress. Du kannst praktisch nicht nein sagen.«

Ich kann nicht nein sagen? Na ja. Wenn das Konzert jetzt ein Stück Schokotorte und/oder ein Leberkäsebrötchen wäre, *dann* könnte ich nicht nein sagen. Aber … ich weiß ja nicht. Janosch wäre mit Sicherheit auf mehr als einen von uns stinksauer.

»Plus zwei Cocktails, Feli. Komm schon, bitte!«

»Ich kann bei einem Konzert keine Cocktails trinken. Das ist nicht besonders stilecht.«

»Dann Bier, Feli. Zwei Bier. Drei! *Fünf,* wenn du willst!«

Ich freue mich dann doch über Simons Eifer und über die Aussicht auf Freibier und sage lachend: »Okayokayokay. Ich komme mit. Halb neun.«

»Geil. Dann, ja … dann bis dann.«

Geil ist ein stumpfes, sinnentfremdetes Wort. Ist es geil, mit mir auf schwedische Singer-Songwriter-Konzerte zu gehen? Im Ernst? Das kann mir keiner weismachen. Es ist nicht *geil.* Zumindest nicht geil im wortwörtlichen Sinne. Es ist bestenfalls toll. Wobei toll im Grunde auch nur ein anderes Wort für wahnsinnig ist.

Nach dem Auflegen gelingt es mir tatsächlich, zwei Stunden konzentriert und ertragreich zu arbeiten. Dann klingelt wieder das Telefon, und bei der erneuten Suche danach verkündet ein unheilvolles Knirschen, dass mein Wörterbuch unter meinem Hinterteil gerade einen langsamen, grausigen Tod stirbt. Der Schinken kostet ja bloß dreißig Euro. Warum also nicht ein paar Seiten herausreißen. Ich gönne mir ja sonst nichts.

»Ja?«, lautet mein Telefongruß.

»Kommst du runter?« Es ist Janosch. Er spart sich solche Telefonformalitäten wie *Hallo, wie geht's?* oder *Tschüss.*

»Ich habe noch zu tun. *English Literature.* Blödes Referat.«

»Du schiebst es seit Anfang November vor dir her.«

»Ja, Mama, ich weiß, Mama.«

»Ich will dir keine Predigt halten.«

»Dann tu's nicht.«

»Wann kommst du dann?«

»Ich … ich weiß nicht.«

»Was ist los?« Janoschs verdammte Daredevil-Fähigkeiten. Er weiß immer, dass was los ist, wenn was los ist.

»Nichts. Ich mache dann mal weiter mit dem Referat. Ich ruf dich an.«

Er legt ohne Verabschiedung auf.

Warum ich ihm nicht gesagt habe, dass ich mit Simon weggehe? Wenn ich das wüsste. Vielleicht weil ich eine gemeine, hinterhältige Kuh bin. Oder einfach deshalb, weil Janosch schon Amok gelaufen ist, als ich ihm gesagt habe, dass Simon mich am Sonntag besucht und seither mehrfach angerufen hat. Janosch feindet Simon ernstzunehmend an. Finde ich ein bisschen süß. Es ist einfach zu schmeichelhaft, wenn jemand wegen mir, MIR!, eifersüchtig ist. Trotzdem will ich es nicht unnötig anheizen.

Ich werde es ihm schon noch sagen. Aber vielleicht besser morgen, wenn es sowieso zu spät ist. Eigentlich will ich nicht lügen. Janosch anzulügen ist sowieso ein Ding der Unmöglichkeit. Ich will gerade zum Telefon greifen, um ihm die Wahrheit zu sagen, da geht meine Zimmertür auf, und Janosch steht im Rahmen.

»Hast du dich hergebeamt?«, frage ich.

»Ja, und danach habe ich einen Impfstoff gegen Aids erfunden.«

»Haha«, künstele ich. Witzig.

»Du hast mit dem Kindischsein angefangen.«

»Bist du schlecht gelaunt?«, frage ich ihn.

»Nicht schlechter als du.«

Er schlurft, ohne die Füße zu heben, über den Boden, um nicht hinzufallen, und kickt dabei stöhnend Bücher und Papiere aus dem Weg. Anders ausgedrückt: Er zerstört weite Teile meiner zweistündigen Arbeit, die darin bestanden hat, die Kopien ohne Seitenzahlen mit viel Rätselraten und Wortpuzzeln zu sortieren.

»Pass bitte mal auf da, Janosch. Das sind Uni-Bücher, und diese Zettel waren sortiert. Das war eine Heidenarbeit!«

»Räum deinen Kram halt weg. Warum legst du das Zeug überhaupt auf den Boden?«

»Weil ich so besser lernen kann. Und weil ich sonst nicht genug Platz habe. Das hatte schon alles seine Ordnung.« Ich springe vom Bett auf und versuche zu retten, was zu retten ist.

»Ordnung? Machst du Witze? Bei dir ist gar nichts in Ordnung, Feli. Dein Zimmer ist der größte Saustall, den ich je gesehen habe.«

»Haha«, wiederhole ich. Hat er es mal wieder geschafft, einen selbstironischen Wortwitz einzubauen.

»Was? Ich … oh, vergiss es einfach, Feli.«

»Was denn? Du hast doch wieder mit den Blindenwitzen angefangen!«

»Blindenwitze?«

MOOOOOOMENT. Cut. Zurückspulen. Was ist das hier? Schon wieder Streit? Warum denn nun diesmal? Wegen Papier? Wegen eines blöden Referats? Wegen eines Wortwitzes, der gar keiner war? Janosch hat sich einfach nur so ausgedrückt, wie jeder andere Mensch es getan hätte. Oh Mann.

»Entschuldige«, sage ich, bevor wir uns noch tiefer in einen Streit verstricken können, »ich dachte nur, weil du gesagt hast … egal, sorry.« Ich lege beide Arme um seinen Bauch und den Kopf auf seine Schulter.

»Was machst du heute Abend?«, fragt er versöhnlich, umfasst meine Taille und haucht mir einen Kuss auf den Kopf.

»Ich … ähm … Simon hat mir die Konzertkarte angeboten, die er dir schenken wollte. Ich habe zugesagt.«

Janosch löst sich aus meiner Umarmung und fragt: »Das ist jetzt nicht dein Ernst?«

»Ich fürchte doch.«

»Warum?«

»Warum nicht?« Ja, Gegenfragen sind schwache Argumente, ich weiß.

»Warum fragt er ausgerechnet dich?«

»Warum nicht?« Eigentlich sind sie gar keine Argumente, sondern das Eingeständnis, dass einem nichts Besseres einfällt.

»Weil er mich damit auf die Palme bringt.«

»Bist du eifersüchtig?«, versuche ich kommlassunsknutschenmäßig zu gurren. Natürlich will ich, dass er *nein* sagt, damit ich dann *doooohoooch* sagen und ihn auf mein Bett ziehen kann.

Aber Janosch sagt: »Ja! Du bist meine Freundin, und Simon ist mein – wenn ich so was überhaupt habe – bester Freund, und er versucht momentan äußerst gründlich, dich abzuwerben. Natürlich bin ich eifersüchtig. Das ist ganz normal. Jeder, der das bestreiten würde, würde lügen, um zu erwirken, dass …«

Ich ziehe ihn zu mir und sage: »Wir sind hier nicht im Gerichtssaal, Janosch.«

»Ich meine doch bloß …«

»Ich weiß, ich weiß, Herr Anwalt.«

»Hör auf, dich lustig zu machen. Es ist mir total ernst. So geht das nicht.«

Ah, ich stehe drauf, wenn er so gestelzte Erwachsenensachen von sich gibt.

»Ich komme mit«, sagt er entschlossen.

»Zum Konzert?«

»Ja.«

Was ich davon jetzt halten soll, weiß ich allerdings nicht so genau.

ICH TANZE GLEICH NACKIG AUFM TISCH

Ich war schon ewig nicht mehr weg. Abends bin ich meistens damit beschäftigt, in Janosch verliebt zu sein und Pärchensachen zu machen.

Als Simon um halb neun vor der Tür steht, schlüpfe

ich in Schuhe und Jacke und schwinge mir eine Tasche um. Er trägt ein grobkariertes rotes Hemd und Jeans. Simon sieht gut aus. Mir wird schlagartig bewusst, dass auch ich Zeit in mein äußeres Erscheinungsbild investiert habe. Ich habe mir die Fingernägel in der puffroten Farbe lackiert, meine Haare formen sich zu einem gewollt verwuschelten Knoten auf dem Hinterkopf, außerdem trage ich einen ungewohnt tiefen Ausschnitt. Was möchte mir mein Unterbewusstsein mit der Auswahl dieser Kleidung mitteilen? Dass die Vorstellung, endlich mal wieder Livemusik zu hören, die pubertäre Feli zum Leben erweckt hat, oder dass ich insgeheim hoffe, ein Kompliment für mein Outfit einzuheimsen?

»Hey, Feli. Wow, du siehst super aus.«

Ich bin mir sicher, dass der Komplimentefaktor entscheidend war. Simons Worte streicheln sanft über meine Seele und mein unstetes Selbstbewusstsein.

»Dann lass uns gehen.« Er greift nach meiner Hand und zieht mich durch die Tür.

Ich bin verwirrt. Aber auf dem Weg durchs Treppenhaus plappert er so voller Vorfreude von dem bevorstehenden Abend, dass ich mich ihm nicht entreißen kann. Einerseits ist er wirklich nett, und er ist ein guter Freund, also warum sollte er nicht mal aus Jux meine Hand halten? Andererseits ist er *nur* ein guter Freund, also warum zum Teufel sollte er überhaupt Körperkontakt suchen?

Unten stößt Simon fest die Haustür auf.

Da dämmert mir: »Wollen wir Janosch nicht abholen?«

»Wozu?«

»Er … kommt doch mit.«

»Janosch? Er wollte die Karte nicht.«

»Ja, aber … Er hat sich umentschieden … denke ich.«

Ich weiß ja auch nicht. Die Verwirrung bietet mir eine gute Gelegenheit, um Simons Hand loszulassen, die plötzlich nicht mehr nur irritierend, sondern zunehmend einengend und falsch wirkte.

Ich klingele an Janoschs Wohnungstür, und es dauert keine zwei Sekunden, bis er aufmacht.

»Hallo!«, versprüht er seine übertrieben gute Laune. Und übertrieben heißt bei Janosch immer: Da stimmt etwas nicht.

Ebenso übertrieben ist seine Begrüßung: Er streckt die Hand nach mir aus, und als ich sie fasse, zieht er mich in einen Kuss. »Na, dann mal los«, sagt er euphorisch.

Wir fahren in Simons prähistorischem Golf durch die Stadt. Simon zieht ein unzufriedenes Gesicht, Janosch grinst fies, ich fühle mich unwohl. Komischerweise biegen wir in die Straße zum Bahnhof ein. Ich weiß zwar nicht genau, wo das Konzert stattfindet, aber am Bahnhof gibt es bloß Gemüseverkäufer, Fastfood-Restaurants, dubiose Friseursalons, dubiose Schlüsseldienste und dubiose Tattoo-Studios.

»Wo genau fahren wir denn hin?«, frage ich irritiert.

»Zum Bahnhof.«

»Was du nicht sagst«, murre ich.

»Zum Bahnhof?«

»Ja.« Simon parkt zwischen zwei Taxen und steigt ohne ein Wort aus dem Auto aus.

»Was machen wir hier?«, frage ich, aber er antwortet mir nicht.

»Feli, wie spät ist es?«, fragt Janosch.

»Ungefähr zwanzig vor neun«, antworte ich mit einem Blick auf die Anzeige am Armaturenbrett.

»Wie spät genau?«, drängt er.

»Zwanzig Uhr einundvierzig und sechsunddreißig Sekunden«, motze ich zurück. »Nein, entschuldige, jetzt sind es schon vierzig Sekunden, einundvierzig, zweiundvierzig …«

»Ja, ich hab's verstanden!«

»Warum stehen wir hier rum?«, rufe ich Simon durch die offene Fahrertür zu.

»Weil er ein hinterhältiges Arschloch ist«, sagt Janosch leise, und laut rufend fügt er hinzu: »Und weil der Zug aus Marburg um zwanzig Uhr zweiundvierzig ankommt.«

Simon dreht sich kurz zu Janosch und mir um, verzieht die Mundwinkel und läuft dann ums Auto herum zu den Gleisen.

Der Zug aus Marburg … der Zug aus Marburg … der Zug aus Marburg!

Plötzlich wird mir klar, was das bedeutet. Es heißt in der Tat, dass Simon heute wirklich mehr als eigenartig ist.

Als wir den Konzertraum betreten und der Typ, der die Tickets kontrolliert, Janosch natürlich nicht ohne Karte einlassen will, kann ich meinen Ohren kaum trauen.

»Sorry, Alter, ohne Karte kommste hier nich rein, und es is alles ausverkauft.«

Janosch lässt meine Hand los, juckt sich an der Stirn und sagt dann: »Ich weiß, aber, hey, könnt ihr vielleicht 'ne Ausnahme machen? Ich meine, ich kann das Konzert sowieso nicht sehen, deswegen wollte ich zuerst auch nicht mitkommen, aber ich würde die Musik jetzt doch sehr gerne miterleben.« Noch dazu hält er dem bulligen Türsteherverschnitt seinen Behindertenausweis unter die Nase.

Ich habe Janosch noch nienienie diesen Ausweis benutzen sehen. Nicht mal, als ich ihn letztens zum Supermarkt gefahren habe und wirklichwirklich gerne den einzig freien Kundenparkplatz belegt hätte. Nein, wir mussten zwei Straßen entfernt parken.

Verdutzt murmelt der Typ: »Da muss ich erst mal fragen, aber …« Er beobachtet die lange Schlange hinter uns. Klare Sache, hier kann er jetzt nicht weg, sonst stürmt die wilde Meute den Saal. »Ach, komm, ich drück ein Auge zu, geh durch. Ich wünsch dir viel Spaß.« Er tätschelt sogar Janoschs Schulter.

»Was war das denn?«, zische ich ihm ungläubig zu.

Janosch grinst. Ja, wie grinst er denn? Boshaft. Boshaft ist ein sehr gutes Wort. »Was hätte ich denn machen sollen? Willst du mich etwa nicht dabeihaben?«

Ich seufze. »Doch. Doch, natürlich, aber so?«

»Es war eine Ausnahme. Versprochen!« Er greift nach mir, umfasst meine Hand und küsst meinen Handrücken.

Karo Sieben lacht sich kaputt, und auch Simon kann sich ein Grinsen nicht verkneifen.

Das Gefühl, das durch meinen Körper strömte, als Simon mit Karo aus dem Bahnhofsgebäude zurückkam und sie sich auf die Rückbank neben Janosch setzte, ist noch nicht abgeflaut. Ich fühle mich, als wäre ich mächtig verraten worden. Als wäre ich eine Figur in einem unfairen Schachspiel. Und zwar kein König oder ein Springer. Ich bin lediglich ein kleiner Bauer, der den starken Figuren der gegnerischen Mannschaft zum Fraß vorgeworfen wird, um eine Schneise zum Königspaar zu pflügen. Ich weiß nur noch nicht, wer genau die Schachfiguren führt. Feli auf e5, strategischer Zug.

»Ihr wart wohl noch nie zusammen im Kino. Da zieht

er die Nummer immer ab«, teilt Karo mir in eigentlich nett gemeintem Plauderton mit.

Aber ihre kleine Anekdote macht mich wütend. NEIN, wir waren noch nie zusammen im Kino, weil ich die Frage nach einem gemeinsamen Kinoabend bisher für unglaublich taktlos gehalten habe. Der Janosch, den ich kenne, hätte mit triefendem Sarkasmus auf einen solchen Vorschlag reagiert.

»Ich weiß gar nicht mehr, in wie vielen Kinofilmen wir waren, ohne dafür zu bezahlen.«

Ich heuchele Interesse an ihrer Geschichte.

»Die Kunst besteht darin, die kleinen, unabhängigen Kinos auszuwählen. Die waren immer zu verlegen, um uns abzuschlagen, dass wir einen verkitschten Disney-Animationsfilm wenigstens *hören.*«

Karo stimmt geradezu wiehernd in sein Lachen ein und schwelgt in Erinnerungen: »Oh ja. Welcher Film war das noch? *Findet Nemo*? Keiner hat gemerkt, dass wir nicht über den Film gelacht haben, sondern nur über die Situation. Es war einfach so schräg. Ein Raum voller erwachsener Menschen, die sich über einen Kinderfilm wegpissen, und wir mittendrin. Allerdings hatten wir wenigstens kein Geld dafür ausgegeben.«

Ich muss nicht erwähnen, dass ich Disney-Filme im Allgemeinen und *Findet Nemo* im Speziellen ganz große Klasse finde, oder? Ich muss heute noch jedes Mal Tränen lachen, wenn ich ihn sehe.

Simon, Karo und Janosch lachen ausgelassen. Simon legt einen Arm um mich und sieht mich ermutigend an, als wollte er sagen: »Freu dich doch mit uns.« Trotzdem fühle ich mich ausgeschlossen. Die drei sind alte Freunde, und ich bin die Neue, die ihren Humor nicht versteht.

Weil ich Karo ein schlechtes Gewissen einreden möchte, sage ich: »Ich fand *Findet Nemo* ziemlich lustig.«

»Ja, aber als der Film damals rauskam, waren Karo und ich schon volljährig, und du warst wie alt? Zwölf?«

Dreizehn, zische ich in Gedanken und blitze Janosch so böse an, wie ich es noch nie getan habe. Er weiß genau, wie sehr ich auf Disney stehe, er weiß genau, dass ich sprechende Fische, singende Mäuse und tanzende Affen mag. Obwohl es mir egal sein könnte, obwohl ich für gewöhnlich zu meinen kindischen Vorlieben stehe, ist es mir plötzlich peinlich. Ich fühle mich kurz wie eine Verräterin, weil ich mir wünschte, ich könnte ehrlichen Gewissens in ihr Lachen einstimmen und über *Findet Nemo* witzeln.

Ich fühle mich von Janosch provoziert. Es ist nicht meine Schuld, dass er Simons verfrühtes Weihnachtsgeschenk ausgeschlagen hat, und ich kann auch nichts dafür, dass Simon beschlossen hat, die Karte an mich weiterzugeben. Wenn hier jemand das Recht auf Unzufriedenheit hätte, dann wäre das sicher ich. Die Situation überfordert mich so sehr, dass über meinem rechten Auge ein Kopfschmerz beginnt.

Als Simon mich fragte, ob ich ihn zu einem Konzert begleiten wolle, bin ich davon ausgegangen, dass wir zu zweit hingehen würden. Er sagte schließlich, er wollte mit Janosch einen Abend unter Freunden verbringen – ich habe lediglich Janoschs Platz eingenommen. Warum hatte Simon geplant, den Abend mit Janosch und Karo zu verbringen, und warum wählt er ausgerechnet mich als Ersatz aus? Er muss doch gewusst haben, dass diese Konstellation ein wahres Pulverfass darstellt. Ist Simon etwa total naiv und gutgläubig, und ihm war gar nicht bewusst, dass kaum einer der Beteiligten von seinem Plan begeistert wäre und die Gesellschaft der anderen schätzen würde? Ich hätte nicht gewollt, dass er Janosch und Karo zusammenführt. Janosch hätte nicht gewollt, dass Simon und ich einen Abend zusammen verbringen. Und ich kann mir gut vorstellen, dass Karo ebenso wenig scharf auf meine Anwesenheit ist wie ich auf ihre.

Apropos Simon. Er hat Bier geholt und balanciert vier Gläser an einen Stehtisch. Ich gehe zu ihm, nehme mir ungefragt ein Glas und sehe ihn dann vorwurfsvoll an.

»Sorry, aber ich habe ihr die Karte nun mal auch zu Weihnachten geschenkt.«

»Das heißt, du wolltest ursprünglich mit ihr und Janosch alleine herkommen? Was dachtest du denn, wie ich das finde?« Was er damit bezwecken wollte, mag ich mir gar nicht ausmalen.

»Wir sind früher häufig zusammen auf Konzerte gegangen. Ich wollte die alten Zeiten wiederaufleben lassen.«

»Ach, wirklich? Janosch und Karo sind seit zwei Jahren getrennt. Wie oft seid ihr seitdem zusammen aus gewesen?«

»Ständig, Feli!«

»Ständig?« Das Wort fühlt sich irgendwie kantig und rau in meinem Hals an, wie ein grobes Stückchen Fels, das ich auszuspeien versuche.

Als Janosch mir sagte, er und Karo seien seit fast zwei Jahren kein Paar mehr, bin ich davon ausgegangen, dass zwischen ihnen seither Funkstelle herrschte. Ich war der Meinung, sie hätten sich bestenfalls zu irgendwelchen von höherer Gewalt bestimmten Anlässen getroffen, beispielsweise bei Pias Hochzeit. Es erschien mir logisch: Janosch und Karo waren lange zusammen, in dieser gemeinsamen

Zeit hatte sich auch seine Schwester mit ihr angefreundet, die Freundschaft der Frauen überdauerte die Trennung, und deshalb führte Pias Ehrentag zu einer Aufeinanderkunft. Basta. Nicht im Traum habe ich daran gedacht, dass es planmäßige Treffen, ja, Verabredungen gegeben haben könnte. So etwas passiert in meiner Vorstellung von Liebe und Freundschaft und Beziehung einfach nicht. Ich trenne diese Dinge kategorisch. Das kleine Fünkchen Erfahrung, das ich besitze, hat mich das gelehrt.

»Heißt das ... die beiden sind so etwas wie Freunde?«

»Ja klar.«

»Ja klar? Das ist überhaupt nicht klar. Janosch hat zu mir gesagt, es sei aus und fertig.«

»Ist es ja streng genommen auch, die beiden sind ja kein Paar mehr.«

»Er hat nie mit nur einer Silbe erwähnt, dass sie noch befreundet sind. Wie ich ihn kenne, hätte er kein Wort mehr über sie gesprochen, wenn ich nicht nachgebohrt hätte.«

Ich werfe Janosch und Karo misstrauische Blicke zu. Sie stehen mitten im Raum, der sich nach und nach füllt, und treiben einen Keil in die Menge. Sie unterhalten sich. Eine Million Horrorszenarien durchfluten meinen Kopf. Sieben Jahre Beziehung und mir bisher verschwiegene zwei Jahre enge Freundschaft – die beiden müssen ein unerschöpfliches Arsenal an Anekdoten, gemeinsamen Erlebnissen und Witzchen haben. Sie müssen sich in- und auswendig kennen. Karo erzählt etwas, das Janosch sichtlich amüsiert. Was, wenn sie intelligenter ist als ich? Geistreicher? Witziger? Sie versteht seinen Zynismus – ich nicht! Es ist eine Katastrophe. Sie ist eine weitaus ernstzunehmendere Feindin, als ich mir noch heute Nachmittag, als ich mit dem Hintern Seiten aus meinem Wörterbuch herausgerissen habe, ausmalen konnte.

»Tja, so ist Janosch. Deswegen … nun ja … deswegen wollte ich dich gerne mitnehmen.«

»Entschuldigung?«, frage ich und ziehe die Augenbrauen bis zur Unkenntlichkeit hoch.

»Als Janosch abgesagt hat, wollte ich dich fragen. Natürlich weil ich dir eine Freude machen wollte, ich weiß doch, dass du auf Musik stehst.«

»Ja, natürlich. Wir wissen schließlich alles voneinander«, knurre ich sarkastisch und verschränke die Arme.

»Und weil ich dir helfen wollte«, übergeht Simon meinen Kommentar.

»Wobei? Dass ich mich ziemlich bescheuert fühle?«

Er setzt eine traurige Miene auf. »Nein, das wollte ich nicht.«

»Wie großzügig von dir.«

»Jetzt sei nicht so. Nach unserem Gespräch hatte ich das Gefühl, dass du Janosch vielleicht nicht so gut kennst, wie du denkst.«

»Was soll das denn jetzt bedeuten?«

»Er erzählt dir manche Dinge nicht, die du als seine Freundin wissen solltest.«

»Ja, schön. Deswegen hatten wir ja auch dieses Gespräch. Und fertig. Alles geklärt. War es nötig, mich in diese Situation mit Karo zu bringen?«

»Du siehst doch: Es hat dazu geführt, dass du wieder etwas herausgefunden hast, das Janosch dir verschweigen wollte. Und zwar, dass die beiden trotz ihrer Trennung immer noch Freunde sind.«

»Das wollte ich aber gar nicht wissen«, schmolle ich, wende mich von Simon ab und trinke so energisch aus meinem Glas, dass mir ein wenig Bier übers Kinn läuft und auf meinen lächerlichen Ausschnitt tropft.

»Na ja. Es ist jetzt so, wie es ist. Lass uns trotzdem einen schönen Abend haben. So kannst du Karo mal kennenlernen und Janosch noch ein bisschen besser. Ich verstehe ehrlich gesagt nicht, was dich daran stört.«

Was mich stört? Alles stört mich. Mich stört, dass sie schlanker ist als ich und ihre Brüste proportional gesehen größer sind, dass ihre Haut reiner und ihre Nase stupsig ist. Mich stört, dass sie älter ist als ich und die Dreistigkeit besitzt, Kinderfilme kindisch zu finden. Mich stört, dass Janosch noch mit ihr redet, während ich seit Jahren kein Wort mit dem Kanada-Ex gewechselt habe. Mich stört, dass die beiden eine Vergangenheit und gemeinsame Geschichten haben, dass Janosch über Sachen lacht, die sie sagt, weil es mir immer so vorkam, als sparte er sein Lachen nur für mich auf, dass er sie anfasst, obwohl ich auch das für eines meiner Privilegien gehalten habe.

»Das ist doch egal. Sie ist seine Ex!«

»Lern sie kennen, sie ist wirklich nett.«

»Und wenn sie noch so nett ist. *Sie ist Janoschs Ex!*« Ich muss mich verdammt noch mal nicht dafür rechtfertigen, dass ich die Ex von meinem Freund weder kennenlernen noch nett finden will. Ihr Status berechtigt mich dazu, sie aus rational nicht belegbaren Gründen unsympathisch finden zu dürfen. Evolutionstechnisch betrachtet ist das durchaus sinnvoll. Schließlich geht es hier um wichtige Dinge wie Fortpflanzung und Erhalt der eigenen Art. Wenn jeder Homo erectus die Ex seines Partners super gefunden hätte, wo wären wir denn dann? Wahrscheinlich immer noch in der Eiszeit, umgeben von Mammuts, Faultieren und Säbelzahntigern.

Im Kopf gehe ich noch mal schnell alles durch und frage zusammenfassend: »Das heißt, du wolltest eigentlich mal wieder etwas mit Karo und Janosch zusammen unternehmen, weil ihr das früher immer so gemacht habt?«

»Ja, oft. Bevor er mit dir zusammengekommen ist.«

Höre ich da etwa einen Vorwurf heraus? Ich frage weiter: »Als Janosch abgesagt hat, weil er ... keine Ahnung, weil er behauptet, Menschenversammlungen zu meiden, oder ... Hast du dir schon mal überlegt, dass er vielleicht abgesagt hat, damit er mir nicht sagen muss, dass ihr etwas zu dritt macht? Ich hätte nachgefragt, weißt du, und so rausgefunden, dass er und Karo immer noch Freunde sind, was mich eifersüchtig gemacht hätte und ...«

»Entspann dich, Feli, entspann dich. Das wird bestimmt ein total cooler Abend. Wenn die beiden über alte Zeiten plaudern, dann quatschst du mit mir eben über neue Zeiten. So einfach ist das.«

Nein. So einfach ist das eben nicht. Das Problem ist, dass ich längst fuchsteufelseifersüchtig bin, aber keinen stichhaltigen Grund dafür habe. Ich weiß, dass ich Janosch gerne Vorwürfe machen würde. Nur was soll ich sagen: Kannst du mir zuliebe bitte Karo hassen? Kannst du dich bitte den restlichen Abend einzig auf mich konzentrieren? Ich darf ihm nicht mal vorhalten, dass er mir nicht erzählt hat, dass sie nie den Kontakt verloren haben, denn streng genommen hat er mich in der Hinsicht nie angelogen. Ich bin schlicht davon ausgegangen, weil ich wie so oft von mir auf andere geschlossen habe. Es ist schwierig, solche Situationen elegant zu handhaben. Klassischer Fall von lose-lose: Wenn ich meinem Ärger

Luft mache, bringe ich Janosch gegen mich auf, tue ich es nicht, wird die kochende Wut in mir irgendwann explodieren und vermutlich ebenso großen Schaden anrichten.

Bloß eines weiß ich mit Sicherheit: Hier ist etwas faul. Ich sehe von Simon zu Janosch und versuche herauszufinden, auf wen ich größeren Zorn empfinde, wer mich mehr verunsichert und wem ich in dieser Sache am misstrauischsten gegenüberstehen sollte.

Simon hat recht, dieser Abend wird total cool werden. So cool, dass ich spontan Lust hätte, nackig auf dem Tisch zu tanzen.

ZWEI SCHWEDEN, DREI STUNDEN UND VIER ZIGARETTEN SPÄTER

»Gigantisch oder? Gigantisch …« Simon fuchtelt mit den Armen.

Jajaja, gigantisch waren sie, die Schweden, so gigantisch, dass Simon und ich uns eben am Merchandise-Stand eine CD gekauft haben. Normalerweise versetzt mich der Kauf von CDs in ekstatische Freude, ich wiege die Hülle in den Armen, inspiziere das Booklet und lese die Songtexte durch, aber heute bin ich emotional abgelenkt. Die CD wandert direkt in meine Tasche, und ich habe keine Lust, mit Simon über den beeindruckenden Auftritt der schwedischen Independent-Singer-Songwriter zu fachsimpeln. Was sowieso schwierig ist, weil Simons Urteilsvermögen sich auf *Sie waren gigantisch*, *Mir haben sie gefallen* und *Ich fand sie sehr gut* beschränkt. Ich wünsche mich auf Janoschs Couch, wo wir die CD anhören und unsere Meinungen austauschen könnten. Janosch würde irgendeinen großartigen Vergleich anbringen oder den Einsatz der Harmonika loben. Aber dazu hat er offenbar keine Lust.

Janosch und Karo sitzen am Rand des Raums auf Barhockern. Jeder Blick auf sie, die Vertrautheit, das Lachen, die Anekdoten bringen mich einem Amoklauf nahe. Simon hält es für hilfreich, wann immer er meinen wutentbrannten Blick mitbekommt, mir über den Arm zu streicheln und irgendetwas Dämliches zu sagen. Er merkt nicht, wie sehr auch er mich nervt. Versteht er denn nicht, dass er mir das alles eingebrockt hat?

Karo klebt an Janosch wie die Motte am Licht, und die lachenden Stimmen der beiden verflechten sich zu einem gehässigen Ton, der mir in den Ohren brennt. Bestimmt lachen sie darüber, dass ich *Findet Nemo* lustig fand, als ich zwölf war. Oder vielmehr dreizehn. Vielleicht erfreuen sie sich an ihrer langjährigen Freundschaft, rufen sich Erinnerungen ins Gedächtnis, frischen Geheimnisse auf und halten es für eine Schande, dass Janoschs Beziehung zu mir ihre tiefwurzelnde Verbundenheit in den letzten Monaten beeinträchtigt hat. Der Groll in mir wächst. Janosch hat in den letzten Monaten kein einziges Mal so gewirkt, als würde ich ihn beeinträchtigen. Er hat nie gewirkt, als würde ihm seine gute Freundin Karo fehlen. Im Gegenteil, Janosch machte eher den Anschein, als bräuchte er keinen einzigen Freund auf der Welt. Genau aus dem Grund hatte ich langsam, aber sicher damit begonnen, mich als ultimative Besonderheit zu sehen: als jemand, den er braucht, um glücklich zu sein, dem er sich anvertraut, dessen Nähe er zulässt. Es tut mir weh, dass ihm eine andere Person so viel näher ist. So viel näher, dass sie Seiten an ihm kennt, die ich bisher nicht mal erahnt habe.

In den letzten zwei Stunden hat Janosch vier der Zigaretten angenommen, die Karo ihm angeboten hat. Janosch hat nie nach Rauch gerochen, wenn ich bei ihm war. Ich bin mir deshalb sicher, dass er eigentlich Nichtraucher ist. Ich weiß nicht, warum es mich erzürnt, dass er in ihrer Gegenwart raucht. Ich weiß nicht mal, ob es an Karos Gegenwart liegt oder schlicht an der Tatsache, dass wir in einem Club sind. Vielleicht ist Janosch ein Gelegenheitsraucher, und in den letzten Monaten gab es einfach nur keine passende Gelegenheit. Wahrscheinlich ist es auch hier nur die Gewohnheit der beiden, die mich stört. Es gleicht einer einstudierten Choreografie. Karo zündet eine Zigarette an, fragt Janosch, ob er sie rauchen möchte, gibt sie an ihn weiter und entzündet dann eine weitere für sich selbst. Das Ganze wirkt so intim. Ich fühle mich ausgeschlossen.

»Seit wann raucht Janosch?«, frage ich Simon.

»Willst du noch ein Bier?«, fragt er zurück, ohne auf mich einzugehen.

»Ja, bitte.«

Immer rein damit. Vielleicht kann ich mir derart die Sinne vernebeln, dass mir Karo egal wird. Sie fasst Janosch ständig an. Auch im Gesicht. Ich versuche mir klarzumachen, dass diese Geste von geringerer Bedeutung ist, als wenn ich einen anderen Mann im Gesicht anfassen würde. Ich rede mir ein, dass es zwischen Karo und Janosch kein derartiger Eingriff in die Intimsphäre ist.

Während Simon Bier holt, gehe ich rüber zu den beiden.

Sie reden lauter Weißt-du-noch-damals-Sachen. Ich hasse Weißt-du-noch-damals-Gespräche, die ein Damals behandeln, bei dem ich nicht anwesend war.

»Ich will euch wirklich nicht unterbrechen«, doch, nichts möchte ich lieber, »aber: Seit wann rauchst du, Janosch?«

»Was?«, fragt er mich zischend.

Mir ist bewusst, dass er damit nur auf meinen eigenen schnippischen Tonfall reagiert, trotzdem fühle ich mich angegriffen.

»Sagst du nicht immer: Ich bin blind, aber nicht taub? Du hast mich schon verstanden.«

»Hey, Feli, komm. Entspann dich mal wieder.«

»Janosch raucht schon, seit er sechzehn ist«, mischt sich Karo Sieben ein.

Ich erkenne an ihrem Tonfall, dass sie meine Frage beantwortet hat, um die Situation und mich zu beruhigen.

»Aha«, brumme ich, ohne ihren diplomatischen Vorstoß zu würdigen. »Also in den letzten vier Monaten hat Janosch nicht eine einzige Zigarette geraucht«, zicke ich und stemme sogar die rechte Hand in die Hüfte.

»Na ja, in den letzten vier Monaten war bei Janosch so einiges anders, oder? Er hat auch seine besten Freunde schändlich vernachlässigt«, witzelt sie.

Ich erspare mir eine Reaktion darauf. Immerhin bin ich sehr talentiert darin, mich in Situationen zu manövrieren, in denen jeder Satz unweigerlich dazu führt, dass ich wie ein Vollidiot dastehe.

Also verlasse ich das Schachfeld. Bauer Feli wurde geschlagen.

SHOWDOWN oder: ICH KANN ES EBEN NICHT FÜR MICH BEHALTEN

Ich gucke in mein Weinglas.

Kaum war ich aus dem Club gestürmt, auf halber Strecke zur Bushaltestelle, hatte Simon zu mir aufgeschlossen und mich überredet, mit ihm, Janosch und Karo nach Hause zu fahren. Dort sitzen wir jetzt auf Janoschs Sofa, und ich frage mich, warum ich mich dazu habe hinreißen lassen. Allen Beteiligten ist meine Anwesenheit unangenehm, selbst mir, denn ich habe mich wirklich wie eine kindische Oberziege benommen. Wäre ich wenigstens in den verdammten Bus gestiegen, dann hätte ich vielleicht ein Bruchstück meines Gesichts gewahrt. Jetzt sitze ich hier, vollkommen gesichtslos, würdefrei und ausgeschlossen. Zu allem Unglück ist inzwischen nämlich auch Simon in die Weißt-du-noch-Gespräche eingestiegen. Was war das auch alles toll damals. Zu den Zeiten, als Janosch und Karo Abi gemacht haben. Als sie Simon kennengelernt haben. Als ich meine Kindheit damit verschwendet habe, nach Nemo zu suchen. Alle paar Sätze müssen sie betonen, dass ich mich nicht in ihre Zeit hineinversetzen könne, weil ich ja jünger sei. Karo fragt mich allen Ernstes, ob ich mich noch an die WM 2006 in Deutschland erinnern könne, und zwar so, als spreche sie von einem Ereignis, das vor meiner Geburt stattgefunden hat. So als spreche sie mich auf den Mauerfall an.

»Weißt du noch damals, an deinem Zweiundzwanzigsten, hahaha«, erinnert sich Karo.

»Oh Mann, ja«, Janosch schmunzelt, »ich war noch nie in meinem Leben derart betrunken.«

Es zeugt von dem Spaß, den die drei an der Unterhaltung haben, dass sie von Partynächten erzählen. An amüsanten Abenden unterhält man sich früher oder später immer darüber, wer wann wie doll einen sitzen hatte. Man übertrumpft sich mit Häufigkeit und Intensität der Alkoholexzesse, und irgendwann wird ausgepackt, wer wann wie doll kotzen musste.

»Das war aber auch bis heute mein letzter Exzess, das schwöre ich.«

Auf einmal passen hier so einige Puzzleteile nicht mehr ineinander. Ich habe mir nie Gedanken darüber gemacht, wie Janosch war, bevor er so wurde, wie er jetzt ist. Irgendwie dachte ich, er war schon immer so. Einen pubertären, kindlichen und über-die-Stränge-schlagenden Janosch habe ich mir nie vorgestellt. Er ist eher einer dieser Menschen, von denen man annimmt, dass sie schon erwachsen, vernünftig und regelkonform geboren wurden. Janosch, *mein* Janosch, der mal Anwalt wird, der nur lustig, süß und manchmal ein bisschen wild ist, wenn wir unter uns sind – dieser Janosch hat die Zeit mit Karo damit verbracht, rauchend und saufend auf den Putz zu hauen? Es ist, als würden die drei mir Geschichten aus der Vergangenheit eines Fremden erzählen.

»Das hier ist ein Nichtraucherhaus«, bemerke ich, als Karo sich erneut eine Zigarette ansteckt.

Ich ernte ein höhnisches Lachen von ihr.

Janosch sagt zischend: »Lass doch gut sein.«

Jetzt stehe ich als Spießer da. Vielleicht sollte ich losziehen und mir einen Pullunder kaufen.

»Wie spät ist es?«, lenkt Karo ab.

»Halb zwei«, antwortet Simon.

»HALB ZWEI?«, brüllen Karo und Janosch im Chor und kichern darüber.

Ich bin so was von im falschen Film.

»Kann mir mal jemand sagen, wie ich jetzt noch nach Hause kommen soll?«

Na hoppla, was für ein ungünstiger Umstand! Wie sie nach Hause kommen soll? Mit dem Zug natürlich. Soll sie sich eben auf einen Güterzug setzen und in Marburg abspringen. Oder meinetwegen laufen, ist mir echt wurscht, nur fort soll sie, und zwar dalli.

»Ich kann dich fahren«, bietet Simon an und leert sein drittes Rotweinglas.

Dieser Scherzkeks. Nach drei Gläsern Rotwein und mehreren Bieren könnte *ich* nicht mehr fahren, mal ganz davon abgesehen, dass man es natürlich nicht darf. Ich könnte nach drei Rotwein und mehreren Bieren ein Auto nicht mal mehr von einem Briefkasten unterscheiden.

»Du kannst nicht mehr fahren, Simon, aber danke. Was soll ich denn jetzt machen?«

Welch Dilemma! Ob ich ihr den Vorschlag mit dem Güterzug unterbreiten soll?

»Du, Janni«, fragt sie.

Ich finde es einfach unverschämt, dass sie seinen Namen derart liebevoll abkürzt. Spontan muss ich an eine Situation denken, die noch gar nicht so lange her ist und in der ich Janosch genau so genannt habe, Janni, und er sagte, das klinge lächerlich. Warum weist er sie nicht zurecht, wenn sie diesen Spitznamen benutzt?

Ich weiß genau, worum sie ihn gleich bitten wird, und es lässt meinen Magen zusammenschrumpeln.

Noch schockierender ist jedoch, dass Janosch ihrer

dreisten Frage mit seinem Angebot zuvorkommt: »Du kannst gerne auf meinem Sofa schlafen.«

»Mhm … das wäre natürlich das Praktischste … Aber nur, wenn es dir nichts ausmacht, Feli?!«

Was soll ich darauf sagen? Ich stecke in einer Zwickmühle. Die wahre Antwort ist: Ja, es macht mir etwas aus. Aber das kann ich doch jetzt nicht sagen, oder? Ich kann nicht diejenige sein, die Karo nachts um zwei auf einen Güterzug gen Oberhessen setzt. Janosch würde mir das krummnehmen, und so wie ich mich kenne, würde ich es mir morgen früh, nach einer regenerierenden, wutabschwächenden Portion Schlaf, selbst vorwerfen. Es ist nur seine Couch, nur seine Couch. Ich könnte bei ihm, neben ihm übernachten. Nichts würde passieren. Ich könnte aufpassen. Nur warum habe ich das Bedürfnis, aufpassen zu müssen? Hatte ich je Anlass, Janosch nicht zu vertrauen? Nein. Nur warum verspüre ich dann dieses austrocknende Brennen in meinem Hals und meinem Bauch? Liegt es daran, dass ich gesehen habe, wie gut die beiden sich noch verstehen? Daran, dass ich das Gefühl nicht loswerde, dass er bei Karo mehr er selbst ist als bei mir? Dass ich fürchte, sie haben mehr gemein als wir?

Oder ist der Grund ein ganz anderer? Ich sehe Simon an. Wollte Simon, dass sich die beiden wieder annähern? Hat er sie deshalb auf ein gemeinsames Treffen eingeladen und dafür gesorgt, dass ich es mitbekomme? Ist das etwa auch der Grund dafür, dass ich mich in letzter Zeit zunehmend von Simon angeflirtet gefühlt habe? Ist er vielleicht gegen unsere Beziehung?

Bevor ich auch nur eine Theorie ausreifen lassen kann, bevor ich verstehen und mich sortieren kann, unterbricht Janosch meinen Gedankenstrom: »Das ist meine Entscheidung und nicht Felis. Du übernachtest hier und damit basta.«

»Ähm … okay. Danke schön.«

Die Hitze in meinem Magen droht mich zu verbrennen. Ohne wirklich nachzudenken, stehe ich auf und sage: »Gute Nacht.« Ich muss jetzt allein sein. Mit meinem schwirrenden Kopf und meiner Wut, die augenblicklich in Enttäuschung umkippt.

»Feli? Warum gehst du?«, fragt Janosch, und sein Tonfall macht es mir nicht leicht, meinen Plan durchzuziehen. Er klingt so anklagend. Warum kann denn keiner verstehen, wie unwohl ich mich fühle?

»Ehrlich gesagt hätte ich es ganz schön gefunden, wenn du mich wenigstens höflichkeitshalber gefragt hättest, ob ich damit einverstanden bin, dass Karo bei dir bleibt.«

»Warum? Es ist doch nur eine Übernachtung.«

»Eben. Dann ist es auch nicht weiter schlimm, mich zu fragen. Ich hätte sowieso ja gesagt.« Selbst wenn ich mir gewünscht hätte, ich hätte den Mut und die Unverfrorenheit, nein zu sagen.

»Also. Ich habe mir die scheinheilige rhetorische Frage einfach gespart.«

»Das wäre nicht scheinheilig gewesen, sondern anständig.« Enttäuschung und Wut können sich nicht entscheiden und kämpfen so hartnäckig in meiner Brust, dass ich weiß, es ist nur noch eine Frage der Zeit, bis ich zu schluchzen beginne. Enttäuschung und Wut sind die beiden Emotionen, die mich am häufigsten zum Weinen bringen.

»Dann bin ich wohl unanständig. Jetzt mal im Ernst: Wir sind befreundet. Natürlich lasse ich sie bei mir übernachten, ohne dich um Erlaubnis zu fragen.«

»Klar, ihr seid befreundet. Das hatte ich fast vergessen«, zische ich, triefend vor Zynismus.

Er kratzt sich den Kopf und sagt dann kaum hörbar, aber leise genug, als dass ich ihm die Absicht unterstellen kann, mich provozieren zu wollen: »Ich krieg heute noch zu viel.«

»Oh Mann, Janosch. Du willst gar nicht wissen, wie viel ich heute schon zu viel gekriegt habe. Es ist in Ordnung. Ich bin wohl einfach nur spießig. Karo kann ruhig bei dir schlafen. Von mir aus sogar in deinem Bett. Ich wünsche euch viel Vergnügen. Vergesst nicht die Zigarette danach.« Mein Körper überrascht mich. Ich muss gar nicht heulen. Im Gegenteil. Ich fühle mich, als könnte ich die sprichwörtlichen Bäume ausreißen. Ich könnte sogar ganze Wälder roden!

Janosch reibt sich die Stirn. »Feli, was ist los mit dir?«

»Was los ist? Ihr habt mich den ganzen Abend über ausgeschlossen. Du hast nicht mal versucht, mich zu integrieren. Und meine Meinung ist dir anscheinend auch egal. Heute Nachmittag hast du verlangt, dass ich deine Eifersucht Simon gegenüber akzeptiere, und jetzt hast du nicht das geringste Verständnis dafür, dass ich es nicht sonderlich witzig finde, wenn deine Exfreundin bei dir übernachtet!«

Simon streichelt meinen Arm.

»Lass das«, fahre ich ihn an und haue ihm wie einem Kleinkind auf die Finger. »Du bist doch schuld an allem. Du musstest ja unbedingt 'ne Happy-Reunion-Party geben!«

Karo hat den Kopf Richtung Fußboden gesenkt und wirkt ein bisschen so, als würde sie das alles gar nicht mitbekommen.

»Also ist Karo das Problem?«, fragt Janosch, und seine Stimme jagt mir eiskalte Schauer über den Rücken. Dabei ist sie sonst eines der schönsten Geräusche, die ich kenne.

»Nein, Janosch.«

»Warum fängst du dann dauernd von ihr an?«

»Weil.«

»Weil? Das ist mal wieder typisch. Steh doch einfach mal zu den Dingen, die dich stören!«

Ich stehe nie zu den Dingen, die mich stören. Ich habe immer Angst, man könnte mich verurteilen, verstoßen, verlassen, wenn ich mich zu oft beschwere.

»Mich stört, dass ich nicht gewusst habe, dass du mal geraucht hast. Ich weiß, das ist kindisch, aber ich kann es nicht ändern. Mich stört, dass du wieder damit anfängst, nur weil sie hier ist. Weil das ungefähr das Unreifste ist, was ich je erlebt habe, und ich eigentlich an dir mag, dass du sonst so reif bist. Mich stört, dass ich verstehen soll, wenn du eifersüchtig auf Simon bist, du aber nicht verstehst, dass ich eifersüchtig auf sie bin. Mich stört, dass du sie einlädst, bei dir zu übernachten, und es dir scheißegal ist, was ich davon halte. Mich stört, dass du zu mir immer gesagt hast, du möchtest normal behandelt werden, dabei hast du kein Problem damit, auf die Tränendrüse zu drücken, nur um dir irgendwelche Eintrittskarten zu erschleichen. Mich stört, dass du dich über Animationsfilme lustig machst, obwohl du weißt, wie sehr ich sie mag. Mich stört, dass du plötzlich Witze machst, weil ich fünf Jahre jünger bin. Und am allermeisten stört mich, dass du mir nicht von deinem Vater erzählt hast, der wegen deiner Behinderung abgehauen ist, sie es aber von Anfang an gewusst hat. Herrgott noch mal, Janosch, warum hast du mir das nicht gesagt? Das hätte verdammt viel erklärt!«

Ich muss immer noch nicht weinen. Als ich zur Tür gehe, höre ich Janosch leise zu Simon sagen: »Halt dich endlich aus meinen Angelegenheiten raus.«

»Warte, Feli«, sagt Janosch tatsächlich, als ich die Tür aufmache und in den Flur trete. Er folgt mir. Er holt tief Luft, fährt sich durch die Haare und legt dann los: »*Das* sind deine Probleme? Du hast ganz andere Probleme, Feli. Du … du kannst dich doch im Prinzip selbst nicht leiden. Ich bin eifersüchtig, weil Simon dir etwas geben kann, das ich nicht kann. Weil ich Angst habe, dass es dir gefällt, wenn er dir sagt, dass irgendetwas schön an dir ist. Du dagegen bist eifersüchtig, weil du mir nicht vertraust. Aber dazu habe ich dir nie Anlass gegeben. Du vertraust mir so wenig, du kannst es nicht ertragen, dass ich dir nicht jede Kleinigkeit über mich erzähle. Ich wollte dich nicht damit belasten, okay? Weil ich weiß, dass du sensibel bist. Verstehst du, dass du mich gegen Simon aufhetzt, wenn du ihn in so etwas reinziehst? Karo kann nichts dafür, dass *du* Selbstzweifel hast. Ja, sie weiß ein paar Dinge über mich, die du nicht weißt, weil ich sie viel länger kenne. Sie weiß auch ein paar Dinge, die du nie verstehen wirst. *Sie* weiß, wie mein Leben ist.«

Ich drehe mich zu ihm um. »Na dann. Entschuldige, dass ich versucht habe, ein Teil von deinem Leben zu sein, obwohl ich all diese Dinge nicht verstehe.«

5. Akt:

Katastrophe

Ich mag keine dummen Witze machen. Belassen wir es einfach bei der Aufzählung der Auftretenden.

FELI
MAMA
FABI
SOPHIE
KIRSTEN
PAPA
PIA
JANOSCH
CEM

AUSSERDEM:
Karo; ein tätowierter Schrank; ein DHL-Mann; Markus; Paul; Oma und Opa; Janoschs Mama; zwei Typen vor der IKEA-Warenausgabe; Cems Eltern; Steffi; Mirko; diverse Verwandte von Janosch; Herr Fritz in Adiletten.

SPECIAL GUESTS:
Linus von den Peanuts; Damien Rice; Herbert-Männer-kriegen-'nen-Herzinfarkt-Grönemeyer; Bruce Willis und/oder Mel Gibson; Heidi Klum; MUSE; viele coole Musiker aus einer nicht ganz so melancholischen Playlist; Matthew McConaughey.

VIELLEICHT SOLLTEN WIR ES LIEBER LASSEN

»Wenn du das so siehst, dann … na ja … Vielleicht sollten wir es lieber lassen.«

Janosch sagt diesen Satz zu mir, während ich mit dem Rücken zu ihm am oberen Treppenabsatz stehe. Ich stehe am oberen Treppenabsatz und will schon umdrehen, will ihm sagen, dass ich das alles nicht so gemeint habe. Will ihn bitten, alles zu vergessen, weil ich ihn liebe, und will ihn fragen, ob ich ihm das schon mal gesagt habe. Ich liebe dich, Janosch. Wirklich und so sehr. Wirklich und so sehr, und vielleicht sollten wir es lieber lassen. Nein. Auf keinen Fall.

Aber ich kann es nicht sagen. Mein Mund will nicht. Mein Kopf will auch nicht. Mir tut alles schrecklich weh, glaube ich. Ich kann es bloß nicht spüren. Wie soll ich denn irgendetwas spüren können, wo doch Janosch gerade gesagt hat, vielleicht sollten wir es lieber lassen. Versteht er das denn nicht? Versteht er denn nicht, dass ich nur deshalb nicht antworte, weil es keine Worte gibt, die man zu einer sinnvollen Antwort zusammenbasteln könnte?

Vielleichtsolltenwireslieberlassen.

Vielleicht … sollten … wir … es … lieber … lassen.

Vielleicht. Sollten. Wir. Es. Lieber. Lassen.

Vielleicht.
Sollten.
Wir.
Es.
Lieber.
Lassen.

Das ist der einzige Satz, an den ich mich erinnern will: Vielleicht sollten wir es lieber lassen. Warum klingt Janoschs Stimme dabei so schön wie sonst immer? Warum klingt seine Stimme dabei wie bei: *Es ist mir wichtig, dass es die schönsten Lippen sind, die ich je geküsst habe*? Oder wie bei: *Verschütteter Kaffee und frisch geschälte Mandarine*? Warum klingt sie nicht wie bei all den schlimmen Dingen, die er schon zu mir gesagt hat? Warum klingt sie nicht wie das, was dieser Satz getan hat? Warum klingt sie nicht nach … Ende? Warum klingt sie wie bei diesem einen Mal in meinem Zimmer, als sie sagte: In dieser Aussage stecken mir definitiv zu viele Vielleichts? Als er mich indirekt aufforderte, mich fallen zu lassen und ihn zu küssen? Und jetzt, denke ich, steckt mir in deiner Aussage genau ein Vielleicht zu viel.

Sie klingt wie ein: *Ich will dich in die Arme nehmen.* Wie ein: *Ich will bei dir sein.* Wie ein: *Sag, dass ich unrecht habe.*

Aber ich habe es nicht gesagt.

Weil ich nicht glaube, dass er unrecht hat.

Weil ich glaube, dass er recht hat? Nein.

Ich weiß, dass er nicht recht hat. Aber unrecht hat er auch nicht.

Spontan fahre ich einen Tag früher als geplant in die Weihnachtsferien nach Hause zu meiner Mutter. Dort hocke ich jetzt, in meinem Elternhaus, in meinem Kinderzimmer, und versuche das Gefühl von *Zuhause* wachzurütteln. *Home is where your heart is.* Na super! Dann habe ich wohl ein Problem. Mein Herz ist bei Janosch. Ach, was heißt hier Herz? Alles ist bei Janosch. *Ich* bin bei Janosch. Mit jeder verdammten Pore. Deswegen tut es auch so weh. Weil ich hier bin, aber *ich* bin bei Janosch über hundert Kilometer weit weg. Mein Körper will bersten, will sich in zwei Teile splitten, will bei Janosch sein oder Janosch hierhaben. Mein Körper will, dass *home* und *heart* am selben Fleck sind.

Ich war noch nie in so einer Situation. Was macht man da? Ruft man an? Was sagt man, wenn man anruft? Sagt man wirklich, man habe es nicht so gemeint? Aber ich habe es doch so gemeint. Und selbst wenn ich es nicht so gemeint hätte, dann hätte ich es trotzdem ausgesprochen, und man sagt solche Dinge nun mal nicht, ohne sie wenigstens ein bisschen so zu meinen. Auch Janosch hat jedes Wort ernst gemeint. Es war kein Affekt. Und wenn, dann hätte er schon vielevielevielе Male die Chance gehabt, den Affekt zu widerrufen. Er hätte sich bei mir melden können. Hätte sagen können, dass er dumm war. Dass er bei mir sein will, mich halten will. Halten und festhalten. Er hätte sagen können, dass seine Reaktion überstürzt war.

Heute ist der 20. Dezember.

Meine Mutter sagt, ich sehe von Tag zu Tag schlimmer aus.

Meine Mutter meint, ich hätte wissen müssen, dass diese Beziehung nicht leicht wird.

Meine Mutter fragt, wer die Schuld trägt.

Geht es denn hier um Schuld? Mein Gott, wir haben

uns wüst beschimpft, wir haben uns ein paar Dinge an den Kopf geworfen. Andere Paare nehmen das zum Anlass, wild übereinander herzufallen. Janosch nimmt es zum Anlass, alles hinzuwerfen. Warum? Macht ihn das zum Feigling? Hat er einfach nur erkannt, dass es wirklich nicht funktioniert? Hat er vielleicht all die Sachen, die ihn an mir stören, wochenlang mit sich herumgeschleppt, und erst nachdem er sie laut ausgesprochen hatte, hat er gemerkt, dass er mit ihnen nicht leben kann? War das der Grund?

Ich habe mir nie Gedanken gemacht, ob diese Beziehung schwer werden würde. Sie war schwer, bevor sie überhaupt eine Beziehung wurde. Aber ich wollte Janosch genau so, wie er ist: muffelig, launisch, zynisch und unheimlich liebenswert. Mein Inneres hätte kritisches Hinterfragen nie zugelassen.

Ich muss mit ihm sprechen. Nein. Ich muss bloß seine Stimme hören. Nein. Ich will, dass er meine hört. Nein. Ich will ihm gegenüberstehen, ihn ansehen und, ohne ein Wort sagen zu müssen, bemerken, dass wir es nicht bleiben lassen wollen.

LEIDEN FÜHLT SICH IM MOMENT SEHR VIEL BESSER AN

Seit die Ferien begonnen haben, tue ich nichts. Natürlich nicht wirklich nichts. Ich tue viel weniger Sachen als nichts.

Mein Referat ist verschoben, aufs Ende des Semesters, was bedeutet, dass ich es in Ruhe zwischen den Jahren erledigen könnte. Aber das tue ich nicht. Ich habe keine Ruhe. Stattdessen lese ich rosafarbene Bücher mit kitschigen Titeln. Bücher, bei denen ich nach dem Lesen des Klappentextes schon weiß, wie sie ausgehen. Ich heule, wenn die Figuren glücklich sind. Meistens sind sie zumindest am Ende unverschämterweise superglücklich. Es sind schöne Geschichten. Schön berechenbar. Wie wunderbar, wenn man sich um fünf Kilo Übergewicht, intrigante Freundinnen und überzogene Dispokredite sorgen kann. Teilweise sind die Bücher auch lustig. Aber ich ertappe mich dabei, wie ich skurrile Passagen, die nur dem Lachen und Erfreuen dienen, einfach überfliege oder ganz auslasse. Spätestens da wird mir klar, dass ich mich überhaupt nicht belustigen will. Ich *will*, dass es mir hundeelend geht. Vielleicht will ich mich ja auch selbst bestrafen. Nur wofür? Das kann ich auch nicht so genau sagen. Ich weiß nur, dass sich Leiden im Moment sehr viel besser anfühlt als Freude.

Mit dem Zug fahre ich zum Weihnachtsbummel in die Stadt. Auch wenn es schwer war, mich aus dem Morast an Selbstmitleid, in den ich mich in den letzten Tagen eingegraben habe, wieder herauszuziehen, atme ich ein wenig freier, kaum dass ich das Haus verlassen habe. Vielleicht ist es die Aussicht auf die Einkaufstour. Schließlich liebe ich das Weihnachtsfest und den Geschenkekaufrausch.

Mein Bruder Fabi begleitet mich, was mich im ersten Moment überrascht hat. Vielleicht hat er Angst, dass ich mich auf die Gleise werfe. Ich glaube, er macht sich Sorgen um mich, was irgendwie süß ist. Ständig fragt er, wie es mir geht, bedankt sich, wenn ich mittags für ihn mitkoche, während unsere Mutter arbeiten ist. Er sagt mir, wie lecker er es findet, und fordert mich auf, nicht immer nur im Essen herumzustochern. Beim gestrigen Mittagessen, als meine Gabel orientierungslos über den Spaghetti Carbonara schwebte und ich erneut kritische Blicke von ihm erntete, ist mir rausgerutscht, dass mir Essen im Augenblick nicht sehr sinnvoll vorkommt. Fabi hat mich ernsthaft gefragt, ob ich jetzt magersüchtig werde.

Es hat mich besorgt, dass er in seinem quirligen Kopf mit einem solch überaus abwegigen Gedanken kämpfen muss. Normalerweise sorgt er sich darum, wie er Mama den Brandfleck auf dem Wohnzimmertisch erklären soll, ob er sich ein neues Skateboard leisten oder ein Mädchen aus der Parallelklasse klarmachen kann. Er sollte nicht darüber nachdenken, dass seiner Schwester zum ersten Mal in ihrem Leben etwas auf den Magen geschlagen ist – eine Tatsache, die mich selbst irritiert. Um ihn zu beruhigen, habe ich die Spaghetti gegessen und mich danach besser gefühlt. Na ja. Nicht unbedingt besser, aber wenigstens irgendwie gefüllter.

Wir trotten durch die Geschäfte und sehen zu, wie gestresste Menschen Geschenke kaufen, sie bei noch gestressteren Verkäufern bezahlen und von allergestresstesten Weihnachtsaushilfen einpacken lassen. In meiner Wohnung, in der Küche zwischen HMB und einer Keine-Ahnung-wie-die-heißt-jedenfalls-sieht-sie-aus-wie-eine-verkümmerte-Minipalme-Pflanze steht ein Schuhkarton, beklebt mit rotem Pünktchenpapier, in dem mein Lieblingsschal verpackt ist. Jener Schal, der nach mir riecht und sich schön anfühlt. Auf dem Karton mit dem Pünktchenpapier steht in Großbuchstaben Janoschs Name. Seinen Namen darauf zu schreiben, war eine Maßnahme, die mir direkt, nachdem ich sie ausgeführt hatte, ziemlich doof vorkam. *Dann verwechselst du sein Paket nicht mit dem für Cem,* habe ich mir eingeredet, aber das war natürlich Blödsinn. Ich war nur irgendwie so stolz, ein Geschenk für ihn gefunden zu haben. Doch jetzt wird Janosch es gar nicht bekommen. Vielleicht war es ohnehin eine saublöde Idee.

Dann kann ich ihn wenigstens wieder anziehen, meinen liebsten Lieblingsschal … Dabei will ich ihn gar nicht. Ich will ihn nicht mehr anziehen. Es fühlt sich an, als gehöre er jetzt Janosch, ob er ihn nun wirklich besitzt oder nicht, selbst wenn er wahrscheinlich für immer in der roten Pünktchenkiste liegen wird. Ich frage mich, was noch alles in der Kiste steckt, das nun alles Janosch gehört, weil ich es nicht mehr haben will.

Fabi und ich haben eine Gemeinsamkeit, wenn es um Geschenke geht. Wir können beide nur schwer für uns behalten, was wir verschenken, und sind gleichzeitig extrem penetrant, wenn es darum geht herauszufinden, was wir geschenkt bekommen. Als wir klein waren, sind wir vor jedem Festtag auf die Suche nach den geheimen Geschenkedepots unserer Eltern gegangen. Nachdem wir sie entdeckt hatten, waren wir einerseits befriedigt, andererseits enttäuscht von uns selbst, weil wir uns damit die Vorfreude vermasselt hatten.

Auf der Rückfahrt im Zug geben wir uns gegenseitig Hinweise, was wir uns schenken. Wir sind mittlerweile reif genug, um es nicht gänzlich zu verraten, und trotzdem noch zu sehr Kind, um die Rätselraterei so weit zuzuspitzen, dass unsere Tipps sehr eindeutig sind. Allerdings haben wir aus der Vergangenheit gelernt und sprechen die Lösungen nicht aus. So viel Spannung muss sein.

Auch Janosch habe ich auf diese Weise auszuquetschen versucht. Nachdem ich ihm unweigerlich klargemacht hatte, dass ich sehr ungern auf ein Geschenk verzichten würde, egal wie dämlich *er* sämtliche Weihnachtstraditionen findet, hat er lächelnd gesagt, er habe sich bereits darum gekümmert. Also habe ich nachgefragt. Aber er wollte nicht damit rausrücken. Er hat eine unweigerliche Ansage gemacht, nämlich: »Feli, du kannst quengeln, soviel du willst, ich werde nichts sagen. Du musst wohl oder übel bis Weihnachten warten.« Ja. Etwas an seiner Stimme war so bestimmt, klar und unmissverständlich, dass ich kein weiteres Mal gefragt habe. So ist Janosch. Er bringt alles in mir durcheinander. Ich weiche sogar von meinen Macken ab, wenn er bei mir ist.

Und jetzt? Jetzt ist es sowieso egal. Weil Janosch mich nicht hörenriechenschmeckenfühlen will.

21. DEZEMBER – 3 TAGE BIS WEIHNACHTEN, 10 TAGE BIS SILVESTER (= JANOSCHS GEBURTSTAG): WO SIND DIE TASCHENTÜCHER?

Ich erweitere meine melancholische Playlist um *Elephant* von Damien Rice, weil es eines der schönsten traurigsten Lieder ist, die ich kenne. Es ist wunderbar. Wirklich. Das Wort wunderbar – an dieser Stelle kein Schwulst, sondern angebracht. Ich sitze auf meinem Bett, singe jammernd und kreischend mit und stoße sogar den Kopf gegen die Wand, als Damien Rice zum letzten Mal singt: »*Tell me if you want me to lie, this has got to die.*«

Ständig rufe ich mir Szenen mit Janosch in Erinnerung. Solche, die mich vor Sehnsucht tief betrüben, und solche, die mich wütend machen. Eben ist mir wieder eingefallen, dass Janosch es einfach hingenommen hat, als Karo ihn *Janni* genannt hat. Wieder spüre ich die Ungerechtigkeit, dass er mich dafür getadelt hat. Es war an einem Sonntagmorgen, und wir hörten auf meinen Wunsch hin ein Album von Damien Rice, was Janosch nur duldete, weil wir eine sehr schöne Nacht hinter uns hatten (er findet, Damien ist ein Jammerlappen).

Ich sagte: »Du, Janni-Schatzi, mach mir mal Frühstück und bring es ans Bett.«

Janosch stand auf (NACKT!!!) und sagte mit einem sehr ehrlichen Lächeln: »Mach ich.« Dann beugte er sich zu mir herunter, küsste meinen Rücken und fügte hinzu: »Aber sag nie wieder Janni zu mir. Das klingt total bescheuert.«

Wir haben beide gelacht, uns geküsst, und Janosch hat schließlich doch kein Frühstück gemacht.

Scheiße. Wo sind die verdammten Taschentücher?

22. DEZEMBER – 2 TAGE, 9 TAGE: EIN GESPRÄCH MIT MAMA

Am Abend sitzen meine Mutter und Fabi im Wohnzimmer vor dem Fernseher und schauen sich eine Krimisendung an.

»Mama?«

»Mhm?«

Ich lasse mich neben sie aufs Sofa sinken.

»Könntest du vielleicht noch mal darüber nachdenken, die Sachen von meiner Amazon-Wunschliste zu bestellen? Ich kann ja mal nachgucken, ob die Sachen noch pünktlich eintreffen würden. Es gibt einen Overnight-Lieferservice.«

»Ach, Felicitas. Du bekommst dein Weihnachtsgeld, und dann kannst du damit anstellen, was du willst. Ich verstehe doch nicht mal, wie das mit dem Bestellen funktioniert. Deine Mutter ist nicht sehr computertauglich, wie du weißt.«

Ich nicke. Meine Mutter benutzt das Wort googeln für alles, was mit Computern zu tun hat. Einmal hat sie gefragt, ob ich ihr helfen könnte, ein Facebook-Profil zu erstellen, alle würden ständig auf Facebook rumgoogeln, nur sie nicht. Und als sie mir mal am Telefon von einem TV-Bericht erzählte, den sie gesehen hatte, sagte sie: »Die ganzen Politiker googeln jetzt bei diesem Twitter.«

Daher glaube ich ihr sofort, dass es ihr schwerfallen würde, meine Geschenke bei Amazon zu googeln.

»Ja, du hast recht«, knicke ich ein.

»Warum ist dir das denn so wichtig?«

Ich zucke die Schultern. »Manchmal wäre ich einfach gerne wieder fünf Jahre alt. Das ist an Weihnachten besonders deutlich.«

Mama schmunzelt. »Ja. An Weihnachten und wenn sie im Fernsehen Disney-Filme zeigen.«

Das stimmt natürlich. Meine Augen schwimmen.

»Hey, was ist denn jetzt wieder los? Musst du schon beim bloßen Gedanken an Disney-Filme weinen? Ich habe wirklich genug Zeit damit verbracht, dich immer und immer wieder über den Tod von Bambis Mutter hinwegzutrösten.« Mama kann sich nicht entscheiden, ob sie lachen oder einfühlsam sein soll. »Hey, meine zwanzigjährige Fünfjährige!« Sie zieht mich in eine Umarmung, die mir nur noch mehr das Gefühl gibt, ein Kleinkind zu sein.

In mein Schluchzen mischt sich ein Lachen. »Ja, oh Mann, ich weiß. Ich bin zu alt für so was. Es ist nur … ach, bei Janosch und meinem Streit war … frag mich nicht, warum, aber Disney hat irgendwie eine entscheidende Rolle gespielt.«

»Das klingt nach einer sehr erwachsenen Diskussion.«

»Mach dich bitte nicht lustig!«

Etwas zögerlich tätschelt sie mir den Rücken. Aus dem Augenwinkel sehe ich, dass Fabi zwar lächelt, aber auch irgendwie so aussieht, als würde er sich unwohl fühlen.

»Ich will mich nicht lustig machen. Ich sage bloß: Nach allem, was du erzählst – oder besser nicht erzählst –, schließe ich, dass ihr euch nicht richtig ausgesprochen habt.«

Ich antworte nicht. Wir haben uns unausgereifte Vorwürfe wie Golfbälle an den Kopf geworfen. Aussprache kann man das natürlich nicht nennen.

»Nein, haben wir nicht. Ich habe mich lediglich aufgeführt wie die fünfjährige Feli, die nicht genug Geschenke unterm Baum haben kann. Dafür hat er … mir etwas unsanft gesagt, dass es so nicht funktioniert.« Ist es das? Ist das die Lösung? Ich war kindisch, er war unsensibel? Diese Erklärung kommt mir vielmehr vor, als würde sie das Problem nur ankratzen, nicht auflösen.

»Hast du es schon mal mit anrufen probiert?«

»Nein.«

Sie schenkt mir einen vorwurfsvollen Blick. So als

wollte sie sagen, dass ich dann ja wohl selbst schuld sei, dass ich in der Luft hänge und hilflos mit den Füßen zappele, um endlich festen Boden zu erreichen.

»Nein, Mama. Ich kann ihn nicht anrufen. Das … verstehst du nicht.« Es ist leicht, jemandem zu unterstellen, er würde etwas nicht verstehen. Dabei legitimiert diese Unterstellung rein gar nichts.

»Vielleicht kommt er dir ja zuvor«, sagt sie zuversichtlich mit einem letzten Tätscheln auf meinem Rücken.

Später am Abend liege ich im Bett und starre mein Handy an. Klingel doch einfach. Klingel!

Vielleicht sollte doch *ich* anrufen?

Nein. Ich kann es nicht. Ich weiß nicht, was ich sagen soll. Außerdem könnte Mama recht haben, und er ruft früher oder später mich an.

23. DEZEMBER – 1 TAG, 8 TAGE: ICH WILL EIN PINGUIN SEIN

»Komm mit! Setz dich in den Zug und fahr her.«

»Nein. Ich habe wirklich keine Lust.«

»KOMM MIT«, brüllt Kirstens telefonverzerrte Stimme aus dem Hintergrund.

»Wirklich, Feli, mit dir macht es mehr Spaß.«

»Das glaube ich kaum.«

»Feli …«

»Nein, Sophie, wirklich, ich bin im Moment nicht besonders unterhaltsam.«

»Hey, es ist Cocktails-nur-drei-Euro-Abend.«

»Ich weiß, aber ich will auch keine Cocktails trinken.«

»Och, Feli.« Sophie lässt nicht locker.

Dabei kann ich wirklich nicht zu ihr und Kirsten fahren und mich mit Cocktails zuschütten. Ich will einfach nicht. Ich will den beiden nicht den Abend verderben. Ich bin im Moment nicht gut zu ertragen, egal wie viele Drei-Euro-Cocktails ich trinke. Allein der Gedanke an einen mit schwitzenden Menschen und monotoner Musik vollgestopften Club macht mich krank. Lieber möchte ich in meinem eigenen Saft vor mich hin modern.

»Außerdem ist morgen Weihnachten. Darfst du da überhaupt weggehen?«, frage ich Sophie leicht zynisch.

»Warum sollte ich das nicht dürfen?«

»Keine Ahnung. Vielleicht gibt es da irgendeine katholische Regel, was weiß ich.«

»Katholische Regel? Quatsch, morgen ist der Geburtstag meines Heilands, da darf ich ja wohl die Puppen tanzen lassen«, sie lacht.

Ich nicht, obwohl es lustig war.

»Okay, dann machen wir eben etwas anderes. Kino oder so«, brüllt Kirsten wieder aus dem Off.

Meine Freundinnen sitzen in Sophies Zimmer in deren Elternhaus. Beide dürstet es nach Abtanzen und Cocktails, und ich hindere sie an der Geburtstagsparty des Heilands.

Sophie hebt die Stimme: »Keine Diskussion mehr, Feli. Es geht dir schlecht, und wir wollen dich aufmuntern. Du kommst jetzt. Wir holen dich in zwei Stunden am Bahnhof ab. Wenn du nicht im Zug sitzt, dann gnade dir Gott, und das meine ich so, wie ich es sage. Ich habe gute Connections zu dem, schließlich war ich mal Messdiener.« Dann legt sie einfach auf.

Meine Gottesehrfurcht hat ganz sicher nicht dazu geführt, dass ich etwas später tatsächlich in den Zug steige, der wie versprochen zwei Stunden später am Bahnhof einfährt.

Sophie und Kirsten freuen sich zunächst, als sie mich erkennen, aber dann zerfallen ihre strahlenden Gesichter zu irritiert dreinblickenden Fratzen.

»Feli, du siehst aus wie …«, beginnt Kirsten.

»… der leibhaftige Tod«, beendet Sophie.

»Wie ausgekotzt, wollte ich sagen, aber wie der Tod klingt irgendwie eleganter.«

Sophie guckt Kirsten an, als wollte sie losschimpfen: Hast du sie noch alle? Stattdessen sagt sie: »Wie taktvoll.«

Ist schon okay. Wo sie recht hat … Ich bin zu Hause vom Bett aufgestanden, habe meine schlabbrige Jogginghose gegen eine schlecht sitzende Jeans getauscht, bin zum Bahnhof gelaufen und in den nächsten Zug gestiegen. Im Grunde ist es sehr schmeichelhaft, wenn sie behaupten, ich sähe aus wie ausgekotzt, denn dann sähe ich wenigstens in gewissem Maße nach organischer Materie aus. Dabei bin ich vom Prädikat lebendig meilenweit entfernt.

Grob beschönigend sehe ich zurzeit so aus:

Meine Augen sind geschwollen und haben noch dazu die Farbe von überreifen Tomaten. Ich habe mir seit drei Tagen die Haare nicht gewaschen – traurig, aber wahr. Meine Gesichtsfarbe schwankt zwischen einem dunklen Beige und einem hellen Graugrün. Meine Fingernägel sind so dermaßen abgeknabbert, dass sie faktisch nicht mehr vorhanden sind. Den grauen Pulli trage ich seit fast einer Woche. Es ist Janoschs. Langsam hört er auf, nach ihm zu riechen, und beginnt nach mir zu riechen, und ich rieche gerade nicht besonders gut. Ich bilde mir ein, an manchen Stellen noch Funken von Janoschs Geruch aufstöbern zu können. Ich würde gerne beschreiben, wie Janosch riecht, aber – mal davon abgesehen, dass es sowieso schwierig ist, Mencheneigengeruch zu umschreiben – es wäre eine Anmaßung, dies mit seinem Geruch auch nur zu probieren.

Sicherlich sieht es bescheuert aus, als Kirsten und Sophie je einen Arm um mich legen und wir zu Sophies Auto trotten, aber es fühlt sich gut an.

Sophie hat mich unter ihre Dusche gestellt und mir einen Kaba gemacht. Kirsten bearbeitet mich derweil in Sachen Abendgestaltung.

»Wenn wir hierbleiben und irgendeinen schwachsinnigen Film gucken, kocht bloß alles wieder hoch. Wir gehen zu diesem komischen Drei-Euro-Cocktail-Dingsbums, und gut ist. Du musst schließlich weiterleben. Auch wenn das jetzt total geschwollen klingt: Du kannst doch nicht so rumgammeln und darauf hoffen, dass von selbst alles gut wird. Hab Spaß!«

Ich will mir nicht die Mühe machen, ihr zu sagen, dass ich keinen Spaß haben *will,* weil ich es sowieso nicht erklären kann. Also ergebe ich mich und willige ein, in den Cocktails-nur-drei-Euro-Club zu gehen.

Im Badezimmer von Sophies Eltern liegt die *Geo.* Während Sophie und Kirsten anfangen, sich herauszuputzen, hocke ich auf dem Klodeckel und sehe mir die Bilder in der Zeitschrift an. Ein Foto zeigt Hunderte Pinguine mit ihren Jungtieren. Aus der Bildunterschrift erfahre ich, dass Pinguine in streng monogamen Beziehungen leben.

Warum sind Menschen nicht einfach ein bisschen

mehr so wie Pinguine? Warum hat es die Evolution überhaupt so eingerichtet, dass wir unsere Partner wechseln *möchten*? Man mag zunächst denken, dass das toll ist, Ausdruck unseres freien Willens und so weiter, aber das denkt man doch nur, weil man es sich nicht anders vorstellen kann. Ich meine es ernst: Warum sind wir nicht einfach so programmiert, dass wir irgendwann kurz nach der Geschlechtsreife einen Partner finden, den wir dann nie mehr verlassen? Das macht alles nur kompliziert. Warum ist dieses Verlassen überhaupt in unseren Köpfen drin? Warum brauchen wir immer Abwechslung? Obwohl Menschen Sicherheit lieben, wollen sie trotzdem ständig einen Tapetenwechsel. Begreifen wir denn nicht, dass wir dadurch die Sicherheit nur gefährden? Die Pinguine haben das irgendwie besser verstanden. Sie streiten sich nicht, sie sind zufrieden miteinander, sie kommen gar nicht erst auf die Idee, sich wegen Zigaretten oder Nemo oder Exfreundinnen zu zoffen. Allein weil sie gar keine Exfreundinnen haben.

Ich blättere um und erfahre, dass Menschen und Delphine die einzigen Lebewesen sind, die zum Vergnügen Sex haben. Noch so eine evolutionäre Panne. Dass wir unfähig zu Monogamie sind, geht also damit einher, dass wir Sex primär zum Zeitvertreib haben. Genau aus diesem Grund zerbreche ich mir den Kopf über Karo. Aus diesem Grund bin ich eifersüchtig. Weil ich befürchte, dass mit ihr irgendwas besser gewesen sein könnte als mit mir. Wenn Janosch und ich Pinguine wären, dann hätte es nie eine Karo gegeben, mit der er besseren Sex hätte haben können als mit mir. Wir hätten uns nie gestritten, irgendwann hätte ich ausschließlich zu Fortpflanzungszwecken ein Ei gelegt, und Janosch hätte es ausgebrütet, und all das hätte ich nie auch nur eine Sekunde in Frage gestellt.

Ich wünsche mir vom Christkind, ein Pinguin zu sein.

Fast rechne ich damit, dass mich der tätowierte Schrank an der Tür nicht reinlässt, als er meinen grauen Männerpulli, dessen Schulterabnäher näher an meinen Ellbogen als an meinen Schultern hängen, kritisch beäugt und uns drei dann fragt: »Gehört ihr zusammen?«

»Sieht ganz so aus, oder?«, antwortet Kirsten.

Der Schrank erweist sich als nicht besonders schlagfertig. Er nickt und winkt uns in die Disco, die zum Bersten voll ist. Ich will wieder heim.

Sophie wird sofort von einem Typen angesprochen, und Kirsten trifft einen Kommilitonen, nur mich quatscht natürlich keiner an. Daran bin ich zwar gewöhnt, aber heute kann ich es wenigstens niemandem verübeln. Ich würde in meiner Gegenwart nicht mal atmen wollen.

»OHMEINGOTTFELIDASGIIIIIIIBTSJAGARNICHT!!!«

Ja, das gibt's echt nicht.

Auf dieser unserer Erde hausen sieben Milliarden Menschen. In diesem Club sind heute Abend ungefähr siebenhundert davon (vielleicht auch siebentausend, ich kann nicht besonders gut schätzen), und ich treffe in genau dieser Sekunde, auf diesem halben Quadratmeter ausgerechnet Pia.

Sie sieht gut aus. Plötzlich erinnert sie mich noch viel mehr an Janosch. Ihre Haarfarbe. Ihre Augenfarbe. Sie riecht sogar ähnlich. Pia umarmt mich, und ich will sie kaum loslassen. Ich will alles, was mich an ihr an Janosch erinnert, aufsaugen und nicht mehr hergeben. Ich will mit ihr über ihn reden. Vielleicht ist ja irgendetwas passiert. Vielleicht hat er von mir gesprochen. Vielleicht vermisst er mich. Vielleicht bereut er alles. Vielleicht traut er sich *auch* einfach nur nicht, mich anzurufen.

»Geht's dir gut?«, brüllt sie mir entgegen.

Ich würde gerne antworten: *Sehe ich so aus?* Oder: *Ja, klar, was denkst du denn?*

»Ja … ähm … okay.«

»Schön. Hey, es kommt mir vor, als hätten wir uns ewig nicht gesehen. Ich war schon seit zwei Wochen nicht mehr bei Janosch, daran wird's liegen. Wenn man sich sonst jede Woche sieht, fehlt einem dann was, stimmt's?«

Wovon zum Henker spricht sie da?

Wieder antworte ich nur: »Mhm … ja.«

»Was ist los mit dir? Du bist so still! Ist wirklich alles okay?«

In dem Moment wird mir klar, dass sie es nicht weiß. Er hat es ihr nicht gesagt. Er hat ihr nicht erzählt, dass er es bereut oder dass er mich anrufen will oder dass er mich vermisst. Er hat ihr gar nichts erzählt. Was soll ich jetzt sagen? Soll *ich* es ihr sagen?

Sie wartet meine Antwort gar nicht ab, sondern stellt noch mehr Fragen, die mir wehtun. »Sag mal, ist das nicht Janoschs Pulli? Wie süß, dass du den trägst. Kommst du am ersten Weihnachtsfeiertag mit zum Essen? Du bist natürlich auch morgen bei uns willkommen, wir feiern zu Hause, also bei Markus, Paul und mir, aber du wirst den Abend mit deiner eigenen Familie verbringen wollen, richtig?«

»Ja, richtig.« Ich schlucke schwer. Reiß dich zusammen, Felicitas, lass die ständige Heulerei. »Am ersten

Weihnachtsfeiertag bin ich bei meinem Vater. Da kann ich auch nicht.«

»Dann am zweiten. Oder zwischen den Jahren. Ach, spätestens an Janoschs Geburtstag sehen wir uns sowieso. Mittags gibt's Kaffee und Kuchen mit den verstaubten Verwandten, und abends bringst du einfach so viele Freunde mit, wie du willst, und wir feiern zusammen Silvester. In Janoschs Wohnung. Das wird super.«

»Ja, bestimmt. Du, ich … ich … m-m-m-muss mal auf die … auf die T-T-Toilette.« Damit schiebe ich mich an ihr vorbei und höre noch, wie sie mir etwas hinterherruft.

Ich beeile mich, vor ihr zu fliehen.

24. DEZEMBER – 0 TAGE, 7 TAGE: MÄNNER SIND AUCH MENSCHEN, MÄNNER SIND ETWAS SONDERBAR

An Heiligabend hält sich der Fahrplan der Deutschen Bahn in Grenzen. Daran hätte ich vielleicht mal denken sollen, bevor ich über hundert Kilometer fernab meines Elternhauses bei Sophie übernachtet habe. Jetzt fällt mir nur spontan ein, meine Mutter oder meinen Vater zu bitten, mich abzuholen. Aber ich kann mir die Unterhaltungen schon vorstellen. Beide haben am Heiligen Abend natürlich Besseres zu tun, als zwei Stunden im Auto zuzubringen, um mich nach einer unerträglich langen Partynacht (die alles in allem nicht besonders partymäßig war) einzusammeln. In meinem Kopf hallt die Stimme meiner Mutter wider, die mir vorwirft, ich müsse allmählich alt genug sein, um weitsichtig zu handeln und mich zu organisieren. Ich will mich aber nicht organisieren. Das klingt, als wäre es anstrengend

Am Ende fährt mich Sophie nach Hause. Ich kann gar nicht ausdrücken, wie nett das von ihr ist. Bestimmt rührt auch diese humanitäre Geste von ihrer christlichen Erziehung her. Eine gute Tat pro Tag und so weiter.

»Warum hast du Pia nicht gesagt, dass die Chancen im Moment eher schlecht stehen und du morgen wohl kaum zum Weihnachtskaffeekränzchen bei Janoschs Family auftauchen wirst? Sie hat dir immerhin eine Steilvorlage geliefert.«

»Weil ich ihr dann einen vorgeheult hätte. Ich kann momentan ja kaum Janoschs Namen aussprechen, ohne zu flennen. Wie hätte ich ihr erklären sollen, dass er mit mir Schluss gemacht hat und warum und wie und wo und warum und wann und … Sagte ich warum schon?«

Ich weiß ganz genau, dass Pia das Warum so gar nicht verstanden hätte, schließlich hatte sie mich bereits komplett integriert. Zu Janosch hat sie mal gesagt, er solle mich doch bitte möglichst schnell heiraten. Insgeheim habe ich daraus geschlossen, dass sie mich sympathischer findet als Karo. Wobei ich natürlich nicht weiß, ob sie vor mir auch schon Karo Sieben zur Schwägerin haben wollte. Allerdings war Karo eine von den wenigen Freunden, die an ihrer Hochzeit anwesend waren. Das spricht dafür, dass Pia, wie auch Simon, Karo für einen supernetten, sonnenscheinmäßig tollen Menschen hält. Was finden bloß alle an ihr? Was macht sie so besonders?

»Ich glaube immer noch nicht, dass Janosch wirklich

mit dir Schluss gemacht hat. Ihr habt euch einfach nur gestritten.«

Ich sehe Sophie bitter von der Seite an. Genau so wird es sein. Bloß gestritten. Ich persönlich finde ja, dass der Satz »Vielleicht sollten wir es lieber lassen« nicht allzu viel Raum für Interpretationen lässt. Nun gut. Sophie stuft diesen Satz also lediglich als Streit ein. Vielleicht auch die Tatsache, dass wir eine Woche nichts voneinander gehört haben. Für mich ist das bereits ein sehr mutierter Streit.

»Er hat sich von mir getrennt, Sophie, das spüre ich. Ich weiß vielleicht nicht, was Darwin-Finken sind und ob es im Islam Heilige gibt, aber ich weiß, dass Janosch sich von mir getrennt hat.« Mir kommen die Tränen.

Wie viele Tränen kann ein einzelner Mensch eigentlich produzieren? Ich müsste längst vollständig dehydriert sein. Doch nein – mein Kreislauf arbeitet brav weiter, nicht mal ohnmächtig werden lässt er mich. Aber nach zwanzig Metern Jogging immer gleich schlappmachen, typisch …

Ich drücke ungefragt an Sophies Autoradio herum und wechsele den Sender.

»HEY! Lass das! Das war *Männer* von Herbert Grönemeyer. Feli, wir lieben dieses Lied.«

»Ja, aber ich will es jetzt nicht hören. Wenn ich jetzt höre, wie Herbie mit seiner Knödelstimme *Männer sind so verletzlich, Männer sind auf dieser Welt einfach unersetzlich* singt, dann reiß ich dir das Autoradio raus und schmeiß es aus dem Fenster. Dann kannst du es in Einzelteilen von der Autobahn kratzen.«

Sophie bremst urplötzlich von einhundertsechzig auf gefühlte neunzig Sachen runter, hinter uns hupt es wüst,

Sophie brüllt, und ich kreische mit. Sie reißt das Lenkrad ohne Servolenkung herum, um den Corsa auf den Seitenstreifen zu zwingen.

»HAST DU SIE NOCH ALLE?? WILLST DU MICH UMBRINGEN???«

Sophie schlägt aufs Lenkrad ein und bekommt dann den totalen Ausraster: »NEIN! DU WILLST DICH GLAUB ICH SELBST UMBRINGEN!! Jetzt ist aber mal genug, Feli! Ich kann's echt nicht mehr hören. Dein ständiges Selbstmitleid geht mir auf die Nerven. Zuerst muss ich mir wochenlang anhören, wie bescheuert du Janosch findest, weil er blöd und zynisch und was weiß ich alles ist. Anschließend erzählst du mir, dass du sein bekopptes Verhalten plötzlich GANZ toll findest und TOTAL verknallt in ihn bist. Dann schwankst du ein paar Wochen zwischen purer Glückseligkeit und Eifersucht und Hass auf ihn und JETZT«, sie holt Luft, um zum Finale ihrer Predigt anzusetzen, »JETZT jammerst du aufs Schrecklichste rum, weil du denkst, dass er dich verlassen hat und nie mehr was von dir hören will et cetera pp. Auf die Idee, ihn einfach mal anzurufen, um die Sache zu klären, ist dein Meisterhirn wohl noch nicht gekommen.« Sie schnaubt.

Sophie hat noch nie so mit mir gesprochen. Sophie hat noch nie mit irgendjemandem so gesprochen, vermute ich.

»So«, sie atmet ein und aus, »das musste mal raus. Jetzt fahren wir weiter, hören *Männer* und singen laut mit, ob dir das passt oder nicht, ist mir egal. Außerdem rufst du Janosch an, das sag ich dir. Und wenn du ihn bis morgen nicht angerufen hast, will ich nicht mehr mit dir befreundet sein.«

Der Heilige Abend verläuft einigermaßen entspannt. Erst Kaffee bei Papas Eltern, Abendessen bei Mamas. Keine Geschenke, sondern Umschläge mit Geld. Mein Bruder freut sich ein Loch in den Bauch, ich persönlich habe immer noch auf mein Amazon-Päckchen gehofft und sinniere weite Teile des Abends darüber, was das jetzt konkret über meine geistige Reife aussagt. Mein Bruder schenkt mir eine CD, die ich schon lange haben wollte, was ich sehr gelungen finde. Wenigstens einer hat meine Weihnachtswunschäußerungen ernst genommen und sich Gedanken gemacht. Ich sitze also mit der CD und einem Umschlag unter dem nicht vorhandenen Tannenbaum. Als mein Opa mit Wein und Cognac ankommt, traue ich mich zum ersten Mal, mir in Gegenwart meiner Familie einen Schwips anzutrinken. Weil ich nicht besonders viel rede, fällt es wenigstens nicht weiter auf. Erst als ich mich mit meiner Mutter und Fabi auf den Heimweg mache und mir beim Einsteigen ins Auto tollpatschig, wie ich bin, aufs Übelste den Kopf stoße, fragt meine Mutter: »War wohl ein Gläschen zu viel, was?«

Nein. Für das, was ich vorhabe, war die Anzahl an Gläschen genau richtig. Wahrscheinlich gibt sogar dieses eine Glas mehr den Ausschlag, dass ich mich auch traue, was ich mir für heute Abend vorgenommen habe.

FÜR EINEN MOMENT WAR ALLES SO EINFACH

Gegen zehn sind wir schon zu Hause.

Ich sitze auf meinem Bett, neben mir mein »beeindruckender« Stapel an Geschenken, und halte mein Handy in den Händen. Die Formulierung *Ich halte mein Handy in den Händen* ist eine wirklich schöne Alliteration. Ich kann also trotz Alkoholkonsums noch literarische Stilmittel verwenden, damit sollte es ein Klacks sein, einen läppischen Anruf bei meinem potenziellen Exfreund durchzuführen. Ich hoffe allerdings irgendwie noch immer, dass es jeden Moment klingelt, *er* mich anruft und schöne, entschuldigende und alleswiederheilmachende Sachen sagt. Aber natürlich klingelt es nicht.

Ich rufe Janoschs Festnetznummer an. Es geht keiner ran. Natürlich. Janosch ist bei seiner Familie und feiert ein Bilderbuchweihnachtsfest, in das ich sowieso nicht reinpassen würde. Da ich mir nun sicher sein kann, dass so schnell keiner an sein Festnetztelefon geht, rufe ich ungefähr zehnmal hintereinander an, jedoch ohne eine Nachricht zu hinterlassen.

Dann wähle ich im Handyspeicher Janoschs Handynummer aus und muss nur noch auf den grünen Hörer drücken. Mein Herz klopft wie noch nie in meinem Leben. Ich glaube, ich habe einen Infarkt. *Männer kriegen Herzinfarkt.* Lieber Herbie, es sollte besser heißen: *Wegen Männern bekommt man Herzinfarkt.*

Endlich drücke ich den grünen Hörer. Noch bevor überhaupt eine Verbindung hergestellt werden kann, lege ich jedoch wieder auf.

Ich warte eine halbe Stunde. Kann nicht stillsitzen. Gehe duschen. Gucke mit meiner Mutter eine Dreiviertelminute irgendeinen Teil der *Stirb-Langsam*-Filme. Oder ist es *Lethal Weapon?* Keine Ahnung. Warum werden an Weihnachten, zum sogenannten Fest der Liebe, eigentlich immer Actionfilme mit Bruce Willis oder Mel Gibson gezeigt?

Soooo … Fällt mir jetzt noch etwas ein, das mich davon abhält, bei Janosch anzurufen? Ich fürchte, nein.

Ich wandere wieder in mein Zimmer, sitze wieder auf meinem Bett, halte wieder das Handy in der Hand und muss wieder nur auf den grünen Hörer drücken und es schaffen, nicht gleich wieder aufzulegen.

Dann rufe ich an, ich tue es wirklich. Nach dem ersten Tuten geht die Mailbox dran. Super!

Eine Computerstimme rattert Janoschs Nummer herunter, um mir zu sagen, bei welchem Anschluss ich gelandet bin. Danke, das weiß ich auch so.

Damit bleibt mir nur noch eine Möglichkeit: Ich muss es heute tun, ich muss heute mit ihm sprechen. Erstens hat Sophie gedroht, mir sonst die Freundschaft aufzukündigen, und zweitens wird morgen kein Tropfen des angetrunkenen Muts mehr in meiner Blutbahn zirkulieren.

Besagte einzig verbleibende Möglichkeit ist, bei Pia anzurufen. Janoschs Mutter hat mir einmal so ziemlich alle Nummern der Familie Winter aufgeschrieben, »falls mal was passiert«. Worauf sich das bezog, hat sie mir nicht gesagt, weil sie den Teufel nicht an die sprichwörtliche Wand malen wollte. Normalerweise verschlampe ich solche Zettel, aber wo dieser ist, weiß ich ganz genau: in meinem Portemonnaie. Hinter meinem Personalausweis, der sich wiederum hinter meinem Studentenausweis befindet.

Plötzlich bin ich total enthusiastisch, stürme nach unten, krame erst nach dem Portemonnaie, dann nach dem Zettel, falte ihn auseinander und entdecke Pias Telefonnummer an zweiter Stelle.

»Was machst du denn noch?«, will meine Mutter wissen, die über *Lethal Weapon* oder auch *Stirb Langsam* eingenickt war.

»Telefonieren.«

»Um diese Uhrzeit? Mit wem?«

»Mit Janosch.«

»Habt ihr euch wieder vertragen?« Sie setzt sich auf und sieht mich an.

»Nein.«

»Warum rufst du ihn dann an?«

»DARF ICH NICHT??«

»Doch, natürlich. Regle das. Dann geht es dir bestimmt besser.«

Ich tippe Pias Festnetznummer in mein Handy ein, und erneut steht mir nur der grüne Hörer im Weg. Doch dann denke ich mir: Meine Mutter hat recht, es ist schon nach elf am Feiertag, vielleicht ist es unhöflich, so spät noch dort anzurufen.

Nein. Ist mir jetzt auch egal. Wat mut, dat mut.

Ich drücke das grüne Symbol und höre mit noch schlimmeren Herzinfarkterscheinungen als zuvor das Tuten der freien Leitung.

»Hahaha … ja, haha, genau … Moment, ich muss nur kurz – Pia Winter, guten Abend und frohe Weihnachten.«

Die Stimmung im Hintergrund ist ausgelassen. Es klingt, als wären viele Leute im Raum, alle quatschen wild durcheinander und freuen sich.

»Hallo, Pia.« Wassagichjetztwassagichjetztwassagichjetzt … WAS ZUM HENKER SAG ICH JETZT? »Sorry, dass ich so spät noch anrufe. Hier ist Feli.«

»FELI!! Hey, naaaa … Das macht doch nichts! Wie geht es dir? Geht's dir gut? Was machst du so? Frohe Weihnachten! Wo bist du denn so schnell hin gestern?«

Herrschaftszeiten, so viele Fragen. So viele Fragen, die mir sofort zeigen, dass ihr Janosch immer noch nichts erzählt hat. Da bin ich mir sicher. Ich glaube, Pia hätte so viel Taktgefühl, mich nicht zu fragen, ob es mir gut geht, wenn sie davon wüsste. Er hat es ihr echt immer noch nicht gesagt. Warum bloß?

»Ja … ähm … ja. Auch frohe Weihnachten«, halte ich vorerst für die beste Antwort.

Wie frage ich jetzt nach Janosch? Ich traue mich nicht. Ich fühle mich wie damals, als ich mit dem selbst gebackenen Kuchen vor seiner Tür stand und mich bei ihm entschuldigen wollte.

Da nimmt Pia es mir auch schon ab: »Du willst SICHER Janosch sprechen.«

»Ja«, piepse ich.

»Dacht ich mir. Ist gerade bisschen schlecht.«

Warum?, schreit mein Herz, wieso? Ich frage zögerlich und mit brüchiger Stimme nach.

»Er ist schon ins Bett gegangen.«

»Ins Bett?« Ins Bett? Es ist doch erst elf, und seine Familie feiert. Das muss bedeuten, dass es auch ihm nicht besonders gut geht. Ist das denn niemandem aufgefallen? Nicht mal Pia, seiner engsten Vertrauten?

»Ja, er war heute nicht so gut drauf. Ruhig irgendwie. Ich dachte zuerst, er wird vielleicht krank. Aber er hat gesagt, ihm geht es nicht so gut, weil …« Sie hustet und muss sich räuspern.

WEIL???? Jetzt macht sie es aber spannend! Wo sind wir denn hier? In einer Castingshow, in der es sich die Moderatoren angewöhnt haben, vor der Verkündigung, für wen es beim Telefon-Voting heute leider nicht gereicht hat, unerträglich lange Sprechpausen einzubauen?

»Oh sorry, ich hab mich verschluckt.« Husthust. Räusperräusper. »So. Na ja, also Janosch hat gesagt, dass es ihm nicht so gut geht, weil er sich heute Mittag mit Karo gestritten hat.«

Ähm … Ja … Gut …

Das muss ich jetzt erst mal sacken lassen. Es geht ihm schlecht, weil er sich mit Karo gestritten hat. Mit KARO. Äh … nein? Mit *mir* hat er sich gestritten! Wegen *mir* sollte es ihm schlecht gehen!

»Hattest du eine schöne Bescherung?«, fragt mich Pia.

»Ja, das kann man wohl so sagen. Schöne Bescherung.« Mein Ton wird pampig. »Pia, ich muss wirklich dringend mit Janosch sprechen. Ist mir egal, dass er schon schläft. Weck ihn bitte auf.«

»Bist du sicher? Das mag er gar nicht. Er war echt fertig. Was gibt es denn? Soll ich ihm was ausrichten?«

»Was es gibt?«, wiederhole ich atemlos.

Dann sage ich es einfach, und es ist mir schnurzpiepegal, ob die Weihnachtsstimmung bei Winters dadurch in den Keller sacken wird, schließlich erlebe auch ich wegen Janosch das furchtbarste Weihnachten meines Lebens. »Weil er sich vorletzten Freitag von mir getrennt hat, verdammt.« Ich spreche es aus ohne zu heulen. Rekord.

»Jetzt komm, Feli, so wichtig kann es nicht sein, dass du schon schlechte Witze machst.«

Ich kann meinen Rekord nicht lange halten. Mit weinerlicher, brüchiger Stimme sage ich ins Telefon: »Ich mache keine schlechten Witze, Pia.«

Einen Augenblick lang ist es ganz leise am anderen Ende der Leitung, auch aus dem Hintergrund höre ich nichts mehr. Dann räuspert sich Pia wieder, diesmal in sehr ernstem Ton, und flüstert: »Scheiße.« Wieder eine kurze Pause. »Ich bringe ihm das Telefon.«

»Ist was passiert?«, höre ich Lenes Stimme in der Nähe des Hörers.

»Jetzt nicht, Mama«, erwidert Pia.

»Ist was mit Feli? Ist was passiert?«, wiederholt Lene.

»Ja, ich glaube, dein Sohn hat Mist gebaut«, antwortet Pia knapp.

Dass die beiden über mich reden, als würde ich es gar nicht mitbekommen, raubt mir jede Energie, die ich für mein Telefongespräch mit Janosch bitter nötig gehabt hätte. Warum laufen solche Sachen eigentlich nie so ab, wie ich sie mir ausmale? In meiner Vorstellung wäre Janosch sofort ans Telefon gegangen und beim Klang meiner Stimme erleichtert gewesen. Ich hätte ihm angehört, dass er sich freut, dass er nur auf einen Anruf gewartet, dass er sich verzehrt hat. Er hätte gesagt, dass er mich liebt und jetzt sofort zu mir kommen möchte, weil er es ohne mich nicht mehr aushält.

Stattdessen versuche ich weiter das unromantische Hintergrundgespräch zwischen Pia und Lene zu ignorieren.

»Etwa Janosch?«

»Nein, Mutter. Einer deiner anderen fünf Söhne. Natürlich Janosch.« Mit dieser sarkastischen Antwort nimmt sie mir förmlich die Worte aus dem Mund.

»Feli, ich gebe ihn dir jetzt«, sagt sie dann endlich, nach einer gefühlten Ewigkeit. Ich höre, wie sie durch die Wohnung läuft, eine Treppe hochsteigt und eine Tür öffnet. Ihre Stimme nimmt einen zischenden, energischen Tonfall an, den ich noch nie bei ihr gehört habe: *»Janosch! Telefon!«*

»Telefon? Wer?«, höre ich Janosch fragen.

Mir rutscht alles irgendwohin, wo es definitiv nicht hingehört. Es fühlt sich an, als wäre mein Magen mal eben zu heiß im Schleudergang gewaschen worden.

»Frag nicht so blöd! Geh ran!«

»Ist ja gut. Ist ja gut.«

Der Hörer wird weitergegeben, und dann ist da plötzlich Janoschs Stimme. Nichts als seine Stimme. Kein Geräusch im Hintergrund oder in der Leitung. Nur er und ich. Es ist fast beängstigend.

»Ja?«

Ich schlucke und bin drauf und dran aufzulegen. Ich bin so was von sauer auf ihn. Zugleich vermisse ich ihn so sehr.

»Hi«, sage ich schließlich und überschwemme meine Wangen mit Tränen. Oh Mann! Tränen ist ein so pathetisches Wort. Jeder Satz, in dem *Tränen* vorkommt, klingt kitschig. Aber ich schwöre, es ist so. Ich sage bloß *Hi,* und schon fließt mir das Wasser unaufhaltsam aus den Augen.

Nach kurzem Zögern sagt auch Janosch: »Hi.«

»Ähm … eigentlich … nun ja … eigentlich weiß ich gar nicht, was ich sagen will.«

Ich höre ganz leise, wie Janosch lacht. Kurz darauf sagt er: »Ich kann dich kaum verstehen. Hör auf zu weinen.« Allerdings hat das *Hör auf zu weinen* nichts von einer romantischen Liebeskomödie, in denen dieser Spruch immer zuckersüß und wie ein Synonym zu *Ich liebe dich* klingt.

»Es geht nicht. Ich weiß nicht, wie«, schluchze ich.

Janosch schweigt.

Ich heule so leise und würdevoll wie möglich weiter.

»Was … was hast du die Tage so gemacht?«, frage ich, um wenigstens irgendetwas zu sagen.

»Ich, ähm, Feli, ich glaube, so geht das nicht. Du rufst doch nicht am Heiligen Abend um halb zwölf an, um mich zu fragen, was ich in letzter Zeit so gemacht habe.«

»Nein.«

»Ich weiß.«

»Ich dachte, vielleicht willst du mir ja was sagen.«

»Deswegen rufst du an?«

»Ja. Nein. Keine Ahnung …« Dann sage ich den Satz, der mir schon so lange auf der Seele brennt: »Ich will doch einfach nur mit dir zusammen sein, Janosch.«

Ich höre ihn schwer schlucken, die Nase hochziehen, kurz darauf ein Rascheln wie von einer Bettdecke, dann ein Husten und einen Seufzer.

»Warum hast du es keinem erzählt? Pia denkt, du hättest Streit mit Karo. Warum erzählst du so einen Quatsch?«

»Das war kein Quatsch. Ich *habe* mich mit Karo gestritten.«

»Aber … das verstehe ich nicht.« Das Weinen wird schlimmer. Er ist also tatsächlich schlecht gelaunt, weil er Streit mit Karo hat, und nicht, weil wir nicht mehr zusammen sind?

»Ich weiß. Aber ich kann es dir nicht erklären.«

»Warum nicht?«

»Weil ich dir nicht wehtun will.«

Ich pruste und wechsele wieder von Trauer in Zorn. »Du willst mir nicht wehtun? Machst du Witze? Mir hat noch nie irgendetwas so wehgetan wie das, was wir letzte Woche zueinander gesagt haben!«

»Ja, Feli, genau deswegen.« Janoschs Stimme klingt

flau, er räuspert sich mehrfach und zieht die Nase hoch. Er weint nicht, Janosch ist kein Typ dafür, trotzdem zeigen seine körperlichen Reaktionen, dass es auch ihm schlecht geht.

»Was soll das denn jetzt heißen? Sag mir endlich, was los ist! Können wir uns nicht irgendwie treffen und drüber … Ich meine, glaubst du wirklich, dass wir es … lassen sollten?«

Er sagt wieder lange nichts. Dann antwortet er leise: »Ja.«

Ich weiß nicht, was ich erwartet habe. Nicht mal unbedingt, dass er diese Antwort *nicht* geben würde, aber ich dachte, er würde es etwas rücksichtsvoller formulieren. Etwas verschleiert.

»Okay.«

»Du findest es nicht okay.«

»Nein, aber ich kann dich schlecht zwing …«

»Feli, ich muss dir was sagen«, fällt er mir ins Wort. »Ich sollte das nicht am Telefon machen, nur … Ich weiß auch nicht. Als du am Freitag gegangen bist, da kam es mir wirklich so vor, als wäre ich verrückt gewesen, als ich dachte, das mit uns könnte funktionieren. Du warst weg. Und Karo war da. Wir haben viel geredet. Ich hab so viele Sachen … verglichen, verstehst du? Sachen, die zwischen Karo und mir immer so viel leichter waren als zwischen dir und mir. Mir kam es so vor, als wären zwischen uns tausend Barrieren, und wir haben die ganze Zeit versucht, um sie herumzuklettern, anstatt sie … wegzuräumen. Zwischen Karo und mir gab es dagegen nie Barrieren, weil ihr Leben genauso ist wie meins. Ich weiß nicht, ob wir das je aus dem Weg räumen können. Ich meine, du guckst mich an und siehst irgendwas in mir, von dem ich gar nicht weiß, ob ich es will, weil ich es selbst nicht kenne. Versteh mich bitte nicht falsch: Es hat sich wirklich schön angefühlt, dass du immer ganz normal zu mir warst, aber vielleicht machen wir uns etwas vor, wenn wir glauben, dass das ausreichend ist. Ich will dich nicht umkrempeln, genauso wenig will ich selbst umgekrempelt werden, aber wir hätten immer Probleme, die du mit einem Freund, der sehen kann, nicht hättest, genauso wie ich sie mit einer Freundin, die nicht sehen kann, nicht habe. Du hast selbst mal gesagt, dass du das Gefühl hast, nicht für mich konstruiert zu sein.«

»Wenn du darauf anspielst, dass ich unordentlich bin und so, dann … und … du hast gesagt, dass das Mist ist.«

»Ja. *Ja,* ich will dir doch nur erklären, was mir seit Freitag alles durch den Kopf gegangen ist. Und dann stand letzten Sonntag plötzlich Karo vor meiner Tür. Wir haben noch mal darüber geredet, und es schien auf einmal so viel einfacher, wenn … ich weiß auch nicht. Irgendwann hat sie angefangen, mich zu küssen, und …«

Mehr ertrage ich nicht. »Ist schon okay, Janosch. Ich hab's kapiert. Es ist einfacher.«

»Nein, Feli, bitte, jetzt hör mir bis zum Ende zu.«

»Das möchte ich aber nicht.«

»Bitte, Feli, bitte …«

»Ist doch egal.«

»Nein, ich will nicht, dass du denkst, ich hätte mit ihr geschlafen. Sie hat mich nur geküsst, und für einen Moment schien alles so einfach, aber dann hab ich gemerkt, dass …«

»Ich will es nicht hören.«

Damit lege ich auf. Ich mache die ganze Nacht kein Auge zu.

27. DEZEMBER – 4 TAGE
EIN ZIEL MUSS HER

Ich weiß nicht, warum ich Janoschs Geburtstag immer noch als eine Art Orientierungspunkt betrachte. Klar, es ist auch Silvester und damit der letzte Abend dieses Jahres, jener Abend, an dem man bekanntlich lauter Vorsätze fasst, die man sowieso wieder bricht.

Ich bin eben aufgewacht, weil es an der Tür geklingelt hat. Aus dem Fenster sehe ich einen gelb gekleideten DHL-Mann, der vor unserem Hoftor steht, irritiert an der Hauswand nach oben starrt und auf ein Lebenszeichen wartet.

Ich höre Fabi zur Haustür poltern, beobachte, wie er unten am Hoftor erscheint, dem Lieferanten ein großes Paket abnimmt und wieder im Haus verschwindet. Dann ruft er meinen Namen.

»Komme gleich«, sage ich viel zu leise, als dass er es hören könnte.

»FELI!!«, kreischt er daher noch mal. »HIER IST EIN PÄCKCHEN FÜR DICH! VON AMAZON! VOLL DAS RIESENTEIL, WAS HASTEN WIEDER ALLES BESTELLT??«

Ein Amazon-Päckchen? Voll das Riesenteil? Da ich ausnahmsweise mal nichts bestellt habe, stürme ich gespannt nach unten. Fabi hat das Päckchen auf den Esstisch gestellt.

»Das ist sicher für mich?«, frage ich noch mal nach. Das Päckchen hat in der Tat größere Ausmaße als meine gewöhnlichen Bestellungen.

»Jop. Steht dein Name drauf.« Er hilft mir, das Klebeband von den Rändern der Pappe zu lösen und das Päckchen aufzumachen. Ich schlage den Deckel auf.

Vor mir liegt meine komplette Amazon-Wunschliste. Vier CDs, eine DVD, zwei Spiele und vier Bücher. Ach, du Schreck.

Ich hebe alles aus der Kiste und finde unter den Gesellschaftsspielen, die ganz unten lagen, noch ein einzelnes in buntes Papier verpacktes Quadrat, bei dem es sich – ein Geschenkeprofi wie ich erkennt das sofort – um eine CD handeln muss. Ich hole es ebenfalls aus der Kiste und entdecke noch einen Bogen Papier, der den Versand bestätigt. Darauf sind alle Artikel aufgelistet, die jetzt vor mir liegen – alle, bis auf die verpackte CD. Darunter steht das Datum, an dem die Bestellung aufgegeben wurde: Anfang Dezember.

Ich verstehe das alles nicht. Sowohl meine Mutter als auch mein Vater haben mir mein Weihnachtsgeld doch bar auf die Kralle gegeben. Warum dieses großzügige Geschenk? Und, noch viel wichtiger: von wem?

Mein Bruder sagt: »Der Posttyp meinte, das hätte schon an Weihnachten kommen sollen, es ist aber zu spät rausgegangen. Er sagt, da kann er nichts für.«

»Jaja.«

»Ist das von Mama?«

»Keine Ahnung.«

Während ich die verpackte CD in den Händen wende, begutachtet Fabi die unverpackten und plant schon, welche er sich nachher ausleihen und auf seinen iPod überspielen wird. Ich entfalte das Geschenkpapier sorgfältiger, als ich je etwas ausgepackt habe, und eine zweite Empfangsbestätigung fällt auf den Fußboden. Wie in Zeitlupe hebe ich sie auf. Dieser Artikel wurde vor etwas mehr als zwei Wochen der Bestellung hinzugefügt und mit einem Grußwort versehen:

»Everything about you is how I'd wanna be.
Your freedom comes naturally.
Everything about you resonates happiness,
No, I won't settle for less.
Give me all the peace and joy in your mind.«

Das ist die erste Strophe von *Bliss* von MUSE, das weiß ich, ohne darüber nachzudenken. Ich wickle die CD aus, die mit dieser Grußkarte verpackt war: eine brandneue Ausgabe von *Origin of Symmetry.*

»Feli?«, fragt Fabi, doch ich antworte nicht.

Ich drehe den Zettel um. Aber mehr steht nicht darauf.

Diese Zeilen wurden bereits Mitte Dezember getippt … Mitte Dezember … eine gefühlte Dynastie ist das her.

Ich starre auf die Liedstrophe in meinen Händen und überlege: In diesem Song gibt es eine Zeile, die lautet: *»Everything about you is so easy to love.«* Auf einmal wache ich aus einer ganz anderen Art von Schlaf auf. Es ist nicht leicht, mich zu lieben, es ist sogar verdammt schwer. Geradezu sauschwer ist es, alles an mir zu lieben. Aber es ist auch nicht leicht, alles an Janosch zu lieben, und trotzdem tue ich es. Ich kann es nicht ändern. Warum sollte ich auf das dämliche Neujahr warten mit meinen Vorsätzen? Ich will, dass alles wieder gut wird. Jetzt. Und das muss ich erst einmal allein schaffen.

Ich gehe duschen, ziehe mich an und stecke Janoschs grauen Pullover in die Waschmaschine. Ohne Termin gehe ich zum Friseur und lasse mir zehn Zentimeter von den ausgefransten Spitzen abschneiden. Als Letztes rufe ich meinen Vater an und sage ihm, dass ich sein Auto brauche, und zwar sofort.

Als ich in seiner Wohnung ankomme, fragt er mich: »Geht es dir wieder besser? Kein Liebeskummer mehr?«

»Doch. Aber ich arbeite daran.«

»Genau. Genau so geht das, Fee. Du musst positive Energie aussenden, sonst kannst du nicht geliebt werden.« Er strahlt mich an.

Jajaja. Mein Vater schickt häufiger positive Energien ins Weltall, die ihm ein besseres Leben bescheren, frei nach dem Motto: Gebe und dir wird gegeben, liebe und du wirst geliebt, ungefähr so. Er ist extrem gut gelaunt, seit er Energien ins Weltall schickt, an Fügung statt Zufall glaubt, Dinge wie *Du musst das Geld einfach fließen lassen* predigt und Kurse besucht, in denen man lernt, irgendwelche Chakren zu öffnen. Also soll es mir recht sein.

Ich erkläre ihm, dass ich sein Auto brauche, um meine ganz persönlichen Energien wieder zum Fließen zu bringen. »Ach ja. Außerdem brauche ich deinen Werkzeugkoffer und eine Bohrmaschine.«

Er sieht mich einen Moment an, als glaube er, ich wolle meine Chakren mit diesem schweren Geschütz aufstemmen, doch dann lächelt er und reicht mir die Schlüssel.

Kurz darauf sitze ich im Auto, verspüre aufgeregtes Prickeln und kontrolliere ein letztes Mal, ob der Umschlag mit den Geldscheinen noch in meiner Tasche ist. Ist er. Dann kann es ja losgehen. IKEA ahoi!

Als ich drei Stunden später das Haus betrete, in dem sich meine Wohnung befindet, fällt mein Blick als Erstes auf die Erdgeschosswohnung, aber ich klingele nicht. Deswegen bin ich nicht hier. Ich atme den Geruch im Treppenhaus ein. Riecht nach Zuhause.

Dann beginne ich, den ganzen Kram aus dem Auto

hochzuschleppen, den ich mit Mühe und Not und dank der Hilfe von zwei Typen, die ebenfalls vor der Warenausgabe standen, im Tetris-Verfahren in Papas Volvo gestopft habe. Irgendetwas muss ich ausgestrahlt haben, das die Jungs vor der Warenausgabe ganz gut fanden. Irgendwelche Energien haben da gepasst, irgendwelche Chakren waren im Lot, jedenfalls haben sie mir nur zu gerne geholfen. Sie haben mir gezeigt, wie man die Rückbank umklappt und die Kartons im Auto verstaut. Einer von ihnen hat mich allen Ernstes gefragt, ob er meine Handynummer haben könne. »Geht nicht«, habe ich gesagt. »Ich kaufe den ganzen Kram, um ein lebensfähiger Mensch zu werden. Und weil ich mich wieder mit meinem Freund vertragen will.« Das hat er mit Sicherheit nicht verstanden, aber das muss er ja auch nicht.

Beim Reintragen in die Wohnung gehe ich ungewohnt systematisch vor. Ich schleppe alles, was in mein Zimmer gehört, in mein Zimmer und alles, was mal im Flur enden soll, in den Flur. Die vielen kleineren Dinge, die Küche und Bad verschönern sollen, stelle ich erst mal bei Cem ab. Am Ende bin ich klatschnass geschwitzt, trotzdem war das der anstrengendste und erfüllendste Tag, den ich seit Langem hatte.

ROUTINE DURCHBRECHEN

Am nächsten Morgen wache ich um halb acht auf und fühle mich dynamisch und frisch. Statt mich noch einmal im Bett herumzudrehen, um wie gewöhnlich für viele weitere Stunden erneut einzuschlummern, setze ich mich auf und dehne meine schmerzenden Muskeln, die mich an die anstrengende Möbelschlepperei vom Vortag erinnern. Auf gewisse Weise tut es ganz gut, mein gestriges Tagwerk in jeder Faser meines Körpers zu spüren. Es ermuntert mich dazu weiterzumachen.

Nach einer kochend heißen Dusche inspiziere ich den Kühlschrank. Cem und ich sind meistens zu unorganisiert, um das Ding vor den Ferien und längeren Abwesenheiten leerzuräumen. Neben einem steinharten Laib Brot, einem angebrochenen, streng riechenden Becher Joghurt und einem Päckchen Butter ist nichts mehr da.

Also mache ich mich auf den Weg zum Einkaufen. Ich bin so motiviert, dass ich mir sogar eine Liste schreibe, die ich in nur einem Supermarkt abarbeite. Dabei ist heute nicht mal Samstag. Es fühlt sich sehr gut an, meine stumpfsinnigen Rituale zu durchbrechen und an einem Donnerstag zielstrebig durch den Aldi zu marschieren, ohne ungesunde Lebensmittel und überflüssigen Schnickschnack zu kaufen.

Nach dem Frühstück lösche ich meine melancholische Playlist und erstelle eine neue, zu der ich wie bekloppt durch die Wohnung hüpfe:

Der letzte Tag	Peter Fox
Shout (ready steady go)	Lulu
She was great	Beatsteaks
Soul with a Capital S	Tower of Power
Männer	Herbert Grönemeyer
Over the Rainbow	Israel Kamakawiwo'ole
I belong to you	MUSE

Gone in the Morning	Newton Faulkner
Hallelujah	Paramore
Shake-a-Booty	Hank Green
Bohemian Rhapsody	Queen
Play that funky music	Wild Cherry

Fünf Stunden verbringe ich damit, mein Zimmer auszumisten. Ich sortiere sämtliche Mitschriften und Kritzeleien der letzten drei Semester, ich hefte ab und werfe weg. Hinter mir türmen sich mehrere Müllsäcke. Ich trenne den Müll sogar. Anschließend räume ich den kompletten Kleiderschrank aus. Ich lege jedes einzelne Kleidungsstück neu zusammen, sortiere alles zu Stapeln und räume jeden davon in ein eigenes Schrankfach. Eine halbe Stunde verbringe ich allein damit, für alle vereinsamten Socken einen passenden Partner zu finden. Nie mehr in zweierlei Socken rumlaufen, die zwar irgendwie beide schwarz sind, aber irgendwie auch nicht, weil der linke bei genauerem Hinsehen doch dunkelblau ist und einen zwei Zentimeter kürzeren Schaft hat. Ich werfe endlich ein uraltes Paar Chucks weg, bei dem der Stoff nur noch mit zwei oder drei Klebefäden an der Gummisohle hing. Zuletzt wasche ich mein Bettzeug.

Als ich fertig bin, kommt mir mein Zimmer riesig und leer vor.

Dann baue ich das erste Regal auf. Das gute dunkelbraune Stück sieht pseudoedel aus und ist ab heute mein neuer bester Freund. Nie wieder werde ich meine Bücher schändlich auf dem Boden auftürmen. Das Zusammenbauen klappt viel besser als erwartet, auch die beiden CD- und DVD-Türme aus rotlackiertem Holz stehen innerhalb der nächsten zwei Stunden. Ich platziere sie neben dem Rolltischchen, auf dem der Fernseher steht, das riesige Regal schiebe ich mit vollem Körpereinsatz über den Zimmerboden an die Wand rechts neben dem Bett. Anschließend sortiere ich eine halbe Stunde lang Bücher, CDs und DVDs in meine neuen Möbel.

Es ist halb sechs Uhr abends, als ich mein Zimmer vom Bett aus mit fast mütterlichem Stolz und Zufriedenheit begutachte und plötzlich, fast unvorbereitet, einschlafe. War schon sehr anstrengend.

Am nächsten Tag dasselbe Spiel. Ich verbringe eine halbe Ewigkeit damit, mit Wasserwaage und Bleistift Pünktchen an die Wand zu malen, wo ich die Bohrmaschine ansetzen will. Allerdings habe ich noch nie im Leben eine Bohrmaschine bedient. Also rufe ich meinen Vater an, stelle das Telefon auf laut und lasse mich fernunterrichten.

»Soll ich wirklich nicht vorbeikommen?«, fragt er zum gefühlt tausendsten Mal.

»Nein! Ich will das alleine schaffen. Das ist eine Bohrmaschine und kein Kernreaktor, das bekomme ich schon irgendwie hin.«

»Du musst vorher gucken, ob da eine Steckdose oder eine Leitung ist. Nicht, dass bei dir gleich das Licht ausfällt.«

»Keine Steckdose«, versichere ich ihm, »hier ist nur Wand. Ich bohre jetzt. Achtung.«

Dann bohre ich ohne weitere Probleme vier Löcher für die an der Wand zu befestigenden Schuhschränke. Der IKEA-Katalog hat zumindest versprochen, dass das sehr platzsparend und praktisch sein soll, weil dann nichts mehr auf dem Boden herumfliegt. Bisher sieht es so aus, als würde er halten, was er verspricht. Alles kein Ding. Bohren. Dübel einsetzen. Aufhängevorrichtung anschrauben. Schrank einhängen. Fertig. Kinderspiel.

Nach getaner Arbeit gehe ich los und kaufe mir ein neues Paar Chucks. Schließlich muss man sich wenigstens ein bisschen selbst treu bleiben.

ÄHM??? CEMOBULUS?

Am Abend des 30. Dezembers bin ich schrecklich stolz auf mich. Noch nienienie in der Geschichte dieser Wohnung sah es hier so schön aus. Die Ordnung in Küche, Flur und Bad ist der Wahnsinn, aber nichts im Vergleich zu meinem Zimmer, in dem man doch tatsächlich den (frisch geputzten) Fußboden sehen kann. Ich werde ganz bekloppt vor Freude, wenn ich die Bücher und CDs so fein übersichtlich und zu jeder Zeit greifbar in den neuen Regalen stehen sehe. Das Regalbrett, das ich über meinem Bett aufgehängt habe und auf dem jetzt alle Bilderrahmen stehen, ist das i-Tüpfelchen.

Ich liege auf dem Rücken auf dem Bett, es läuft *Over the rainbow* in der wunderbaren Version von Israel Kami… Kamowomo … olé, olé … wie auch immer. Da knackt es laut im Türschloss.

Zu Tode erschrocken springe ich auf, überlege schnell, ob ich den Polizeinotruf zusammenbekomme, und spähe dann wagemutig aus der Zimmertür.

Im Flur steht, beladen mit zwei fetten Reisetaschen: Cem.

Er guckt mich an, als stünde ich nackt vor ihm, und

ich beglotze ihn recht ähnlich. Dann quietschen wir uns vergnügt zu und drücken uns fest. Cem schreit: »Scheiße, wie siehst du denn aus?«, und »Scheiße, wie sieht's denn hier aus?«, und ich schreie: »Was machst du hier? Warum bist du nicht in der Türkei?«

Cem will mir nicht auf Anhieb verraten, warum er viel zu früh aus der Türkei zurückgekommen ist. Stattdessen überreicht er mir mein Weihnachtsgeschenk. Es ist die Donutmaschine, die es vor einer gefühlten Ewigkeit mal im Supermarkt im Sonderangebot gab. Ich werde schier wahnsinnig vor Freude. DIE DONUTMASCHINE! Ich schenke ihm ein Poster von Matthew McConaughey und die Erlaubnis, es an die Badezimmertür zu hängen.

Um ihm die Geschichte über seine vorzeitige Rückkehr leichter zu machen, lege ich vor und berichte von meinen vergangenen paar Tagen. Ich versuche alles nachzuerzählen, was Janosch bei unserem Telefonat an Heiligabend gesagt hat, aber es fällt mir schwer. Ich bin bereit zu akzeptieren, dass er Karo geküsst hat, weil ich möchte, dass es zwischen uns wieder gut wird. Ich kann es sogar fast verstehen. Es stimmt, mit ihr muss ihm alles viel einfacher vorkommen. Die beiden kennen sich länger, sie haben eine gemeinsame Vergangenheit, sie verstehen sich auf einer Ebene, die Janosch und ich nie erreichen können. Das ist mir jetzt klargeworden.

Ermutigt durch meine eigene Emotionalität, räuspert sich Cem und sagt nur einen einzigen Satz: »Ich habe es meinen Eltern gesagt.«

Ich weiß sofort, was er meint. Mit großen Augen sehe ich ihn an, dann lässt er das Gesicht in die Handflächen sinken und fängt an zu weinen. Ich rücke ein Stück näher an ihn heran, lege den Kopf auf seine Schulter und streichele seinen Oberschenkel.

»Was haben sie gesagt?«

»Meine Mutter hat so getan, als hätte sie nichts gehört, ist aufgestanden und hat Abendessen gekocht.«

»Und dein Vater?«

Cem schluchzt heftig. »Er hat mir links und rechts eine geklebt und gesagt: *Morgen fährst du zurück nach Deutschland. Bevor du dir das nicht aus dem Kopf geschlagen hast, hast du hier nichts mehr zu suchen.*«

»Mist«, murre ich.

»Na, wenigstens hat er reagiert.« Cem versucht es mit einem Lächeln.

»Was machst du jetzt?«

Er zuckt die Achseln. »Ich weiß nicht. Ich kann es mir nicht aus dem Kopf schlagen. Wenn ich Matthew angucke, dann weiß ich, dass Frauen mir nichts geben.« Er deutet auf das neue Poster. »Versteh das bitte nicht falsch. Dich zum Beispiel liebe ich.«

Ich lache und sage: »Ja, ich weiß. Ich dich auch.«

»Aber Janosch liebst du mehr.«

»Ja, ich weiß.«

»Damit komme ich gut klar.«

»Das hoffe ich doch.«

»Hol ihn dir zurück, mein Hasi.«

»Werd nicht tuckig, Cemobulus.«

»Ich bin gar nicht tuckig.«

»Du hast mich eben Hasi genannt.«

»Nur weil ich dich so mag.« Wir müssen beide lachen. »Also, wie willst du es anstellen?«, fragt Cem.

»Was?«

»Wie holst du ihn dir zurück?«

»Keine Ahnung. Was denkst du?«

»Na, ich dachte, du machst eine Wohnungsführung mit ihm. Zeigst ihm, dass du extra für ihn die ganze Bude umgekrempelt hast und so.«

Ich ziehe die Augenbraue hoch. »Eigentlich habe ich das für mich gemacht.«

»Aber du hast doch gesagt, dass du das Gefühl hattest, du müsstest hier klar Schiff machen, damit er sich frei bewegen kann, ohne in einen zwei Wochen alten Spaghettiteller zu treten.«

»Ja ...«

»Er hat quasi bestätigt, dass deine Unordnung nicht zu seinem Leben passt.«

»Damit hat er ja auch irgendwie recht.«

»Du räumst für keinen deiner Freunde auf, so bist du halt.«

»Ja, aber alle meine Freunde können den Kram sehen, der auf dem Boden liegt, und drübersteigen, Janosch hingegen fliegt dann ... na ja ... auf die Fresse.« Ich fuchtele wild mit den Armen.

Cem beginnt zu lachen.

»Lach nicht so. Das ist total unangebracht.« Aber er lacht immer mehr, und ich stimme ein. »Waren wir nicht eben noch furchtbar unglücklich?«

Es klingelt.

»Oh Gott! Vielleicht ist er das?!«, fragt Cem, hält sich theatralisch die Hände vor den Mund und sprintet zur Tür.

Genau das war auch mein erster Gedanke. Ich will es nur nicht zugeben, weil ich mich sonst zu sehr hineinsteigere.

»Ist bloß Steffi«, ruft er dann.

Genau das meinte ich. Jetzt spüre ich die unterschwellige Enttäuschung in meinem Bauch. Ich gehe zu den beiden.

»... wollte euch nur den Schlüssel zurückgeben.«

Cem hat Steffi einen Schlüssel zu unserer Wohnung gegeben, weil sie sich bereiterklärt hat, die Blumen zu gießen. Ich hätte meine Pflanzen ja einfach über die Ferien sterben lassen, doch Cem hat Steffi angeheuert, dem entgegenzuwirken.

»Danke«, sage ich.

»Warum seid ihr schon wieder hier? Ich dachte, du bist die ganze Zeit in der Türkei und du zu Hause bei deinen Eltern?«

»Tja, Dinge ändern sich.«

Sie macht ein sensationsgeiles Gesicht. »Lustig, dass du das ausgerechnet jetzt sagst. Stellt euch vor: Ich habe heute rausgefunden, dass Mirko schwul ist.«

»So was aber auch«, sage ich.

»Wären wir nie draufgekommen«, fügt Cem hinzu.

»ICH AUCH NICHT! Ich war total von den Socken. Nicht mal du hast es gemerkt, Cem? Ich dachte, man merkt das, wenn man es selbst ist.« Sie ist mal wieder echt diskret.

»Klar, wir Schwule sind alle mit einem Homo-Radar ausgestattet!« Cem verschränkt die Arme vor der Brust.

»Na ja, wie auch immer. Was habt ihr morgen vor? Ihr könnt gerne vorbeikommen. Wir machen 'ne Silvesterparty.«

Ja, sie hat auch so lange keine Party mehr ausgerichtet. Ich bereite mich innerlich auf ein Silvester vor, an dem ich an halb zehn im Bett liege, das im Takt von *Krawall und Remmidemmi* durchs Zimmer hüpft.

»Mal sehen«, murre ich.

»Wir sind eigentlich schon woanders eingeladen, mal gucken«, lügt Cem.

»Janosch kann gerne mitkommen«, bietet sie an. Danke, Steffi, danke. »Ach, apropos Janosch«, beginnt Steffi. Wenn sie mich jetzt fragt, ob wir noch zusammen sind, dann kann ich für nichts mehr garantieren. Es könnte Tote geben. »Ich habe ihm das Geschenk gegeben.«

»Welches Geschenk?« Ich bin baff.

»Das aus der Küche.«

Mir rutscht das Herz in die Hose. »Aus der Küche?«

»Ja. Als ich diesen hässlichen Gummibaum gegossen habe, lag daneben ein Päckchen, auf dem *Für Janosch* stand. Das habe ich ihm gegeben.«

»Du hast es ihm gegeben? WANN?«

»Na, letztens erst. Am zweiten Weihnachtsfeiertag oder so. Nee, einen Tag danach.«

»Du bist einfach zu ihm hin und hast es ihm gegeben?«

»Nö. War keiner da. Ich habe es vor die Tür gestellt.«

Ich kralle meine Hand in die Haare.

»Ist das jetzt ein Problem?«

»Nein. Ist … schon okay.«

»Jo, dann vielleicht bis morgen«, sagt Cem und wirft Steffi die Tür vor der Nase zu.

»DIE FRAU IST SO WAS VON BESCHEUERT!!! ICH BRINGE SIE NOCH UM!!!«

Beim späten Frühstück um kurz nach elf fasse ich es immer noch nicht.

»Wie kann sie ihm denn einfach dieses dämliche Geschenk geben? Dazu hat sie doch *niemand* aufgefordert. Dort, wo ihr Gehirn sein sollte, ist einfach *nur* Grütze. *Weggesperrt* gehört sie. Weggesperrt und *nie mehr* rausgelassen.«

Cem streichelt meine Hand. »Jetzt beruhige dich. Sie hat es doch nur gut gemeint. Außerdem ist es ein total süßes Geschenk.«

»SÜSS? Ja … Wenn wir noch zusammen wären, wäre es vielleicht süß, aber jetzt ist es einfach nur total peinlich. Vor allem weil *er* ein kleines Vermögen für irgendeinen Mist ausgegeben hat, den ich vor ein paar Wochen unbedingt haben wollte und deswegen auf diese dämliche Amazon-Wunschliste gepackt habe.«

Da fällt mir ein, dass das, was ich da sage, vollkommen der Wahrheit entspricht. Janosch hat schrecklich viel Geld ausgegeben, er hat bewiesen, dass er mir zuhört, dass er mich kennt. Ich habe mich wirklich sehr darüber gefreut, und was mache ich? Exakt gar nichts. Nicht mal bedankt habe ich mich. Nicht mal angerufen. Nicht mal … keine Ahnung, was. Ich habe eben einfach gar nichts gemacht. Heute ist auch noch sein Geburtstag! Ich habe nichts für ihn, und sehen will er mich bestimmt sowieso nicht, aber ich möchte ihn sehen, nur leider ist alles so kompliziert, und ich will zu ihm, und ich will, dass er diesen blöden Schal nie bekommen hätte, und ich …

Oh Gott. Ich fange schon wieder an, nur Mist zu denken. Ich wollte doch rationaler werden!

»Was machen wir heute Abend?«, fragt Cem.

»Einen Scheißdreck werde ich tun und zu Steffi gehen. Ich werde mal Sophie und Kirsten anrufen, vielleicht nehmen die sich meiner an. Du wirst zu Steffi gehen wollen wegen Mirko und so, ich weiß doch, dass du ihn gut findest. Jetzt, da Steffi ihn offiziell geoutet hat, hast du schließlich grünes Licht. Du solltest auf jeden Fall hingehen. Mal sehen, was ich mache. Mal sehen.«

»Ähm, Feli? Was redest du denn da?« Er befühlt meine Stirn. »Du drehst mal wieder durch. Du solltest mehr essen, sonst wirst du ganz wuschig im Kopf.«

Ich sehe ihn schief an und muss dann lachen. »Ich gehe duschen«, verkünde ich.

Keine zehn Minuten bin ich im Bad, als Cem den Kopf hereinsteckt und meinen Namen ruft. In diesem Irrenhaus kann man nicht mal in Ruhe Körperpflege betreiben!

»Was denn?«

»Besuch für dich.«

»Wenn es Steffi ist, dann sag ihr, dass sie sich ihre dämliche Party sonst wo hinschieben kann.«

»Es ist Pia.«

Ich luge hinter dem Duschvorhang hervor. »Pia?«

»Pia.«

»Pia-Pia?«

»Pia-Pia?«

»Janoschs Schwester Pia?«

»Ich kenne nur die eine.«

»Hier?«

»Nein. In Nepal.«

»Sarkasmus steht dir nicht, Cem.«

»Sei ruhig. Sie hat gesagt, es ist wichtig.«

In Windeseile wasche ich mir den Schaumturban vom Kopf, trockne mich ab und ziehe meinen Schlafanzug wieder an, weil ich nicht nackt mit Pia reden will und sonst nichts anderes zum Anziehen hier im Bad ist. Ich will unbedingt mit ihr sprechen. Vor allem wenn sie sagt, dass es wichtig ist.

»Oh Feli!« Sie stürmt auf mich zu, kaum dass ich aus dem Badezimmer herausgekommen bin. Hinten in der Küche entdecke ich Paul, dem Cem gerade die anatomischen Eigenheiten von HMB näherbringt. »Geht es dir gut? Ach, was frage ich überhaupt. Du siehst nicht besonders gut aus.«

Warum sagen mir das immer noch alle? Immerhin nehme ich seit ein paar Tagen wieder feste Nahrung zu mir, schlafe einigermaßen gut und verbrauche deutlich weniger Taschentücher.

»Mir geht's okay.«

Sie schaut aus, als würde sie mir nicht glauben, und streichelt mir über die Wange. Da ist er wieder, der Geruch, der Janoschs so ähnlich ist. Und ihre Augen, die Janoschs ähnlich sind. Oh Mann, auf einmal bin ich mir gar nicht mehr sicher, ob es mir wirklich okay geht. Eben war ich mir zumindest zu, sagen wir mal, zu einundfünfzig Prozent sicher.

»Ich wollte dich anrufen, aber Janosch hat gesagt, dass er das nicht möchte.«

Es ist komisch, sie über Janosch reden zu hören. Es lässt alles so real und weniger fern wirken. Er ist hier irgendwo ganz in der Nähe, und es gibt Leute, die mit ihm noch Kontakt haben, während ich keinen habe.

»Warum?«, frage ich.

Sie zuckt mit den Schultern. »Er wollte es irgendwie nicht. Er hat gedacht, ich beeinflusse dich oder dränge dich, ihn zu besuchen, obwohl er …«

»… mich nicht sehen will.«

»NEIN!! Nein, so ist es nicht! Okay, ich habe ihm eigentlich versprochen, nicht mit dir darüber zu sprechen, aber das Versprechen breche ich jetzt, ist mir egal. Janosch liebt dich. Natürlich will er dich sehen!«

Ich starre sie an, und mein Herz hüpft. Herzen wollen mit Rationalität rein gar nichts zu tun haben und glauben immer alles sofort. Vor allem jene Sachen, die sie gerne hören, glauben sie auf Anhieb, ohne sie zu hinterfragen, ebenso solche, die zu hören sie sich lange gesehnt haben. Mein Herz hat *Janosch liebt dich* aufgesogen, als wäre es ein Strohhalm und die Worte leckere Sangria.

»Er hat zu mir am Telefon gesagt, er findet, dass es richtig war.«

»Ach, Janosch weiß doch gar nicht, was richtig und falsch ist. Er ist ein Kopfmensch! Der kann nicht einfach genießen, ohne sich Gedanken über alle Eventualitäten und die Zukunft zu machen. Ich schwöre dir, ich habe meinen Bruder noch nienienie so glücklich gesehen wie an den beiden Tagen, an denen ihr wegen unserer Hochzeit bei uns wart. Noch nie in fünfundzwanzig Jahren und erst recht noch nie während seiner Zeit mit Karo.«

Ich zucke zurück. Warum spricht sie Karo an?

Pia deutet meine Reaktion sofort. »Janosch hat mir erzählt, dass ihr euch auch wegen ihr gestritten habt. Sie ist eine Freundin von mir, aber ich weiß, dass sie eine linke Bazille sein kann, und Janosch weiß das auch. Du musst dir wegen ihr nicht die geringsten Sorgen machen. Das zwischen den beiden war all die Jahre nichts weiter als eine Zweckbeziehung. Weißt du, wie die beiden zusammengekommen sind?«

»Ich will es gar nicht wissen.«

»Ich sag es dir trotzdem. Sie waren furchtbar frustrierte sechzehnjährige Teenager. Sie kannten sich aus der Schule, waren befreundet und haben beide gedacht, dass sie so, wie sie sind, sowieso keiner haben will. Irgendwann haben sie beschlossen, miteinander ins Bett zu gehen. Die beiden hatten die unromantischste Beziehung, die die Welt je gesehen hat.«

WAS? Ich will das alles wirklich nicht wissen und trotzdem: WAAAAAS?

»Ist nicht dein Ernst?«, frage ich Pia.

»Doch.«

»Warum weißt du so was?«

»Weil Janosch es mir erzählt.«

»Was hat er über mich erzählt?«

»Es sind die Sachen, die er *nicht* erzählt, Feli. Sein Gesichtsausdruck am Tag nach unserer Hochzeit.« Oh Gott. So wie Pia mich ansieht, weiß sie ganz genau, was in jener Nacht passiert ist. »Oder jetzt. Hey, er schleppt seit Tagen deinen Schal mit sich herum wie Linus von den *Peanuts* seine Schmusedecke.«

»Tut er das wirklich?«

»JA! Warum glaubst du mir denn nichts von dem, was ich dir hier erzähle?«

»Na, weil Janosch mir gesagt hat, dass er und Karo sich geküsst haben! Mit dem Wissen ist das alles etwas schwer zu glauben!«

»Ja, aber deswegen hatte er einen Riesenstreit mit ihr! Sie hat ihn einfach überfallen und ihn total verwirrt. An

Heiligabend stand sie dann auch noch bei uns vor der Tür, weil sie dachte, es gebe vielleicht noch eine Chance für sie und Janosch. Daraufhin ist er vollkommen durchgedreht!«

»Er ist was?«

»JA! Er hat sie weggeschickt und gesagt, dass er nichts von ihr will, weil er nur dich will. Er hat gesagt …«

»Ja?«

»Ich habe ihm fest versprochen, dass ich das für mich behalte. Er würde mich umbringen«

»WAS HAT ER GESAGT?«

Pia stöhnt, lächelt aber dabei, streichelt mir über den Oberarm und antwortet: »Er hat gesagt, wenn er mit dir zusammen ist, dann färbt ein Stückchen von dir auf ihn ab. Dann bekommt er ein bisschen von deiner positiven Einstellung ab.«

Auf einmal hat das Zitieren der ersten Strophe von Bliss noch viel mehr Sinn. Es ist das Schönste, das je ein anderer über mich gesagt hat. Warum hat Janosch am Telefon behauptet, dass er die Trennung für richtig hält, wenn er in Wahrheit so empfindet?

»Mit Simon hat er auch noch mal gesprochen. Simon ist wohl ernsthaft der Meinung, dass es gut war, euch auf so krampfhafte Art und Weise zusammenzuführen, also dich und Karo. Er meinte, es wäre richtig und sinnvoll, damit du Janosch besser kennenlernst.«

»Aber das klingt ja, als … Denkt er etwa, dass Janosch mir etwas vorspielt?«

»Tja, so ähnlich hat Janosch das auch interpretiert. Ach, weißt du, Simon ist manchmal eine Spur zu hilfsbereit. Es war nur eine Frage der Zeit, bis Janosch mit ihm mal der Kragen platzt.«

Ich glotze Pia an und weiß beim besten Willen nicht, was ich sagen soll. Ratlos starre ich vor mich hin.

»Aber Feli …«, sagt Pia dann.

»Ja?«, seufze ich.

»Ich bin eigentlich wegen etwas ganz anderem hier. Bei Janosch unten funktioniert das Licht nicht mehr. Ich habe schon im Sicherungskasten nachgesehen. Da ist alles in Ordnung. Funktioniert bei euch alles?«

Ähm … etwas so Weltliches bringt mich völlig aus dem Konzept. »Ja, ähm, ich glaube schon.«

»Komisch. Ich habe den Hausverwalter angerufen, und der hat gesagt, dass aus irgendwelchen Gründen die Hauptleitung durch euren Flur verläuft.« Versteh einer die Technik. Pia rauft sich die Haare. »Mhm«, überlegt sie, »vielleicht ist die Leitung kaputt.«

»Wie soll denn die Hauptleitung kaputtgehen? Ich dachte, das passiert nur, wenn man irgendwie darin herumstochert oder …«

Oder ohne über den Verlauf der Kabel Bescheid zu wissen wahllos Löcher in die Wand bohrt. Hupsi.

JETZT

»Ich bin anscheinend nicht besonders handwerklich begabt«, gebe ich zu, nachdem ich mir etwas Richtiges angezogen habe und mit Pia die wenigen Treppenstufen zu Janoschs Wohnung heruntergehe.

Ach, du Gott! Ich gehe in Janoschs Wohnung!! Verdammt, warum ist mir das nicht früher aufgefallen? Ich bin so routiniert darin, ins Erdgeschoss zu laufen, um

Janosch zu besuchen, dass ich erst gar nicht bemerkt habe, dass es dieses Mal zu einer unangenehmen Situation führen könnte.

Paul rennt an uns vorbei und stößt die angelehnte Wohnungstür auf.

»Oma! Die Feli hat das Licht kaputt gemacht!«

Äh ... ja, das habe ich wohl getan. Mein Herz fängt schwer an zu klopfen. Warum habe ich Pia hierher begleitet? Von welchem Nutzen soll ich sein? Soll ich mal rasch die Leitung neu verlegen, oder wie? Wie soll ich reagieren, wenn ich ihn gleich sehe? Gar nichts sagen? Ihm gratulieren? Mit einem schlichten *Alles Gute*? Mit Handschlag oder Umarmung? Soll ich einfach alles auf eine Karte setzen, ihn küssen und ihm meine Liebe gestehen?

Ehe ich mich entschieden habe, stehe ich in Janoschs Wohnzimmer, wo es nach vielen verschiedenen Kuchen riecht.

Lene werkelt in der Küche herum, während Pias Mann Markus auf einem Küchenstuhl sitzt und einen Kuchen mit Schokoguss bepinselt.

»Feli!«, freut sich Lene, als sie mich sieht.

Sie kommt auf mich zu und drückt mich. Ich fühle mich dabei ein bisschen unwohl.

»Janoschs Verhalten ist ... unter aller Kanone«, fügt sie leise hinzu, als dürfe es niemand hören. Dabei drückt sie sich noch relativ gewählt aus. »Du trinkst heute Nachmittag auf jeden Fall mit uns zusammen Kaffee, ihr redet einfach mal miteinander, und dann regelt sich das schon alles. Der Junge weiß gar nicht, was gut für ihn ist. Dieser alte Stoffel! Also von mir hat er das nicht. Vielleicht von meinem Vater! Der war auch so, als er noch jünger war. Von mir hat er das wirklich nicht.«

Mir wäre es lieber, wenn sie sich aus unseren Problemen heraushalten würde, aber ich weiß, dass sie es bloß nett meint, also nicke ich stumm und murmele: »Ja, ja, vielleicht, wir werden sehen.« Dann versuche ich so beiläufig wie nur möglich fallen zu lassen: »Wo ist denn Janosch?«

»Der ist noch bei uns zu Hause. Er wollte mit dem Zug nachkommen.«

»Das mit dem Licht ist übrigens meine Schuld«, gestehe ich.

»Alles halb so wild. Der Strom in den anderen Räumen funktioniert zum Glück. Nur das Wohnzimmerlicht ist defekt. Die Kabel muss ein Vollidiot verlegt haben«, erklärt Markus, während er stoisch weiter Schokolade auf dem Kuchen verteilt.

»Das lässt sich bestimmt im Handumdrehen reparieren.« Lene fuchtelt mit den Händen herum und verteilt dabei überall Mehl.

»Ich gehe dann mal wieder hoch. Muss mir noch die Haare föhnen.«

»Mach das. Nicht dass du dich erkältest. Und gegen halb vier kommst du wieder herunter. Dann trinken wir schön Kaffee, und Janosch wird auch hier sein.« Lene sagt das, als wäre das alles nur Pillepalle. Als wären Janosch und ich nur ein Stückchen Kuchen vom perfekten Glück entfernt.

Um halb fünf gehe ich tatsächlich nach unten. Ich dachte, es wäre das Beste, wenn ich etwas später komme, um nicht in die euphorische Gratulationsstimmung zu Beginn der Party zu platzen. Mein Herz klopft zum Bersten. Ich weiß nicht genau, warum ich die Einladung überhaupt annehme. Ach, irgendjemand muss ja irgendwann mal den ersten Schritt tun, denke ich mir. Ich will nicht mehr ohne Janosch sein, also muss ich wohl oder übel zu ihm gehen und ihn mir zurückholen, wie Cem sagen würde.

Hinter Janoschs Wohnungstür geht der Punk ab. Es läuft Musik, und viele Stimmen quasseln wild durcheinander. Ich nehme meinen Mut zusammen und klingele. Paul öffnet, grinst mich an und lässt mich rein.

Janoschs komplette Verwandtschaft, die ich von der Hochzeit schon kenne, sitzt auf Bänken und Stühlen an einer Kaffeetafel, die unter fünf verschiedenen Kuchen ächzt. Von Janosch keine Spur. Wo ist er, verdammt? Ich habe mich extra schick gemacht! Extra Parfüm aufgelegt! Extra die Haare geglättet! Und er? Ist gar nicht hier! Vielleicht sitzt er ja auf dem Klo, kann durchaus sein. Oder er macht ein Nickerchen, kann ebenso sein.

»Feli! Komm rein! Setz dich! Kaffee? Milch? Zucker?« Lene sprintet zu verschiedenen Küchenschränken, deckt für mich ein, gießt Kaffee in eine Tasse und weist mir einen Platz zu.

Ich bin mal wieder total überfordert, setze mich und nippe an meinem Kaffee. »Ähm. Ist Janosch im Schlafzimmer?«

»Nein, keine Ahnung, wo der bleibt. Frag mich nicht. Ich bekomme gleich zu viel. Nicht mal angerufen hat er bisher. Er hat gesagt, dass er *spätestens* um halb vier hier ist. Du willst gar nicht wissen, wie oft ich ihn schon angerufen habe!«

Ich kann es mir vorstellen.

»Habt ihr ihm gesagt, dass ich auch komme?«

»Nein. Ich dachte, das wäre eine schöne Überraschung.«

Komisch. Ich hätte mir nämlich gut vorstellen können, dass er nicht kommt, wenn er weiß, dass ich hier bin.

Ich schütte gerade meinen Kaffee herunter, da klingelt das Telefon.

Lene springt zum Hörer und brüllt hinein: »Janosch? … Mein lieber Freund, kannst du mir mal sagen, wo du bleibst? … Heute? … Na, du hast sie ja wohl nicht mehr alle! Dir ist bewusst, dass hier deine ganze Verwandtschaft herumsitzt und auf dich wartet! … Es geht mir doch nicht um den Kuchen, es geht um dich. Heute ist schließlich dein Geburtstag! … Ist mir egal, dass dir das egal ist, wir haben gestern schon deswegen gestritten, Janosch! … Wie bist du überhaupt in die Halle gekommen? … Soll ich dich abholen?« Sie legt auf und verschränkt die Arme vor der Brust. »So was«, zischt sie.

»Was hat er denn, der Junge?«, will Janoschs Oma wissen.

»Er ist schwimmen.«

»An Silvester?«

»Er sagt, das Schwimmbad hat heute geöffnet.«

»Er drückt sich doch bloß«, sagt Pia und greift schon nach dem Telefon, um ihn noch mal anzurufen.

»Lass ihn. Schließlich geht es ihm nicht ganz so gut. Wenn er nicht möchte, können wir ihn nicht zwingen.«

Alle starren mich an, als wollten sie mir die Schuld dafür geben, dass er jetzt nicht hier ist. Als ob es meine Schuld wäre, dass er schlecht gelaunt ist und lieber schwimmt, als Kuchen zu essen.

»Kommt er denn gar nicht mehr?«, fragt Pia.

»Ich weiß nicht. Es klang nicht so.«

»Will er seinen Geburtstag und Silvester etwa alleine verbringen?«

»Pia, du kennst ihn doch.«

Ich bin vom Tisch aufgestanden.

»Wo willst du hin?«, fragt Pia mich.

»Ich fahre zu ihm.« Keine Ahnung, woher dieser Entschluss stammt. Aber ich bin heute hierhergekommen, um mich mit Janosch zu vertragen. Wenn er mir das jetzt dadurch versaut, dass er lieber Bahnen schwimmt, dann muss ich eben zu ihm in dieses dämliche Schwimmbad fahren.

Ich will jetzt zu Janosch.

Ich sprinte hoch in meine Wohnung, kralle mir eine Jacke und sitze ein paar Sekunden später im Volvo meines Vaters, der seit zwei Tagen unverändert direkt vor der Haustür parkt. Natürlich habe ich weder einen Führerschein noch die Fahrzeugpapiere dabei, aber dieser Bürokratenmist kann mich jetzt wirklich mal kreuzweise. Ich muss zu Janosch.

BADEN GEGANGEN

Okay. Ich bin der Mensch mit dem wahrscheinlich schlechtesten Orientierungssinn auf der ganzen Welt, das muss ich an dieser Stelle einmal kurz loswerden. Das ist von ziemlich großem Nachteil, wenn man an einen Ort fährt, an dem man vorher nur einmal vorbeigefahren ist. Ich finde die richtige Autobahnauffahrt, das ist schon mal grandios. Ich nehme sogar die richtige Ausfahrt, auch gigantisch. Während der Fahrt singe ich laut zum Radio mit, um meinem Gehirn keine Gelegenheit zu geben, über die Aktion nachzudenken, die ich hier durchführe. Sonst überlegt es sich am Ende noch alles anders und gibt meinen Händen den Befehl, mitten auf der Autobahn zu wenden. Das wär's noch. Kurz vorm Ziel gescheitert.

Okay. Ausfahrt nehmen. Gut. Rein in den Stadtverkehr. Kein Schwein ist unterwegs. Klar. Alle sitzen zu Hause und warten auf Silvestergäste. Ich weiß noch, dass wir auf dem Weg zu Janoschs Elternhaus an einem Schwimmbad vorbeigefahren sind und ich ihn gefragt habe, ob er dort immer trainiere.

Oh Gott. Hier sieht alles identisch aus, eine Ecke gleicht der nächsten! Vielleicht gibt es irgendwo ein Schild. Nö. Kein Schild. Vielleicht kann ich einen Passanten fragen. Im Nach-dem-Weg-Fragen bin ich sehr gut. Notgedrungen. Aber es gibt auch keinen Passanten.

Als ich zum vierten Mal über die Hauptverkehrsstraße brettere, fällt mir plötzlich die große weiße Tafel auf, die nach links zeigt und auf das Feuerwehrhaus, den Blumenfachmarkt Müller-Hansen und das Hallenbad hinweist. Danke. Wenn ich schon mit dem schlechtesten Orientierungssinn der Welt ausgestattet sein muss, wäre ein Paar guter Augen doch wirklich nicht zu viel verlangt gewesen.

Hektisch kurbele ich am Lenkrad, um rechtzeitig die Abbiegung zu erwischen, und stehe kurz darauf direkt vor dem Hallenbad.

An der Eingangstür hängt ein Plakat, auf dem steht, dass heute ab neun die große Silvester-Party mit DJ Andy stattfindet. Aha. Das erklärt zumindest, warum sie geöffnet haben.

Ich stoße die Tür auf und gehe hinein. Komischerweise ist die Kasse nicht besetzt, sondern verriegelt und der Eingang versperrt.

»Für die Fete sinn Se noch 'n bisschen zu früh dran, Frollein«, ruft hinter mir eine Stimme mit sympathischem, platthessischen Dialekt.

Ich drehe mich um. Der Opa ist ungefähr neunzig, zumindest sieht er so aus, trägt einen Adidas-Sportanzug und Adiletten.

»Ähm … haben Sie nicht geöffnet?«

»Ham'se net gelese? Einlass erst ab neun. Jetzt könnese da noch net nei.«

»Aber …« Verdammt. Wo ist Janosch? Ist er vielleicht gar nicht hier? Oder in einem anderen Schwimmbad? »Gibt es hier noch ein anderes Schwimmbad?«

»Na hörese mal. Mir sann 'ne Fünftausend-Seelen-Gemeinde, was solle mer dann mit zwei Schwimmbäder?«

Okay. Nur dieses Schwimmbad. Verstanden. Vielleicht hat Janosch ja gelogen. Ich kralle beide Hände in die Haare, als könnte ich dann besser denken.

Anscheinend gucke ich so verzweifelt, dass mich der Adiletten-Opi fragt: »Suchense jemand?«

»Nein. Also doch, ehrlich gesagt ja. Mein Freund hat behauptet, dass er hier zum Schwimmen ist.«

»Jetzt? Jetzt is hier kaaner schwimme! Es ist doch Silvester, Kind! Die Leut ham all was Besseres zu tun. Hier gibt es awwer ab neun Uhr eine Fete. Die ham mei Enkelkinder organisiert, ich hab dademit ja auch nix am Hut. Vielleicht kommense gegen neun Uhr einfach noch emal vorbei, vielleicht ist Ihr Freund dann hier auf der Fete.« Fetefetefete, kann er mir nicht mal zuhören?

»Mein Freund sagte, er will schwimmen und nicht feiern.«

»Aber ich sach doch, hier schwimmt kaaner.« Der Opi wird jetzt lauter.

Jaja, entschuldige bitte, dass ich meine verdammte BEZIEHUNG retten will. Beziehungsprobleme und romantische Versöhnungen wurden wohl erst nach dem ersten Weltkrieg erfunden.

Ich werde wahnsinnig. Hektisch krame ich mein Handy aus der Hosentasche und wähle Janoschs Handynummer. Bereits nach dem ersten Klingeln geht die Mailbox dran. Der Opi guckt mich dabei sehr interessiert an.

Die Mailboxtante quakt vor sich hin, dann kommt der Piepton, und ich lege einfach los: »Janosch, hier ist Feli. Ich muss mit dir reden. Jetzt. Ich bin im Schwimmbad. Bitte, Janosch. Bitte.«

»Ach, sachense bloß, der junge Herr Winter is der Freund, den Sie suche?«

Ich stecke das Handy weg. »Ja!«

»Aja, warum sachese des denn net gleich?«

Woher soll ich denn wissen, dass er Janosch kennt? Ach ja, ich vergaß: In einer Fünftausend-Seelen-Gemeinde kennt sicher jeder jeden.

»Ja, *der* is hier.«

»Aber Sie haben doch gerade gesagt, hier schwimmt heute keiner!«

»Der kleine Winter is so oft hier, den zähle mer gar net mehr mit zu den Gästen, wissese?« Nee, weiß ich nicht, aber danke. »Der is drüwwe im Trainingsbecken, bei uns trainiert nämlich der Schwimmverein, müssese wisse. Da war ich früher auch drin. Elfmaliger Kreismeister, hundert Meter Freistil, fünfhundert Meter Brust, ich hab se all gewonne!«

Ist mir egal, ist mir total egal.

Er setzt sich in Bewegung, und die Adiletten schwappen mit einem ekligen Geräusch auf dem feuchten Boden. Dann stößt er eine weite Tür zu einem separierten Fünfzig-Meter-Schwimmbecken auf und nickt in den Raum.

»Sehnse, da isser, der junge Herr Winter. Ich kenn ja seine Großmutter recht gut, Käthe Schneider, geborene Klein, wissese. Das ist die Mutter von seiner Mutter.«

Warum – WARUM NUR – verlieren ältere Menschen irgendwann das Gespür dafür, wann ihr Gerede auf taube Ohren stößt? Ein ungelöstes Rätsel.

Leise schließt er die Tür hinter sich und ist weg. Plötzlich bin ich furchtbar allein.

Ich werfe einen Blick aufs Becken und sehe Janosch am anderen Ende der Bahn auftauchen, über fünfzig Meter weit weg. Er schüttelt sich die Haare aus dem Gesicht und atmet tief durch.

Oh Gott.

Janosch. Da ist er. Lächerliche fünfzig Meter weit weg. Aber ich stehe hier wie festgewachsen und kann nicht auf ihn zugehen. Was soll ich denn sagen? Dass ich jetzt weiß, wie der Mädchenname seiner Oma lautet? Oder dass der Opi elfmal Kreismeister war? Oder dass ich ihm im Moment einfach nur gerne nahe wäre und deshalb gleich zerplatze?

Er hat mich nicht bemerkt. Dabei ist das Organ vom Opi alles andere als leise, und meine Schritte hallen von den gefliesten Wänden wider. Bestimmt war er unter Wasser und hat uns deshalb nicht eintreten hören. Ich stehe ganz still da und beobachte ihn, wie er nun in weiten, kräftigen Zügen durch das Becken krault.

Reglos stehe ich vor der Hallentür, und er schwimmt

immer näher auf mich zu. Nur wenige Zentimeter vor Ende des Beckens streckt er den Arm aus und ertastet die Wand, um nicht mit dem Kopf dagegenzustoßen, dann wendet er und entfernt sich wieder von mir. Vier Mal insgesamt.

Janosch peitscht förmlich auf das Wasser ein. Ich habe keine Ahnung vom Schwimmen, aber er wirkt aggressiv. Sein nasser Kopf taucht alle paar Meter aus dem Wasser auf und schnappt nach Luft. Ich habe noch nie jemanden so schnell und so gleichmäßig schwimmen gesehen. Ich bin fasziniert.

Mit der Zeit fange ich fürchterlich zu schwitzen an. Es sind mindestens fünfundzwanzig Grad hier drin. So leise wie möglich versuche ich meine Winterjacke auszuziehen. Schließlich will ich nicht triefend nass vor Schweiß sein, falls ich mich in diesem Jahrhundert noch mal trauen sollte, Janosch anzusprechen. Ich schäle mich langsam aus der Jacke und lege sie behutsam, um keinen Laut zu machen, über den angewinkelten Arm. Mit einem ohrenbetäubenden widerhallenden Klirren fällt der Autoschlüssel aus der Jackentasche auf den Fliesenboden. Der Aufprall ist in der großen, fast leeren Halle so laut wie ein Gewehrschuss. Janosch hält sofort inne, sein Kopf schnellt aus dem Wasser.

»Herr Fritz?«, ruft er laut. Seine Stimme hallt durch den Raum. »Herr Fritz, sind Sie das?«

Ich beobachte ihn. Sein Gesichtsausdruck ist kritisch. Er sieht ein bisschen aus wie ein aufmerksames Reh. Dann schwimmt er zum Beckenrand, hangelt sich zur nächsten Treppe und steigt aus dem Wasser.

»Hallo?«, ruft er noch mal.

Muss er bei unserem Wiedersehen unbedingt so spärlich bekleidet sein? Ich bin ein bisschen froh, dass er Badeshorts trägt und nicht eins von diesen komischen Höschen, die Schwimmer bei Wettkämpfen immer tragen.

Ich beobachte seinen muskulösen Oberkörper, der vom Wasser glänzt, und seine Haare, die er sich aus dem Gesicht schüttelt. Er sieht aus, als hätte er sich seit drei oder vier Tagen nicht rasiert. Gott, steht ihm das gut! Wie soll mir denn jetzt noch etwas möglichst Geistreiches einfallen? Was soll ich bloß sagen, das ihn dazu bringt, mich wiederhaben zu wollen?

»Herr Fritz?«, fragt er.

»Nein. Ich bin's«, murmele ich.

Janosch bleibt stehen. »Feli?«, fragt er.

»Mhm«, bestätige ich.

»Was machst du denn hier?«

»Ich musste dich sehen.«

»Okay.«

»Okay? Was ist das denn bitte für eine Reaktion?«

»Was soll ich denn sonst sagen?« Er legt die linke Hand in den Nacken.

»Ach, keine Ahnung. Irgendwas.«

Janosch grinst. »Du hast mich ganz schön erschreckt.«

»Entschuldige. Mir ist der Autoschlüssel runtergefallen.«

»Bist du extra hergefahren?«

»Ja. Ich wusste von deiner Mutter, dass du hier bist.«

»Sie kann es einfach nicht lassen«, sagt er schmunzelnd.

»Nein, sie ... Ich habe euer Telefonat mitgehört. Sie hatte mich zum Kaffee eingeladen.«

Er fährt mit den Füßen über den Boden, bis er zum Beckenrand gelangt, und setzt sich dann dort hin. Ich gehe zu ihm und lege meine Jacke auf den Boden. Schnell schlüpfe ich aus Schuhen und Socken, ziehe die Hosenbeine hoch, setze mich neben ihn und lasse die Füße ins Wasser baumeln.

»Deine ganze Familie sitzt in deiner Wohnung und wartet auf dich«, erkläre ich.

»Ich weiß«, sagt er.

»Warum bist du dann hier?«

»Zum Denken.«

»Zum Denken?« Ich sehe ihn von der Seite an. Er hat den Kopf in den Nacken gelegt.

»Mhm.«

»Was denkst du?«, frage ich und rücke ein bisschen näher an ihn ran.

»Das weiß ich nicht so genau. In meinem Kopf geht alles drunter und drüber.«

»Denkst du vielleicht … auch ein bisschen an mich?«, wage ich mich einen Schritt nach vorn.

Er reibt sich über die Augen. »Ein bisschen?«

Ich muss grinsen und will mich so gerne an ihn kuscheln und meine Nase genau in die Kuhle oberhalb seines Schlüsselbeins drücken, aber es kommt mir so vor, als müssten wir erst über ein paar Dinge reden

»Mir geht's nicht so gut ohne dich«, flüstere ich. Janosch antwortet nicht. »Ich will nicht behaupten, dass ich bereue, was ich gesagt habe, weil ich es ernst gemeint habe. Ich habe mich echt mies gefühlt an dem Abend mit Karo. Ich hab dich gar nicht mehr wiedererkannt. Aber es tut mir wirklich leid, dass ich Simon über die Sache mit deinem Vater ausgequetscht habe. Es geht mich nichts an. Ich bin nur traurig, dass du mir nicht genug vertraut hast, um es mir selbst zu sagen, als ich dich danach gefragt habe. Ich war so enttäuscht, als Simon mir erzählte, dass Karo es von Anfang an gewusst hat. Als sie dann plötzlich da war und ihr euch auch noch so gut verstanden habt, sind bei mir irgendwie die Sicherungen durchgebrannt. Apropos Sicherung, ich habe deine Lichtversorgung im Wohnzimmer lahmgelegt. Sorry.«

»Hey? War das eben ein Ansatz, über Probleme zu sprechen, den du durch den Versuch, lustig zu sein, kaputt gemacht hast?«

Ich sehe ihn an. »Ja, das war es wohl.« Ein zögerndes Lächeln breitet sich auf meinem Gesicht aus. »Ich habe eingesehen, dass du mit so vielen Dingen recht hast. Ich will, dass zwischen uns wieder alles gut wird. Und ich kann es sogar verstehen, dass du Karo geküsst hast. Na ja, ich versuche es zumindest, und mittlerweile ist mein Verständnis so weit ausgereift, dass es durchaus Sinn ergibt.«

»Nein, tut es nicht.«

Ich sehe ihn an. »Warum nicht?«

»Weil ich sie nicht liebe. Ich weiß nicht, ob du es schon mitbekommen hast, aber ich bin nicht der Typ dafür, jemanden zu betrügen.«

»Du hast mich nicht betrogen.«

»Es fühlt sich aber so an.«

Nienienie war ich verrückter nach ihm als jetzt, da er mir sagt, dass er sich fühlt, als hätte er mich betrogen.

»Du hattest dich von mir getrennt.«

»Hab ich nicht. Ich habe nur gesagt, dass ich glaube, dass es nicht funktioniert.«

»Das ist dasselbe.«

»Nein, ist es nicht.« Janosch kratzt sich über den linken Oberarm. »Ich wollte es mir in dem Moment bloß möglichst leicht machen. Aber … aber da hab ich gemerkt, dass ich es gar nicht leicht haben will. Vielleicht muss man auch mal den schwierigen Weg gehen. Der schwierige Weg ist schließlich irgendwie … spannender. Aufregender. Neu.«

»Du weißt schon, dass du gerade mal wieder damit angefangen hast, wahnsinnig tolle Sachen zu sagen?«, frage ich leise und bin ihm jetzt sehr nahe.

»Nein. Ich rede schon wieder total geschwollen daher.«

»Könnte schlimmer sein.«

»Mir tut's leid, wie ich mich verhalten habe. Ich weiß auch nicht. Irgendwie war ich genervt. Ich dachte, ich wäre dir eine Last, weil du lieber mit Simon alleine weggegangen wärst, und dann ist alles hochgekocht, worüber wir in den Wochen davor nie gesprochen haben.«

Wir schweigen eine kurze Zeit. Janosch streicht sich Wasser über die Arme und den Oberkörper.

»Und was jetzt?«, frage ich irgendwann.

»Ich musste dir von dem Kuss erzählen«, sagt Janosch, was keine Antwort auf meine Frage ist. »Ich hätte mich sonst jedes Mal mies gefühlt, wenn wir uns getroffen hätten. Es war komisch, weil ich auf Karo gar keine Lust mehr habe und zugleich gemerkt habe, wie viel Lust ich auf dich habe. Mit dir ist alles … anders als mit Karo. Manchmal habe ich im Ernst gedacht, es wäre schlechter, weil es schwieriger ist, aber es ist … so viel besser!« Ich starre ihn entgeistert an. »Ich kann es dir nicht richtig beschreiben. Ich glaube, mir würde dein Chaos fehlen. Und die Art, wir du mit mir umgehst. Und …«

»Ja?«

»… die Art, wie du mich ansiehst. Mich anfasst. Das fühlt sich anders an als bei jemandem, der mich nicht sehen kann. Dabei habe ich immer gedacht, das wäre oberflächlich und schlecht. Aber es fühlt sich ehrlich gesagt sehr, sehr … gut an.«

»Willst du jetzt meine sexuellen Qualitäten loben, oder wie?« Ich muss kichern.

»Hey! Hallo! Ich versuche lediglich irgendetwas Romantisches zu sagen, klar? Das ist nicht unbedingt leicht, wenn du dich drüber lustig machst.« Er fuchtelt mit dem linken Arm herum. Ich fasse nach seiner Hand und falte sie in meine.

»Bist du fertig mit drüber Reden?«, frage ich.

»Vorerst.«

»Gut. Ich habe mich übrigens sehr über dein Weihnachtsgeschenk gefreut.«

»Ich mich auch über deins.«

»War ein bisschen kitschig, oder?«, frage ich verlegen.

»Ja, ein bisschen.«

»Und jetzt habe ich nicht mal ein Geburtstagsgeschenk für dich. Oh, du hast ja Geburtstag!«

»Ich weiß. Willst du mir nicht gratulieren?«

»Glückwunsch.« Ich sehe ihn einen Moment lang an, dann müssen wir beide lachen. Janosch legt einen Arm um mich und zieht mich zu sich ran. »Nicht! Du bist pitschnass!«

Er lacht nur und zieht mich fester in die Umarmung. »Wenn du nicht nass werden willst, dann such dir das nächste Mal einen Bodenturner.«

»Am besten einen, der …« Wir kabbeln uns. »Hey, ah, pass auf, gleich liege ich im Wasser! – Am besten einen Bodenturner, der nicht so uuuuralt ist wie du.«

»Ja, fünfundzwanzig. Mensch, ich hab mich noch nie so alt gefühlt.« Janosch lacht.

»Tja, du *bist* furchtbar alt. Als *Findet Nemo* im Kino lief, warst du schon volljährig!«

Er versetzt mir einen Stoß in die Seite.

»Hast du dein Handy dabei?«, fragt Janosch mit amüsiertem Unterton.

»Es ist drüben in der Jacke«, antworte ich irritiert. Eine Sekunde später strampele ich nach Luft schnappend im Schwimmbecken herum. »Du gemeiner, alter Sack!«, brülle ich Janosch lachend zu.

»Achtung!«, warnt er mich und springt dann um einiges eleganter als ich ins Wasser.

Ich schwimme auf ihn zu und klammere mich an ihm fest. »Jetzt sind meine Klamotten nass, du fieser, gemeiner, blöder, uralter …«

»Ja … was? Was bin ich?« Er legt meine Beine um seine Hüften, rudert mit dem rechten Arm und fährt mir mit dem linken über das Gesicht und die nassen Haare.

»Ein fieser, uralter, gemeiner, blöder …« Janoschs Lippen berühren meine Schläfe. »… blöder, gemeiner …«, sie berühren meine Wange, »… blöder …«, und meinen Mund. »Hör auf, mich abzulenken!«

»Würde ich nie tun«, haucht er und küsst mich.

Endlich.

Endlichendlichendlich.

»Ich muss nur rasch meine Mutter beruhigen gehen. Bestimmt steht sie vor Aufregung schon kurz vorm Herzinfarkt. Und bestimmt wird sie mich dafür töten, dass ich das Geburtstagskaffeekränzchen geschwänzt habe.«

»Sie wird dir verzeihen.«

Janosch lehnt gegen seine Wohnungstür, und ich lehne gegen ihn. Ich trage einen schwarzen Jogginganzug von ihm, den er glücklicherweise noch in seiner Schwimmtasche hatte.

»Du musst dir die Haare föhnen. Ich will nicht, dass du krank wirst«, flüstert er, während er seine Hände über meinen Rücken und seinen Mund über meinen Hals wandern lässt.

»Warum nicht? Dann könnte ich den ganzen Tag im Bett liegen.«

»Ja … und dich ausruhen. Allerdings könntest du mich anstecken, wenn ich dir zu nahe komme. Ich will dir aber nahe kommen, und ich will mich definitiv nicht ausruhen.«

Mir läuft es heiß und wohlig den Rücken herunter, wenn Janosch anzügliche Sachen sagt.

»Also, du gehst jetzt hoch«, er küsst meine Stirn, »ich bequatsche kurz meine Familie«, er küsst meine Nase, »und dann komme ich nach.«

»Willst du nicht mit deinen Verwandten zusammen Geburtstag feiern?«

Er lacht höhnisch, als hätte ich vorgeschlagen, er solle zwei Wochen lang nur noch Wackelpudding essen. »Nein. Ich will eine Entschädigung dafür, dass du kein Geburtstagsgeschenk für mich hast.«

Ich muss an meiner eigenen Wohnungstür klingeln, weil ich den Schlüssel nicht dabeihabe. Natürlich. Schließlich bin ich immer noch die Alte. Ich klingele mehrere Dutzend Mal, ehe mir Cem endlich aufmacht. Seine sonst so gekonnt frisierten Haare sind verwuschelt. Aber das ist mir egal. Ich hüpfe ihm entgegen und drücke ihm einen Kuss auf die Wange.

»Haaaaaaa«, seufze ich und strahle ihn an.

»Bist du irgendwie glücklich, oder so?«

Ich nicke und renne dann an ihm vorbei ins Bad.

»Feli, warte! Nein!«

Ich reiße die Tür auf und stehe vor einem oberkörperfreien Typen, den ich nach ein paar Schreckmillisekunden als Mirko identifiziere.

»Ich … ähm … sorry. Ha! Ihr also auch, oder wie? Ihr seid mir vielleicht Schlawiner! Und jetzt raus hier! Geht in deine Wohnung. Unsere gehört jetzt mir.«

Mirko guckt mich völlig perplex an und ist von meiner Autorität derart untergraben, dass er brav aus dem Bad verschwindet. Kurz drauf höre ich, wie die beiden die Wohnung verlassen. Das hier ist manchmal wirklich ein Irrenhaus, ich sag's ja. Nur Bekloppte und Verknallte. »Lass die Tür auf«, rufe ich Cem hinterher.

Ich stehe noch unter der heißen Dusche, als Janosch die Badezimmertür öffnet, reinkommt und sagt: »Was zur Hölle ist passiert? Ich bin eben durch eure *komplette* Wohnung gelaufen, und ich lebe noch! Ihr habt Schuhschränke, und du hast ein Bücherregal!«

»Woher weißt du das denn schon wieder?«, rufe ich ihm zu.

»Ich habe zwei gesunde Hände! Als ich nach drei Metern immer noch aufrecht stand, wurde ich neugierig und habe sie genutzt, um herauszufinden, was alles anders ist.«

»Gut, was?«

»Ich bin beeindruckt. Bist du jetzt ein Ordnungsfreak?«

Ich stecke den Kopf aus der Dusche. »Definitiv nicht. Aber ich gebe mir Mühe, dich am Leben zu erhalten.«

»Das klingt gut.« Janosch steckt die Hände in die Hosentaschen. »Na dann. Ist bei dir zufällig noch Platz?« Er grinst. Einzig und allein für mich.

EPILOG

Manchmal ist einfach alles gut. Eine Versöhnung ist einen kleinen Streit absolut wert. Janoschs Lächeln ist es wert und seine Stimme und alles andere sowieso. In seinen Armen zu liegen und ihn zu riechen. Einfach alles.

Ich feiere das schönste Silvester meines Lebens.

Gegen acht gehen wir hinunter in Janoschs Wohnung. Seine Familie freut sich, ich muss die ganze Zeit grinsen, und es ist mir nicht mal unangenehm, dass sie uns anglotzen, als wären wir ein frisch vermähltes Monarchenpärchen, das winkend und mit Kronjuwelen auf dem hübsch frisierten Köpfchen durchs Volk schreitet.

Um halb neun stehen Sophie und Kirsten vor der Tür. Sie haben bei mir geklingelt, um mit mir Silvester in aller Ruhe zu verbringen, weil ich ja traurig bin. Traurig *war.* Jetzt feiern sie hier mit mir. Weil ich nicht mehr traurig, sondern abgefahren glücklich bin. Aber ich liebe sie, weil sie für mich eine rauschende Partynacht gegen ein Melancholiesilvester eingetauscht hätten.

Cem und Mirko kommen auch noch vorbei und lassen für mich Steffis Remmidemmi-Fete sausen. Sie gucken sich verhalten an, während ich sie dabei etwas weniger verhalten beobachte. Im Zurückhalten von Gefühlen bin ich einfach nicht gut.

Pia sagt mit drohendem Zeigefinger zu Janosch, wenn er sich noch einmal von mir trenne, dann trenne sie sich von ihm.

Wir trinken Sekt und Wein und essen fantastisches Abendessen, das Janoschs Mutter in weiser Voraussicht schon vor Tagen organisiert hat. Wir spielen *Uno* mit Paul, der kleinen Marie und den Rüschenkleidcousinen, die heute hässliche blaue Dirndl tragen. Sophie und Mirko packen all ihre grundschulpädagogischen Kenntnisse aus und *unoen* sich fast zu Tode.

Später gießen wir Blei, was ich sehr cool finde, weil ich das vorher noch nie gemacht habe. Die bleigegossenen Gebilde sehen zwar alle aus wie stark entstelltes Mondgestein, aber ich erkenne in den grauen Steinchen lauter Glückssymbole. Plötzlich warten Liebe, Reichtum, Ehre und reinste Glückseligkeit auf mich.

Das echte Leben ist nun mal ein ganzes Stück besser als das Fernsehen. Ein ganzes Stück echter. Mal geht es eben abwärts und dann wieder aufwärts. Es steigt die Aristotelische Dramenpyramide hinauf und wieder hinab. Nur wenn es auch mal schiefgeht, kann man die Aufwärtszeiten richtig zu schätzen wissen. Man muss auf die Herdplatte fassen, um zu wissen, dass sie heiß ist.

Tja, so ist das. Es ist schön. Ich will es gar nicht mehr anders haben. Irgendwie bin ich sehr zufrieden mit mir selbst. Dafür lohnt es sich doch, hin und wieder zu glauben, dass man fast wahnsinnig wird.

Danksagung

Ich bin nicht besonders gut darin, mich gebührend zu bedanken – aber versuch's trotzdem mal. Denn dieses Buch könntest Du, lieber Leser, jetzt nicht in den Händen halten, wenn mir nicht ein paar Leute zur Seite gestanden und ordentlich in den Hintern getreten hätten.

Danke an Mama, weil Du überzeugt warst, dass das mit mir und dem Schreiben hinhaut, bevor du jemals etwas von mir gelesen hast.

An Papa, weil Du mir beigebracht hast, meine Träume zu verfolgen, egal was war, ist oder sein wird.

An Gianluca, weil du einfach der beste Bruder der Welt bist. Ich weiß, das behaupten viele, aber lasst euch eins gesagt sein: Ihr habt keine Ahnung!

Danke an meine Omas und Opas, weil eure Unterstützung es möglich gemacht hat, die Nächte während des Studiums mit Schreiben zu verbringen.

An meine Tante, Gode, Lehrerin und erste Leserin Gudrun, für Deine Kritik, Korrektur und Ehrlichkeit.

An meine besten Freunde (in order of Alphabet, damit niemand traurig ist): Alex, Carina, Caro, Christine, Felix, Kerstin, Robin, Sonja und Xaver, weil ihr kleinen Lebensretter einfach immer da seid. An Lucienne und Viviane, weil es euch zu verdanken ist, dass ich mich das hier getraut habe. Ihr alle seid in einem Wort: subber!

Großer Dank gilt den beiden Frauen, die so wichtig waren für dieses Buch wie niemand sonst. Leonie Schöbel: Ohne dich, würde ich jetzt bestimmt *was mit Medien* im zehnten Semester studieren. Du bist zu 100% made of Awesome! Eléonore Delair: Merci für Dein Lob, Deine Kritik und schon allein dafür, dass du jede von Felis Playlists auf deinem Computer hast. Die elfjährige Kyra, die nachts heimlich Liebesgeschichten schreibt, würde mir bestimmt nicht glauben, wenn ich ihr von euch erzählen würde.

Danke an alle bei *Meller Literary Agency* und bei *Blanvalet*. Ich würde euch gerne ein Pinguinbaby für's Büro schenken. Ein echtes. Hab aber Angst vor dem Tierschutz.

Außerdem: meiner ganzen restlichen Familie (Ihr habt schon Recht: Über euch könnte man Romane schreiben!); besonders Katrin, weil Du die Erste warst, die mit mir angestoßen hat; Christine Vogeley für einen wertvollen Tipp; Karen, weil es Deine Idee war, nachts besagte heimlichen Liebesgeschichten zu schreiben; Dr. Vera Zimmer, weil ... naja, Sie wissen schon.

Ich entschuldige mich bei dem, der glaubt, vergessen worden zu sein. Du kannst Dich hier nachtragen.

Ich bedanke mich bei ______________________ (Name) für Deinen Humor/Deine Unterstützung/Dein gutes Aussehen/Sonstiges (Nichtentsprechendes bitte streichen).

Zuletzt, wirklich allerletzt:

Lieber Leser, liebe Leserin: Danke für dieses Buch in Deinen Händen!